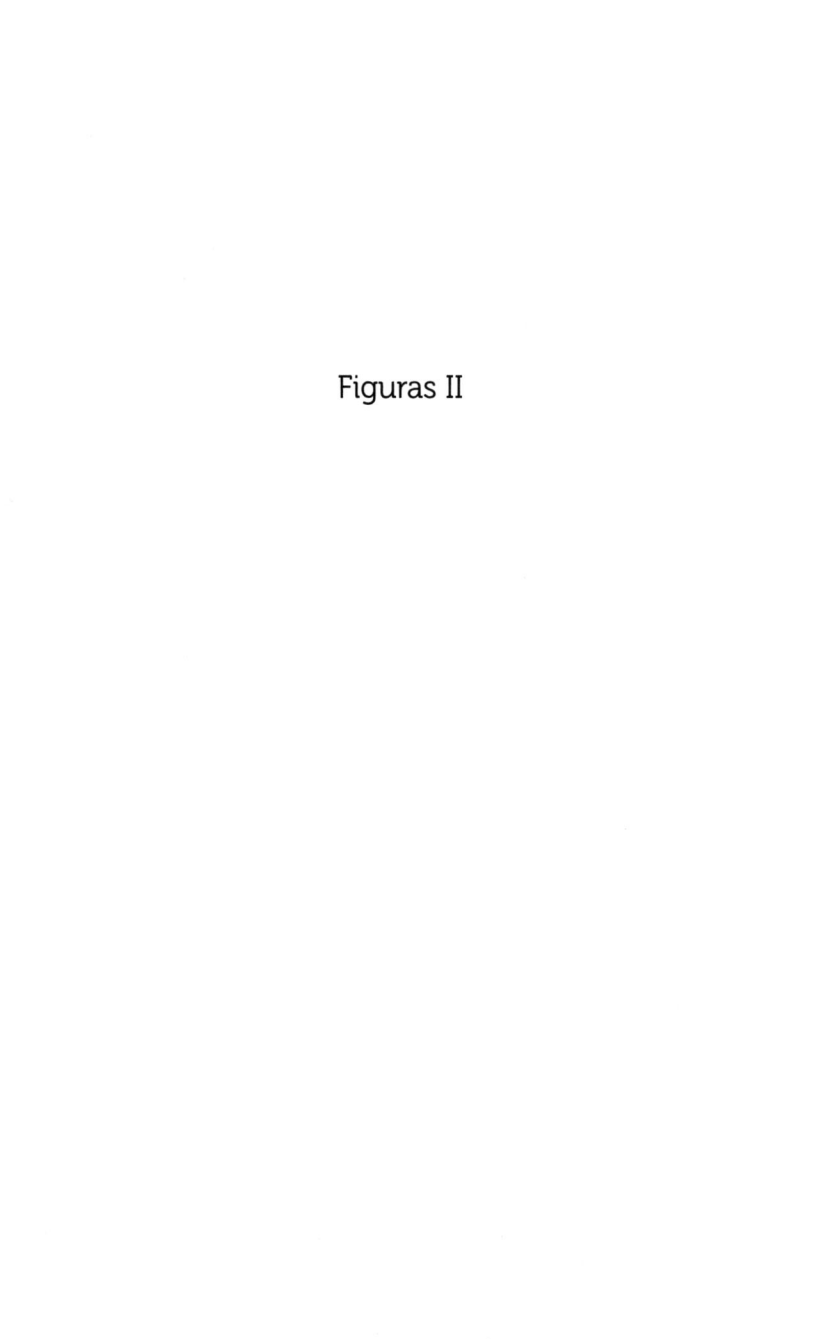

Figuras II

GÉRARD GENETTE

Figuras II

Tradução do francês
Nícia Adan Bonatti

Título original: *Figures II*
© Éditions du Seuil, 1969
© Editora Estação Liberdade, 2015, para esta tradução

Preparação	Tereza Lourenço e Augusto Rodrigues
Revisão	Huendel Viana
Imagem de capa	Juan Gris (1887-1927), *Violino e gravura em metal pendurado*, 1913 / © Akg-Images/Latinstock
Editor de arte	Miguel Simon
Editores	Angel Bojadsen e Edilberto F. Verza

ESTE LIVRO, PUBLICADO NO ÂMBITO DO PROGRAMA DE PARTICIPAÇÃO À PUBLICAÇÃO, CONTOU COM O APOIO DO MINISTÉRIO FRANCÊS DAS RELAÇÕES EXTERIORES.

CET OUVRAGE, PUBLIÉ DANS LE CADRE DU PROGRAMME D'AIDE À LA PUBLICATION, BÉNÉFICIE DU SOUTIEN DU MINISTÈRE FRANÇAIS DES AFFAIRES ETRANGÈRES.

CIP-BRASIL. CATALOGAÇÃO NA PUBLICAÇÃO
SINDICATO NACIONAL DOS EDITORES DE LIVROS, RJ

G29f

    Genette, Gérard, 1930-
    Figuras II / Gérard Genette ; tradução Nícia Adan Bonatti. - 1. ed. - São Paulo : Estação Liberdade, 2015.
    320 p. ; 21 cm.

    Tradução de: Figures II
    Sequência de: Figuras

    Continua com: Figuras III
    ISBN 978-85-7448-217-0

    1. Literatura francesa - História e crítica. 2. Narrativa (Retórica). 3. Poética.
I. Título.

15-21851   CDD: 840
                   CDU: 821.133.1

14/04/2015   20/04/2015

Todos os direitos reservados à Editora Estação Liberdade. Nenhuma parte da obra pode ser reproduzida, adaptada, multiplicada ou divulgada de nenhuma forma (em particular por meios de reprografia ou processos digitais) sem autorização expressa da editora, e em virtude da legislação em vigor.

Esta publicação segue as normas do Acordo Ortográfico da Língua Portuguesa, Decreto nº 6.583, de 29 de setembro de 2008.

Editora Estação Liberdade Ltda.
Rua Dona Elisa, 116 | 01155-030 | São Paulo-SP
Tel.: (11) 3661 2881 | Fax: (11) 3825 4239
www.estacaoliberdade.com.br

SUMÁRIO

Razões da crítica pura, 9

Retórica e ensino, 25

A literatura e o espaço, 45

Fronteiras da narrativa, 51

Verossimilhança e motivação, 73

O dia, a noite, 103

Linguagem poética, poética da linguagem, 127

"Stendhal", 157

A propósito de uma narrativa barroca, 197

Proust e a linguagem indireta, 227

Referências bibliográficas, 303

Razões da crítica pura

Gostaria de indicar em traços amplos algumas das características do que poderia ser uma crítica verdadeiramente *atual*, isto é, uma crítica que responderia tanto quanto possível às necessidades e ao potencial de nossa compreensão e de nosso uso da literatura, aqui e agora.[1] Mas para confirmar que o atual não é necessária e simplesmente o novo, e levando em conta que não seríamos críticos sem o hábito e o gosto de falar fingindo que estamos deixando que os outros falem (se não for exatamente o contrário), tomaremos como texto deste breve discurso algumas linhas escritas entre 1925 e 1930 por um grande crítico dessa época, que também poderia figurar entre os *grandes predecessores* dos quais falou Georges Poulet. Trata-se de Albert Thibaudet, e é evidente que a escolha dessa referência não é desprovida de intenções erísticas, se considerarmos a antítese exemplar que une o tipo de inteligência crítica encarnada por Thibaudet e aquele que era representado na mesma época por Charles du Bos — sem esquecer, entretanto, a oposição muito mais profunda que podia separá-los, em conjunto, deste tipo de ininteligência crítica que levava, então, o nome de Julien Benda.

Numa crônica publicada por Thibaudet na *Nouvelle Revue Française* de 1º de abril de 1936 e retomada, depois de sua morte, nas *Réflexions sur la critique*, podemos destacar a seguinte passagem:

> Outro dia, na *Europe Nouvelle*, Gabriel Marcel indicava como uma das principais qualidades de um crítico digno deste nome a atenção ao

---

1. Comunicação apresentada no ciclo de palestras de Cerisy-la-Salle sobre "Os caminhos atuais da crítica", em setembro de 1966.

único, ou seja, "a atenção à maneira pela qual o romancista por ele tratado experimentou a vida e a sentiu passar". Ele louvava Charles du Bos por ter sabido colocar esse problema em termos precisos... Lamentava que um outro crítico, tido como bergsoniano, não tivesse aproveitado suficientemente, ou melhor, houvesse cada vez menos tirado partido da lição do bergsonismo nessa matéria, e imputava essa fraqueza, esse rebaixamento de temperatura, a um excesso de espírito classificador. No fundo, é possível. Mas se não há crítica literária digna deste nome sem a atenção ao único — isto é, sem o sentido das individualidades e das diferenças —, será que existe uma fora de um certo sentido social da República das Letras, ou seja, de um sentimento acerca das similitudes, das afinidades, que é obrigado a se exprimir de vez em quando através de classificações?[2]

Notemos em primeiro lugar que Thibaudet não tem nenhuma dificuldade para reconhecer em si próprio um "excesso de espírito classificador", e associemos imediatamente esta confissão a uma frase de Jules Lemaitre sobre Brunetière — que Thibaudet citava em outra crônica, de 1922 — a qual, salvo uma só reserva, se aplicaria da mesma forma a ele mesmo:

> Ao que parece, Brunetière só é capaz de considerar uma obra, qualquer que seja ela, grande ou pequena, correlacionando-a com um grupo de outras obras, cuja relação com outros grupos, através do tempo e do espaço, aparece-lhe imediatamente, e assim por diante... *Enquanto lê um livro ele pensa, poderíamos dizer, em todos os livros que foram escritos desde o começo do mundo.* Não há nada que ele toque sem classificar, e para toda a eternidade.[3]

É claro que a reserva diria respeito a esta última parte da frase, pois Thibaudet, diferentemente de Brunetière, não era desses que pensam trabalhar pela eternidade, ou que a eterni-

2. A. Thibaudet, *Réflexions sur la critique*, Paris, Gallimard, 1939, p. 244.
3. Ibid., p. 136 (grifos nossos).

dade trabalha por eles. Ele provavelmente teria de bom grado adotado esta divisa de Teste — *Transiit classificando* — que, em suma, e se colocamos a ênfase no verbo principal ou no gerúndio, significa simultaneamente: "Ele passou (sua vida) classificando", mas também: "Ele classificou incidentemente". E, jogo de palavras[4] à parte, há nessa ideia a concepção de que uma classificação pudesse valer de outro modo que não pela eternidade, que uma classificação pudesse passar com o tempo, pertencer ao tempo que passa e carregar sua marca. Há nessa elaboração intelectual, certamente estranha a Brunetière, mas não a Thibaudet, algo que nos importa hoje em dia, na literatura e fora dela. A história também *transiit classificando*. Mas não nos afastemos de nossos textos, e deixemo-nos conduzir pela referência a Valéry em outra página das *Réflexions sur la critique*, que data de junho de 1927. Nós aí encontraremos essa falta de atenção ao único, que Gabriel Marcel reprovava em Thibaudet, atribuída desta vez, e mais legitimamente ainda, àquele que fazia seu herói dizer: "O espírito não deve se ocupar das pessoas. *De personis non curandum*". Eis o texto de Thibaudet:

> Imagino que uma crítica de filósofo refrescaria nossa inteligência acerca da literatura, pensando mundos lá onde a crítica pensava operários de arte que trabalham, como o demiurgo do *Timeu*, sobre modelos eternos dos gêneros, e onde a crítica do século XIX pensou homens que vivem em sociedade. Aliás, possuímos uma amostragem não aproximativa, mas paradoxalmente integral, desta crítica. É o *Léonard* de Valéry. De Léonard, Valéry excluiu deliberadamente tudo o que era o Léonard homem, para só reter o que fazia o Léonard mundo. A influência de Valéry sobre os poetas é muito visível. Já percebo uma influência de *Monsieur Teste* sobre os romancistas. Não poderia uma influência de *Léonard* sobre nossos jovens

---

4. Em francês, "*Il a passé (sa vie) en classant*" e "*Il a classé en passant*". A este jogo, no qual a primeira letra das palavras é trocada, formando um novo sentido, dá-se o nome de "contrepèterie". [N.T.]

críticos-filósofos ser racionalmente desejável? Em todo caso, eles não perderiam nada em lê-lo uma vez mais.[5]

Declinemos polidamente o nome de *críticos-filósofos*, sobre o qual imaginamos sem dificuldade o que teria pensado o próprio Valéry, e completemos essa citação com uma outra, que será a última e a mais longa, emprestada desta vez à *Physiologie de la critique*. Thibaudet acaba de citar e comentar uma página de *William Shakespeare*, e adiciona:

> Lendo estas linhas de Hugo e o comentário que se segue, talvez pensemos em Paul Valéry. Com efeito, a *Introduction à la Méthode de Léonard da Vinci* é concebida de maneira análoga a *William Shakespeare* e tende ao mesmo fim. Só que o partido é ainda mais livre. Valéry previne seu leitor que seu Léonard não é Léonard, mas uma certa ideia do gênio para a qual ele emprestou somente alguns traços de Léonard, sem se limitar a eles e compondo-os com outros. Aqui e em outras partes, o cuidado de Valéry é com essa álgebra ideal, essa linguagem não comum a várias ordens, mas indiferente a várias ordens, que poderia cifrar-se tanto em uma quanto em outra e que, aliás, assemelha-se ao poder de sugestão e de variação obtido por uma poesia reduzida a essências. A *Introduction à la Méthode de Léonard*, assim como outras obras de Valéry, provavelmente não teria sido escrita se não lhe fosse dada a chance de viver com um poeta que também tinha especulado durante toda sua vida sobre essa impossível álgebra e essa inefável mística. O que estava presente na meditação de Valéry e de Mallarmé também se fazia presente na de Hugo. A crítica pura nasce aqui das mesmas fontes geladas que a poesia pura. *Compreendo por crítica pura aquela que diz respeito não aos seres, não às obras, mas às essências, e que não vê na contemplação dos seres e das obras senão um pretexto para a meditação das essências.*[6]

---

5. Ibid., p. 191.
6. Grifos meus.

Percebo três dessas essências. Todas elas ocuparam e inquietaram Hugo, Mallarmé, Valéry, e lhes pareceram o jogo transcendente do pensamento literário: o gênio, o gênero, o Livro.

É ao gênio que são consagrados William Shakespeare e a Introdução. Ele é a mais alta figura do indivíduo, o superlativo do individual, e entretanto o segredo do gênio é fazer a individualidade se manifestar, ser Ideia, representar, para além da invenção, a corrente de invenção.

O que em literatura traduz, acima do próprio gênio individual, esta Ideia — e sob ele a corrente que o porta — são estas formas do *élan* vital literário a que chamamos gêneros. Brunetière teve razão em ver aí o problema capital da grande crítica, para a qual uma teoria dos gêneros deve permanecer como a mais alta ambição. Seu erro foi confundir o movimento com uma evolução calcada sobre uma evolução natural, cuja ciência mal aprendida lhe fornecia os elementos arbitrários e sumários... Mas é certo que os gêneros são, vivem, morrem, se transformam; e os artistas, que trabalham no próprio laboratório dos gêneros, o sabem ainda melhor que os críticos... Mallarmé só fez poesia para precisar a essência da poesia, foi ao teatro para buscar esta essência do teatro, que lhe aprazia ver por trás do brilho aparente.

Enfim, o Livro. A crítica e a história literária frequentemente cometeram o erro de misturar em uma mesma série, de jogar em uma mesma ordem aquilo que se diz, aquilo que se canta, aquilo que se lê. A literatura completa-se em função do Livro, e apesar disso não há nada em que o homem dos livros[7] pense menos do que no Livro... Sabemos a que paradoxos Mallarmé levou a alucinação do Livro.[8]

---

7. Aqui, trata-se de uma crítica.
8. A. Thibaudet, *Physiologie de la critique*, Paris, Nizet, 1971, p. 120-124.

Interrompamos aqui a citação e tentemos encontrar o movimento de meditação que emana desses textos e que pode nos ajudar a definir uma certa ideia da crítica para a qual reteremos, de bom grado, ainda que fosse por seu valor de provocação para o uso das almas simples, os termos "crítica pura" e a tutela de Valéry: Valéry, de quem nunca será demais lembrar que propunha uma história da literatura compreendida como uma "História do espírito, na medida em que produz ou consome literatura", e que poderia se fazer "sem que o nome de um escritor aí fosse pronunciado". Notemos entretanto que Thibaudet, menos absoluto que Valéry, de modo algum repudia a atenção ao único (que ele interpreta, aliás, de modo muito característico, como o sentido das individualidades *e das diferenças*, o que já é sair da unicidade e entrar, pelo jogo das comparações, naquilo que Blanchot chamará de "infinito literário"). Ele vê nisso não simplesmente um termo, mas o ponto de partida de uma pesquisa que deve enfim se aplicar não sobre as individualidades, mas sobre a totalidade de um universo — sobre qual ele frequentemente sonhou em se fazer o geógrafo (o geógrafo, insistamos nisso, e não o historiador) — a que chama, aqui e fora daqui, de República das Letras. Há nessa denominação algo que marca época e que, em nossa opinião, conota, um pouco pesadamente, o aspecto "social", portanto humano demais, disso que hoje em dia chamaríamos de modo sóbrio por uma palavra cuja curiosa modernidade ainda não se dissipou: Literatura. Retenhamos sobretudo esse movimento característico de uma crítica talvez "impura", que também poderíamos dizer crítica *paradigmática*, no sentido em que as ocorrências — isto é, os autores e as obras — ainda figuram nela, mas somente como casos ou exemplos de fenômenos literários que os ultrapassam e aos quais servem, por assim dizer, de *index*, um pouco como esses poetas hepônimos, por exemplo Hoffmann ou Swinburne, a quem Bachelard confia a função e a ilustração de um complexo, sem deixá-los ignorar que *um complexo nunca é muito original*. Estudar a obra de um autor, digamos Thibaudet, para tomar um exemplo completamente imaginário, seria então estudar um Thibaudet que não seria mais Thibaudet, assim como o Léonard de Valéry não é Léonard, mas uma certa ideia do gênio para a qual se emprestaria alguns traços de Thibaudet, sem se limitar a esses traços e compondo-os com outros. Não seria estudar um ser, nem mesmo estudar uma obra, mas, através deste ser e desta obra, perseguir uma *essência*.

Precisamos agora considerar um pouco mais de perto os três tipos de essência de que nos fala Thibaudet. O primeiro recebe um nome cujo uso perdemos um pouco, em sua aparente indiscrição, mas que não soubemos substituir por nenhum outro. O gênio, diz Thibaudet de uma forma um pouco enigmática, é ao mesmo tempo o superlativo do individual e a manifestação da individualidade. Se quisermos encontrar o comentário mais esclarecedor desse paradoxo, é talvez em Maurice Blanchot (e em Jacques Lacan) que devemos buscá-lo, nessa ideia hoje familiar à literatura, mas sobre a qual a crítica provavelmente ainda não assumiu todas as consequências: que o autor, o artesão de um livro, como dizia ainda Valéry, *não é positivamente ninguém* — ou ainda, que uma das funções da linguagem, e da literatura como linguagem, é destruir seu locutor e designá-lo como ausente. O que Thibaudet chama de gênio poderia ser então, aqui, essa ausência do sujeito, esse exercício da linguagem descentrado, privado de centro, do qual fala Blanchot a propósito da experiência de Kafka, que descobriu "que entrou na literatura a partir do momento em que pôde substituir o 'eu' pelo 'ele'... O escritor", prossegue Blanchot, "pertence a uma linguagem que ninguém fala, que não se dirige a ninguém, que não tem centro, que nada revela".[9] Evidentemente, a substituição do

---

9. M. Blanchot, *L'Espace littéraire*, Paris, Gallimard, 1955, p. 17.

"eu" pelo "ele" é aqui só um símbolo, talvez claro demais, cuja versão mais surda, e aparentemente inversa, encontraríamos na maneira pela qual Proust renuncia ao "ele" excessivamente centrado de *Jean Santeuil* e opta pelo "eu" descentrado, equívoco, de *Em busca do tempo perdido*, o "eu" de um Narrador que, positivamente, não é nem o autor nem ninguém, e que manifesta muito bem como Proust se deparou com seu *gênio* no momento em que encontrava, em sua obra, o lugar de linguagem onde sua individualidade poderia manifestar-se e se dissolver em Ideia. Assim, para o crítico, falar de Proust ou de Kafka será talvez falar do gênio de Proust ou de Kafka, e não de sua pessoa. Será falar daquilo que o próprio Proust chama de "eu profundo", sobre o qual disse, mais fortemente que ninguém, que ele só se mostra em seus livros, e sobre o qual indicou, mais fortemente que ninguém em seu próprio livro, que é um "eu" sem fundo, um "eu" sem "eu", ou seja, mais ou menos o contrário daquilo que temos o costume de chamar de um "sujeito". Diga-se de passagem, essa consideração poderia retirar muito do interesse a qualquer controvérsia sobre o caráter objetivo ou subjetivo da crítica: o *gênio* de um escritor não é, propriamente dizendo, para a crítica (para o leitor), nem um objeto, nem um sujeito, e a relação crítica, a relação de leitura, poderia muitíssimo bem representar o que precisamente, na literatura, dissipa e dispensa essa oposição tão simples.

A segunda *essência* de que nos fala Thibaudet, em termos talvez mal escolhidos, são esses *gêneros* nos quais ele vê "formas do *élan* vital literário", fórmula muito aventureira na qual seu próprio bergsonismo vem substituir o pseudo-darwinismo de Brunetière, e que seria melhor chamar, fora de qualquer referência vitalista, de "estruturas fundamentais do discurso literário". A noção de gênero é hoje mal recebida, talvez precisamente por causa desse organicismo grosseiro com o qual foi contaminada no final do século passado; provavelmente também, e sobretudo, porque vivemos uma idade literária que é a da dissolução dos gêneros e do acontecimento da literatura como abolição das fronteiras interiores do escrito. Se é verdade, como já foi dito, que a crítica tem como uma de suas tarefas derramar sobre a literatura do passado a experiência literária do presente e ler os antigos à luz dos modernos, pode parecer singular e mesmo absurdo, em uma época dominada por nomes tais como Lautréamont, Proust, Joyce, Musil, Bataille, dedicar-se a ressuscitar, ainda que para renová-las, as categorias de Aristóteles e de Boileau. Há, entretanto, algo que nos fala e nos solicita quando Thibaudet nos lembra que Mallarmé só fez poesia para indicar a essência da poesia, e que só foi ao teatro para buscar a essência do teatro. Talvez não seja verdadeiro, ou mais verdadeiro, que os gêneros vivam, morram e se transformem, mas é verdade que o discurso literário se produz e se desenvolve segundo estruturas que ele só pode transgredir porque as encontra, ainda hoje, no campo de sua linguagem e de sua escritura. Para só reter aqui um exemplo particularmente claro, Émile Benveniste mostrou bem, em um ou dois capítulos[10] de sua obra *Problèmes de linguistique générale*, a maneira pela qual se opõem, nas próprias estruturas da língua — ao menos na língua francesa —, através do emprego reservado de certas formas verbais, de certos pronomes, de certos advérbios, etc., os sistemas da *narrativa* e do *discurso*. Dessas análises, e daquelas que podemos traçar com base nela e em sua consequência, descobre-se facilmente que a narrativa representa, mesmo sob suas formas mais elementares, e mesmo do ponto de vista puramente gramatical, um emprego muito particular da linguagem, próximo do que Valéry chamava, a propósito da poesia, uma "linguagem na linguagem". Todo estudo das grandes formas narrativas (epopeia, romance, etc.) deveria

---

10. Capítulos XIX, "Les Relations de temps dans le verbe français", e XXI, "De la Subjectivité dans le langage".

ao menos levar em conta esse dado, assim como todo estudo das grandes criações poéticas deveria começar por considerar o que chamamos recentemente de *estrutura da linguagem poética*. É óbvio que o mesmo se daria para todas as outras formas de expressão literária, e, por exemplo, pode parecer estranho que jamais se tenha sonhado estudar por si mesmo (pelo menos que seja do meu conhecimento), no sistema de seus recursos e de suas restrições específicas, um tipo de discurso tão fundamental como o é a descrição. É verdade que esse gênero de estudos, que mal está em vias de constituição, e aliás à margem dos quadros oficiais do ensino literário, poderia ser batizado com um nome muito antigo e até mesmo depreciado: é a retórica. E de minha parte não veria nenhum inconveniente em admitir que a crítica, tal como a concebemos, seria, ao menos parcialmente, algo como uma nova retórica. Acrescentemos apenas (e a referência a Benveniste estava um pouco aqui para o dar a entender) que essa nova retórica entraria naturalmente, como aliás já o havia previsto Valéry, na órbita da linguística, que é hoje, sem dúvida, a única disciplina científica a ter algo a dizer sobre a literatura *como tal* ou, para retomar mais uma vez a palavra de Jakobson, sobre a *literalidade* da literatura.

A terceira essência nomeada por Thibaudet, a mais alta, claro, e a mais ampla, é o Livro. Aqui não há nenhuma necessidade de traduzir, e a referência a Mallarmé nos dispensaria facilmente de qualquer comentário. Mas é preciso agradecer a Thibaudet por nos lembrar tão incisivamente que *a literatura se realiza em função do Livro*, e que a crítica está equivocada em pensar tão pouco a respeito do livro e de misturar em uma mesma série "o que se diz, o que se canta, o que se lê". Que a literatura não seja apenas linguagem, porém, mais precisamente e, ao mesmo tempo, mais amplamente, escritura, e que o mundo seja para ela, diante dela, nela, como tão justamente dizia Claudel, não um espetáculo, mas um *texto* a se decifrar e transcrever. Aí está uma dessas verdades às quais a crítica, ainda hoje, talvez não se tenha rendido suficientemente, e sobre a qual a reflexão mallarmeana a respeito do Livro deva nos ensinar a importância. Contra uma tradição muito antiga, quase originária de nossa cultura (dado que remonta a Platão), que fazia da escritura um simples auxiliar da memória, um simples instrumento de notação e de conservação da linguagem, ou mais precisamente da fala — fala viva, julgada insubstituível como presença imediata do locutor em seu discurso —, estamos hoje prestes a descobrir, ou melhor, compreender, em particular graças aos estudos de Jacques Derrida sobre a *gramatologia*, o que já estava implicado nas mais penetrantes intuições da linguística saussureana: que a linguagem, ou mais precisamente a língua, é ela mesma inicialmente uma *escritura*, isto é, um jogo fundado sobre a diferença pura e o espaçamento, em que é a relação vazia que funciona, e não o termo pleno. "Sistema de relações espaciais infinitamente complexas, diz Blanchot, das quais nem o espaço geométrico ordinário nem o espaço da vida prática permitem apreender a originalidade."[11] Que o tempo da fala já esteja desde sempre situado e de alguma forma pré-formado no espaço da língua, e que os signos da escritura (no sentido banal) sejam, de certo modo, em sua disposição, melhor adaptados à estrutura deste espaço que os sons da fala em sua sucessão temporal, isso não é indiferente à ideia que podemos fazer da literatura. Blanchot diz que o *Coup de dés* [de Mallarmé] queria ser esse espaço "tornado poema". Todo livro, toda página é, à sua maneira, o poema do espaço da linguagem, que se desenrola e se realiza sob o olhar da escritura. Talvez a crítica nada tenha feito e nada possa fazer, na medida em que não decidiu considerar — com tudo o que esta deliberação implica — toda obra ou toda parte da obra literária primeiramente como um *texto*, isto é, como um tecido de figuras no qual

---

11. M. Blanchot, *Le Livre à venir*, Paris, Gallimard, 1971, p. 286. [Ed. bras.: *O livro por vir*, trad. Leyla Perrone-Moisés, São Paulo, Martins Fontes, 1984.]

o tempo (ou, como se diz, a vida) do escritor escrevendo e aquele (ou aquela) do leitor lendo se entrelaçam, juntos, e se retorcem no meio paradoxal da página e do volume. Isso facilmente faz supor, como Philippe Sollers diz com muita precisão, que

> atualmente, a questão essencial não é mais a do escritor e da obra, mas a da escritura e da leitura, e que consequentemente é preciso definir um novo espaço no qual esses dois fenômenos pudessem ser compreendidos como recíprocos e simultâneos, um espaço curvo, um meio de trocas e de reversibilidade no qual estaríamos, enfim, do mesmo lado que nossa linguagem... A escritura está ligada a um espaço no qual o tempo teria de alguma forma girado, no qual ele não seria nada além deste movimento circular e operatório.[12]

O *texto*, essa fita de Möbius na qual a face interna e a face externa, face significante e face significada, face de escritura e face de leitura, giram e se substituem sem tréguas, na qual a escritura não cessa de se ler, na qual a leitura não cessa de se escrever e de se inscrever. A crítica também deve entrar no jogo desse estranho circuito reversível e tornar-se, desta forma, como diz Proust, e como todo verdadeiro leitor, "o próprio leitor de si mesmo". Quem o reprovasse mostraria simplesmente com isso que jamais soube o que é *ler*.

É claro que haveria muito mais a dizer sobre os três temas que Thibaudet propõe à meditação acerca da "crítica pura", mas é preciso que nos restrinjamos aqui a esse breve comentário. Aliás, é evidente que essas três essências não são as únicas que podem e devem concernir à crítica pura. Parece mais que Thibaudet nos indica aqui espécies de quadros ou de categorias de espaço literário, *a priori*, e que a tarefa da crítica pura, no interior desses quadros, seria de ocupar-se também de essências mais particulares, ainda que transcen-

---

12. P. Sollers, "Le Roman et l'expérience des limites", conferência *Tel Quel* de 8 de dezembro de 1965. In: *Logiques*, Paris, Seuil, 1968, p. 237-238.

dentes à individualidade das obras. Eu proporia nomear essas essências particulares simplesmente de "formas" — com a condição de tomar a palavra "forma", aqui, em um sentido um pouco especial, que seria aproximadamente aquele que em linguística a Escola de Copenhague lhe dá. Sabemos que Hjelmslev opunha a forma não como o faz a tradição escolar, ao "fundo", isto é, ao *conteúdo*, mas à *substância*, isto é, à massa inerte, seja da realidade extralinguística (substância do conteúdo), seja dos meios, fônicos ou outros, usados pela linguagem (substância da expressão). O que constitui a língua como sistema de signos é a maneira pela qual o conteúdo e a expressão se recortam e se estruturam em sua relação de articulação recíproca, determinando a aparição conjunta de uma *forma do conteúdo* e de uma *forma de expressão*. A vantagem dessa nova repartição, no que nos concerne, é que ela abandona a oposição vulgar entre forma e conteúdo — compreendida como oposição entre as palavras e as coisas, entre "a linguagem" e "a vida" —, e que ela insiste, ao contrário, na implicação mútua do significante e do significado, que comanda a existência do signo. Se a oposição pertinente não é entre forma e conteúdo, mas entre forma e substância, o "formalismo" não consistirá em privilegiar as formas à expensa dos sentidos — o que nada quer dizer —, mas em considerar o próprio sentido como uma forma impressa na continuidade do real, segundo um recorte do conjunto que é o sistema da língua: a linguagem só pode "exprimir" o real *articulando-o*, e esta articulação é um sistema de formas, tanto no plano do significado quanto no plano do significante.

    Ora, o que vale para o fato linguístico elementar pode valer, em outro nível, *mutatis mutandis*, para esse fato "supralinguístico" (segundo a expressão aplicada por Benveniste à linguagem onírica) que constitui a literatura: entre a massa literariamente amorfa do real e a massa também literariamente amorfa dos meios de expressão, cada "essência" literária interpõe um sistema de articulação que é, inextricavelmente, uma forma de experiência e uma forma de expressão. Essas espécies de nós formais poderiam constituir o objeto por excelência de um tipo de crítica que chamaremos, indiferentemente, de formalista ou temática — se queremos dar à noção de "tema" uma abertura, no plano do significante, simétrica àquela que acabamos de dar à noção de "forma" no plano do significado. Pois um formalismo, tal como o consideramos aqui, não se opõe a uma crítica do sentido (só há crítica do sentido), mas a uma crítica que confundiria sentido e substância, e que negligenciaria o papel da forma no *trabalho do sentido*. Notemos, aliás, que se oporia igualmente (como o fazem certos formalistas russos) a uma crítica que reconduziria a expressão só à sua substância — fônica, gráfica ou outra. O que ele busca, de preferência, são esses temas-formas, essas estruturas de duas faces na qual se articulam, juntos, os *parti pris*[13] de linguagem e os *parti pris* de existência, cuja ligação compõe o que a tradição chama, de um termo felizmente equívoco, um "estilo". É assim, para tomar um exemplo de minha própria experiência crítica (o que ao menos me evitará comprometer outrem numa tentativa teórica já de saída incerta), que outrora acreditei encontrar no barroco francês, tal que nos revelaram Marcel Raymond e Jean Rousset, alguma predileção por uma situação que pode parecer ao mesmo tempo característica de sua "visão de mundo" e, digamos, de sua retórica. Esta situação é a *vertigem*, e mais precisamente a vertigem da *simetria*, dialética imóvel do mesmo e do outro, da diferença e da identidade, que se marca, por exemplo, tanto numa certa maneira de organizar o mundo em torno do que Bachelard chamará a "reversibilidade dos grandes espetáculos da água", quanto no recurso a uma figura de estilo que consiste em reconciliar dois termos — considerados anti-

---

13. Expressão francesa incorporada ao português que, comumente, significa opinião preconcebida, escolha arbitrária, e que na linguagem literária tem o sentido de decisão inflexível. [N.T.]

téticos — em uma aliança de palavras paradoxal: *pássaros da onda, peixes do céu*. O fato de estilo é aqui, evidentemente, para recorrer ao vocabulário proustiano, ao mesmo tempo da ordem da *técnica* e da *visão*: não é nem um puro "sentimento" (que "se exprimiria" o melhor que pudesse), nem um simples "modo de dizer" (que nada exprimiria): é precisamente uma *forma*, uma maneira que a linguagem tem de dividir e de ordenar simultaneamente as palavras e as coisas. Evidentemente, essa forma não é privilégio exclusivo do barroco, mesmo que se possa constatar que este fez dela um uso particularmente excessivo; podemos também procurá-la fora dele, e sem dúvida é permitido interessar-se mais por essa "essência" que pelas diversas ocorrências através das quais lhe aconteceu manifestar-se.

Para esclarecer ainda esse propósito através de um segundo exemplo, também pessoal, e portanto também pouco exemplar, diria que a forma do *palimpsesto* ou da sobreimpressão apareceu-me como uma característica comum da escritura de Proust (é a famosa "metáfora"), da estrutura de sua obra, de sua visão das coisas e dos seres, e que ela só solicitou em mim o *desejo crítico* — se posso permitir-me esta expressão — por que ela organizava nele, de um só e mesmo gesto, o espaço do mundo e o espaço da linguagem.

Para terminar, sem nos afastarmos muito sensivelmente de nosso caminho, falemos um pouco sobre uma questão que o próprio Thibaudet levantou em várias páginas de suas reflexões críticas e que desde então não cessou de alimentar a discussão. Essa questão é a das relações entre a atividade crítica e a literatura, ou seja, de saber se o crítico é ou não é um escritor.

Notemos, primeiramente, que Thibaudet foi o primeiro a dar o justo lugar, na paisagem crítica, ao que chamava de crítica dos Mestres. Trata-se evidentemente da obra crítica daqueles que em geral se considera como criadores, e basta evocar os nomes de Diderot, de Baudelaire, de Proust, para saber que o melhor da crítica, desde que ela existe, está aqui.

Sabe-se também que há um século não para de crescer esse aspecto crítico da atividade literária, e que as fronteiras entre a obra crítica e a obra não crítica tendem a apagar-se cada vez mais, como o indicam suficientemente, por si sós, os nomes de Borges ou de Blanchot. E poderíamos definir muito bem a crítica moderna, sem ironia, como uma crítica de criadores sem criação, ou cuja criação seria de alguma forma esse vazio central, essa inação profunda que sua obra crítica representaria como a forma que não contém nada. Por essa razão, a obra crítica bem poderia aparecer como um tipo de criação muito característica de nosso tempo. Mas, para dizer a verdade, talvez essa questão não seja muito pertinente, pois a noção de criação é uma das mais confusas que nossa tradição crítica tenha engendrado. A distinção significativa não se encontra entre uma literatura crítica e uma literatura "criadora", mas entre duas funções da escritura que sempre se opõem no interior de um mesmo "gênero" literário. O que para nós define o escritor — em oposição ao escritor comum, que Barthes nomeou como "escrevente" — é que a escritura não é para ele um meio de expressão, um veículo, um instrumento, mas o próprio lugar de seu pensamento. Como já se disse muitas vezes, o escritor é aquele que só sabe e só pode pensar no silêncio e no segredo da escritura, aquele que sabe e sente a cada momento que, quando escreve, não é ele que pensa sua linguagem, mas sua linguagem que o pensa, e pensa fora dele. Nesse sentido, parece-nos evidente que o crítico não pode se dizer plenamente crítico se ele também não entrou nisto que se chama a vertigem ou, se preferirmos, o jogo, cativante e mortal, da escritura. Como o escritor — enquanto escritor —, o crítico só leva em conta duas tarefas, que fazem uma única: escrever, calar-se.

Retórica e ensino

Encontramos na *Correspondance* de Flaubert[1] esta adivinhação que deve ter divertido, nos séculos XVIII e XIX, várias gerações de colegiais, e que hoje em dia não teria nenhuma chance de ser compreendida em classe alguma: "Qual é o personagem de Molière que se parece com uma figura de retórica? — É Alceste, por que ele é *mis en trope*."[2] Que colegial sabe, hoje em dia, o que é um tropo?

Propomo-nos a medir de uma maneira mais precisa a distância que separa o ensino literário atual do que era o ensino retórico há menos de um século e nos interrogar sobre sua significação. Para dizer a verdade, nossa cultura se interessa mediocremente pela história dos métodos e dos conteúdos do ensino. Basta considerar a maneira ingênua pela qual a opinião se entusiasma em torno de cada projeto de reforma para constatar que se trata sempre, na consciência pública, *da* reforma *do* ensino, como se o que estivesse em questão fosse "reformar", de uma vez por todas, um ensino tão velho quanto o mundo, mas maculado por algumas "imperfeições" que bastaria corrigir para dar-lhe a perfeição intemporal e definitiva que lhe cabe de direito: como se não fosse da natureza e da norma do ensino estar em reforma perpétua. A ideia comum implícita é de que o ensino é uma prática óbvia, um puro órgão de transmissão do saber, desprovido de significação ideológica, do qual nada mais há para ser dito, da

---

1. Carta de 31 de dezembro de 1841, *Correspondance*, I, p. 90.
2. Jogo de palavras com a comédia de Molière *O misantropo*. No caso, a expressão é composta pelo verbo *mettre* (colocar) e *trope*, do latim *tropum* (volta), originado do grego *tropêo* (girar), aqui usada como figura de linguagem (tropo semântica), ou seja, emprego de uma palavra em sentido figurado. [N.T.]

mesma forma que não há nada para ser visto em um vidro totalmente transparente. Esse tabu de silêncio não deixa de ter analogia com aquele que pesa sobre a linguagem, também considerada como um veículo neutro, passivo, sem influência sobre as "ideias" que transmite: preconceito naturalista que Stalin exprimia fielmente decretando que "a língua não é uma instituição". Aqui, da mesma forma, é a institucionalidade, isto é, a *historicidade* do ensino que nossa cultura não sabe ou não quer perceber.

Ora, é muito evidente, ao contrário, que o ensino é uma realidade histórica que jamais foi transparente ou passiva: as estruturas do saber e as do ensino jamais coincidem perfeitamente, uma sociedade jamais ensina tudo o que sabe e, ao contrário, continua a ensinar conhecimentos ultrapassados, já desatualizados no campo vivo da ciência; o ensino constitui então um escolha significativa e, por essa razão, interessa ao historiador. Por outro lado, os métodos e os conteúdos do ensino participam — eminentemente — do que Lucien Febvre chama de "equipamento mental" de uma época, o que os faz, mais uma vez, objeto da história.

O destino da retórica oferece-nos, aliás, um exemplo característico dessa relativa autonomia em relação ao saber, que funda a historicidade do ensino. Na consciência literária geral, o espírito da retórica tradicional está morto, bem o sabemos, a partir do início do século XIX, com o advento do romantismo e o nascimento — conjunto — de uma concepção histórica da literatura; mas será só um século depois (em 1902) que o ensino secundário[3] o reconhecerá ao substituir o nome da disciplina Retórica. Hugo declara guerra à retórica, mas Rimbaud ainda aprende a arte da *mise en tropes* [tropos semânticos] e dos versos latinos.

---

3. *Enseignement secondaire* (ou segundo grau): sucede o ensino fundamental (primeiro grau, até o 6º ano) e completa este ciclo. Depois, existem as classes de segundo e terceiro ciclo (universidade). [N.T.]

Hoje em dia, então, e oficialmente, a retórica desapareceu de nosso ensino literário. Mas um código de expressão (e um instrumento intelectual) de tal envergadura não desaparece sem deixar traços ou sem fazer um sucessor: sua morte não pode ser, na realidade, senão uma substituição, ou uma mutação, ou ambas simultaneamente. É necessário então perguntar *no que se transformou* a retórica, ou *pelo que ela foi substituída* em nosso ensino. Uma comparação sumária entre a situação atual e a que reinava no século passado talvez nos permita, se não responder a essa questão, ao menos precisar os termos.

O primeiro traço característico do ensino literário no século XIX, e o mais manifesto, é que se trata de uma *retórica explícita e declarada*, como o indica o nome do último ano de estudos propriamente literários. Mas erraríamos em acreditar que o ensino retórico limita-se a esse último ano. Eis o que Émile de Girardin escreve a propósito do *Seconde*[4]: "Começamos aqui a preparar os alunos para a retórica fazendo-os conhecer as figuras de linguagem e exercitando-os na composição de narrativas em latim e em francês."[5] O manual de Fontanier, que é um tratado das figuras, compreende dois volumes, dos quais o primeiro (*Manuel classique pour l'étude des tropes*) é dirigido aos alunos do *Seconde*, sendo reservado à classe seguinte um outro volume consagrado às *Figures du discours autres que tropes*. Podemos então considerar esses dois anos como uma vasta sessão de retórica que vem coroar e justificar o conjunto das leituras e dos exercícios do ensino secundário a partir da *Sixième*. Todo o decorrer dos estudos clássicos tendia a essa excelência retórica.

---

4. Equivalente ao primeiro ano do ensino médio no Brasil. [N.T.]
5. Émile de Girardin, *De l'Instruction publique en france*, Paris, Mairet et Fournier, 1838, p. 81.

O segundo traço — o mais importante, sem dúvida — consiste em uma coincidência quase total do descritivo e do normativo: o estudo da literatura prolonga-se naturalmente em um aprendizado da arte de escrever. O manual de Noël e Delaplace, usado no tempo em que Flaubert frequentava o liceu de Rouen[6], intitula-se *Leçons françaises de littérature et de morale, ou Recueil en prose et en vers des plus beaux morceaux de notre Littérature des deux derniers siècles, avec les préceptes du genre et des modèles d'exercices*, e um outro manual, a *Nouvelle Rhétorique* de Le Clerc, enumera assim os gêneros literários nos quais ele se propõe a iniciar os alunos: "fábulas, composições, discursos permeados por narrativas, cartas, descrições de pessoas, comparações, diálogos, desenvolvimentos de uma expressão célebre ou de uma verdade moral, solicitações, relatórios, análises críticas, panegíricos, defesas". Os grandes textos da literatura grega, latina e francesa não eram então apenas objetos de estudo, mas também, e da forma mais direta, *modelos a serem imitados*. E bem se sabe que até o final do século (1880) as provas literárias das dissertações, dos exames, do Concurso geral, foram poemas e discursos latinos — isto é, não comentários, mas imitações: exercícios práticos de literatura. Esse estatuto ambíguo do ensino clássico permitia, então, aos mais dotados, uma passagem insensível dos últimos exercícios escolares às primeiras obras: é assim que as *Œuvres de jeunesse* de Flaubert compreendem seis "narrações" (cinco contos ou novelas históricas e uma descrição de Byron), que são deveres redigidos na *Quatrième* (1835-1836). Para um adolescente dessa época, "lançar-se na literatura" não era, como hoje, uma aventura e uma ruptura: era o prolongamento — diríamos, de bom grado, o resultado normal de um ciclo de estudos bem conduzidos, como o mostra o exemplo

---

6. Esta indicação e as seguintes, que concernem os anos de estudos de Flaubert, são tiradas do livro de Jean Bruneau, *Les Débuts littéraires de Flaubert*, Paris, A. Colin, 1962.

de Hugo, laureado aos quinze anos pela Academia, em quem a *criança sublime* coincide plenamente com o bom aluno.

O terceiro traço dessa retórica escolar é a ênfase que ela coloca no trabalho de estilo. Se nos referirmos às três partes tradicionais da retórica (a *inventio* ou pesquisa das ideias e dos argumentos, a *dispositio* ou composição, a *elocutio* ou escolha e arranjo das palavras), diremos que se trata, no essencial, de uma retórica da *elocutio*. Essa característica, aliás, está conforme às tendências próprias da retórica francesa clássica tal como se desenvolveu nos séculos XVII e XVIII, com uma preferência cada vez mais marcada pela retórica das figuras e dos procedimentos poéticos. O grande clássico da retórica francesa é um tratado dos tropos, o de Dumarsais (1730), e já vimos que o manual mais célebre, e sem dúvida o mais difundido no início do século XIX, é o de Fontanier, que só trata das figuras. Mesmo os dos autores que continuam a considerar teoricamente a *inventio* e a *dispositio* "concentram, de fato", como observa Jean Bruneau[7], "todo seu esforço na elocução". É o que manifestamente mostra o exercício do "desenvolvimento", através do qual se inicia os jovens alunos na arte da narração: o professor (ou o manual) propõe um "argumento", que fornece toda a matéria da narrativa, e o aluno fica encarregado de desenvolver e ornar este argumento recorrendo ao arsenal das figuras de palavras, de estilo e de pensamento. A proporção do argumento em relação ao desenvolvimento é, em geral, de 1 para 3, ou de 1 para 4: precisamente o necessário para *traduzir* o argumento em estilo ornado. Jean Bruneau tem boas razões para concluir que "o trabalho do aluno se encontra praticamente reduzido a um exercício de estilo".[8] Essa predominância da *elocutio* não é indiferente: a ênfase colocada sobre o estilo só pode reforçar o caráter *literário* (estético) dessa formação. O aluno de retórica aprendia a *escrever*, no sentido forte do verbo, que é intransitivo.

7. J. Bruneau, op. cit., p. 57.
8. Ibid., p. 58.

Se compararmos esse quadro ao de nosso ensino literário atual, observaremos facilmente uma tripla mutação no estatuto da retórica.

Em primeiro lugar, em seu estatuto *ideológico*: enquanto a retórica antiga era declarada, a nossa é puramente implícita. O próprio termo "retórica" desapareceu do vocabulário oficial e tomou uma clara conotação pejorativa no uso corrente, como sinônimo de loquacidade vazia e pomposa quando se trata da retórica em ato, ou de sistema rígido de regras pedantes quando se trata de teoria do discurso. Não há mais manuais de retórica para o uso das disciplinas. Ainda são editados "manuais de composição francesa", mas em sua maioria são apenas coletâneas de modelos classificados por assunto, frequentemente em ordem cronológica, o que acentua, mesmo quando esses modelos são dados como referência, a predominância do contexto sobre a técnica: são, na realidade, cursos de história (ou, mais raramente, de teoria) literária, na forma de séries de dissertação, e não manuais que ensinam a arte da dissertação literária. O que ocorre é que todas as considerações técnicas ficam ao encargo do ensino oral do professor, na forma puramente pragmática de conselhos e apreciações críticas por ocasião da entrega dos deveres. É característico que a única análise um pouco desenvolvida e motivada da arte da dissertação se encontre hoje na Introdução de um manual — destinado, aliás, aos alunos de *khâgne*[9] e de propedêutica[10] — que constitui uma espécie de síntese do que é, atualmente (no mais alto nível), a *tradição oral* de nossa retórica escolar.[11]

---

9. Curso preparatório para a École Normale Supérieure (Letras). [N.T.]
10. Conjunto de estudos que antecedem, como um estágio preparatório, os cursos superiores. [N.T.]
11. Chassang e Senninger, *La Dissertation littéraire générale*, Paris, Hachette, 1957.

A segunda mutação concerne ao *estatuto semiológico*: consiste em uma separação absoluta entre o descritivo e o normativo — entre o discurso sobre a literatura e o aprendizado literário. A coincidência que constatávamos antes no ensino do último século só se manteve no ensino primário e nas classes do primeiro ciclo[12], chamadas aulas de "gramática": aqui, a leitura dos textos e o aprendizado da "redação" (narração, descrição, diálogo) caminham juntos, e aprende-se a escrever estudando e imitando os autores. Mas a entrada no "segundo ciclo" — as aulas de *Letras* propriamente ditas — marca uma ruptura total: a arte de escrever é então considerada adquirida em seus mecanismos fundamentais e deixa de ser o principal objeto do ensino literário. Deixa, sobretudo, de ser homogênea ou isotópica à literatura: os alunos continuam a ler La Fontaine ou La Bruyère, mas não têm a oportunidade de imitá-los, dado que não se lhes pede mais que escrevam fábulas ou descrições, mas dissertações *sobre* a fábula ou a descrição, as quais não devem ser escritas na forma de seu objeto. Esta cisão entre o estudo descritivo e o aprendizado prático leva a uma redistribuição geral do campo dos estudos literários e a uma modificação decisiva do estatuto da retórica.

Por um lado, efetivamente, o estudo descritivo, liberado de qualquer cuidado de aplicação, escapa por isso mesmo ao domínio retórico e passa a ser, desde o começo do século, subordinado à jurisdição da "ciência" da literatura, sob a forma que lhe deu o século XIX, a única reconhecida como objetiva e ensinável: a história literária. O manual de história literária, a coletânea de trechos escolhidos organizados em ordem cronológica, substitui em definitivo o tratado de retórica; e o exercício fundamental, a explicação de textos[13], encontra-se praticamente anexado à história literária, dado que a suces-

---

12. Equivalente aos quatro últimos anos do nosso ensino fundamental — antigo ginásio. [N.T.]
13. Introduzida graças a Brunot e Lanson a partir da reforma de 1902.

são dos textos explicados conjuga-se e ilustra, no primeiro e no segundo anos do colegial (e com frequência além deles), o decorrer desta história, e que, por uma consequência evidente, os textos assim explicados o são *em função* de seu lugar na sucessão cronológica.[14]

Por outro lado, a aprendizagem técnica da escritura (o que subsiste da função normativa da retórica) se faz doravante através de exercícios que não são mais *obras* (ou ao menos ensaios e imitações de obras), mas *comentários*: o exercício escolar não é mais imitativo, mas descritivo e crítico — a literatura deixou de ser um *modelo* para se tornar um *objeto*. O discurso escolar mudou de plano: não é mais discurso literário, mas discurso sobre a literatura, e a consequência imediata é que a retórica que se ocupa dele, que assegura seu código e enuncia suas regras não é mais retórica da literatura, mas retórica de uma metaliteratura. Tornou-se *meta-metaliteratura*, discurso magistral mantido sobre a maneira pela qual se deve sustentar um discurso escolar acerca do discurso literário.

Na prática, esse discurso escolar se reduz, no essencial,

14. As vicissitudes da história literária no ensino secundário [nosso fundamental II e médio foram numerosas desde sua introdução oficial em 1880: reduzida em 1890, privada de sua forma magistral em 1903, suprimida durante alguns anos, restabelecida em seus direitos em 1925, sempre contestada por um grande número de professores ligados à tradição humanista, que lhe reprovam seu historicismo superficial, seu gosto pela *anedocte* [particularidade histórica — detalhe ou aspecto secundário sem maiores alcances — como forma de esclarecer a psicologia dos homens — N.T.], sua mistura paradoxal de cientismo e de dogmatismo, sua inadaptação às necessidades e aos fins do ensino secundário (cf. M. Sapanet, "Histoire littéraire ou Belles-Lettres", *L'Information Littéraire*, nov. 1954), ela está, hoje em dia, ao mesmo tempo solidamente implantada como objeto essencial do ensino literário e, segundo as instruções e programas oficiais, contida numa forma não dogmática, dado que o curso magistral está (em princípio) excluído e que ela deve ser estudada "com a ajuda da explicação de textos especialmente agrupados para este fim" (Instruções de 1938). Mas esta subordinação da explicação de textos à história, cuja justificação é evidente, não deixa de ter inconvenientes para os textos e para a autenticidade de sua leitura: "A história literária tende a anexar a explicação de textos e a impor-lhe a tirania de seus esquemas, em vez de se alimentar de sua substância" (A. Boutet de Monvel, *Encyclopédie pratique de l'éducation en France*, Paris, Ministère de l' Éducation nationale, 1960, p. 622-623).

a um exercício cuja importância há meio século não parou de crescer em nosso ensino e em nossa cultura: a *dissertação* (e sua variante oral: a *conferência*). De fato, as outras exposições, como a explicação de texto ou (no ensino superior) a dissertação (ou a tese) não detêm em princípio, nenhum estatuto retórico, dado que não possuem nenhuma forma autônoma: a explicação de texto é um comentário oral inteiramente submetido ao excerto, do qual toma o desenvolvimento sintagmático[15]; a dissertação e a tese são obras científicas que (sempre em princípio) não têm outra disposição senão o movimento da pesquisa ou o encadeamento do saber: a única regra editada a seu respeito é negativa, antirretórica: uma dissertação (ou uma tese) *não deve ser uma longa dissertação*. Seu monopólio retórico é então quase total, e podemos, sem grande esforço, definir nossa retórica escolar como uma retórica da dissertação.[16]

A terceira mutação — aquela que comanda o detalhe das prescrições, e que, portanto, nos reterá mais tempo — concerne à estruturação interna do código ou, se quisermos, ao *seu estatuto propriamente retórico*. Como a retórica antiga era essencialmente uma retórica da *inventio*, como a clássica era essencialmente uma retórica da *elocutio*, nossa retórica moderna é quase exclusivamente a da *dispositio*, isto é, do "plano". É fácil ver que esse novo estatuto interno deriva da nova

---

15. "Descreveríamos de bom grado (a explicação de texto) como uma espécie de mímica que acompanha o texto a ser comentado e, deixando-o correr em um ritmo mais lento, revela ao espírito desatento os relevos e os planos superpostos que inicialmente nivelavam o conjunto" (Ibid., p. 620).

16. "Os programas oficiais são muito modestos em relação a esse aspecto. Prescrevem, para o segundo ciclo, 'narrações, descrições, discursos, diálogos, pequenos assuntos literários ou morais'; mas sobre esse ponto as instruções não descrevem nosso ensino, pelo menos tal como ele foi nos últimos cinquenta anos. Desde a quinta série, e sobretudo na sexta, a dissertação literária ocupa um lugar preponderante" (Ibid., p. 621).

função semiológica que já constatamos: dado que o objeto do discurso está reduzido à realidade literária e especificado a cada vez pelo enunciado do assunto, o conteúdo coloca menos problemas de *invenção* que de *adaptação* de uma matéria já conhecida, mobilizada e presente ao espírito, à orientação específica de um tema; quanto à elocução, seu campo (seu jogo) se encontra também muito limitado pelo fato de que a dissertação pertence a um gênero único, que tomou o lugar de narrações, descrições, descrições de pessoas, discursos, fábulas, etc., da antiga retórica, e que, não sendo mais literária mas metaliterária (crítica), deve restringir muito severamente sua riqueza e sua liberdade estilísticas. De fato, nós o veremos, esses dois aspectos da teoria retórica só subsistem em estado de subordinação em relação ao terceiro, que ocupa todo o primeiro plano da cena.

Inicialmente, é necessário deixar claro que a exigência retórica varia segundo os níveis e os tipos de ensino literário. No ensino médio propriamente dito, considerado como um tempo de aprendizagem e de formação, a insistência das prescrições é temperada pela indulgência das apreciações: a dissertação de *baccalauréat* é julgada mais sobre as "qualidades de espírito" por ela revelados (e também, infelizmente, sobre uma correção linguística rara o bastante para ser discriminante) que sobre o rigor de sua composição. Na dissertação de *licence*[17], o peso das exigências formais é contrabalançado pela importância dos co-

---

17. Não há equivalência estrita entre os sistemas educativos brasileiro e francês. Neste, uma das possibilidades de graduação e pós-graduação — por exemplo, nas ciências ditas humanas — é um curso básico seguido do *DEUG* (*Diplôme d'Études Universitaires Générales — Premier Cycle*), da *licence* (na qual se obtém autorização para ensinar; corresponde ao primeiro ano do segundo ciclo universitário), da *maîtrise* (que não está em correlação com o nosso mestrado, mas que serve para sancionar o segundo ciclo do ensino superior) e, finalmente, do doutorado. [N.T.]

nhecimentos históricos e textuais. É na preparação dos grandes concursos (Normal superior[18] e *agrégation*[19]), isto é, no recrutamento de futuros professores, que se manifesta o mais alto grau de exigência formal; é nas classes de *khâgne* ou nos cursos de *agrégation* das escolas normais superiores que se desenvolve de maneira mais característica o espírito da nova retórica ou, ainda, para emprestar uma expressão que fez sucesso em outro campo, a *mística do plano*. São as principais regras dessa retórica (e suas justificativas) que é preciso considerar agora, por sua importância e sua significação histórica.

Citemos, em primeiro lugar, dois indícios particularmente claros dessa predominância da construção. Primeiro indício, o único exercício anexo da dissertação é o *exercício do plano*: sobre um tema dado, indicar as articulações principais de uma dissertação, sem redigir detalhes. Esse exercício, praticado sobretudo em *khâgne*, é destinado a dar aos alunos o "reflexo do plano" (que consiste em encontrar o mais rapidamente possível, diante de um assunto, a construção melhor adaptada e a mais eficaz) e habituá-los a julgar por si mesmos os defeitos e as qualidades de um plano que comandam o valor de uma dissertação: pode-se fazer uma má dissertação sobre um bom plano, mas não uma boa dissertação sobre um mau plano. Segundo indício: o "comentário de texto sob forma de dissertação", tal como é praticado — por escrito, no ensino médio, ou oralmente em algumas aulas de *agrégation* ditas "estudos literários" —, define-se retoricamente como um comentário *composto*, isto é, aquele que abandona a coincidência sintagmática da explicação de texto comum para adotar uma construção autônoma: um estudo literário cujas três partes corresponderiam banalmente às três partes do

---

18. *Normale Supérieure*: estabelecimento onde se formam os professores do ensino secundário e os pesquisadores. [N.T.]
19. Admissão no corpo docente da universidade a título de professor adjunto. O exame para essa admissão também leva o mesmo nome. [N.T.]

texto comentado seria mau *a priori*, dado que desprovido de *dispositio* própria. Aqui é preciso quebrar a continuidade do texto e considerá-lo por uma perspectiva em profundidade, sobre um eixo paradigmático perpendicular à linha sintagmática: primeira parte, o conjunto do texto considerado em um primeiro nível; segunda parte, o conjunto do texto considerado em um segundo nível, etc. O estudo literário pode então definir-se (e nisso ele constitui um excelente *modelo* de dissertação) como o recorte paradigmático (o plano) de um ser sintagmático (o texto).

Tomando as coisas de um ponto de vista puramente *estático*, a primeira exigência da retórica da dissertação é de ordem, de classificação das matérias: é ela que determina a divisão *em partes*. Uma dissertação compreende obrigatoriamente uma introdução, um "desenvolvimento" (termo herdado que não mais responde à sua verdadeira função) e uma conclusão. O desenvolvimento subdivide-se em *n* partes, sendo *n* geralmente, por razões que veremos mais tarde, igual a três. Aparentemente, esta divisão reproduz aquela do discurso judiciário antigo: exórdio, corpo do discurso (narração, argumentação, refutação) e peroração. Mas uma primeira diferença impõe-se: é que as partes de nosso desenvolvimento, ao contrário daquelas do discurso, não são qualificadas — nós as nomeamos simplesmente primeira, segunda e terceira partes. A razão deve-se ao fato de que, em vez de se distinguir por sua *função*, elas se definem por seu *nível*, ou por sua posição sobre um eixo. As partes do discurso eram *heterogêneas* (uma narrativa e duas probativas) e se encadeavam em uma continuidade funcional, como frases em um enunciado: "eis o que se passou, eis por que tenho razão, eis por que meu adversário está errado". As partes da dissertação são *homogêneas* e se sucedem de uma maneira descontínua, por mudança de planos, e não por encadeamento de funções. Assim, uma preleção[20] dedicada a determinado personagem literário poderá dividir-se[21] em: 1) descrição física, 2) descrição intelectual, 3) descrição moral. Vê-se aqui claramente o caráter flexional do plano: o assunto se *declina* por variações em torno de um tema fixo, suporte de flexão que pode ser explícito como nesse exemplo, ou subentendido como neste outro (para uma preleção dedicada, digamos, à arte de Verlaine em *Fêtes galantes*): 1) o pintor, 2) o músico, 3) o poeta (o radical comum é, evidentemente, o artista). Mas uma preleção sobre Julien Sorel dividida em 1) a ambição, 2) o amor, 3) as relações entre Sorel e Stendhal, pecaria por falta de "simetria", isto é, por ruptura do eixo paradigmático.

A exigência estática de classificação é, porém, só uma exigência mínima. Como todo discurso, a dissertação deve ter um *movimento*[22] — e geralmente se prefere este termo em vez de "plano", julgado por demais estático. O que substitui aqui o encadeamento das funções é a *progressão*, isto é, a disposição das partes segundo uma ordem de *importância crescente*: é preciso ir, segundo o preceito tradicional, "do menos importante ao mais importante", "do mais superficial ao mais profundo". Essa palavra de ordem de progressividade é capital para definir o estatuto informacional da dissertação: contrariamente ao que se passa na mensagem ordinária, a ordem de urgência é aqui inversa à ordem de importância; o essencial é sempre reservado para o fim, em vez de ser desde o primeiro momento lançado em título — a ordem da dissertação é aquela da informação *suspensa*.

20. Evidentemente, há algumas diferenças entre a retórica da dissertação e aquela da preleção. Devem-se, por um lado, ao caráter oral desta e, por outro, à forma mais simples, mais direta, menos problemática, que aí toma o enunciado do assunto: a preleção trata um assunto, a dissertação discute uma opinião. Do ponto de vista que nos ocupa nesta parte, a diferença é insignificante.
21. Divisão evidentemente grosseira, e aliás condenada em geral como *"passe-partout"* [chave mestra], a despeito do fato de se supor que cada assunto segrega um plano que lhe é próprio e não vale para nenhum outro.
22. "As duas leis essenciais são as da unidade e do movimento: delas derivam todas as outras" (Lanson, *Conseils sur l'art d'écrire*, p. 124).

A última exigência (máxima) é que essa progressão feita por todo o movimento da dissertação deva ser (se possível) uma progressão *dialética*. Assim, no primeiro exemplo citado, a passagem do físico ao intelectual e do intelectual ao moral reflete apenas uma hierarquia tradicional e sem problemática. Se quisermos dialetizar[23] esse plano, será necessário colocar como antitéticos o corpo e o espírito, e então o coração intervirá como a ultrapassagem dessa oposição (pode-se do mesmo modo dialetizar a relação do segundo exemplo: pintura/música/poesia). Estamos aqui no topo da técnica dissertativa, com o famoso plano tese/antítese/síntese, a respeito do qual um manual recente estima que ele convenha a 70% dos assuntos[24] e que um outro justifica assim: "Reconhecemos que em muitos assuntos o movimento do espírito aceita facilmente três partes. Por isso a dialética foi muitas vezes considerada como ternária..."[25] Esta dialética ternária, evidentemente, não é a de Platão, mas a de Hegel — e não deixa de ter interesse, para a história das ideias, notar aqui a substituição, na justificação "filosófica" da retórica, de Aristóteles para Hegel.

O plano ternário quer então responder a um *movimento de espírito*. Sua regra de ouro, dizem Chassang e Senninger, é de *"não ser um simples recorte*, uma simples classificação, mas *traduzir um movimento profundo* do espírito, ser de alguma forma o equivalente retórico de um processo lógico, em suma, aparecer como uma *emanação da própria vida do espírito".*[26] Um assunto de dissertação deve ser tomado como o que coloca (explicitamente ou não) um problema e as três partes interpretadas como momentos desta problemática: é natural examinar de

---

23. Em francês, "dialectiser", no sentido de fazer evoluir por um processo dialético. O *Dicionário Houaiss da língua portuguesa* tem, para essa palavra, somente a acepção de "usar dialeto". [N.T.]
24. Huisman e Plazolles, *L'Art de la dissertation littéraire*, Paris, 1965, p. 41.
25. Chassang e Senninger, op. cit., p. 16.
26. Ibid., p. 13.

início uma face do problema, depois outra e enfim resolvê-lo, não conciliando "molemente, verbalmente, formalmente os inconciliáveis", mas seguindo o movimento natural do espírito que, "quando se encontra em presença de uma contradição, trata de resolvê-la buscando um outro ponto de vista pelo qual ela se esclarece e às vezes se apaga".[27] Assim, as exigências de construção e de movimento são (elas também) conciliadas pelo dinamismo "natural" de uma problemática.[28]

Em um gênero tão rigorosamente submetido à lei do movimento, as questões de "conteúdo" tomam necessariamente uma figura muito particular. Como dizem de forma excelente Chassang e Senninger, "a dissertação é como um universo no qual *nada é livre*, um universo *assujeitado*, um mundo onde tudo o que não serve à discussão de um problema fundamental deve ser excluído, onde o desenvolvimento *autônomo* é a falta mais grave que se possa imaginar".[29] A matéria encontra-se aí subordinada, mais do que em qualquer outro tipo de escrito, ao que esses autores chamam "orientação geral única", e os problemas da *inventio* reduzem-se de fato a problemas de orientação e de "adaptação ao movimento" de um material predeterminado pelo tema e pelos conhecimentos do aluno.

É assim que a questão fundamental da *inventio* clássica (*que dizer?*) se torna, num primeiro tempo, *de que se trata?* — o

---

27. Ibid., p. 14.
28. Lembre-se aqui a crítica feita por Lévi-Strauss (*Tristes Tropiques*, Paris, Plon, 1993, p. 42-44) a essa dialética na maioria das vezes artificial e excessivamente cômoda. Crítica que não vale apenas para a filosofia, mas para todas as disciplinas nas quais a dissertação se tornou o exercício (e, infelizmente, o modo de pensar) fundamental. É difícil medir tudo que nossa cultura e nossas estruturas mentais devem, bem ou mal, a essa soberania da dissertação, mas é evidente que todo exame crítico, toda análise histórica de nosso universo intelectual deveria passar por aí.
29. Chassang e Senninger, op. cit., p. 9.

que corresponde à pesquisa do *tema* (ou *sujeito*, no sentido lógico) do assunto. Seja o enunciado: "Corneille descreve os homens tais como deveriam ser", uma primeira delimitação, puramente estática e espacial, reduz naturalmente o campo da dissertação a Corneille; mas esta primeira redução não basta, pois a questão de fato pertinente é a segunda, que simplesmente pressupõe a primeira, e que é: *que se diz?* Ao contrário do que pensam os alunos ingênuos ou inexperientes, o assunto de uma dissertação não está em seu tema, mas em seu *predicado*. Assim, o plano retórico está aqui marginalizado, *disjunto* em relação ao plano lógico, dado que o predicado do primeiro torna-se o *sujeito* do segundo, o que podemos representar grosseiramente pelo seguinte esquema:

plano lógico	sujeito	predicado	
plano retórico		sujeito	predicado

Essa disjunção talvez se manifeste de maneira ainda mais sensível no nível do que chamaremos "inventio de detalhe", em oposição a essa *inventio* geral que é a determinação do *sujeito*. O material elementar, a *unidade* dissertativa, não existe em estado bruto, como uma pedra ou um tijolo; ela só existe enquanto apreendida pelo movimento demonstrativo. Essa unidade não é a *ideia*, não é o *exemplo* — é a ideia e o exemplo *orientados*[30], isto é, já adaptados ao movimento do discurso. Antes desta orientação há *conjuntos* lógicos ou linguísticos (frases); esses conjuntos pré-retóricos tornam-se unidades retóricas desviando-se no *sentido* da problemática do *sujeito*. É o que bem mostra esta definição da célula retórica que é o *parágrafo*: "É o menor conjunto de frases orientado para o *su-*

---

30. Ibid.

jeito, mas suscetível de ser destacado das outras ideias, dado que forma em si um argumento completo."[31]

Essa subordinação rigorosa dos elementos ao todo marca-se com uma clareza particular na reserva tradicional dos examinadores em relação às *citações*. Elas devem ser "de preferência proscritas", pois "há todas as chances de que o crítico (citado) tenha tido outras preocupações que não as tuas ao redigir seu texto, e que assim seu texto, introduzido no teu, constitua aí um desenvolvimento autônomo".[32] De fato, cada *sujeito* determinando uma orientação particular, e cada elemento devendo se curvar a esta orientação, é evidente que, no limite, nenhuma citação — elemento emprestado por definição a um conjunto exterior — pode entrar em uma dissertação. Preferiremos então, às citações brutas, excessivamente rígidas para unir-se à curva do desenvolvimento, as análises e paráfrases mais suaves e mais orientáveis.

Vemos como estamos longe dos *topoi* transportáveis e intercambiáveis à mercê da antiga retórica (e da retórica efetivamente praticada pela maior parte dos alunos); em uma "boa" dissertação nada é deslocável, nada é substituível, nada é isolável; e isso, uma vez mais, não porque o "conteúdo" seria diferente a cada vez (a massa dos conhecimentos disponíveis não é tão vasta), mas porque a dissertação não conhece conteúdo que já não esteja apreendido, orientado, desviado por uma *forma*, isto é, por uma ordem. Essa retórica da *dispositio*, para a qual *os mesmos pensamentos formam um outro corpo de discurso, por uma disposição diferente*, encontra sua divisa, como sua justificação, em Pascal, que se torna assim, ao mesmo tempo, o primeiro crítico da retórica antiga e o fundador da retórica moderna: *"Que não se diga que eu não falei nada de novo: a disposição das matérias é nova."*[33]

31. Ibid., p. 12.
32. Ibid., p. 15.
33. Blaise Pascal, *Pensées*, Paris, Garnier, 1961, seção I. [Ed. bras.: *Pensamentos*, trad. Sérgio Milliet São Paulo, Difusão Europeia do Livro, 1961.]

A dissertação, por não ser uma obra literária, não exige, e em certo sentido recusa, o que é a marca tradicional da literatura, o "belo estilo": "Sob pretexto de que a dissertação concerne às questões de arte, não nos acreditamos autorizados ao *belo estilo*".[34] De fato, a retórica do estilo limita-se quase exclusivamente, aqui, a prescrições negativas: contra as incorreções gramaticais, erros de ortografia, impropriedades de vocabulário, o que é óbvio; contra os "efeitos" estéticos e poéticos, deslocados em um gênero tão sóbrio e tão rigorosamente funcional, onde *tudo o que não é útil é nocivo*; contra a vulgaridade, os clichês pequeno-burgueses, as metáforas comerciais, que também comprometeriam a pureza acadêmica do gênero; contra o "jargão", isto é, os neologismos e empréstimos de vocabulários especializados[35], que não encontram lugar em uma prova de "cultura geral" (pois a cultura literária reivindica de bom grado unicamente para si o privilégio da generalidade). O ideal do estilo dissertativo é verdadeiramente um *grau zero de escritura*; o único valor propriamente estético que se pode nele ainda encontrar é o *brilhante*, isto é, a arte da "fórmula". Em certo sentido, a *fórmula brilhante* (e sabe-se quanto o estilo ensaísta de nossa época honra e pratica este valor) é simplesmente uma figura de retórica: antíteses, metáforas, oximoros, quiasmos, paronomásias, todos esses recursos clássicos são chamados a contribuir; mas, em outro sentido, ela nada mais quer além do ponto extremo de concentração de uma escritura dedicada somente à eficácia: "não um traço oratório, mas a finalização lógica de um pensamento que se busca" — e que triunfa em se encontrando; não um ornamento agregado, mas a própria intensidade e o brilho do *atalho* intelectual.

34. Ibid., p. 18.
35. E especialmente, nas classes superiores, do vocabulário filosófico, tentação permanente para os alunos e detestável ovelha negra para os professores de Letras, que se deleitam de bom grado em poder dizer tudo na língua de Racine, mas que nunca concebem, por exemplo, que *tempo* seja uma coisa e *temporalidade* uma outra. Aqui, a incompreensão torna-se um argumento, e como que uma prova de superioridade.

Observaremos, contudo, que esse valor jamais aparece sob uma forma verdadeiramente normativa: não se *aconselha* ser brilhante — o conselho seria muito perigoso para os menos dotados, que naufragariam ao visar alto demais: *louva-se* simplesmente aqueles que o são, além de tudo, por excelência. A verdadeira prescrição positiva é ainda a predominância da *dispositio*: "Em uma dissertação... o bom estilo é aquele que, *intensamente mesclado à composição*, contribui para o impulso do parágrafo dando a impressão de uma análise cada vez mais elaborada."[36] Composição, progressão: encontramos no próprio coração dos problemas do estilo os valores mestres da construção.

Vê-se bem por essa tripla mudança de estatuto ideológico, semiológico e retórico que nosso código escolar não tem mais muita coisa em comum com aquele que se ensinava há ainda meio século. Se quiséssemos reter apenas a diferença essencial, aquela que talvez comande todas as outras, poderíamos dizer que a retórica antiga assegurava simultaneamente uma função *crítica*, que era estudar a literatura, e uma função *poética* (no sentido valéryano), que era, por sua vez, produzir literatura propondo modelos: esta coincidência de funções definia a *situação retórica*. Na medida em que esta coincidência desapareceu de nosso estudo literário, podemos estimar que a retórica, naquilo que possuía de mais específico, desapareceu com ela, deixando em seu lugar uma ciência (que não lhe deve quase nada), a história literária, que tende, aliás abusivamente, a monopolizar o estudo descritivo da literatura, bem como uma técnica de escritura (que lhe deve muito, mas com mudanças de enfoque bastante sensíveis), a dissertação, que, de meio século para cá e cada vez mais expandiu-se pelos ensinos vizinhos (filosofia, história, etc.). Será que por isso

---

36. Chassang e Senninger, op. cit., p. 18 (grifos meus).

ela desapareceu de nossa cultura? Não, sem dúvida, pois no mesmo momento em que a situação retórica se ocultava no ensino nós a víamos reaparecer, sob uma nova forma, na própria literatura, na medida em que esta, com Mallarmé, Proust, Valéry, Blanchot, esforçava-se em assumir para si a reflexão, reencontrando por uma via inesperada a coincidência das funções crítica e poética: em certo sentido, nossa literatura atual, naquilo que ela tem de mais profundo, e apesar de seu antirretoricismo de princípio (seu *terrorismo*, diria Paulhan), é inteiramente uma retórica, dado que é ao mesmo tempo literatura e discurso sobre a literatura. A situação retórica só fez então deslocar-se, e essa transferência talvez comporte uma compensação. Entretanto, é preciso observar que ela se fez acompanhar por uma diminuição da função poética em benefício da função crítica, dado que nossa literatura ganhou uma dimensão crítica enquanto nosso ensino perdia uma dimensão poética. A manutenção do equilíbrio é então apenas aparente, como mostra o quadro a seguir:

	Século XIX	*Século XX*
Literatura	Poética	Poética + Crítica
Ensino	Poética + Crítica	Crítica
Balanço cultural	2 Poética + 1 Crítica	1 Poética + 2 Crítica

Essa inversão pode desagradar ou satisfazer: pelo menos ela não tem nada para surpreender.

Janeiro de 1966

A literatura e o espaço

Pode parecer paradoxal falar em espaço a propósito da literatura: de fato, aparentemente, o modo de existência de uma obra literária é essencialmente temporal, dado que o ato de leitura através do qual realizamos o ser virtual de um texto escrito, este ato, como a execução de uma partitura musical, é feito de uma sucessão de instantes que se completa na duração, em nossa duração — como o mostra muito bem Proust nas páginas do *Caminho de Swann*, nas quais evoca essas tardes de domingo em Combray, quando a atividade de leitura tinha "esvaziado os incidentes medíocres de (sua) existência pessoal" e substituído por "uma vida de aventuras e de aspirações estranhas": tardes que *continham* de fato essa vida segunda, por tê-la, diz Proust, "pouco a pouco contornado e cercado, enquanto progredia em minha leitura e diminuía o calor do dia, no cristal sucessivo, lentamente modificado e atravessado por folhagens, de suas horas silenciosas, sonoras, odorantes e límpidas".

Apesar disso, pode-se e deve-se considerar a literatura em suas relações com o espaço. Não somente — o que seria a maneira mais fácil, mas a menos pertinente de considerar essas relações — porque a literatura, entre outros "temas", fala também do espaço, descreve os lugares, as construções, as paisagens, transporta-nos, como diz ainda Proust a propósito de suas leituras infantis, em imaginação para locais desconhecidos e nos dá, por um instante, a ilusão de percorrê-los e de habitá-los; ainda não somente porque, como vemos por exemplo em autores tão diferentes como Hölderlin, Baudelaire, no próprio Proust, em Claudel, Char, há uma certa sensibilidade em relação ao espaço ou, dizendo melhor, uma espécie de fascinação pelo lugar, que é um dos aspectos essenciais daquilo que Valéry denominava o *estado poético*. Esses são traços de espacialidade que podem ocupar ou habitar a literatura, mas que talvez não sejam ligados à sua essência, isto é, à sua linguagem. O que faz da pintura uma arte do espaço não é o fato de que ela nos dê uma representação da dimensão, mas que esta própria representação se complete na dimensão de uma outra dimensão que seja especificamente a sua. E a arte do espaço por excelência, a arquitetura, não fala do espaço: seria mais verdadeiro dizer que ela faz parte do espaço, que é o espaço que fala nela e (na medida em que toda arte visa essencialmente organizar sua própria representação) que fala dela. Haveria da mesma forma, ou de uma maneira análoga, algo como uma espacialidade literária ativa e não passiva, significante e não significada, própria à literatura, específica à literatura, uma espacialidade representativa e não representada? Parece-me que podemos pretendê-lo sem forçar as coisas.

Há, em primeiro lugar, uma espacialidade de certo modo primária ou elementar, que é a da própria linguagem. Observou-se com frequência que a linguagem parecia naturalmente mais apta a "exprimir" as relações espaciais do que qualquer outra espécie de relação (e, portanto, de realidade), o que a leva a utilizar as primeiras como símbolos ou metáforas das segundas, ou seja, a tratar de todas as coisas em termos de espaço e, por conseguinte, a espacializar todas as coisas. Sabe-se que esta forma de enfermidade ou de *parti pris* inspira o essencial do processo movido por Bergson contra a linguagem, na sua visão a culpada por uma espécie de traição face à realidade da "consciência", que seria de ordem puramente temporal. Mas podemos dizer que o desenvolvimento da linguística a partir de meio século confirmou de maneira notável a análise de Bergson. Distinguindo rigorosamente a fala da língua, e dando a esta o papel principal no *jogo* da linguagem — definida como um sistema de relações puramente diferenciais, na qual cada elemento se qualifica pelo lugar que ocupa dentro de um conjunto e pelas relações verticais e horizontais que mantém com os elementos parentes e vizinhos —, é inegável que Saussure e seus seguidores colocaram em relevo um modo de ser da linguagem que se pode chamar de espacial, ainda que se trate, como indica Blanchot, de uma espacialidade da qual "nem o espaço geométrico ordinário nem a vida prática nos permitem recuperar a originalidade".

Essa espacialidade da linguagem, considerada em seu sistema implícito — o sistema da língua que comanda e determina todo ato de fala —, encontra-se de certa forma manifestada, colocada em acentuada evidência na obra literária devido ao emprego do texto escrito. Durante muito tempo, considerou-se a escritura, especialmente a escritura dita fonética tal como a concebemos e utilizamos, ou acreditamos utilizar no Ocidente, como um simples instrumento de notação da fala. Atualmente, começamos a compreender que ela é algo mais que isso, e Mallarmé já dizia que "pensar é escrever sem acessórios". Dada a espacialidade específica que acabamos de lembrar, a linguagem (e, portanto, o pensamento) já é uma espécie de escritura, ou, se preferirmos, a espacialidade manifesta da escritura pode ser tomada como símbolo da espacialidade profunda da linguagem. Para nós, que vivemos em uma civilização na qual a literatura se identifica ao escrito, esse modo espacial de sua existência simplesmente não pode ser tomado como acidental e insignificante. A partir de Mallarmé, aprendemos a reconhecer (a re-conhecer) os recursos ditos visuais da grafia e da distribuição das palavras sobre a página, bem como a existência do Livro como uma espécie de objeto total; essa mudança de perspectiva nos tornou mais atentos à espacialidade da escritura, à disposição atemporal e reversível dos signos, das palavras, das frases e do discurso na simultaneidade disso a que chamamos um texto. Não é verdade que a leitura seja somente esse desenrolar contínuo no decorrer das horas de que falava Proust a respeito de suas tardes de leituras infantis, e o autor de *Em busca do tempo perdido* o sabia melhor que ninguém, ele que reclamava de seu leitor uma atenção para o que chamava de o caráter "telescópico" de sua obra, isto é, as relações de longo alcance que se estabeleciam entre episódios muito afastados na continuidade temporal de uma leitura linear (mas singularmente próximos, observemos, no espaço escrito, na espessura da paginação do volume), e que exigem, para serem contemplados, uma espécie de percepção simultânea da unidade total da obra. Tal unidade não reside somente nas relações horizontais de vizinhança e de sucessão, mas também nas relações que podemos chamar de verticais, ou transversais, esses efeitos de espera, de mobilização, de resposta, de simetria, de perspectiva em nome dos quais o próprio Proust comparava sua obra a uma catedral. Ler tais obras (existem outras?) como é preciso é somente reler, já é sempre reler, percorrer sem cessar um livro em todos os seus sentidos, em todas as suas direções, em todas as suas dimensões. Podemos então dizer que o espaço do livro, assim como o da página, não está passivamente submetido ao tempo da leitura sucessiva, mas que, na medida em que ele aí se revela e se completa plenamente, não cessa de desdobrá-lo e de invertê-lo. Portanto, em certo sentido, não cessa de aboli-lo.

Um terceiro aspecto da espacialidade literária se exerce no nível da escritura, desta vez no sentido estilístico do termo, nisso que a retórica clássica chamava de figuras, e hoje em dia chamaríamos mais geralmente de efeitos de sentido. A pretensa temporalidade da fala está ligada ao caráter em princípio linear (unilinear) da expressão linguística. O discurso consiste aparentemente em uma cadeia de significantes presentes "substituindo" uma cadeia de significantes ausentes. Mas a linguagem, em especial a linguagem literária, raramente funciona de uma forma tão simples: a expressão não é sempre unívoca, ao contrário, ela não para de se desdobrar, o que quer dizer que uma palavra, por exemplo, pode comportar ao mesmo tempo duas significações, às quais a retórica dava os nomes de literal e figurada, e que o espaço semântico que se acentua entre o significado aparente e o significado real abole do mesmo gesto a linearidade do discurso. É precisamente este espaço, e nada mais, que chamamos por uma palavra cuja própria ambiguidade é feliz, a *figura*: a figura é simultaneamente a forma que o espaço toma e aquela que a linguagem se dá, e é o próprio símbolo da espacialidade da linguagem literária em sua relação com o sentido. É claro que ninguém mais escreve segundo o código da retórica antiga, mas nossa escritura nem por isso é menos recheada de metáforas e de figuras de todo tipo, e isso a que chamamos estilo — mesmo o mais sóbrio — permanece ligado a esses efeitos de segundos sentidos que a linguística chama de conotações. O que diz o enunciado está sempre de alguma forma duplicado, acompanhado pelo que diz a maneira através da qual ele o diz, e a maneira mais transparente é ainda uma maneira, e a própria transparência pode se fazer sentir da forma mais indiscreta: quando o Código, caro a Stendhal, enuncia *"tout condamné à mort aura la tête tranchée"* [todo condenado à morte terá a cabeça cortada], significa, *ao mesmo tempo* que a execução capital, a literalidade espetacular de sua própria linguagem. É este "ao mesmo tempo" (esta simultaneidade que se abre e o espetáculo que aí se dá a ver) que constitui o estilo como espacialidade semântica do discurso literário, e este, por sua vez, como um *texto*, como uma espessura de sentido que nenhuma duração pode realmente desposar, e menos ainda esgotar.

O último modo de espacialidade que podemos citar concerne à literatura tomada em seu conjunto, como uma espécie de imensa produção atemporal e anônima. A principal queixa que Proust dirigia a Sainte-Beuve era esta: "Ele vê a literatura sob a categoria do Tempo." Tal reprovação, vinda da pluma do autor de *Em busca do tempo perdido*, pode surpreender, mas devemos saber que para ele o tempo reencontrado é o tempo abolido. E no campo da crítica, Proust terá sido um dos primeiros a se insurgir contra a tirania do ponto de vista diacrônico introduzido no século XIX, principalmente por Sainte-Beuve. É claro que não é preciso negar a dimensão histórica da literatura, o que seria absurdo, mas, graças a Proust e a alguns outros, aprendemos a reconhecer os efeitos de convergência e de retroação que fazem também da literatura como que um vasto campo simultâneo que devemos saber percorrer em todos os sentidos. Proust falava do "lado Dostoiévski de Madame de Sévigné", Thibaudet dedicou um livro inteiro ao bergsonismo de Montaigne e, recentemente, ensinaram-nos a ler Cervantes à luz de Kafka: essa reintegração do passado no campo do presente é uma das tarefas essenciais da crítica. Lembremos aqui das palavras exemplares de Jules Lemaître sobre o velho Brunetière: "Enquanto lê um livro, ele pensa em todos os livros que foram escritos desde o começo do mundo." É, no mais alto grau, o que faz Borges, murado no labirinto inesgotável da biblioteca mítica, na qual todos os livros são um só livro, e cada livro é todos os livros.

A biblioteca: eis o mais claro e o mais fiel símbolo da espacialidade da literatura. A literatura inteira apresentada, isto é, tornada presente, totalmente contemporânea de si mesma, passível de ser percorrida, reversível, vertiginosa, secretamente infinita. Podemos dizer dela o que Proust, em seu *Contre Sainte-Beuve*, escrevia sobre o castelo de Guermantes: "o tempo, aí, tomou a forma do espaço". Fórmula sobre a qual proporemos essa tradução sem surpresa: a palavra, aí, tomou a forma do silêncio.

Fronteiras da narrativa

Se aceitarmos, por convenção, permanecer no campo da expressão literária, definiremos sem dificuldade a narrativa como a representação de um acontecimento ou de uma sequência de acontecimentos, reais ou fictícios, através da linguagem, e mais particularmente da linguagem escrita. Essa definição positiva (e corrente) tem o mérito da evidência e da simplicidade; seu principal inconveniente talvez seja enclausurar-se e nos enclausurar na evidência, mascarar aos nossos olhos aquilo que precisamente, no próprio ser da narrativa, coloca problema e dificuldade, apagando de certo modo as fronteiras de seu exercício e as condições de sua existência. Definir positivamente a narrativa é dar crédito, talvez de modo perigoso, à ideia ou ao sentimento de que a narrativa é *evidente*, que nada é mais natural que contar uma história ou agenciar um conjunto de ações em um mito, um conto, uma epopeia, um romance. A evolução da literatura e da consciência literária desde há meio século terá tido, entre outras felizes consequências, a de chamar nossa atenção, ao contrário, sobre o aspecto singular, artificial e problemático do ato narrativo. É preciso voltar uma vez mais ao estupor de Valéry ao considerar um enunciado do tipo "A marquesa saiu às cinco horas". Sabe-se quanto, sob formas diversas e às vezes contraditórias, a literatura moderna viveu e ilustrou essa surpresa fecunda, como ela se quis e se fez, em seu próprio fundo, interrogação, comoção, contestação do propósito narrativo. Essa questão falsamente ingênua — *por que a narrativa?* — poderia ao menos nos incitar à pesquisa, ou mais simplesmente a reconhecer os limites de algum modo negativos da narrativa, a considerar os principais jogos de oposição através dos quais a narrativa se define, se constitui em face das diversas formas da não narrativa.

Diegesis e mímesis

Uma primeira oposição é aquela indicada por Aristóteles em algumas frases rápidas da *Poética*. Para Aristóteles, a narrativa (*diegesis*) é um dos dois modos da imitação poética (*mímesis*), sendo o outro a representação direta dos acontecimentos por atores falando e agindo diante do público.[1] Aqui se instaura a distinção clássica entre poesia narrativa e poesia dramática. Esta distinção já havia sido esboçada por Platão no terceiro livro de *A República*, com duas pequenas diferenças: por um lado, Sócrates denegava à narrativa a qualidade (isto é, para ele, o defeito) da imitação, e, por outro, levava em consideração os aspectos de representação direta (diálogos) que um poema não dramático como os de Homero pode comportar. Há, então, nas origens da tradição clássica, duas divisões aparentemente contraditórias, nas quais a narração se oporia à imitação, aqui como sua antítese, e ali como um de seus modos.

Para Platão, o campo do que ele chama "lexis" (ou modo de dizer, em oposição a "logos", que designa o que é dito) divide-se teoricamente em imitação propriamente dita (*mímesis*) e simples narrativa (*diegesis*). Por simples narrativa, Platão compreende o que o poeta *conta* "falando em seu próprio nome, sem tentar nos fazer crer que é um outro que fala"[2] — assim, quando Homero, no canto I da *Ilíada*, nos diz a respeito de Crísias:

---

1. Aristóteles, *La Poétique*, Paris, Seuil, 1980, I448 a. [Ed. bras.: *Arte retórica e arte poética*, Rio de Janeiro, Tecnoprint, 1969.]
2. Platão, *La République*, Paris, Gallimard, 1992, 393 a. [Ed. bras.: *A República*, trad. Jacó Guinsburg, São Paulo, Difel, 1965.]

Ele tinha vindo às finas naus dos aqueus, para comprar sua filha, portador de um enorme resgate, segurando nas mãos, sobre seu cetro de ouro, o estandarte do arqueiro Apolo; e suplicava a todos os aqueus, mas sobretudo aos dois filhos de Atreus, bons comandantes dos povos.[3]

A imitação, ao contrário, consiste, a partir do verso seguinte, no fato de que Homero faz falar o próprio Crísias, ou melhor, segundo Platão, fala fingindo ser Crísias, e "esforçando-se para nos dar, tanto quanto possível, a ilusão de que não é Homero quem fala, mas o ancião, sacerdote de Apolo". Eis o texto do discurso de Crísias:

Atridas, e vós também, aqueus com boas armaduras, possam os deuses, habitantes do Olimpo, dar-lhes a ventura de destruir a cidade de Príamo, e depois retornar sem mal aos seus lares! Mas a mim, possam vocês ainda devolver minha filha! Para tanto, aceitem o resgate que aqui está, em consideração ao filho de Zeus, o arqueiro Apolo.

Ora, adiciona Platão, Homero bem poderia prosseguir seu relato sob uma forma puramente narrativa, *contando* as palavras de Crísias, em vez de reproduzi-las, o que, para a mesma passagem, teria dado, no estilo indireto e em prosa:

O sacerdote chegou e fez votos aos deuses para que lhes permitissem conquistar Troia preservando-os de morrer na empreitada, e pediu aos gregos para que lhe devolvessem a filha em troca de um resgate, e em respeito ao deus.[4]

Essa divisão teórica, que opõe, no interior da dicção poética, os dois modos puros e heterogêneos da narrativa e da imitação,

3. Homero, *Iliade*, I, Paris, Les Belles Lettres, 1998, p. 12-16. [Ed. bras.: *A Ilíada*, trad. Haroldo de Campos, São Paulo, Arx, 2003.]
4. Platão, op. cit..

engaja e funda uma classificação prática dos gêneros, que compreende os dois modos puros (narrativo, representado pelo velho ditirambo, e mimético, representado pelo teatro), além de um modo misto ou, mais precisamente, alternado, que é o da epopeia, como acabamos de ver pelo exemplo da *Ilíada*.

A classificação de Aristóteles é, à primeira vista, muito diferente, dado que remete qualquer poesia à imitação, distinguindo apenas dois modos imitativos: o direto, que é aquele que Platão chama propriamente "imitação", e o narrativo, que ele chama, como Platão, "diegesis". Por outro lado, Aristóteles parece identificar de modo pleno não só, como faz Platão, o gênero dramático com o modo imitativo, mas também, sem levar em conta seu caráter misto, o gênero épico com o modo narrativo puro. Esta redução pode se dever ao fato de que Aristóteles define o modo imitativo, mais estritamente que Platão, pelas condições cênicas da representação dramática. Ela pode justificar-se também pelo fato de que a obra épica — qualquer que seja a parte material de diálogos ou discursos no estilo direto, e mesmo que esta parte ultrapasse aquela do relato — permanece essencialmente narrativa, dado que os diálogos são necessariamente enquadrados e conduzidos por partes narrativas que constituem, no sentido próprio, o *fundo* ou, se preferirmos, a trama de seu discurso. De resto, Aristóteles reconhece em Homero uma superioridade sobre os outros poetas épicos, assim como admite que ele intervém pessoalmente o menos possível em seu poema, colocando com frequência em cena personagens caracterizados, em conformidade com o papel do poeta, que é de imitar o mais possível.[5] Dessa forma, parece reconhecer implicitamente o caráter imitativo dos diálogos homéricos e, portanto, o caráter misto da dicção épica, narrativa em seu fundo, mas dramática em sua maior extensão.

---

5. Aristóteles, op. cit., 1460 a.

A diferença entre as classificações de Platão e de Aristóteles se reduz, então, a uma simples variação de termos: essas duas classificações convergem sobre o essencial, isto é, a oposição do dramático e do narrativo, sendo o primeiro considerado pelos dois filósofos como mais plenamente imitativo que o segundo: há um acordo sobre o fato de certa forma sublinhado pelo desacordo quanto aos valores, dado que Platão condena os poetas enquanto imitadores, a começar pelos dramaturgos, e, sem excetuar Homero, julgado ainda mimético demais para um poeta narrativo, e só admite na Cidade um poeta ideal cuja dicção austera seria o menos mimética possível; já Aristóteles, simetricamente, coloca a tragédia acima da epopeia, e louva em Homero tudo o que aproxima sua escritura da dicção dramática. Os dois sistemas são, portanto, idênticos, com a reserva de uma inversão de valores: para Platão, assim como para Aristóteles, a narrativa é um modo enfraquecido, atenuado, da representação literária — e percebe-se mal, à primeira vista, o que poderia conduzir a um outro julgamento.

Apesar disso, é preciso introduzir aqui uma observação sobre a qual nem Platão nem Aristóteles parecem ter se preocupado, e que restituirá à narrativa todo seu valor e importância. A imitação direta, tal como funciona em cena, consiste em gestos e palavras. Enquanto gestos, ela pode evidentemente representar ações, mas escapa então ao plano linguístico, que é onde se exerce a atividade específica do poeta. Enquanto palavras, discursos mantidos pelos personagens (e é óbvio que em uma obra narrativa a parte de imitação direta se reduz a isso), ela não é propriamente falando representativa, dado que se limita a reproduzir tal qual um discurso real ou fictício. Pode-se dizer que os versos doze a dezesseis da *Ilíada*, citados acima, nos dão uma representação verbal dos atos de Crísias, mas não se pode dizer o mesmo dos cinco seguintes; eles não *representam* o discurso de Crísias: se aí se trata de um discurso de fato pronunciado, eles o *repetem*, literalmente; e se é um discurso fictício, eles o *constituem*, também literalmente; nos dois casos, o trabalho da representação é nulo, e nos dois casos os cinco versos de Homero se confundem rigorosamente com o discurso de Crísias: "A palavra 'cão', diz William James, não morde." Se chamamos imitação poética o fato de representar por meios verbais uma realidade não verbal e, excepcionalmente, verbal (como chamamos imitação pictural o fato de representar por meios picturais uma realidade não pictural e, excepcionalmente, pictural), é preciso admitir que a imitação se encontra nos cinco versos narrativos, e não está de forma alguma nos cinco versos dramáticos, que consistem simplesmente em uma interpolação, no meio de um texto que representa acontecimentos, de um outro texto emprestado desses acontecimentos: como se um pintor holandês do século XVII, numa antecipação de alguns procedimentos modernos, tivesse colocado, no meio de uma natureza morta, não a pintura de uma concha de ostra, mas uma concha de ostra verdadeira. Esta comparação simplista comparece aqui para fazer sentir o caráter profundamente heterogêneo de um modo de expressão ao qual estamos tão habituados que não percebemos as mudanças de registro mais abruptas. A narrativa "mista", segundo Platão, isto é, o modo de relação mais corrente e universal, "imita" alternativamente, no mesmo tom e, como diria Michaux, "sem mesmo ver a diferença", uma matéria não verbal que ela deve de fato representar como pode, e uma matéria verbal que se autorrepresenta, e que ela se contenta muitas vezes em *citar*. Caso se trate de uma narrativa histórica rigorosamente fiel, o historiador--narrador deve ser muito sensível à mudança de regime quando passa do esforço narrativo na relação dos atos consumados para a transcrição mecânica das palavras pronunciadas; mas quando se trata de uma narrativa parcial ou totalmente fictícia, o trabalho de ficção, que também concerne a conteúdos verbais e não verbais, tem sem dúvida como efeito mascarar a diferença que separa os dois tipos de imitação das quais uma está, se posso dizer, em contato direto, enquanto a outra faz intervir um sistema de engrenagens complexo. Admitindo (o que é, aliás, difícil) que imaginar atos e imaginar palavras procede da mesma operação mental, "dizer" esses atos e dizer essas palavras constituem duas operações verbais muitíssimo diferentes. Ou melhor, somente a primeira constitui uma verdadeira operação, um ato de *dicção* no sentido platônico, comportando uma série de transposições e de equivalências, bem como uma série de escolhas inevitáveis entre os elementos da *história* que deve ser retida e os elementos que se pode negligenciar, entre os diversos pontos de vista possíveis, etc. Tais operações, evidentemente, estão ausentes quando o poeta ou o historiador se limitam a transcrever um discurso. É claro que se pode (e se deve) contestar essa distinção entre o ato de representação mental e o ato de representação verbal — entre o *logos* e a *lexis* —, mas isto equivale a contestar a própria teoria da imitação, que concebe a ficção poética como um simulacro de realidade, que é tanto transcendente ao discurso que o assume quanto o acontecimento histórico é exterior ao discurso do historiador, ou a paisagem representada ao quadro que a representa: teoria que não faz nenhuma distinção entre ficção e representação, na qual o objeto da ficção se reduz a um real inautêntico que espera ser representado. Ora, parece que nesta perspectiva a própria noção de imitação no plano da *lexis* é pura miragem que se desvanece à medida em que dela nos aproximamos: a linguagem só pode imitar com perfeição a linguagem, ou, mais precisamente, um discurso não pode imitar senão um discurso perfeitamente idêntico; em suma, um discurso não pode imitar senão a si mesmo. Enquanto *lexis*, a imitação direta é, exatamente, uma tautologia.

Somos então levados a esta conclusão inesperada: o único modo que a literatura conhece enquanto representação é a narração, equivalente verbal de acontecimentos não verbais e também (como o mostra o exemplo forjado por Platão) de acontecimentos verbais, excetuando-se a possibilidade de apagar-se, neste último caso, diante de uma citação direta na qual se abole qualquer função representativa, mais ou menos como um orador judiciário pode interromper seu discurso para deixar o próprio tribunal examinar uma prova que estabelece a culpabilidade de alguém. A representação literária, a *mímesis* dos antigos, não é então a narrativa mais os "discursos": é a narrativa, e somente a narrativa. Platão opunha *mímesis* a *diegesis* como uma imitação perfeita a uma imitação imperfeita; mas (como o próprio Platão mostrou em *Crátilo*) a imitação perfeita não é mais uma imitação, é a própria coisa, e finalmente a única imitação é a imperfeita. *Mímesis* é *diegesis*.

Narração e descrição

Se a representação literária assim definida se confunde com a narrativa (no sentido amplo), não se reduz aos elementos puramente narrativos (no sentido estrito) do relato. É preciso reconhecer, no próprio seio da diegese, uma distinção que não aparece nem em Platão nem em Aristóteles, e que desenhará uma nova fronteira, interior ao campo da representação. De fato, toda narrativa comporta — ainda que intimamente amalgamadas e em proporções muito variadas —, por um lado, representações de ações e de acontecimentos, que constituem a narração propriamente dita, e, por outro lado, representações de objetos ou de personagens, que são o feito daquilo que hoje em dia chamamos de "descrição". A oposição entre descrição e narração — aliás acentuada pela tradição escolar — é um dos traços maiores de nossa consciência literária. Todavia, trata-se de uma distinção relativamente recente, da qual seria preciso um dia estudar o nascimento e o desenvolvimento na teoria e na prática da literatura. Não parece, à primeira vista, que ela tenha uma vida muito ativa antes do século XIX, quando a introdução de longas passagens descritivas em um gênero tipicamente narrativo como o romance põe em evidência os recursos e as exigências do procedimento.[6]

Essa persistente confusão ou falta de cuidado em distinguir que é indicada claramente, em grego, pelo emprego do termo comum "diegesis", deve-se sobretudo ao estatuto literário muito desigual dos dois tipos de representação. Em princípio, é possível conceber textos puramente descritivos, que visam representar objetos apenas em sua existência espacial, fora de qualquer acontecimento e mesmo de qualquer dimensão temporal. É mais fácil conceber uma descrição pura de qualquer elemento narrativo que o inverso, pois a designação mais sóbria dos elementos e das circunstâncias de um processo pode já passar por um início de descrição: uma frase como "A casa é branca, tem um teto de ardósia e janelas verdes" não comporta nenhum traço de narração, ao passo que uma frase como "O homem aproximou-se da mesa e pegou uma faca" contém ao menos, ao lado dos dois verbos de ação, três substantivos, que, por pouco qualificados que sejam, podem ser considerados como descritivos pelo simples fato de que designam seres animados ou inanimados; mesmo um verbo pode ser mais ou menos descritivo, na precisão que dá ao espetáculo da ação (basta, para convencer--se, comparar "agarrou uma faca", por exemplo, com "pegou uma faca"); por conseguinte, nenhum verbo está isento de ressonância descritiva. Podemos então dizer que a descrição é mais indispensável que a narração, dado que é mais

---

6. Entretanto, nós a encontramos em Boileau, a propósito da epopeia:
   Sejais vivo e apressado em vossas narrações;
   Sejais rico e pomposo em vossas descrições.
   (Art. Poét. III, p. 257-258)

fácil descrever sem narrar que narrar sem descrever (talvez porque os objetos possam existir sem movimento, mas não o movimento sem objetos). Esta situação de princípios já indica, de fato, a natureza da relação que une as duas funções na imensa maioria dos textos literários: a descrição poderia ser concebida independentemente da narração, mas de fato não a encontramos jamais em estado livre; a narração não pode existir sem descrição, mas esta dependência não a impede de desempenhar constantemente o papel principal. A narração é, naturalmente, *ancilla narrationis*, escrava sempre necessária, mas sempre submetida, jamais emancipada. Há gêneros narrativos, como a epopeia, o conto, a novela, o romance, nos quais a descrição pode ocupar um grande espaço, ou até mesmo o maior deles, materialmente, sem deixar de ser, como que por vocação, uma simples auxiliar da narrativa. Em contrapartida, não existem gêneros descritivos, e temos dificuldade em imaginar, fora do campo didático (ou de ficções semididáticas, como as de Júlio Verne), uma obra na qual a narrativa se comportaria como auxiliar da descrição.

O estudo das relações entre o narrativo e o descritivo se reduz, então, no essencial, a considerar as funções diegéticas da descrição, isto é, o papel desempenhado pelas passagens ou aspectos descritivos na economia geral do relato. Sem tentar aqui entrar nos detalhes desse estudo, reteremos, em todo caso, da tradição literária "clássica" (de Homero, ao fim do século XIX) duas funções relativamente distintas. A primeira é, de certa forma, de ordem decorativa. Sabemos que a retórica tradicional classifica a descrição, do mesmo modo que as outras figuras de estilo, entre os ornamentos do discurso: a descrição extensa e detalhada aparece aqui como uma pausa e uma recreação na narrativa, de papel puramente estético, como o de uma escultura em um edifício clássico. O exemplo mais célebre talvez seja a descrição do escudo de Aquiles no canto XVIII da *Ilíada*.[7] Provavelmente, é nesse papel decorativo que Boileau pensa quando recomenda a riqueza e a pompa a esse gênero de trecho. A época barroca assinalou-se por uma espécie de proliferação de digressões descritivas, muito perceptível, por exemplo, no *Moyse sauvé* de Saint--Amant, que acabou por destruir o equilíbrio do poema narrativo em seu declínio.

A segunda grande função da descrição — a mais manifesta em nossos dias porque se impôs, com Balzac, na tradição do gênero romanesco — é de ordem simultaneamente explicativa e simbólica: os retratos fisiólogos, as descrições de vestimentas e de mobiliário tendem, em Balzac e seus sucessores realistas, a revelar e ao mesmo tempo justificar a psicologia dos personagens, dos quais são concomitantemente signo, causa e efeito. A descrição torna-se, aqui, o que não era na época clássica, um elemento maior da exposição: que sejam lembradas as casas de Mademoiselle Cormon em *A solteirona* ou de Balthazar Claës em *A procura do absoluto*. Tudo isso é, aliás, bem conhecido para que nos permitamos insistir. Observemos somente que a evolução das formas narrativas, que substituiu a descrição ornamental pela descrição significativa, tendeu (pelo menos até o começo do século XX) a reforçar a dominação do narrativo: a descrição sem dúvida perdeu em autonomia o que ganhou em importância dramática. Quanto a algumas formas do romance contemporâneo que apareceram inicialmente como tentativas de liberar o modo descritivo da tirania da narrativa, não é certo que precisemos interpretá-las assim: se a considerarmos desse ponto de vista, a obra de Robbe-Grillet aparece talvez muito mais como um esforço para constituir um relato (uma *história*) por meio quase exclusivo de descrições imperceptivel-

---

7. Ao menos como a tradição clássica a interpretou e imitou. Aliás, é preciso observar que a descrição aí tende a se animar e, portanto, a se tornar narrativa.

mente modificadas de página em página, o que pode passar ao mesmo tempo por uma promoção espetacular da função descritiva e por uma confirmação brilhante de sua irredutível finalidade narrativa.

Enfim, é preciso observar que todas as diferenças que separam descrição e narração são diferenças de conteúdo, que não têm propriamente existência semiológica: a narração liga-se a ações ou a acontecimentos considerados como puros processos, e por isso mesmo acentua o aspecto temporal e dramático da narração; a descrição, ao contrário, porque se demora sobre os objetos e os seres considerados em sua simultaneidade, e porque visa os próprios processos como espetáculos, parece suspender o curso do tempo e contribui para expor a narrativa no espaço. Esses dois tipos de discurso podem então aparecer como que exprimindo duas atitudes antitéticas diante do mundo e da existência, uma mais ativa, outra mais contemplativa e, portanto, segundo uma equivalência tradicional, mais "poética". Do ponto de vista dos modos de representação, porém, contar um acontecimento e descrever um objeto são duas operações semelhantes, que colocam em jogo os mesmos recursos da linguagem. A diferença mais significativa talvez fosse que a narrativa restitui, na sucessão temporal de seu discurso, a sucessão igualmente temporal dos acontecimentos, ao passo que a descrição deve modular no caráter sucessivo a representação de objetos simultâneos e justapostos no espaço: a linguagem narrativa distinguir-se-ia, assim, por uma espécie de coincidência temporal com seu objeto, da qual a linguagem descritiva seria, ao contrário, irremediavelmente privada. Mas esta oposição perde muito de sua força na literatura escrita, na qual nada impede o leitor de voltar atrás e de considerar o texto, em sua simultaneidade espacial, como um *analogon* do espetáculo que ele descreve: os caligramas de Apollinaire ou as disposições gráficas de *Coup de dés* só fazem levar ao limite a exploração de alguns recursos latentes da expressão escrita. Por outro lado, nenhuma narração — nem sequer aquela da reportagem radiofônica — é rigorosamente sincrônica ao acontecimento que conta, e a variedade das relações que o tempo da história e aquele da narrativa podem manter acabam por reduzir a especificidade da representação narrativa. Aristóteles já observava que uma das vantagens da narrativa sobre a representação cênica é a de poder tratar de várias ações simultâneas [8]: mas é preciso tratá-las sucessivamente, e desde então sua situação, seus recursos e seus limites são análogos aos da linguagem descritiva.

Fica então claro que, enquanto modo da representação literária, a descrição não se distingue muito claramente da narração, nem pela autonomia de seus fins, nem pela originalidade de seus meios, para que seja necessário romper a unidade narrativo-descritiva (com dominante narrativa) que Platão e Aristóteles denominaram "relato". Se a narração marca uma fronteira do relato, esta é bem uma fronteira interior, e afinal bastante indecisa: englobaremos então sem riscos, na noção de relato, todas as formas de representação literária, e consideraremos a descrição não como um de seus modos (o que implicaria uma especificidade de linguagem), porém, mais modestamente, como um de seus aspectos — ainda que fosse, de um certo ponto de vista, o mais sedutor.

Narrativa e discurso

Lendo a *República* e a *Poética*, parece que Platão e Aristóteles tinham prévia e implicitamente reduzido o campo da literatura ao território particular da literatura representa-

---

8. 1459 b.

tiva: *poiésis* = *mímesis*. Se considerarmos tudo o que se encontra excluído do poético através dessa decisão, vemos desenhar-se uma última fronteira da narrativa que poderia ser a mais importante e a mais significativa. Não se trata nada menos que da poesia lírica, satírica e didática: ou seja, para nos atermos a alguns dos nomes que um grego deveria conhecer nos séculos V ou IV, Píndaro, Alceu, Safo, Arquíloco, Hesíodo. Assim, para Aristóteles, ainda que ele use a mesma métrica que Homero, Empédocles não é um poeta: "É preciso chamar um de poeta e o outro de fisiólogo, muito mais que de poeta."[9] Mas é claro que Arquíloque, Safo e Píndaro não podem ser chamados de fisiólogos: o que têm em comum todos os excluídos da *Poética* é que sua obra não consiste em imitação, por narrativa ou representação cênica, de uma ação, real ou simulada, exterior à pessoa e à fala do poeta, mas simplesmente em um discurso por ele mantido diretamente e em seu próprio nome. Píndaro canta os méritos do vencedor olímpico, Arquíloco invectiva seus inimigos políticos, Hesíodo dá conselhos aos agricultores, Empédocles ou Parmênides expõem sua teoria do universo: não há aí nenhuma representação, nenhuma ficção, só uma fala que se investe diretamente no discurso da obra. Diremos o mesmo da poesia elegíaca latina e de tudo o que chamamos hoje em dia, de maneira muito ampla, de poesia lírica e, passando à prosa, de tudo o que é eloquência, reflexão moral e filosófica[10], enunciado científico ou paracientífico, ensaio, correspondência, diário íntimo, etc. Todo esse imenso campo da enunciação direta, quaisquer que sejam os modos, os desvios, as formas, escapa à reflexão da *Poética* na medida em que ele negligencia a função representativa da poesia.

---

9. 1447 b.
10. Como o que conta aqui é a dicção, e não o que é dito, excluiremos dessa lista, como o faz Aristóteles (1447 b), os diálogos socráticos de Platão e todos os enunciados em forma dramática que dizem respeito à imitação em prosa.

Temos uma nova divisão, de enorme amplitude, dado que segmenta em duas partes de importância sensivelmente igual o conjunto do que chamamos hoje de literatura. Essa divisão corresponde mais ou menos à distinção proposta precedentemente por Émile Benveniste[11] entre *narrativa* (ou *história*) e *discurso*, com a diferença de que Benveniste engloba na categoria do discurso tudo o que Aristóteles chamava de imitação direta, e que consiste, efetivamente, ao menos em sua parte verbal, em discurso emprestado pelo poeta ou pelo narrador a um de seus personagens. Benveniste mostra que certas formas gramaticais, como o pronome "je" (e sua referência implícita, "tu"), os "indicadores" pronominais (alguns demonstrativos) ou adverbiais (como "aqui", "agora", "ontem", "hoje", "amanhã", etc.) e, pelo menos em francês, o passado composto ou o futuro, encontram-se reservados para o discurso, enquanto a narrativa, em sua forma estrita, é marcada pelo emprego exclusivo da terceira pessoa e de formas como o aoristo (passado simples) e o mais-que-perfeito. Quaisquer que sejam os detalhes e as variações de um idioma para outro, todas essas diferenças claramente dizem respeito a uma oposição entre a objetividade da narrativa e a subjetividade do discurso; mas devemos esclarecer que se trata de uma objetividade e de uma subjetividade definidas por critérios de ordem propriamente linguística: é "subjetivo" o discurso em que se marca, explicitamente ou não, a presença de (ou a referência a) "eu", mas esse "eu" não se define senão como a pessoa que mantém esse discurso, da mesma forma que o presente, que é o tempo por excelência do modo discursivo, não se define senão como o momento em que o discurso é pronunciado,

---

11. E. Benveniste, "Les Relations de temps dans le verbe français", in: *Problèmes de linguistique générale*, Paris, Gallimard, 1992, p. 237-250. [Ed. bras.: *Problemas de linguística geral*, trad. Maria da Glória Novak e Maria Luisa Neri, Campinas, Pontes/Unicamp, 1995.]

seu emprego marcando "a coincidência do acontecimento descrito com a instância de discurso que o descreve".[12] Inversamente, a objetividade da narrativa define-se pela ausência de qualquer referência ao narrador: "Na verdade, não há mais, então, nem mesmo narrador. Os acontecimentos são apresentados como se produziram, à medida que aparecem no horizonte da história. Ninguém fala aqui; os acontecimentos parecem narrar-se a si mesmos."[13]

Temos aí, sem dúvida, uma descrição perfeita do que é em sua essência, e em sua oposição radical a qualquer forma de expressão pessoal do locutor, a narrativa em estado puro, tal como podemos idealmente concebê-la, e tal como podemos de fato apreendê-la em alguns exemplos privilegiados, como os que o próprio Benveniste empresta do historiador Glotz e de Balzac. Reproduzamos aqui um excerto de *Gambara*, que devemos considerar com atenção:

> Após dar uma volta, o jovem olhou alternadamente o céu e o relógio, fez um gesto de impaciência, entrou em uma tabacaria, acendeu um charuto, pôs-se diante de um espelho e lançou um olhar para a roupa, um pouco mais rica do que o permitem na França as leis do bom gosto. Tornou a ajustar o colarinho e o colete de veludo negro sobre o qual se cruzava diversas vezes uma dessas grossas correntes de ouro fabricadas em Gênova; a seguir, depois de haver, num só movimento, lançado sobre o ombro esquerdo o casaco forrado de veludo, drapejando-o com elegância, retomou o seu passeio sem se deixar distrair pelas olhadelas burguesas que recebia. Quando as lojas começaram a se iluminar e a noite lhe pareceu suficientemente negra, dirigiu-se à praça do Palais-Royal como homem que temia ser reconhecido, pois contornou a praça até a fonte, para atingir ao abrigo dos carros, a entrada da rua Froidmanteau...

---

12. E. Benveniste, "De la Subjetivité dans le langage", in: op. cit., p. 289.
13. E. Benveniste, "Les Relations de temps dans le verbe français", in: op. cit., p. 267.

Nesse grau de pureza, a dicção própria da narrativa é, de certa forma, a transitividade absoluta do texto, o absoluto perfeito (se negligenciarmos alguns entorses sobre os quais voltaremos mais tarde), não somente do narrador, mas da própria narração, pelo apagamento rigoroso de qualquer referência à instância de discurso que a constitui. O texto aí está, sob nossos olhos, sem ter sido proferido por ninguém, e nenhuma das informações (ou quase) que ele contém exige, para que seja compreendida ou apreciada, ser levada à sua fonte, avaliada por sua distância ou sua relação com o locutor e com o ato de elocução. Se compararmos tal enunciado a uma frase como a seguinte: "Esperava, para escrever-lhe, que eu tivesse um endereço fixo. Enfim, decidi-me: passarei o inverno aqui"[14], medimos a que ponto a autonomia da narrativa se opõe à dependência do discurso, cujas determinações essenciais (quem é "eu", quem é "você", que lugar é designado por "aqui"?) só podem ser decifradas em relação à situação na qual foi produzido. No discurso alguém fala, e sua situação no próprio ato de falar é o núcleo das significações mais importantes; na narrativa, como Benveniste diz com ênfase, *ninguém fala*, no sentido de que em nenhum momento devemos nos perguntar *quem fala, onde* e *quando*, etc., para receber integralmente a significação do texto.

É preciso afirmar, em seguida, que essas essências da narrativa e do discurso assim definidas quase nunca se encontram em estado puro em nenhum texto: há quase sempre uma certa proporção de narrativa no discurso, e uma certa dose de discurso na narrativa. Para dizer a verdade, aqui para a simetria, pois tudo se passa como se os dois tipos de expressão se encontrassem afetados de maneira muito diferente pela contaminação: a inserção de elementos narrativos no plano do discurso não basta para emancipá-lo, pois

---

14. Senancour, *Oberman*, Carta V.

eles permanecem, na maior parte das vezes, ligados à referência ao locutor, que permanece implicitamente presente em um segundo plano e que pode intervir de novo a qualquer instante sem que essa intervenção seja sentida como uma "intrusão". Assim, lemos nas *Mémoires d'outre-tombe* esta passagem aparentemente objetiva:

> Quando a maré estava alta e havia tempestade, a onda, chicoteada ao pé do castelo, do lado da praia imensa, avançava até as grandes torres. A vinte pés de altura acima da base de uma dessas torres reinava um parapeito em granito, estreito e escorregadio, inclinado, através do qual havia comunicação com o flanco que protegia o fosso: tratava-se de apreender o instante entre duas ondas, escalar o lugar perigoso antes que a vaga se quebrasse e cobrisse a torre...[15]

Sabemos, porém, que o narrador, cuja pessoa se apagou momentaneamente durante essa passagem, não está muito longe, e não ficamos nem surpresos nem incomodados quando ele retoma a palavra para considerar: "Nenhum de *nós* se recusava à aventura, mas *eu vi* crianças empalidecerem antes de tentar." A narração não havia saído verdadeiramente da ordem do discurso na primeira pessoa, que a havia absorvido sem esforço nem distorção, e sem deixar de ser ele mesmo. Ao contrário, toda intervenção de elementos discursivos no interior de um relato é experimentada como uma infração ao rigor do partido narrativo. É o que acontece com a breve reflexão inserida por Balzac no texto referido anteriormente: "a roupa, *um pouco mais rica do que o permitem na França as leis do bom gosto*". Pode-se dizer a mesma coisa da expressão demonstrativa "*uma dessas grossas correntes de ouro fabricadas em Gênova*", que evidentemente contém o desencadeamen-

---

15. Livro primeiro, cap. V.

to de uma passagem ao presente ("fabricadas" corresponde não a "que se fabricava", mas sim a "que se fabrica") e de uma alocução direta ao leitor, tomado implicitamente como testemunha. Diremos a mesma coisa do adjetivo "olhadelas *burguesas*" e da locução adverbial "*com elegância*", que implicam um julgamento cuja origem é aqui visivelmente o narrador; da expressão relativa "*como homem que temia*", que o latim marcaria por um subjuntivo para a apreciação pessoal que ela comporta; e, enfim, da conjunção "*pois* contornou", que introduz uma explicação proposta pelo narrador. É evidente que o relato não integra esses enclaves discursivos — chamados por Georges Blin de "intrusões de autor" — tão facilmente quanto o discurso acolhe os enclaves narrativos: o relato inserido no discurso transforma-se em elemento de discurso, mas o discurso inserido na narrativa permanece discurso e forma uma espécie de quisto que se reconhece e se localiza muito facilmente. A pureza do relato, dir-se-ia, é mais manifesta que a do discurso.

O motivo dessa dissimetria, afinal, é muito simples, mas designa um caráter decisivo da narrativa: na verdade, o discurso não tem nenhuma pureza a ser conservada, pois ele é o modo "natural" da linguagem, o mais amplo e o mais universal, que acolhe por definição todas as formas; a narrativa, ao contrário, é um modo particular, *marcado*, definido por um certo número de exclusões e de condições restritivas (recusa do presente, da primeira pessoa, etc.). O discurso pode "contar" sem deixar de ser discurso; a narrativa não pode "discorrer" sem sair de si mesma. Mas ela também não pode se abster sem cair na aridez e na indigência, e é por isso que a narrativa, por assim dizer, não existe em nenhum lugar em sua forma rigorosa. A menor observação geral, o menor adjetivo um pouco mais que descritivo, a mais discreta comparação, o mais modesto "talvez", a mais inofensiva das articulações lógicas, introduzem em sua trama um tipo de fala que lhe é estranha e refratária. Para estudar o detalhe desses acidentes muitas vezes microscópicos, seria preciso fazer inúmeras e minuciosas análises de textos. Um dos objetivos desse estudo poderia ser repertoriar e classificar os meios através dos quais a literatura narrativa (e particularmente a romanesca) tentou organizar, de uma maneira aceitável, no interior de sua própria *lexis*, as delicadas relações que as exigências das narrativas mantêm com as necessidades do discurso.

Sabemos que o romance jamais conseguiu resolver de maneira convincente e definitiva o problema colocado por essas relações. Às vezes, como foi o caso na época clássica, em um Cervantes, um Scarron, um Fielding, o autor-narrador, assumindo indulgentemente seu próprio discurso, intervém na narrativa com uma indiscrição ironicamente insistente, interpelando seu leitor em tom de conversação familiar; outras vezes, ao contrário, como vemos ainda na mesma época, ele transfere todas as responsabilidades do discurso a um personagem principal, que *falará*, isto é, simultaneamente contará e comentará os acontecimentos na primeira pessoa: é o caso dos romances picarescos, de *Lazarillo* a *Gil Blas*, e outras obras ficticiamente autobiográficas como *Manon Lescaut* ou *La Vie de Marianne*; outras vezes ainda, não podendo se decidir nem a falar em seu próprio nome, nem em confiar esse cuidado a um único personagem, ele divide o discurso entre vários atores, seja sob a forma de cartas, como o fez frequentemente o romance no século XVIII (*A nova Heloísa*, *As ligações perigosas*), seja, à moda mais suave e mais sutil de um Joyce ou de um Faulkner, fazendo a narrativa ser assumida pelo discurso interior de seus principais personagens. O único momento em que o equilíbrio entre narrativa e discurso parece ter sido assumido com perfeita consciência, sem escrúpulo nem ostentação, é evidentemente o século XIX, a idade clássica da narração objetiva, de

Balzac a Tolstói; vemos, ao contrário, a que ponto a época moderna acentuou a consciência da dificuldade, até tornar certos tipos de elocução como fisicamente impossíveis para os escritores mais lúcidos e mais rigorosos.

Sabe-se, por exemplo, como o esforço em conduzir a narrativa a seu mais alto grau de pureza levou alguns escritores americanos, como Hammett ou Hemingway, a excluir a exposição dos motivos psicológicos (sempre difícil de conduzir sem fazer recurso a considerações gerais de aparência discursiva), as qualificações que implicam uma apreciação pessoal do autor, as ligações lógicas, etc., até reduzir a dicção romanesca à sucessão descontínua de frases curtas, sem articulação, que Sartre reconhecia, em 1943, no *Estrangeiro*, de Camus, e que pudemos reencontrar dez anos depois em Robbe Grillet. O que foi frequentemente interpretado como uma aplicação das teorias behavioristas à literatura talvez não fosse senão o efeito de uma sensibilidade particularmente aguda a algumas incompatibilidades de linguagem. Valeria a pena analisar desse ponto de vista todas as flutuações da escritura romanesca contemporânea, em particular a tendência atual — talvez inversa à precedente —, que está absolutamente manifesta em um Sollers ou, um Thibaudet, por exemplo, de suprimir a narrativa no discurso presente do escritor enquanto está escrevendo, nisso que Michel Foucault chama de "o discurso ligado ao ato de escrever, contemporâneo de seu desenvolvimento e enclausurado em si".[16] Tudo acontece como se a literatura tivesse esgotado ou sobrecarregado os recursos de seu modo representativo e quisesse recuar para o murmúrio indefinido de seu próprio discurso. Talvez o romance, depois da poesia, vá sair definitivamente da idade da representação. Talvez a narrativa, na singularidade negativa que acabamos de lhe reconhecer, já

---

16. "L'Arrière-fable", *L'Art*, número especial sobre Júlio Verne, p. 6.

seja para nós, como a arte para Hegel, uma *coisa do passado*, e é preciso que nos apressemos para observá-la em sua retirada, antes que ela tenha desaparecido completamente de nosso horizonte.[17]

---

17. Sobre as dificuldades da *mímesis* narrativa (p. 5-7), encontrei *a posteriori* nos *Cahiers* de Valéry (Pléiade, II, p. 866) esta observação preciosa: "Às vezes a literatura reproduz absolutamente certas coisas — tais como o diálogo, um discurso, uma palavra dita verdadeiramente. Aí, ela repete e fixa. Ao lado disso, ela descreve — operação complexa, que comporta abreviações, probabilidade, graus de liberdade, aproximações. Enfim, ela descreve os espíritos também pelos procedimentos que são suficientemente conformes quando há fala interior — aleatórios para as imagens, falsos e absurdos quanto à sequência, às emoções, às acrobacias dos reflexos."

Verossimilhança e motivação

O século XVII francês conheceu, na literatura, dois grandes processos de verossimilhança. O primeiro situa-se no campo propriamente aristotélico da tragédia, ou, mais exatamente, da tragicomédia: é a querela do *Cid* (1637). O segundo estende a jurisdição ao território da narrativa em prosa: é o caso de *La Princesse de Clèves* (1678). De fato, nos dois casos o exame crítico de uma obra reduziu-se no essencial a um debate sobre a verossimilhança de uma das ações constitutivas da fábula: a conduta de Chimène em relação a Rodrigo, depois da morte do conde, e a confissão feita por Madame de Clèves a seu marido.[1] Também nos dois casos vê-se como a verossimilhança distingue-se da verdade histórica ou particular: "É verdade, diz Scudéry, que Chimème se casa com Cid, mas nem por isso é verossimilhante que uma moça honrada se case com o assassino de seu pai."[2] E Bussy-Rabutin: "A confissão de Madame de Clèves a seu marido é extravagante e não pode ser feita senão em uma história verdadeira, mas quando se cria uma por prazer pessoal é ridículo dar à sua heroína um sentimento tão

---

1. Não nos deteremos sobre os detalhes desses dois casos, que podem ser encontrados por um lado em A. Gasté, *La Querelle du Cid*, Paris, H. Welter, 1898, e, por outro lado, na coleção do ano de 1678 do *Mercure Galant*, em Valincour, *Lettres sur le sujet de la Princesse de Clèves* (1678), Ed. A. Cazes, Paris, Brossard, 1925, e em J.-A. de Charnes, *Conversations sur la critique de la Princesse de Clèves*, Paris, Claude Barbin, 1679. Uma carta de Fontenelle ao *Mercure* e uma outra, de Bussy-Rabutin a Madame de Sévigné, estão no apêndice da edição Cazes da *Princesse*, Paris, Les Belles Lettres, 1934, à qual remeteremos todas as citações do romance. Sobre as teorias clássicas da verossimilhança, consultar René Bray, *Formation de la doctrine classique*, Paris, Hachette, 1927, e Jacques Scherer, *La Dramaturgie classique en France*, Paris, Nizet, 1962.
2. G. de Scudéry, "Observations sur le Cid", in: A. Gasté, op. cit., p. 75.

extraordinário."³ Ainda nos dois casos, marca-se da maneira mais clara a estreita ligação, e, melhor dizendo, o amálgama entre as noções de verossimilhança e de conveniência, amálgama perfeitamente representado pela bem conhecida ambiguidade (*obrigação* e *probabilidade*) do verbo "dever": o tema do *Cid* é ruim porque Chimème *não devia* receber Rodrigo depois do duelo fatal, desejar sua vitória sobre Dom Sancho, aceitar, ainda que tacitamente, a perspectiva de um casamento, etc.; a ação da *Princesse de Clèves* é ruim porque Madame de Clèves *não devia* tomar seu marido como confidente — o que significa que, ao mesmo tempo, essas ações são contrárias aos bons costumes⁴, e a qualquer previsão racional: infração e acidente. O abade de Aubignac, excluindo da cena um ato histórico como a morte de Agripina por Nero, escreve da mesma forma: "Esta barbárie seria não somente horrível àqueles que a vissem, mas até mesmo incrível, pois isso *não devia* acontecer"; ou, ainda, em um modo mais teórico: "A cena não mostra as coisas como foram, mas como *deveriam ser*."⁵ Sabemos, desde Aristóteles, que o tema do teatro — e, por extensão, de qualquer ficção — não é nem o verdadeiro nem o possível, mas o verossimilhante; contudo, tendemos a identificar de modo cada vez mais claro o verossimilhante ao *devendo-ser*. Esta identificação e oposição entre verossimilhança e verdade são enunciadas de um mesmo fôlego, em termos tipicamente platônicos, por P. Rapin:

3. A. Cazes (ed.), *La Princesse de Clèves*, Paris, Les Belles Lettres, 1934, p. 198.
4. Tais como são entendidos na época. Deixando de lado o insípido debate ao fundo, notemos somente o caráter aristocrático bastante marcado dos dois críticos em seu conjunto: a propósito do *Cid*, o espírito de *vendetta* e de fervor religioso familiar prevalecendo sobre os sentimentos pessoais, e, no caso da *Princesse*, a distensão do laço conjugal e do desprezo por qualquer intimidade afetiva entre esposos. Bernard Pingaud resume bem (*Madame de la Fayette*, Paris, Seuil, p. 145) a opinião da maior parte dos leitores, hostis à confissão, através desta frase: "O procedimento de Madame de Clèves parece-lhes o do *último burguês*."
5. Aubignac, *La Pratique du théâtre* (1657), Ed. Martino, Paris, E. Champion, 1927, p. 76 e 68 (grifos nossos).

A verdade só faz as coisas como elas são, e a verossimilhança as faz como devem ser. A verdade é quase sempre imperfeita, devido ao amálgama das condições singulares que a compõem. Não há nada que nasça no mundo e que não se afaste da perfeição de sua ideia pelo fato de aí nascer. É preciso buscar originais e modelos na verossimilhança e nos princípios universais das coisas, onde não entre nada de material e de singular que os corrompa.[6]

Assim, os *protocolos internos* confundem-se com a *conformidade*, ou *conveniência*, ou *propriedade* dos costumes, exigida por Aristóteles, e que é evidentemente um elemento da verossimilhança:

> Por propriedade dos costumes, diz Mesnardière, o poeta precisa considerar que jamais se deve introduzir sem absoluta necessidade nem uma jovem valente, nem uma mulher sábia, nem um lacaio inteligente... Colocar no teatro essas três espécies de pessoas, com essas nobres condições, é chocar diretamente a verossimilhança ordinária... (Sempre salvo necessidade) que ele jamais faça de um asiático um guerreiro, de um africano um fiel, de um persa um ímpio, de um grego um sincero, de um trácio um general, de um alemão um sutil, de um espanhol um modesto, nem de um francês um descortês.[7]

De fato, verossimilhança e conveniência unem-se sob um mesmo critério, a saber, "tudo o que é conforme a opinião do público".[8] Essa "opinião", real ou suposta, é precisamente o que chamaríamos hoje de ideologia, isto é, um corpo de máximas e preconceitos que constitui, ao mesmo tempo, uma

---

6. P. Rapin, "Réflexions sur la poétique" (1674), in: *Œuvres*, Amsterdam, E. Roger, 1709, II, p. 115-116.
7. Aristóteles, op. cit., citado por Barry, p. 221.
8. P. Rapin, op. cit., p. 114. Trata-se de sua definição de "verossimilhança".

visão de mundo e um sistema de valores. Podemos, indiferentemente, enunciar o julgamento de inverossimilhança sob uma forma ética — como: *El Cid* é uma peça ruim porque dá o exemplo da conduta de uma filha desnaturada [9] — ou sob uma forma lógica — como: *El Cid* é uma peça muito ruim porque oferece uma conduta repreensível a uma jovem apresentada como honesta.[10] Mas é evidente que uma só máxima subjaz a esses dois julgamentos, a saber, que *uma jovem não deve se casar com o assassino de seu pai*; ou, ainda, que *uma jovem honesta não desposa o assassino de seu pai;* ou, melhor e mais modestamente, que *uma jovem honesta não deve desposar*, etc. Isto significa que tal fato é, no limite, possível e concebível, mas como *um acidente*. Ora, o teatro (a ficção) não deve representar senão o *essencial*. A má conduta de Chimène, a imprudência de Madame de Clèves, são ações "extravagantes", segundo o vocábulo tão expressivo de Bussy, e *a extravagância é um privilégio do real*.

Tal é, grosseiramente caracterizada, a atitude de espírito sobre a qual repousa explicitamente a teoria clássica do verossimilhante, e implicitamente todos os sistemas de verossimilhança ainda em vigor nos gêneros populares, tais como o romance policial, a novela sentimental, o faroeste, etc. De uma época à outra, de um gênero ao outro, o conteúdo do sistema — isto é, o teor das normas ou dos julgamentos de essência que o constituem — pode variar no todo ou em parte (D'Aubignac nota, por exemplo, que o verossimilhante dos gregos, que eram republicanos e cuja "crença" era a de que "a monarquia é sempre tirânica", não é mais aceitável para um espectador francês do século XVII: "não queremos crer que os

---

9. Scudéry (Gasté, op. cit., pp. 79-80): o desenlace do *Cid* "choca os bons costumes", a peça inteira "dá mau exemplo".
10. Chapelain (Ibid., p. 3365): "O tema de *El Cid* é defeituoso em sua parte mais essencial..., pois... a correção dos costumes de uma jovem apresentada como virtuosa não é preservada pelo Poeta."

reis possam ser cruéis").[11] O que subsiste, e define o verossimilhante, é o princípio formal de respeito da norma, isto é, a existência de uma relação de implicação entre a conduta particular atribuída a tal personagem e tal máxima geral[12] implícita e aceita. Essa relação de implicação funciona também como um princípio de *explicação* — o geral determina e, portanto, explica o particular; compreender a natureza de um personagem (por exemplo) é poder referi-lo a uma máxima admitida, e esta referência é recebida como um retorno do efeito à causa: Rodrigo provoca o conde *porque* "nada pode impedir um filho bem nascido de vingar a honra de seu pai". Inversamente, uma conduta é incompreensível ou *extravagante* quando nenhuma máxima aceita pode dar conta dela. Para compreender a confissão de Madame de Clèves, seria preciso conduzi-la a uma máxima como: "Uma mulher honesta deve confiar tudo a seu marido." No século XVII, esta máxima não é admitida (o que equivale a dizer que ela não existe); aceitar-se-ia de bom grado a seguinte máxima, proposta por um leitor escandalizado no *Mercure Galant*: "Uma mulher jamais deve correr o risco de alarmar seu marido." A conduta da princesa é, portanto, incompreensível no sentido de que é *uma ação sem máxima*. Sabemos, aliás, que Madame de la Fayette é a primeira a reivindicar, pela boca de sua heroína, a glória um pouco escandalosa dessa anomalia: "Vou fazer-lhe uma confissão que jamais foi feita a um marido"; e, ainda: "A singularidade de tal confissão, da qual ela não encontrava outro exemplo"; e mais: "Não há no mundo uma aventura igual à minha"; e mesmo (aqui é preciso levar em conta a situação, que lhe impõe dissimular diante da rainha

---

11. Aubignac, op. cit., p. 72-73.
12. Para Aristóteles, uma máxima é a expressão de uma generalidade que concerne às condutas humanas (*Retórica II*, 1394 a): mas trata-se aí das máximas do orador. As máximas do verossimilhante podem ser de um grau de generalidade muito variável, pois se sabe, por exemplo, que o verossimilhante da comédia não é o da tragédia, nem o da epopeia.

Dauphine, mas a palavra deve ser realçada): "Essa história não me parece verossimilhante."[13] Tal desfile de originalidade é, sozinho, um desafio ao espírito clássico; todavia, é preciso informar que Madame de la Fayette garantiu-se por um outro lado, deixando sua heroína em tal situação que a confissão se torna, para ela, a única saída possível, justificando assim pelo *necessário* (no sentido grego da *anankaion* aristotélica, isto é, o inevitável) o que não o era pelo verossimilhante. Dado que seu marido queria obrigá-la a voltar à corte, Madame de Clèves se vê *obrigada* a lhe revelar a razão de seu retiro, como aliás ela havia previsto: "Se o senhor de Clèves insistir em impedir o afastamento ou em saber suas razões, talvez eu lhe faça mal, e a mim mesma também, ao contá-los." Mas vê-se que esse modo de motivação não é decisivo aos olhos do autor, dado que essa frase se encontra recusada por esta outra: "Ela se perguntava por que havia feito uma coisa assim, tão arriscada, e pensava que se havia lançado nela quase sem ter tido a vontade de fazê-lo."[14] É que, com efeito, uma vontade forçada não é exatamente uma vontade; a verdadeira resposta ao *porquê* é: *porque ela não podia fazer de outra forma*, mas este *porquê* de necessidade não desfruta de alta dignidade psicológica, nem parece ter sido levado em consideração na discussão sobre a confissão: na "moral" clássica, as únicas razões respeitáveis são as razões de verossimilhança.

O relato plausível é, então, uma narrativa cujas ações respondem, como tantas aplicações ou casos particulares, a um corpo de máximas admitidas como verdadeiras pelo público ao qual se destina; mas essas máximas, exatamente por serem admitidas, permanecem muitas implícitas. A relação entre o relato plausível e o sistema de verossimilhança ao qual ele se restringe é essencialmente muda: as convenções de gênero funcionam como um sistema de forças e de restrições natu-

---

13. A. Cazes, op. cit., p. 109, 112, 126, 121.
14. Ibid., p. 105, 112.

rais, às quais a narrativa obedece como sem percebê-las e, *a fortiori*, sem nomeá-las. No faroeste clássico, por exemplo, as regras de conduta (entre outras) mais estritas são aplicadas sem jamais serem explicadas, pois são absolutamente óbvias no contrato tácito entre a obra e seu público. O plausível é aqui, então, um significado sem significante, ou melhor, não há outro significado senão a própria obra. Daí essa aprovação muito evidente das obras "verossimilhantes", que frequentemente compensa, e muito, a pobreza ou a mediocridade de sua ideologia: o relativo *silêncio* de seu funcionamento.

Na outra ponta, isto é, no extremo oposto desse estado de verossimilhança implícita, encontraríamos as obras mais emancipadas de qualquer obrigação de fidelidade à opinião do público. Aqui, a narrativa não se preocupa em respeitar um sistema de verdades gerais, e não faz valer senão uma verdade particular ou uma imaginação profunda. A originalidade radical, a independência de um tal partido, situa a narrativa, ideologicamente, bem nos antípodas do servilismo do verossímil; mas as duas atitudes têm um ponto em comum, que é um apagamento idêntico dos comentários e das justificações. Como exemplos da segunda, citemos somente o silêncio desdenhoso com que se cerca, em *O vermelho e o negro*, a tentativa de assassinato de Julien contra Madame de Rênal, ou, em *Vanina Vanini*, o casamento final de Vanina com o príncipe Savelli: essas ações brutais não são, em si mesmas, mais "incompreensíveis" que muitas outras, e o mais canhestro dos romancistas realistas não se teria dado ao trabalho de justificá-las pelas vias de uma psicologia, digamos, confortável. Mas diríamos que Stendhal escolheu deliberadamente conservá-las, ou talvez lhes conferir, pela recusa a qualquer explicação, essa individualidade selvagem que faz o imprevisível das grandes ações — e das grandes obras. A ênfase da verdade, a mil léguas de qualquer espécie de realismo, não se separa aqui do sentimento violento de uma arbitrariedade plenamente assumida e que não tem o cuidado de se justificar. Talvez haja qualquer coisa disso no enigmático *Princesse de Clèves*, ao qual Bussy-Rabutin reprovava ter "mais pensado em não se assemelhar aos outros romances que a seguir o bom senso". Em todo caso, notaremos aí o efeito que talvez se deva, simultaneamente, à sua parte de "classicismo" (isto é, de respeito ao verossimilhante) e à de "modernismo" (isto é, de desprezo pelas verossimilhanças): a extrema reserva do comentário e a ausência quase completa de máximas gerais[15], que pode surpreender numa narrativa cuja redação final se atribui, às vezes, a La Rochefoucauld e que se parece facilmente com um romance de "moralista". Na verdade, nada é mais estranho ao seu estilo que a epífrase[16] sentenciosa — como se as ações estivessem sempre ou abaixo ou acima de qualquer comentário. *La Princesse de Clèves* talvez deva a essa situação paradoxal seu valor exemplar como arquétipo e emblema da narrativa pura.

A maneira pela qual as duas "extremidades" — representadas aqui pela narrativa verossimilhante mais dócil e a narrativa não verossimilhante mais liberada — se unem num mesmo mutismo em relação aos motivos e às máximas da ação, aqui evidentes demais, acolá demasiado obscuras para serem expostas, induz naturalmente a supor, na escala das narrativas, uma "gradação" à maneira pascalina, na qual o papel do primeiro grau, que é o da *ignorância natural*, seria desempenhado pela narrativa verossimilhante, e aquele do terceiro grau, pela

---

15. Bernard Pingaud (op. cit., p. 139) afirma o contrário, o que é um pouco surpreendente, mesmo se levarmos em conta algumas raras máximas emprestadas dos personagens — que não entram em nosso propósito (única exceção, por isso mesmo marcada: a série de máximas de Nemours sobre o baile, p. 37-38).
16. Este termo abandona, aqui, seu sentido retórico estrito (expansão inesperada dada a uma frase aparentemente concluída) para designar toda a intervenção do *discurso* na *narrativa*; ou seja, é quase o que a retórica chamaria de uma palavra que, por outras razões, tornou-se incômoda para nós: epifonema.

ignorância sábia que se conhece, pela narrativa enigmática. Restaria então assinalar o tipo de narrativa situada *entre as duas*, narrativa *meio-hábil* ou, dito de outra forma: a que saiu do silêncio natural do verossimilhante e que ainda não atingiu o silêncio profundo daquilo que chamaríamos de bom grado, emprestando de Yves Bonnefoy o título de um de seus livros, o *improvável*. Apagando o mais possível qualquer conotação valorativa dessa gradação, poderíamos situar na região média um tipo de narrativa por demais afastada das banalidades do verossimilhante para repousar no consenso da opinião do vulgo, mas ao mesmo tempo ligada demais ao assentimento dessa opinião para lhe impor, sem comentário, ações cuja razão correria o risco de escapar-lhe: narrativa original demais (talvez "verdadeira" demais) para ser ainda transparente ao seu público, mas ainda[17] tímida demais ou complacente demais para assumir sua opacidade. Tal narrativa deveria, então, oferecer-se a transparência que lhe falta multiplicando as explicações, suplementando a qualquer propósito as máximas, ignoradas pelo público, capazes de dar conta da conduta de seus personagens e do encadeamento de suas intrigas, inventando, em suma, seus próprios estereótipos e simulando inteiramente, para suas próprias necessidades, um *verossimilhante artificial* que seria a teoria — desta vez, necessariamente, explícita e declarada — de sua própria prática. Esse tipo de narrativa não é pura hipótese, todos nós o conhecemos, e, sob sua formas degradadas, ela ainda atravanca a literatura com sua inesgotável tagarelice. Mais vale aqui considerá-lo sob seu aspecto mais glorioso, que também é o mais característico e o mais acusado: trata-se, evidentemente, da narrativa balzaquiana. Ridicularizou-se com frequência (e com frequência imitou-se) essas cláusulas introdutórias que apresentam com uma poderosa inabilidade os retornos explicativos da *Comé-*

---

17. Não tomaremos essa palavra em um sentido temporal. Se aqui há uma evolução histórica, ela está muito longe de ser rigorosa.

dia humana: "Eis porque..."; "Para compreender o que virá a seguir, algumas explicações talvez sejam necessárias..."; "Isto requer uma explicação..."; "É preciso passar aqui por algumas explicações..."; "É preciso, para a compreensão desta história", etc. Mas o demônio explicativo, em Balzac, não recai só nem essencialmente no encadeamento dos fatos; sua manifestação mais reiterada e mais característica é a justificação do fato particular por uma lei geral suposta desconhecida ou talvez esquecida pelo leitor, e que o narrador deve ensinar ou recordar; daí esses cacoetes bem conhecidos: "Como todas as solteironas..."; "Quando uma cortesã...; Somente uma duquesa..." A vida de província, por exemplo, suposta a uma distância quase etnográfica do leitor parisiense, é ocasião de uma solicitude didática inesgotável:

> M. Grandet desfrutava em Saumur de uma reputação cujas causas e efeitos não serão inteiramente compreendidos pelas pessoas que nunca, ou quase nunca, viveram em uma província... Essas palavras devem parecer obscuras àqueles que ainda não observaram os costumes particulares às cidades divididas em alta e baixa... Só vocês, pobres ignaros de província para quem as distâncias sociais são mais longas a percorrer do que para os parisienses, aos olhos dos quais elas se reduzem a cada dia... só vocês compreenderão...[18]

Penetrado por essa dificuldade, Balzac nada economizou para constituir e impor — e sabemos como teve bom êxito — um verossímil provinciano que é uma verdadeira antropologia da província francesa, com suas estruturas sociais (acabamos de vê-lo), seus caracteres (o avarento provinciano tipo Grandet, oposto ao avarento parisiense tipo Gobseck), suas

---

18. Balzac, *Eugénie Grandet*, Paris, Garnier, 1983, p. 10. [Ed. bras.: trad. Marina Appenzeller, São Paulo, Estação Liberdade, 2009.]; *Illusions perdues*, Paris, Gallimard, 1983, p. 36; Ibid., p. 54. [Ed. bras.: *Ilusões perdidas*, trad. Leila de Aguiar Costa, São Paulo, Estação Liberdade, 1981.]

categorias profissionais (ver o advogado de província de *Ilusões perdidas*), seus costumes ("a vida estreita que se leva na província...", "os costumes probos e severos da província...", "uma dessas guerras de todas as armas como se faz na província"), seus traços intelectuais ("esse gênio de análise que os provinciais possuem...", "como as pessoas da província calculam tudo...", "como as pessoas da província sabem dissimular"), suas paixões ("uma dessas raivas surdas e capitais como são encontradas na província"): essas inúmeras fórmulas[19], junto a muitas outras, compõem o *background* ideológico "necessário à inteligência" de uma boa parte da *Comédia humana*. Balzac, sabe-se, tem "teorias sobre tudo"[20], mas elas não estão lá pelo simples prazer de teorizar, e sim, em primeiro lugar, a serviço da narrativa; elas lhe servem a cada instante como caução, justificação, *captatio benevolentiæ*, obturam todas as fissuras, balizam todos os cruzamentos.

Pois a narrativa balzaquiana frequentemente está longe desse infalível encadeamento, o que é assegurado por suas declarações e pelo que Maurice Bardèche chama de "aparente rigor". O mesmo crítico nota, em *O cura de Tours*, "a potência do abade Troubert, chefe oculto da Congregação, a pleurisia de Mademoiselle Gamard e a complacência que deixa o vigário-geral morto de cansaço quando se precisa de seu capelo", como tantas "coincidências por demais numerosas para que passem despercebidas".[21] Mas não são apenas essas complacências do acaso que a cada momento deixam o leitor ver minimamente desconfiado aquilo que Valéry teria chamado de "a mão de Balzac". Menos evidentes, porém mais numerosas e no fundo mais importantes, são as intervenções que dizem respeito à determinação das condutas, individuais e coletivas, e que mostram a vontade do autor de conduzir a

---

19. *Eugénie Grandet, O cura de Tours, A solteirona, O gabinete de antiguidades, passim.*
20. Claude Roy, *Le Commerce des classiques*, Paris, Gallimard, 1959, p. 191.
21. M. Bardèche, *Balzac romancier*, Paris, Plon, 1943, p. 253.

ação, custe o que custar, em uma direção e não em outra. As grandes sequências de intriga pura — intriga mundana, como a "execução" de Rubempré na segunda parte de *Ilusões perdidas*, ou jurídica, como a de Séchard na terceira parte — estão plenas dessas ações decisivas cujas consequências também poderiam ser outras, desses "erros fatais" que teriam podido decidir a vitória, dessas "habilidades consumadas" que deveriam se transformar em catástrofes. Quando um personagem de Balzac está no caminho do sucesso, todos os seus atos recompensam; quando está na ladeira do fracasso, todos os seus atos — os mesmos, aliás — conspiram para sua perda[22]: não há mais bela ilustração da incerteza e da reversibilidade das coisas humanas. Mas Balzac não se resigna a reconhecer essa indeterminação da qual tira proveito sem escrúpulos, e menos ainda deixar ver a maneira pela qual manipula o decorrer dos acontecimentos: é aqui que intervêm as justificações teóricas. Ele mesmo reconhece em *Eugénie Grandet*:

> Frequentemente, certas ações da vida humana parecem, *literariamente falando*, inverossímeis, ainda que verdadeiras. Mas não seria porque nos abstemos quase sempre de disseminar sobre nossas determinações espontâneas uma espécie de luz psicológica, deixando de explicar as razões misteriosamente concebidas que as tornaram necessárias?... Muitas pessoas preferem mais negar as soluções do que medir a força dos laços, dos nós, das amarras que fundem secretamente um fato a outro na ordem moral.[23]

---

22. "Na vida dos ambiciosos e de todos aqueles que não podem vencer senão com a ajuda dos homens e das coisas, por um plano de conduta mais ou menos bem combinado, seguido, mantido, há um cruel momento no qual não sei que poder os submete a rudes provas: tudo falta ao mesmo tempo, de todos os lados os fios se rompem ou se embaralham, a infelicidade aparece em todos os pontos" (Balzac, *Illusions perdues*, Paris, Gallimard, 1936, p. 506). Em Balzac, esse poder frequentemente chama-se Balzac.
23. Balzac, *Eugénie Grandet*, op. cit., p. 122 (grifos nossos).

Vemos que a "luz psicológica" tem aqui como função afastar o inverossímil revelando — ou supondo — os *laços*, os *nós*, as *amarras* que asseguram, bem ou mal, a coerência disso que Balzac chama de ordem moral. Daí vem esses entimemas característicos do discurso balzaquiano que fazem a felicidade dos especialistas, e que mal dissimulam sua função de encobrimento. Assim, por que Mademoiselle Cormon não adivinha os sentimentos de Athanase Granson?

> Capaz de inventar os refinamentos da grandeza sentimental que a tinham primitivamente perdido, ela não os reconhece em Athanase. *Esse fenômeno moral só parecerá extraordinário para as pessoas que sabem que* as qualidades do coração são tão independentes daquelas do espírito quanto as faculdades do gênio o são das nobrezas da alma. Os homens completos são tão raros quanto Sócrates, etc.[24]

Por que Birotteau não está completamente satisfeito com sua existência depois de ter recolhido a herança de Chapeloud?

> *Ainda que* o bem-estar que qualquer criatura deseja, e com o qual havia tão frequentemente sonhado, lhe tivesse sobrevindo, *e dado que* é difícil para todo mundo, *mesmo* para um padre, viver sem uma ilusão, há dezoito meses o abade Birotteau havia substituído suas duas paixões satisfeitas pelo desejo de um canonicato.[25]

Por que o mesmo abade Birotteau abandona o salão de Mademoiselle Gamard (o que, como sabemos, é a própria origem do drama)?

---

24. Balzac, *La Vieille fille*, p. 101. (grifos nossos).
25. Balzac, *Le Curé de Tours*, p. 11. Sigamos aqui a *concatenatio rerum* até seu termo, em que vê uma grande causa nascer de um pequeno efeito: "*Também* a probabilidade de sua nomeação, as esperanças que acabavam de lhe dar na casa de Madame de Listomère viravam-lhe *tanto* a cabeça que ele só se deu conta de lá ter esquecido seu guarda-chuva ao chegar a seu domicílio." (grifos nossos).

A causa desta deserção é fácil de ser concebida.²⁶ *Ainda que* o vigário fosse um daqueles aos quais o paraíso deve um dia pertencer, graças ao julgamento "Bem-aventurados os pobres de espírito!", ele não podia, *como* muitos tolos, suportar o tédio que lhe causavam outros tolos. Pessoas sem espírito se parecem com as ervas daninhas que vicejam em bons terrenos, e elas querem tanto ser distraídas que se entediam a si mesmas.²⁷

É evidente que também poderíamos dizer o contrário, em caso de necessidade, e não há máximas que mobilizem mais irresistivelmente a inversão ducal. Se fosse preciso, Mademoiselle Cormon reconheceria em Athanase suas próprias delicadezas, pois *os grandes pensamentos vêm do coração*; Birotteau contentar-se-ia com seu apartamento, pois *um tolo não tem estofo suficiente para ser ambicioso*; ele encontraria prazer no salão simplório de Mademoiselle Gamard, porque *asinus asinum fricat*, etc. Acontece, aliás, que o mesmo dado ocasiona sucessivamente duas consequências opostas, a apenas algumas linhas de distância: "Como a natureza dos espíritos estreitos leva-os a adivinhar minúcias, entregou-se subitamente a grandes reflexões a respeito desses quatro acontecimentos imperceptíveis para qualquer outro"; mas: "O vigário acabava de reconhecer, um pouco tarde, na verdade²⁸, os sinais de uma perseguição surda... cujas más intenções sem dúvida teriam sido muito mais cedo adivinhadas por um homem de espírito."²⁹ Ou ainda: "Com esta sagacidade questionadora adquirida pelos padres habituados a dirigir as consciências e a aprofundar ninharias no confessionário, o abade Birotteau..."; mas: "O abade Birotteau... que não tinha nenhuma experiência do mundo e de seus valores, e que vivia entre a

---

26. Belo exemplo de *denegação*.
27. Ibid., p. 23 (grifos nossos).
28. A verdadeira razão desse atraso é que faltava a Balzac um início *in medias res*.
29. Ibid., p. 13, 14.

missa e o confessionário, muito ocupado em decidir os casos de consciências mais leves, em sua qualidade de confessor dos pensionatos da cidade e de algumas belas almas que o apreciavam, podia ser considerado como uma grande criança."[30] Naturalmente, há negligência nessas pequenas contradições que Balzac não teria hesitado em apagar caso as tivesse percebido, mas também tais lapsos revelam profundas ambivalências que a "lógica" da narrativa jamais poderá reduzir, a não ser na superfície. O abade Troubert prospera porque aos cinquenta anos decide dissimular, fazendo esquecer sua ambição e sua *capacidade* de se aparentar gravemente doente, como Sixte-Quint, mas uma conversão tão brusca poderia despertar suspeitas do clero tourangeano (ela desperta, aliás, a do abade Chapeloud); por outro lado, obtém bom resultado também porque a Congregação fez dele o "procônsul desconhecido de Touraine". Por que esta escolha? Por causa da "posição do cônego no meio do senado feminino, que fazia tão bem o policiamento da cidade"; também por causa de sua "capacidade pessoal"[31]: vê-se aqui, como fora daqui, que a "capacidade" de um personagem é uma arma de dois gumes — razão para criá-lo, razão para desconfiar dele e, portanto, para abatê-lo. Tais ambivalências de motivação preservam então a liberdade do romancista e o deixam inteiramente à vontade para insistir, através de epífrases, seja sobre um valor, seja sobre outro. Entre um imbecil e um grande ardiloso, por exemplo, a luta é igual, dependendo do que o autor decide; o hábil ganhará, graças à sua habilidade (é a lição do *Cura de Tours*), ou será vítima de sua própria habilidade (é a lição de *A solteirona*). Uma mulher ultrajada pode, à vontade, vingar-se por despeito ou perdoar por amor: Madame de Bargeton mais ou menos honra, de forma sucessiva, as duas virtualidades em *Ilusões perdidas*. Dado que na psicologia romanesca qualquer sentimento

---

30. Ibid., p. 14, 16.
31. Ibid., p. 72.

pode justificar qualquer conduta, as determinações são quase sempre, aqui, pseudodeterminações, e tudo se passa como se Balzac, consciente e inquieto com esta comprometedora liberdade, tivesse tentado dissimulá-la, multiplicando um pouco ao acaso os *porquês*, os *pois*, os *então*, todas essas motivações que diríamos de bom grado *pseudossubjetivas* (como Spitzer chamava de "pseudo-objetivas" as motivações atribuídas por Charles-Louis Philippe aos seus personagens), e cuja abundância suspeita só sublinha, para nós, o que queriam mascarar: *a arbitrariedade da narrativa*.

A essa tentativa desesperada devemos um dos exemplos mais surpreendentes do que se poderia chamar de invasão da narrativa pelo discurso. O discurso explicativo e moralista em Balzac é ainda, na maior parte das vezes (ainda que o autor tenha nisso algum prazer, e por extensão o leitor também), estreitamente subordinado aos interesses da narrativa, e o equilíbrio parece mais ou menos mantido entre essas duas formas da fala romanesca. Entretanto, mesmo mantido no limite por um autor muito tagarela, mas também muito ligado ao movimento dramático, o discurso exibe-se, prolifera e frequentemente parece estar a ponto de sufocar o decorrer dos acontecimentos que ele tem por função esclarecer. Tanto que a predominância do narrativo já se encontra, se não contestada, pelo menos ameaçada nessa obra, que, apesar disso, é considerada sinônimo de "romance tradicional". Um passo a mais, e a ação dramática passará ao segundo plano, a narrativa perderá sua pertinência em proveito do discurso: prelúdio à dissolução do gênero romanesco e à chegada da *literatura*, no sentido moderno da palavra. De Balzac a Proust, aliás, há menos distância do que se pensa — e Proust sabia disso melhor que ninguém.

Voltemos agora às nossas duas questões sobre verossimilhança. No meio desses testemunhos tão caracterizados de *ilusão realista* — dado discutido para se saber se Chimène ou Madame de Clèves *erraram* ou *tiveram razão* de agir como agiram, esperando-se para interrogar, dois séculos mais tarde, sobre seus "verdadeiros" motivos[32] —, encontraremos dois textos cujo modo e propósito estão profundamente afastados de tal atitude e que têm em comum (apesar de grandes diferenças de importância e de alcance) uma espécie de cinismo literário muito saudável. O primeiro é um panfleto de uma dezena de páginas, geralmente atribuído a Sorel e intitulado *Le Jugement du Cid, composé par um Bourgeois de Paris, Marguillier de sa Paroisse*.[33] O autor pretende exprimir, contra a opinião dos "doutos" representados por Scudéry, a opinião do "povo", que desdenha Aristóteles e estabelece o mérito das peças pelo prazer que lhe dão: "Acho que (*o Cid*) é muito bom só por ter sido extremamente aprovado." Esse recurso ao julgamento do público será, como sabemos, a atitude constante dos autores clássicos, particularmente de Molière — argumento aliás decisivo contra as regras que pretendem se basear só no parâmetro da eficácia. Menos

---

32. Exemplo desta atitude, Jacques Chardonne: "Criticamos essa confissão no século XVII. Nós a achamos desumana e sobretudo inverossímil. Só há uma explicação: é uma imprudência. Mas tal imprudência só é possível se uma mulher ama seu marido." E mais acima: "Madame de Clèves não ama (seu marido). Ela acredita amá-lo. Mas ama menos do que pensa. E apesar disso ela o ama muito mais do que sabe. Essas incertezas íntimas fazem a complexidade e todo o movimento dos sentimentos reais" (*Tableaux de la littérature française*, Paris, Gallimard, 1962, p. 128). A explicação é sedutora, e só tem o defeito de esquecer que os sentimentos de Madame de Clèves — tanto para seu marido quanto para Nemous — não são sentimentos reais, mas sentimentos de ficção e de linguagem: isto é, sentimentos que exaurem a totalidade dos enunciados através dos quais a narrativa os *significa*. Interrogar-se sobre a realidade (extratexto) dos sentimentos de Madame de Clèves é tão quimérico quanto se perguntar quantos filhos tinha *realmente* Lady Macbeth, ou se Dom Quixote havia *realmente* lido Cervantes. Claro que é legítimo buscar a significação profunda de um ato como o de Madame de Clèves, considerado como um lapso (uma "distração") que remete a alguma realidade mais obscura: mas, então, queira ou não, não é a psicanálise de Madame de Clèves que se faz, mas a de Madame de la Fayette, ou (e) a do leitor. Por exemplo, "Se Madame de Clèves confia em Monsieur de Clèves, é porque é a ele que ama; mas Monsieur de Clèves não é seu marido — é o pai dele."
33. Gasté, op. cit., p. 230-240.

clássica e tipicamente barroca é a precisão de que a atração do *Cid* consiste "em sua bizarria e extravagância". Essa atração pelo bizarro, que Corneille confirma em seu *Examen*[34] de 1660, lembrando que a visita tão criticada de Rodrigue a Chimène depois da morte do conde provoca "um certo tremor na plateia, que mostra uma curiosidade maravilhosa e um redobramento da atenção", parece provar que a *conformidade à opinião* não é o único meio de se obter a adesão do público; isso não está longe de arruinar toda a teoria do verossimilhante ou de obrigar a repousá-la sobre novas bases. Mas aqui está o ponto capital da argumentação, no qual se verá que esta defesa não deixa de exercer, de certa forma impertinente, o que mais tarde e em outros lugares se chamará de "o desvelamento do procedimento":

> Eu sei, diz Sorel, que não parece (= verossimilhança) que uma jovem tenha desejado desposar o assassino de seu pai, *mas isso forneceu a ocasião de dizer muita coisa...* Bem sei que o rei erra ao não mandar prender dom Gormas, em vez de mandá-lo se acomodar, *mas sendo assim ele não foi morto...* Eu sei que o rei devia ter dado a ordem no porto, tendo sido advertido da intenção dos Mores, *mas, se o tivesse feito, Cid não lhe teria prestado esse grande serviço que o obriga a perdoá-lo.* Bem sei que o infante é um personagem inútil, mas era preciso preencher a peça. Bem sei que dom Sanche é um pobre simplório, *mas era preciso que trouxesse sua espada para assustar Chimène.* Bem sei que não havia necessidade de que dom Gormas falasse à sua serva sobre o que se ia deliberar no Conselho, *mas o autor não soube fazê-lo dizer de outra maneira.* Bem sei que a cena é ora o Palácio, ora a praça pública, ora o quarto de Chimène, ora o apartamento do infante, ora o do rei, e tudo isso é tão confuso que a gente às vezes se encontra de um lugar no outro como que por milagre, sem ter passado por nenhuma porta, *mas o autor precisava de tudo isso.*[35]

---

34. Avaliação que Corneille faz, em 1660, de seu texto *Le Cid*, alternando autocrítica e justificações em resposta às acusações. [N.T.]
35. Grifos meus.

No ponto alto da discussão, a algumas semanas do veredicto da Academia, tal defesa corria o risco de fazer o tiro sair pela culatra; mas hoje que Scudéry, Chapelain e Richelieu estão mortos, e o *Cid* bem vivo, podemos reconhecer que Sorel é sábio e diz bem alto aquilo que todo autor deve pensar bem baixo: ao eterno "por quê?" da crítica "verossimilhista", a verdadeira resposta é: "porque eu preciso disso". Verossimilhanças e etiquetas muitas vezes nada mais são do que honestas folhas de parreira[36], e não é ruim, de tempos em tempos, que um sacristão venha assim — para o grande escândalo das locadoras de cadeiras nas igrejas e nas praças públicas — desvelar certas *funções*.

Le Jugement du Cid desejaria ser, à sua maneira indiscreta, uma defesa da peça; as *Lettres à Madame la Marquise de *** sur le sujet de la Princesse de Clèves*, de Valincour (1679), apresentam-se como uma crítica do romance, muitas vezes rigorosa no detalhe, mas cujo teor constituiria mais uma homenagem que um ataque. Esse livro compõe-se de três "Cartas", das quais a primeira diz respeito à *conduta da história* e à *maneira pela qual os acontecimentos são desenvolvidos*; a segunda, sobre os *sentimentos* dos personagens, e a terceira, sobre o *estilo*. Deixando a terceira de lado, é preciso observar em primeiro lugar que a segunda frequentemente retoma a primeira, e que os "sentimentos" não são o que mais importa para Valincour. É assim que a confissão, peça capital do debate instituído no *Mercure Galant*, não lhe inspira (abstenção notável) *nenhum* comentário psicológico concernindo a Madame de Clèves, mas somente um elogio do efeito patético produzido pela cena, seguido por uma crítica a uma atitude do marido e à evocação de uma cena comparável num romance de Madame de Villedieu. Se Va-

---

36. Expressão que se refere à folha esculpida que serve para esconder o sexo das estátuas nuas. [N.T.]

lincour atém-se reiteradamente, segundo o costume da época, à conduta dos personagens (imprudência de Madame de Clèves, inabilidade e indiscrição de Monsieur de Nemours, falta de perspicácia e precipitação de Monsieur de Clèves, por exemplo), não é por outro motivo senão pelo fato de que ela interessa à condução da história, que é sua verdadeira questão. Como Sorel, ainda que de uma forma menos desenvolta, Valincour acentua a função de diversos episódios: acabamos de ver a cena da confissão justificada por aquilo que podemos chamar de sua "função imediata" (o patético); Valincour examina-o também na sua "função a termo", que é ainda mais importante. Pois a princesa não confessa somente a seu marido o sentimento que experimenta por um outro homem (que ela não nomeia, de onde o primeiro efeito a termo, curiosidade e investigação de Monsieur de Clèves); ela confessa também, sem sabê-lo, a Nemours, escondido a dois passos dali, que ouve tudo e se reconhece em certo detalhe.[37] Daí o efeito produzido sobre Nemours, dividido entre a alegria e o desespero; daí a confidência feita por ele sobre toda a aventura a um de seus amigos, que a repetirá à sua amante, que a repetirá à rainha Dauphine, que a repetirá à Madame de Clèves na presença de Nemours (que cena!); daí as reprovações da princesa a seu marido, de quem naturalmente suspeita estar na origem das indiscrições; reprovações recíprocas de Monsieur de Clèves à sua mulher: eis alguns efeitos a termo desta cena de confissão, que foram e ainda são [38] negligenciados pela maior parte dos leitores, fascinados pelos debates sobre os *motivos*. Tanto é verdadeiro que o "de onde vem isso?" serve para fazer esque-

---

37. "Isso cheira um pouco aos traços de *L'Astrée*", diz Fontenelle (Ed. Cazes, p. 197). Claro: mas é que *La Princesse de Clèves*, como *L'Astrée*, é um romance.
38. Sobre a situação de Nemours neste episódio e em outro, vide Michel Butor, *Répertoire*, Paris, Minuit, 1960-1982, pp. 74-78, e Jean Rousset, *Forme et signification*, Paris, J. Corti, 1962, p. 26-27.

cer o "para que isso serve?". Valincour não o esquece jamais. "Também sei, diz a propósito da confidência de Nemours, que isso é colocado *para preparar* a complicação na qual se encontram *na sequência* Madame de Clèves e Monsieur de Nemours no castelo de Madame la Dauphine"; e ainda: "É verdade que se ambos não tivessem cometido essas faltas, a aventura do quarto de Madame la Dauphine não teria ocorrido." O que ele reprova a tais meios é que se encaminham para os efeitos a um custo muito alto, comprometendo, assim, no sentido forte do termo, a *economia* da narrativa: "Uma aventura não custa caro por custar falta de bom-senso e de conduta ao herói do livro"; ou bem: "É desagradável que ela só tenha podido ser levada na história em detrimento do verossimilhante."[39] Vê-se que Valincour está longe do laxismo irônico de Sorel: as faltas contra a verossimilhança (imprudências de uma mulher tida como ajuizada, indelicadezas de um cavalheiro, etc.) não o deixam indiferente; mas, em vez de condenar essas inverossimilhanças em si mesmas (o que é propriamente a ilusão realista), como um Scudéry ou um Bussy, ele as julga em função da narrativa, segundo a relação de rentabilidade que liga o efeito ao seu meio, e só as condena na medida em que essa relação é deficitária. Assim, se a cena no castelo da Dauphine custa caro, ela é em si mesma tão feliz "que o prazer que me deu me fez esquecer de todo o resto"[40], a saber, a inverossimilhança dos meios: balança em equilíbrio. Ao contrário, para a presença de Nemours no momento da confissão: "Parece-me que só dependia do autor criar uma situação menos perigosa e sobretudo mais natural (= menos onerosa) para que escutasse aquilo que ele queria que soubesse."[41] E ainda, para a

---

39. Valincour, *Lettres sur le sujet de la Princesse de Clèves*, Ed. Cazes, op. cit., p. 113-114. (grifos nossos).
40. Ibid., p. 115.
41. Ibid., p. 110.

morte do príncipe, provocada por um relatório incompleto de seu espião, que viu Nemours entrar à noite no Parque de Coulommiers mas não soube ver (ou dizer) que esta visita não tinha tido consequências. O espião comporta-se como um tolo e seu senhor como um desmiolado, e "não sei se o autor não teria feito melhor escolhendo servir-se de seu poder absoluto para matar Monsieur de Clèves em vez de dar à sua morte um pretexto assim tão pouco verossimilhante, que é o de não ter desejado escutar tudo o que seu cavalheiro tinha a lhe dizer"[42]; ainda um efeito que custa caro demais. Sabemos que Monsieur de Clèves deve morrer por causa do amor de sua mulher por Nemours, mas a articulação adotada é canhestra. A lei da narrativa tal como implicitamente tomada por Valincour é simples e brutal: *o fim deve justificar o meio.* "O autor não conduz muito escrupulosamente a conduta de seus heróis: ele não se preocupa com que se esqueçam um pouco dela, dado que isso *prepara as aventuras*"; e ainda "A partir do momento em que algum dos personagens... diz ou faz qualquer coisa que nos parece uma falta, não devemos olhá-la como em outros livros, isto é, como algo que se devesse excluir; ao contrário, podemos nos assegurar de que isso está lá *para preparar* algum acontecimento extraordinário."[43] A defesa do autor é *felix culpa*; o papel do crítico não é de condenar a falta *a priori*, mas de buscar que sucesso ela traz, de compará-los entre si e decidir se, sim ou não, o sucesso desculpa a falta. E o verdadeiro pecado, a seus olhos, será a falta sem sucesso, isto é, a cena simultaneamente custosa e sem utilidade, como o encontro de Madame de Clèves e Monsieur de Nemours num jardim depois da morte do príncipe: "O que me pareceu mais es-

---

42. Ibid., p. 217-218. [A expressão "seu cavalheiro" refere-se à função de "gentilhomme", nobre por nascimento que se encontra a serviço da pessoa de um rei, de um príncipe ou de um grande nobre.]
43. Ibid., p. 119, 125. (grifos meus).

tranho nesta aventura é constatar o quanto ela é inútil. De que vale se dar ao trabalho de supor uma coisa tão extraordinária... para terminá-la de uma forma tão bizarra? Tira-se Madame de Clèves de sua solidão, leva-se para um lugar ao qual não tem o hábito de ir, e tudo isso para dar-lhe a tristeza de ver Monsieur de Nemours sair pela porta de trás"[44]: o resultado não vale o investimento necessário.

Uma crítica tão pragmática nada tem para satisfazer aos amantes da alma, e compreende-se que o livro de Valincour não tenha tido boa reputação: secura de coração, estreiteza de espírito, formalismo estéril. Tais reprovações são, em casos assim, inevitáveis — e sem importância. Busquemos destacar dessa crítica os elementos de uma teoria funcional da narrativa e, acessoriamente, de uma definição, ela também funcional (talvez fosse melhor dizer *econômica*), do verossimilhante.

É preciso partir, como de um dado fundamental, dessa *arbitrariedade da narrativa* já citada, que fascinava e afastava Valéry, dessa liberdade vertiginosa que a narrativa tem, em primeiro lugar, de adotar a cada passo uma ou outra orientação (seja a liberdade, uma vez enunciado "A marquesa...", de seguir dizendo "saiu", ou então "voltou", ou "cantava", ou "dorme", etc.): arbitrariedade, portanto, de *direção*; em seguida, de se deter no local e de expandir-se por uma associação de tal circunstância, informação, indício, catálise[45] (seja a liberdade de propor, depois de "A marquesa...", enunciados tais como "de Sevigné", ou "uma grande mulher seca e altiva", ou "pede seu carro e..."): arbitrariedade de *expansão*.

---

44. Ibid., p. 129-130.
45. Cf. Roland Barthes, "Introduction à l'analyse structurale du récit", in: *Communications* 8, p. 9, 1966.

Talvez fosse interessante fazer uma vez uma obra que, a cada um de seus nós, mostrasse a diversidade que aí pode se apresentar ao espírito, e dentre a qual ele escolhe a sequência única que será dada no texto. Isso seria substituir a ilusão de uma determinação única e imitadora do real por outra do possível-a-cada-instante, que me parece mais verdadeira.[46]

É preciso observar, todavia, que essa liberdade, de fato, não é infinita, e que o *possível* de cada instante é submetido a um certo número de restrições combinatórias comparáveis às que a correção sintática e semântica de uma frase impõem: a narrativa também tem seus critérios de "gramaticalidade", que fazem com que, por exemplo, depois do enunciado "A marquesa pediu seu carro e..." espere-se mais "saiu para fazer um passeio" do que "foi para a cama". É mais produtivo, contudo, considerar primeiramente o relato como totalmente livre e depois registrar suas diversas determinações como restrições acumuladas, do que postular no início uma "determinação única e imitativa do real". Em seguida, é necessário admitir que aquilo que parece ao leitor como determinações mecânicas não foi produzido como tal pelo narrador. Tendo escrito "A marquesa, desesperada...", ele não está tão suficientemente livre para encadear com "... pediu uma garrafa de champanhe" quanto está com "pegou uma pistola e estourou os miolos". Na realidade, as coisas não se passam assim; escrevendo "A marquesa...", o autor já sabe se terminará a cena com uma festa ou com um suicídio, e é portanto em função do fim que ele escolhe o meio. Contrariamente ao que sugere o ponto de vista do leitor, não é então "desesperada" que determina a pistola, mas sim a pistola que determina "desesperada". Para voltar a exemplos mais canônicos, Monsieur de Clèves não morre *porque* seu cavalheiro se comporta feito um idiota, mas seu cavalheiro age feito um idiota *para que* Mon-

---

46. Valéry, *Œuvres*, Pléiade, I, p. 1467.

sieur de Clèves morra, ou, ainda, como diz Valincour, *porque o autor quer* fazer com que Monsieur de Clèves morra e que esta finalidade da narrativa de ficção seja a *ultima ratio* de cada um de seus elementos. Citemos Valincour uma última vez:

> Quando um autor faz um romance, o vê como um pequeno mundo criado por ele mesmo; considera todas as personagens como suas criaturas, das quais é senhor absoluto. Ele pode dar-lhes bens, espírito, valor, tanto quanto quiser; fazê-los viver ou morrer como bem lhe aprouver, sem que nenhum deles tenha direito de lhe pedir conta de sua conduta: *os próprios leitores* não podem fazê-lo, e há quem lamente que um autor tenha feito com que o herói morra muito precocemente, mas que não pode adivinhar as razões que o narrador teve para agir assim, *a que propósito esta morte devia servir na sequência* de sua história.[47]

Essas determinações *retrógradas* constituem precisamente o que chamamos arbitrariedade da narrativa, isto é, não de fato a indeterminação, mas a determinação dos meios pelos fins e, para falar mais brutalmente, *das causas pelos efeitos*. É esta lógica paradoxal da ficção que obriga a definir todo elemento, toda unidade da narrativa por seu caráter funcional, isto é, entre outros, por sua correlação com uma outra unidade[48], e a dar conta da primeira (na ordem da temporalidade narrativa) pela segunda, e assim por diante. Daí decorre que a última é a que comanda todas as outras, e que não seja comandada por nada: lugar essencial da arbitrariedade, ao menos da imanência da própria narrativa, pois em seguida é possível buscar fora dele todas as determinações psicológicas, históricas, estéticas, etc., que se queira. Segundo esse esquema, tudo

---

47. Valincour, op. cit., p. 216. Grifos nossos.
48. Cf. Roland Barthes, op. cit., p. 7: "A alma de toda função é seu germe, o que lhe permite semear a narrativa com um elemento que amadurecerá mais tarde."

na *Princesse de Clèves* seria reduzido ao seguinte, que seria propriamente seu *telos*: Madame de Clèves, viúva, não se casará com Monsieur de Nemours, que ela ama, da mesma forma que tudo, em *Bérénice*, ficaria reduzido ao desenlace enunciado por Suétone: *dimisit invitus invitam*.

Esquema, é claro, e, ainda, esquema cujo efeito redutor é menos sensível a propósito de uma obra cujo esboço é (como se sabe) eminentemente *linear*. Entretanto, ele sacrifica a *função imediata* de cada episódio, mas essas funções não são só funções, e sua verdadeira determinação (o *cuidado com o efeito*) também não é só uma finalidade. Há, portanto, mesmo na narrativa mais unilinear, uma *sobredeterminação funcional* sempre possível (e desejável): a confissão de Madame de Clèves contém assim, além de sua função de longo termo no encadeamento da narrativa, um grande número de funções de curto e médio termos, dos quais vimos os principais. Pode também haver formas de narrativa cuja finalidade se exerce não por encadeamento linear, mas por uma determinação em feixe: assim se passa na primeira parte do romance das aventuras de Dom Quixote, que se determinam menos umas às outras e que são determinadas (lembremos que, aparentemente, a determinação real é inversa) pela "loucura" do Cavaleiro, a qual contém um feixe de funções cujos efeitos serão expostos no decorrer da narrativa, mas que estão logicamente sobre o mesmo plano. Há também provavelmente outros esquemas funcionais possíveis, assim como funções estéticas difusas, cujo ponto de aplicação permanece flutuante e parece indeterminado. Não diríamos sem danos para a verdade da obra que o *telos* da *Cartuxa de Parma* é que Fabrice del Dongo morra num asilo a duas léguas de Sacca, ou que o de *Madame Bovary* seja de que Homais receba a medalha da Legião de Honra, tampouco que Bovary morra desiludido em sua estufa, tampouco... A verdadeira *função global* de cada uma dessas obras nos é indicada justamente por Stendhal e Flaubert[49]: a de *Bovary* é ser um *romance marrom*, como *Salambô* será *púrpura*; a da *Cartuxa* é dar a mesma "sensação" que a pintura de Corrège e a música de Cimarosa. O estudo de tais efeitos ultrapassa um pouco os meios atuais da análise estrutural da narrativa[50]; mas esse fato não nos autoriza a ignorar seu estatuto funcional.

Chama-se aqui de arbitrariedade da narrativa sua funcionalidade, o que pode perfeitamente parecer uma denominação mal escolhida; sua razão de ser é conotar um certo paralelismo de situação entre a narrativa e a língua. Sabe-se que também para a Linguística o termo "arbitrariedade" proposto por Saussure não é recebido sem contestação; mas ele tem o mérito, que o uso tornou atualmente imprescritível, de se opor a um termo simétrico, que é "motivação". O signo linguístico é arbitrário no sentido que só é justificado por sua função, e sabemos que a motivação do signo, particularmente da "palavra"[51], é na consciência linguística um caso típico de ilusão realista. Ora, o termo "motivação" (*motivacija*) foi felizmente introduzido (como o de função) na teoria literária moderna pelos formalistas russos para designar a maneira pela qual a funcionalidade dos elementos da narrativa se dissimula sob uma máscara de determinação causal; assim, o "conteúdo" pode ser só uma motivação, isto é, uma justificação *a posteriori* que de fato o determine. Dom Quixote é tido como erudito para justificar a intrusão de passagens críticas no romance; o herói byroniano é atormentado para justificar o caráter frag-

---

49. Nem por isso se confundirá função e intenção: uma função pode ser, em larga medida, involuntária; uma intenção pode ser falha ou transbordada pela realidade da obra: a intenção global de Balzac na *Comédia humana* era, como se sabe, ameaçar o estado civil.
50. No fundo, a narratividade de uma obra narrativa não esgota sua existência, nem mesmo sua literariedade. Nenhuma narrativa literária é *somente* uma narrativa.
51. Exemplo clássico, citado (ou inventado) por Grammont, *Le Vers français*, 6ª ed., Paris, Delagrave, 1967, p. 3: "E a palavra 'table' [mesa]? Vejam como ela dá a impressão de uma superfície plana repousando sobre quatro pés."

mentário da composição dos poemas de Byron, etc.[52] A motivação é, então, a aparência e o álibi causal que a determinação finalista se dá, e ela é a regra da ficção[53]: o *porquê* encarregado de fazer esquecer o *para quê?* — e portanto naturalizar, ou *realizar* (no sentido de fazer passar por real) a ficção, dissimulando o que ela tem de *concertado*, como diz Valincour, isto é, de artificial; em suma, de fictício. A virada de determinação que transforma a relação (artificial) de meio e fim em uma relação (natural) de causa e efeito é o próprio instrumento desta *realização*, evidentemente necessária para a consumação corrente, que exige que a ficção seja tomada em uma ilusão, mesmo que imperfeita e parcialmente simulada, de realidade.

Há, então, uma oposição diametral, do ponto de vista da economia do relato, entre a função de uma unidade e sua motivação. Se a função é, grosseiramente falando, aquilo a que *serve*; sua motivação é o que lhe é *necessário* para dissimular sua função. Dito de outra maneira, a função é um lucro, a motivação é um custo.[54] O rendimento de uma unidade narrativa ou, se preferirmos, seu *valor*, será então a diferença fornecida pela subtração: função menos motivação. $V = F - M$ é o que poderíamos chamar de teorema de Valincour.[55] Não se deve rir desse

52. Cf. Erlich, *Russian Formalism*, Gravenhage, Mouton, 1955, cap. XI.
53. A importância do álibi é, evidentemente, variável. Ela parece estar em seu máximo no romance realista do fim do século XIX. Em épocas anteriores (Antiguidade, Idade Média, por exemplo), um estado mais provecto ou mais aristocrático da narrativa não procura disfarçar suas funções. "A *Odisseia* não comporta nenhuma surpresa; tudo é dito antecipadamente, e tudo o que é dito acontece... Esta certeza no cumprimento dos acontecimentos preditos afeta profundamente a noção de intriga... O que têm em comum a intriga de causalidade que nos é habitual e essa intriga de predestinação própria da *Odisseia*?" (Tzvetan Todorov, "Le Récit primitif", *Tel Quel*, n. 30, p. 55, 1968).
54. É preciso fazer justiça, entretanto, fora da narratividade, à eventual função imediata do discurso motivante. Uma motivação pode ser onerosa do ponto de vista da mecânica narrativa e gratificante sobre um outro plano, por exemplo estético, como o prazer, ambíguo ou não, que o leitor de Balzac sente com o discurso balzaquiano — que chega até a eliminar completamente o ponto de vista narrativo. Também não é pela *história* que se lê Saint-Simon, tampouco Michelet.
55. É hora de lembrar que excelentes eruditos atribuem a paternidade real das *Lettres sur la Princesse de Clèves* não a Valincour, mas a P. Bouhours.

sistema de medida um pouco brutal, tão bom quanto qualquer outro, e que em todo caso nos fornece uma definição bastante oportuna do verossimilhante, o qual tudo aquilo que precede nos dispensará de justificar ainda mais: é *uma motivação implícita, e que não custa nada*. Aqui, então, V = F – zero, isto é, V = F. Quando se mede a eficácia de tal fórmula, não se fica mais surpreso com seu uso, nem mesmo com seu abuso. O que se pode imaginar de mais econômico, de mais rentável? A ausência de motivação, o procedimento *nu*, caro aos formalistas? Mas o leitor, humanista por essência, psicólogo por vocação, respira mal esse ar rarefeito; ou melhor, o horror do vazio e a pressão do sentido são tais que esta ausência de signo torna-se bem depressa significante. A não motivação torna-se, então — o que é bem diferente, mas também econômica —, uma *motivação-zero*. Assim nasce um novo verossimilhante[56], que é o nosso, que adoramos há pouco, e que *também* nos é necessário queimar: a ausência de motivação *como motivação*.

Formularemos de forma mais sucinta o propósito, um tanto quanto saturado, deste capítulo:

1º. Distingam-se três tipos de narrativa:
   a) a narrativa *verossimilhante*, ou de motivação implícita; exemplo: "A marquesa pediu seu carro e foi passear";
   b) a narrativa *motivada*; exemplo: "A marquesa pediu seu carro e foi para a cama, pois era muito caprichosa" (motivação do primeiro grau ou motivação restrita); ou ainda: "pois, como todas as marquesas, ela era muito caprichosa" (motivação do segundo grau, ou motivação generalizante).;

---

56. Caso se admita que o verossimilhante se caracteriza por M = zero. Para quem julgaria sórdido esse ponto de vista econômico, lembremos que em matemática (entre outras) a economia define a elegância.

c) a narrativa *arbitrária*; exemplo: "A marquesa pediu seu carro e foi para a cama".

2º. Constatamos então que, formalmente, nada separa o tipo *a* do tipo *c*. A diferença entre o relato "arbitrário" e o relato "verossimilhante" não depende, no fundo, senão de um julgamento de ordem psicológica ou de outra, exterior ao texto e eminentemente variável: segundo a hora e o lugar, toda narrativa "arbitrária" pode se tornar "verossimilhante", e reciprocamente. A única distinção pertinente é então entre a narrativa *motivada* e a narrativa *imotivada* ("arbitrária" ou "verossimilhante"). Esta distinção nos reconduz, de uma maneira evidente, à oposição já reconhecida entre narrativa e *discurso*.

O dia, a noite

Pretendemos iniciar aqui, a propósito de um caso muito limitado, o estudo de um setor da semiótica literária ainda virgem, ou quase, que gostaríamos de chamar — por uma locução voluntariamente ambígua e que não pretende dissimular sua filiação bachelardiana — a *poética da linguagem*. Trata-se menos de uma semiologia "aplicada" à literatura que de uma exploração, de certo modo pré-literária, de recursos, ocasiões, inflexões, limitações, restrições que cada língua natural parece oferecer ou impor ao escritor, e particularmente ao poeta que dela faz uso. É preciso dizer *parece*, pois muitas vezes a "matéria" linguística é menos *dada* que construída, sempre interpretada, portanto transformada por uma espécie de devaneio ativo que é, ao mesmo tempo, ação da linguagem sobre a imaginação e da imaginação sobre a linguagem: reciprocidade manifesta, por exemplo, nas páginas que o próprio Bachelard dedica à fonética aquática de palavras como "rio", "riacho", "rã", etc., no último capítulo de *A água e os sonhos*. Essas mímicas imaginárias são indissoluvelmente — como as que Proust assinalou, entre outras, em uma página célebre de *Swann* — devaneios de palavras[1] e devaneios sobre as palavras, sugestões feitas pela língua e à língua, *imaginação da linguagem* no duplo sentido, objetivo e subjetivo, que podemos dar aqui ao complemento do substantivo.

Gostaríamos então de considerar nesse espírito, a título experimental, o semantismo imaginário de um sistema parcial e muito elementar, mas ao qual sua frequência, sua ubiquida-

---

1. "Sim, verdadeiramente, as palavras sonham" (G. Bachelard, *La Poétique de la rêverie*, 5ª ed., Paris, PUF, 1960, p. 16).

de, sua importância cósmica, existencial e simbólica podem dar como um valor de exemplo: trata-se do par formado, na língua francesa moderna, pelas palavras *jour* e *nuit* [*dia* e *noite*]. Evidentemente, não se trata de visar à exaustividade, nem mesmo ao estabelecimento de uma "amostragem" de fato representativa. Trata-se, mais simplesmente, de uma forma de todo artesanal e com os meios que a situação oferece de reconhecer e esboçar a configuração de uma parcela (ínfima, mas central) do espaço verbal no interior do qual a literatura encontra seu lugar, sua ordem e seu jogo.

Par de palavras, pois — e isso é sem dúvida a primeira observação que se impõe — os dois termos são evidentemente unidos por uma relação muito forte, que não deixa a nenhum deles um valor autônomo. É preciso notar, de início, essa relação de implicação recíproca que com frequência designa à primeira vista o dia e a noite como dois "contrários". Também é preciso observar que esta oposição não está dada nas coisas, que ela não está entre os "referentes", pois nenhum objeto do mundo pode ser de fato considerado como o contrário de um outro; ela está apenas entre os *significados*: é a língua que aqui faz a divisão, impondo uma descontinuidade que lhe é própria a realidades que por si mesmas não as comportam. A Natureza, ao menos em nossas latitudes, passa insensivelmente do dia à noite; a língua não pode passar insensivelmente de uma palavra à outra: entre *dia* e *noite* ela pode introduzir alguns vocábulos intermediários, como *alvorecer, crepúsculo*, etc., mas não pode dizer simultaneamente *dia* e *noite*, um pouco *dia* e um pouco *noite*. Ou, pelo menos, da mesma forma que a articulação intermediária entre /b/ e /p/ não permitem designar um conceito intermediário entre "*bière*" e "*pierre*"[2], a fusão sempre possível dos significantes não implica uma fusão dos significados: o sig-

---

2. A. Martinet, *Élements de linguistique générale*, Paris, A. Colin, 1967 p. 28.

no total é uma quantidade discreta. Notemos ainda que essa oposição se encontra reforçada, em francês, pelo isolamento de cada um dos vocábulos: uma antonímia é evidentemente muito mais clara quando opõe dois termos desprovidos de sinônimos. Se quisermos designar, por exemplo, a antonímia de *luz*, podemos hesitar entre *sombra*, *obscuridade*, ou até mesmo *trevas*; reciprocamente, para fazer antítese à *obscuridade*, por exemplo, temos ao menos a escolha entre *luz* e *claridade*. No que concerne a *dia* e *noite*, nenhuma incerteza é possível, em nenhum dos sentidos.

Essa oposição intensa não esgota a relação que une os dois termos, e, apesar de seu caráter de evidência imediata, esse não é o primeiro traço que deveria ser tomado em uma análise semântica mais rigorosa. De fato, a oposição entre dois termos só tem sentido em relação àquilo que funda sua aproximação, e que é seu elemento comum: a fonologia nos ensinou que a diferença só é pertinente, na linguística e fora dela, sobre um fundo de similitude. Ora, se queremos definir a noite com um mínimo de precisão, devemos dizer que ela é, no interior de uma duração de vinte e quatro horas determinada pela rotação da Terra, a fração que transcorre entre o deitar e o levantar aparentes do Sol, e inversamente definiremos o dia como, da mesma duração total, a fração compreendida entre o levantar e o deitar do sol. O elemento de significação comum é, portanto, a inclusão na duração de 24 horas. Mas encontraremos aqui o primeiro paradoxo de nosso sistema: de fato, para designar esse elemento comum sem ser por uma perífrase, a língua francesa, como se sabe, dispõe apenas de um único lexema, que é evidentemente a palavra "jour" [dia], e nesse caso é lícito dizer que "a noite é a fração do dia compreendida..., etc." Dito de outra forma, a relação entre *dia* e *noite* não é somente de oposição, portanto de exclusão recíproca, mas também de inclusão: em um desses sentidos, o dia exclui a noite, em outro ele o compreende, sendo então, como diz Blanchot, "o todo do dia e da noite".[3] Temos aqui um paradigma de dois termos, dos quais um serve também para designar o conjunto do paradigma. Os médicos conhecem bem essa dificuldade, pois, quando querem designar sem ambiguidade a duração de 24 horas, recorrem ao neologismo "bárbaro" (isto é, grego) "nycthémère".

Essa situação defectiva, aliás muito frequente, pode parecer aqui como desprovida de pertinência, pois o contexto se encarrega ordinariamente, mesmo na poesia, de eliminar os equívocos mais graves, e quando Racine, por exemplo, opõe "*A luz do dia, as sombras da noite*", o leitor sabe imediatamente em que sentido deve tomar a palavra "dia". Mas é preciso ir mais longe e considerar a razão desta polissemia, que não deixará de ter incidência sobre o discurso. Um paradigma defectivo é sempre, parece, o traço de uma dissimetria semântica profunda entre seus termos. A confusão lexemática entre o dia, no sentido restrito, e o que poderíamos chamar de arquidia indica muito claramente que a oposição entre *dia* e *noite* é uma daquelas oposições que os fonólogos chamam de *privativas*, entre um termo marcado e um termo não marcado. O termo não marcado, aquele que coincide com o paradigma, é o dia; o termo marcado, aquele que se marca e que se observa, é a noite. O dia é assim designado como termo *normal*, a vertente não especificada do arquidia, aquele que não precisa ser especificado porque é óbvio, porque é essencial; a noite, ao contrário, representa o acidente, o desvio, a alteração. Para recorrer a uma comparação brutal, mas que se impõe, e sobre a qual encontraremos mais adiante outras implicações, digamos que essa relação entre *dia* e *noite* é homóloga, nesse plano, à relação entre *homem* e *mulher*, e que ela traduz o mesmo complexo de valorizações contraditórias

---

3. M. Blanchot, *L'Espace littéraire*, Paris, Gallimard, 1955, p. 174.

e complementares: pois, se por um lado o dia se encontra valorizado como o termo forte do paradigma, por outro lado, e de outra forma, a noite se encontra valorizada como o termo notável, observável, significativo por seu desvio e por sua diferença, e isto na verdade é só antecipar a consideração dos textos do que dizer desde já que a imaginação poética se interessa muito mais pela noite que pelo dia. Veremos adiante algumas das formas que pode tomar essa valorização segunda e inversa que busca compensar a valorização primeira cristalizada na linguagem; no momento, notemos somente este fato característico: quando a poesia compara entre si o dia e a noite, esta comparação, seja explícita ou implicada em uma metáfora, opera quase sempre no mesmo sentido, que é, como se sabe, relacionar o menos conhecido ao mais conhecido, o menos natural ao mais natural, o acidental ao essencial, ou seja, aqui, a noite ao dia. Quando se escreve: "*E temos noites mais belas que seus dias*", quando nomeamos as estrelas *flores da sombra*, a noite é então o elemento comparado, isto é, o tema da comparação, e o dia só é o comparando, isto é, o meio. O trajeto inverso parece muito mais raro: há este "*dia negro mais triste que as noites*", no quarto verso do último "Spleen", mas vemos imediatamente tudo o que há de paradoxal, muito paradoxal para inspirar uma comparação contranatureza. Encontramos em Michel Déguy um exemplo que só parece normal, e que de fato confirma sutilmente a regra:

> *Au cœur de la nuit le jour*
> *Nuit de la nuit...* [4]
> *[No coração da noite o dia*
> *Noite da noite...]*

4. *Ouï Dire*, Paris, Gallimard, 1973, p. 35.

É mesmo o dia que é aqui comparado à noite, definido em relação à noite, como define-se comumente a noite em relação ao dia; mas é a noite *en abyme*, a noite da noite, a alteração da alteração: ele permanece a norma. Nenhum poeta, penso eu, teria escrito espontaneamente o inverso: *a noite, dia do dia*, pois tal metáfora seria inconcebível: a negação da negação pode ser uma afirmação, mas a afirmação da afirmação não produziria nenhuma negação. A álgebra diz simplesmente: menos com menos igual a mais, porém, mais com mais sempre é igual a mais. A noite da noite pode ser o dia, mas o dia do dia é ainda o dia. Assim, o par *dia/noite* não opõe dois contrários em partes iguais, pois a noite é muito mais o contrário do dia do que o dia é o contrário da noite. Em suma, a noite é o *outro* do dia ou, como já se disse[5], por uma palavra brutal e decisiva, seu *inverso*. A recíproca, é claro, não é verdadeira.

A valorização poética da noite é também sentida como uma reação, como uma contravalorização. Amada ou temida, exaltada ou exorcizada, a noite é *isso de que se fala*: entretanto, diríamos que essa fala não pode prescindir do dia. Poderíamos falar do dia sem pensar na noite, mas não podemos falar da noite sem pensar no dia: "A noite, diz Blanchot, não fala senão do dia."[6] Exaltar a noite é quase necessariamente se ater ao dia — e essa referência inevitável é uma homenagem involuntária à dominância que desejaríamos contestar. Encontramos um exemplo característico neste hino à noite no fim de *Le Porche du mystère de la deuxième Vertu*. A contravalorização é levada aí tão longe quanto possível, dado que o autor, com a obstinação retórica que lhe é própria, se esforça em estabelecer, contra o dia, a preeminência da noite — como prioridade de fato ("Eu te criei primeira") e como predominância de direito —, e o dia, para ele, não é senão uma espécie de infração,

---

5. Gilbert Durand, *Structures anthropologiques de l'imaginaire*, Paris, Dunod, 1992, p. 512.
6. Blanchot, op. cit.

um contratempo inconsequente no imenso tecido noturno: "É a noite que é contínua... É a noite que trama um longo tecido contínuo, um tecido sem fim no qual os dias são só dias, só se abrem como dias, isto é, como fendas numa urdidura em que há dias." Essa reivindicação do caráter essencial para a noite, essa relegação do dia ao acidente, marcam-se brilhantemente na oposição do singular e do plural — tomando em sentido contrário a declividade ordinária da língua, que opõe, por exemplo, o astro *do dia* ao astro *das noites*, o Deus de Péguy só quer conhecer *os dias* e *a noite*: "Ó Noite, tu és a noite. E todos os dias juntos jamais serão o dia, eles nada mais são senão os dias." Quem não reconhece, ao mesmo tempo, que esse próprio ardor em glorificar a noite *a expensas do dia* desmente a autonomia que seu propósito desejaria fazer reconhecer? No fundo, o que essa devotada sofística não consegue dissimular, pois a linguagem sempre revela o que quer esconder, é que a preferência concedida à noite não é, como ela pretende, uma escolha lícita e sancionada (santificada) por adesão divina, mas, ao contrário, uma escolha culpável, uma escolha arbitrária do interdito, uma transgressão.

Essa dissimetria é evidentemente fundamental na oposição dos dois significados. Se quiséssemos esgotar essa oposição seria necessário estudar ainda outros desequilíbrios menos imediatamente perceptíveis. Com efeito, a única relação sêmica na verdade simétrica é aquela que opõe o dia e a noite no plano temporal, como frações separadas pelo levantar e pelo deitar do sol, e também, metaforicamente, como símbolos da vida e da morte. Em contrapartida, a antítese do dia como luz e da noite como obscuridade é mais claudicante: de fato, *dia* é sinônimo de luz na língua comum, por uma metonímia de uso absolutamente banal, como por exemplo quando se diz "deixar o dia entrar em uma sala"; *noite*, ao contrário, só pode designar a obscuridade, como na "noite da tumba", por uma decisão de estilo que seguramente depende também do uso, todavia mais restrito e especificamente literário (e por certo, mais estreitamente, poético e oratório). Em outras palavras, as relações semânticas *dia/luz* e *noite/obscuridade* são, em denotação pura, estritamente idênticas [7], mas sua extensão e seu nível de uso — e, por conseguinte, sua conotação — são diferentes: retenhamos esta nova dissimetria para reencontrá-la adiante sob um novo aspecto, e que já parece indicar, mesmo que ampliando um pouco o efeito, que a consciência linguística concebe o sema "obscuridade" como menos essencial à significação de *noite* que o sema "luminosidade" à significação de *dia*. Outro defeito de simetria, o sentido derivado de *dia* como abertura, solução de continuidade que acabamos de encontrar em Péguy, não tem dual no semantismo de *noite*; em compensação, encontraremos facilmente em *noite* um sema espacial do qual *dia* parece privado: "andar na noite" é um enunciado mais "natural" à língua que "andar no dia". Há uma espacialidade (seria melhor dizer *espaciosidade*) privilegiada da noite, que talvez se deva à amplitude cósmica do céu noturno, e à qual inúmeros poetas foram sensíveis. Citemos por exemplo Supervielle:

... *la Nuit, toujours reconnaissable,*
A sa grande altitude où n'atteint pas le vent.[8]
[... a Noite, sempre reconhecível,
Tem sua grande altitude onde o vento não atinge.]

7. Pelo menos em sincronia. O estudo das origens talvez oferecesse algumas precisões, mas elas não teriam nenhuma pertinência para uma análise que concerne tipicamente à *consciência linguística* do "francês moderno", a qual não parece (mas esta impressão precisaria ser verificada em detalhes) ter variado sensivelmente sobre este ponto nos últimos quatro séculos. Assim, não devemos nos perguntar, por exemplo, se o sentido "luz" é anterior ou posterior ao sentido temporal de "dia", nem mesmo se a etimologia — o retorno, através do latim, até as raízes indo-europeias — dá algum sentido a essa questão: basta que o sentimento linguístico atual perceba o sema luminoso como segundo e derivado, mesmo que o trajeto diacrônico seja inverso.
8. J. Supervielle, *Les Amis inconnus*, Paris, Gallimard, 1934, p. 139.

O mesmo poeta nos alerta para um outro valor metafórico de *noite* que tem grande importância simbólica: é o sentido de profundeza íntima, de interioridade física ou psíquica; remetamos aqui, por exemplo, às análises de Gilbert Durand, que não situou desavisadamente os símbolos da intimidade sob a categoria do *regime noturno* da imagem. A espacialidade noturna é então ambivalente; a noite, "porosa e penetrante", é ao mesmo tempo metáfora de exterioridade e de interioridade, de altitude e de profundeza, e sabemos tudo o que o *intimismo cósmico* de Supervielle deve a essa ambivalência:

> *Nuit en moi, nuit en dehors,*
> *Elles risquent leurs étoiles,*
> *Les mêlant sans le savoir...*
> *Mais laquelle des deux nuits,*
> *Du dehors ou du dedans?*
> *L'ombre est une et circulante,*
> *Le ciel, le sang ne font qu'un.*[9]
> [Noite em mim, noite fora,
> Elas riscam suas estrelas,
> Amalgamando-as sem perceber....
> Mas qual das duas noites,
> Do fora ou do dentro?
> A sombra é uma e circulante,
> O céu e o sangue tornam-se um.]

Ou ainda:

> *Le jour monte, toujours une côte à gravir,*

---

9. Id., "Nocturne en plein jour", in: *La Fable du monde*, Paris, Gallimard, 1938, p. 88.

Toi, tu descends en nous, sans jamais en finir,
Tu te laisses glisser, nous sommes sur ta pente,
Par toi nous devenons étoiles consentantes.
Tu nous gagnes, tu cultives nos profondeurs,
Où le jour ne va pas, tu pénètres sans heurts.[10]
[O dia sobe, sempre uma encosta a escalar,
Tu, tu desces em nós, sem jamais terminar,
Tu te deixas deslizar, estamos em tua declividade,
Por ti nos tornamos estrelas aquiescentes.
Tu nos ganhas, tu cultivas nossas profundezas,
Onde o dia não chega, tu penetras sem conflitos.]

As observações que precedem situam-se, como vimos, no nível do significado, ou, para emprestar livremente o termo de Hjelmslev, designando assim o recorte e os agrupamentos de sentido próprios a um estado de língua, da *forma do conteúdo*. Consideraremos agora os efeitos de sentidos produzidos pelos próprios significantes fora de seu semantismo explícito, em sua realidade sonora e gráfica, bem como em suas determinações gramaticais. Tais efeitos de sentido são, em princípio, inoperantes na função denotativa da linguagem (o que não significa que eles estejam ausentes de seu uso corrente, que não se priva de recorrer ao que Bally chama de "valores expressivos"), mas encontram seu pleno emprego na expressão literária, e particularmente na expressão poética, na medida em que esta explora, conscientemente ou não, o que Valéry nomeia "propriedades sensíveis" da linguagem.

É preciso notar inicialmente que as palavras "jour" e "nuit", consideradas em sua face significante, são dois desses termos simples, impossíveis de descompor, que os linguistas geralmente consideram como os mais característicos da língua francesa e que, por oposição ao alemão, por

---

10. Id., "À la Nuit", in: *L'Escalier*, Paris, Gallimard, 1956, p. 57.

exemplo, alinham-na com o inglês ao lado das línguas mais "lexicológicas" que "gramaticais".[11] Ora, se compararmos o par *dia/noite* a outros pares antinômicos tais como *justiça/ injustiça*, ou *claridade/obscuridade*, em que se exerce o jogo visível dos elementos comuns e dos elementos distintivos, parece que o estado lexical puro, ausência de qualquer motivação morfológica e, portanto, de qualquer motivação lógica, tende a acentuar o caráter aparentemente "natural" da relação entre *dia* e *noite*. Essas duas palavras brutas, sem morfema comparável, reduzidas a seu radical semântico, mas cada uma de seu lado e sem nenhum traço comum, parecem ainda assim opor-se, não como duas formas, mas como duas substâncias, como duas coisas, ou melhor, a palavra se impõe, como dois *elementos*. O caráter substancial dos vocábulos parece responder ao dos significados e talvez contribua para suscitar a ilusão destes. Quando usa palavras variadas, com forte articulação morfológica, tais como "claridade" ou "obscuridade", o trabalho da poesia, em seu esforço geral para naturalizar e para reificar a linguagem, consiste em apagar a motivação intelectual em benefício das associações mais físicas, portanto mais imediatamente sedutoras para a imaginação. Com lexemas "elementares", como "dia" e "noite", essa redução prévia lhe é de alguma forma poupada, e podemos supor que o valor poético de tais vocábulos se deva em grande parte à sua própria opacidade, que os subtrai antecipadamente de qualquer motivação analítica e que, por isso mesmo, os torna mais "concretos", mais abertos às ilusões da imaginação sensível.

No exemplo em questão, esses efeitos ligados à forma do significante resumem-se, no essencial, em duas categorias

---

11. F. Saussure, *Cours de linguistique générale*, Paris, Payot, 1995, p. 183. [Ed. bras.: *Curso de linguística geral*, trad. A. Chelini, J.P. Paes e I. Blikstein, São Paulo, Cultrix, 1977.] Cf. também Bally, *Linguistique générale et linguistique française*, 4ª ed., Berna, Franke, 1965.

que consideraremos sucessivamente, por necessidade de exposição, se bem que as ações possam de fato ser simultâneas. Trata-se, em primeiro lugar, de valores de ordem fônica ou gráfica, e em seguida daqueles que se devem ao fato de cada um dos termos do par pertencer a um gênero gramatical diferente.

A primeira categoria apela para fenômenos semânticos cuja existência e valor nunca deixaram de ser debatidos, desde o *Crátilo* [Platão]; já que não podemos entrar aqui nesse debate teórico, postularemos como admitidos um certo número de posições que não o são de uma maneira universal. Podemos partir de uma observação memorável de Mallarmé, que, lamentando "que o discurso debilite os objetos ao exprimi-los através de pinceladas que respondem em colorido ou em atitude, as quais existem no instrumento da voz", cita em apoio a essa reprovação dirigida à arbitrariedade do signo dois exemplos convergentes dos quais um nos interessará aqui: "Ao lado de *sombra*, opaco, *trevas* escurece pouco; que decepção, diante da perversidade que confere a *dia*, assim como a *noite*, contraditoriamente, os timbres obscuro aqui, lá claro."[12]

Essa observação baseia-se em um dos dados — digamos, os menos frequentemente contestados — da expressividade fônica, a saber, que uma vogal dita aguda, como o /ɥ/ semiconsoante e o /i/ de *nuit*, pode evocar, por uma sinestesia natural, uma cor clara ou uma impressão luminosa, e que, ao contrário, uma vogal dita grave, como o /u/ de *jour*, pode evocar uma cor sombria, uma impressão de obscuridade: virtualidades expressivas sensivelmente reforçadas na situação de par, na qual uma espécie de homologia ou proporção

---

12. *Œuvres complètes*, Pléiade, p. 364. Esclareçamos que, contrariamente ao uso, Mallarmé designa por *ici* [aqui, lugar onde está o falante] o primeiro termo nomeado, e por *là* [lá, acolá, em ponto afastado daquele que fala] o segundo. Encontramos uma observação semelhante em Paulhan: "A palavra 'noite' é clara como se quisesse dizer o dia, mas a palavra 'dia' é obscura e anuviada, como se designasse a noite" (*Œuvres*, III, p. 273).

de quatro termos vem sublinhar (ou alternar) as correspondências de dois termos eventualmente fracas (vacilantes) no sentido de que, mesmo que se conteste as equivalências termo a termo /i/ = claro e /u/ = escuro, se admitirá mais facilmente a proporção /i/ está para /u/ como claro está para escuro. Na conta desses efeitos sonoros, é preciso sem dúvida adicionar uma outra observação que dirá respeito somente à *nuit*: é que seu vocalismo consiste em um ditongo formado por duas vogais "claras" de timbres muito próximos, separadas por uma nuança muito fina, comparável à que distingue o brilho amarelo do ouro e o brilho branco da prata, dissonância que contribui para a luminosidade sutil dessa palavra. Seria ainda preciso levar em conta certos efeitos visuais que vêm reforçar ou desviar o jogo das sonoridades, pois a poesia, e mais geralmente a imaginação linguística, não se desenvolvem apenas sobre impressões auditivas. Poetas como Claudel[13] tiveram razão em atrair a atenção para o papel das formas gráficas na quimera das palavras. Como bem o diz Bally, "as palavras escritas, sobretudo nas línguas de ortografia caprichosa e arbitrária, como o inglês e o francês, confundem a visão com formas de imagens globais, *monogramas*; por outro lado, essa imagem visual pode ser precariamente associada à sua significação, de modo que o monograma se torna *ideograma*".[14] Assim, para nosso propósito, não é indiferente observar, entre as letras *u* e *i*, uma nuança gráfica análoga à que notamos entre os fonemas correspondentes, um duplo efeito de tenuidade e acuidade que a presença contígua das pernas do *n* inicial e da haste do *t* final, em seu alongar-se vertical, não pode senão sublinhar: tanto no plano visual quanto no plano sonoro, *nuit* é uma palavra delicada, viva, aguda. Sob um

---

13. Cf. em particular *La Philosophie du livre* e *Idéogrammes occidentaux* (*Œuvres en prose*, Pléiade, p. 68-95).
14. C. Bally, op. cit., p. 133.

outro aspecto, é preciso ao menos notar, em *jour*, o efeito de peso e espessura um tanto quanto asfixiante que emana do "falso ditongo" *ou*, e que as consoantes que a envolvem nada possuem para atenuar: é evidente que a palavra seria mais suave em uma grafia fonética. Enfim, essas evocações sinestésicas encontram-se confirmadas (ou ao menos provocadas) por algumas dessas associações ditas *lexicais*, que procedem de semelhanças fônicas e/ou gráficas entre palavras para sugerir uma espécie de afinidade de sentido, historicamente ilusória, mas cujas consequências semânticas da "etimologia popular" provam a força de persuasão no plano da língua natural. Esta ação é sem dúvida menos brutal e mais difusa na linguagem poética, mas essa própria difusão faz crescer a importância, sobretudo quando a semelhança formal, em posição final, é explorada e sublinhada pela rima. Encontraremos assim uma confirmação da luminosidade de *nuit* em sua consonância estreita com o verbo *luire* [reluzir] e mais longinquamente com *lumière* [luz], e daí, indiretamente, com *lune* [lua]. Da mesma forma, a sonoridade grave de *jour* se reforça por contaminação paronímica com adjetivos como *sourd* [surdo] e *lourd* [pesado]. Como diz Bally, o caráter pueril ou fantasista de tais aproximações nem por isso as torna negligenciáveis. Eu diria de bom grado: bem ao contrário! Há na linguagem um inconsciente que Proust e Freud, entre outros, nos ensinaram a considerar com a seriedade que o fato merece.

Esse é o escândalo linguístico em relação ao qual Mallarmé só se desagradava de uma forma provisória e não sem compensação, dado que são essas espécies de "defeitos das línguas" que tornam possível — pois é necessário para "compensá-los" — o *verso*, "que de vários vocábulos refaz uma palavra total, nova, estrangeira à língua e como que encantatória".[15] Isso confere à

---

15. *Œuvres complètes*, Pléiade, p. 858.

linguagem poética a tarefa de suprimir, ou de dar a ilusão de que suprime, a arbitrariedade do signo linguístico. Precisamos então examinar, no caso das duas palavras em questão, como o "verso", isto é, a linguagem poética em geral, pode corrigir a *carência*, ou mesmo tirar partido dela. Podemos nos basear em um comentário breve, mas precioso, de Roman Jakobson:

> No caso de uma colisão entre o som e o sentido, como aquela revelada por Mallarmé, a poesia francesa ora buscará um paliativo fonológico para o desacordo, sufocando a distribuição "convertida" dos elementos vocálicos que cercam *nuit* de fonemas graves e *jour* de fonemas agudos, ora recorrerá a um deslocamento semântico, substituindo as imagens de claro e obscuro associadas ao dia e à noite por outros correlatos sinestésicos de oposição fonemática grave/agudo, contrastando por exemplo o calor pesado do dia e o frescor delicado da noite.[16]

Em suma, para suprimir ou atenuar o desacordo entre o som — ou mais geralmente a forma — e o sentido, o poeta pode agir seja sobre a forma, seja sobre o sentido. Corrigir a forma de modo direto, modificar o significante, isto seria uma solução brutal, uma agressão contra a língua que poucos poetas se decidiram a cometer.[17] É então o contexto que será encarregado de modificar o som recebido de forma irregular, fazendo-o "sustenizar" ou "bemolizar", como diz Jakobson, por um contágio indireto: é precisamente assim que o poeta usa o "verso", o sintagma poético, como uma palavra *nova* e *encantatória*. Emprestemos de Racine dois exemplos ilustres nos quais o procedimento parece bastante manifesto:

---

16. R. Jackobson, *Essais de linguistique générale*, Paris, Minuit, 1963, p. 242.
17. É o que, em revanche, faz a gíria, cujas substituições são autorizadas por um consenso social, por mais restrito que seja. Entre as designações da gíria para "dia" e "noite" encontramos (atestado por Vidocq no Prefácio de *Voleurs*) o par *le reluit/la sorgue*, que parece escolhido para reparar a permutação fônica de que sofre a língua comum.

Le jour n'est pas plus pur que le fond de mon coeur
[O dia não é mais puro que o fundo de meu coração]

e

C'était pendant l'horreur d'une profonde nuit.
[Foi durante o horror de uma profunda noite].

É preciso observar, todavia, que a correção aparece aqui não apenas como o diz Jakobson, da vizinhança fonemática, mas talvez ainda mais acentuadamente dos valores semânticos escolhidos: *puro, horror, profunda*, que agem fortemente através de seus sentidos para clarear o dia e dotar de trevas a noite. Vejamos também este outro verso de Racine, já citado:

La lumière du jour, les ombres de la nuit.
[A luz do dia, as sombras da noite].

Esse verso não tem, contrariamente ao que imaginam os espíritos insensíveis à existência física da linguagem, nada de pleonástico: *sombra* e *luz* são aqui inteiramente necessárias para estabelecer a oposição do dia e da noite sobre o que Greimas chamaria a *isotopia* do semantismo luminoso, que os dois vocábulos seriam incapazes de construir por si, de modo isolado. A mesma necessidade aparece, ainda em Racine, no epíteto de natureza aparentemente redundante: "noite *obscura*".[18] Em Hugo, talvez mais sensível que todos, encontramos amiúde, para designar a noite sem estrelas, referente às impressões luminosas e, ao mesmo tempo, às restrições da língua, esse sintagma banal, mas eficaz, no qual o contexto, por mais elementar que seja, traz uma possante correção tanto fonética quanto semântica: *noite negra*.[19]

---

18. Racine, *Phèdre*, Paris, Didier, 1966, p. 193. [Ed. bras.: *Fedra*, trad. Millôr Fernandes, Porto Alegre, LPM, 1986.]
19. "Oceano Nox", in: "A Théophile Gautier", *Œuvres poétiques*, Paris, Seuil, 1972.

A ação inversa, que consiste em flexionar o sentido para adaptá-lo à expressão, é de certo modo mais fácil, pois, como vimos, a significação de uma palavra é um dado mais maleável que sua forma, uma vez que ela é geralmente composta por um conjunto de semas entre os quais o usuário muitas vezes fica livre para escolher. Assim, como observa Jakobson, o poeta francês poderá, por sua livre escolha, reter de preferência os semas de leveza transparente, de "frescor luminoso", que se acomodam melhor ao fonetismo de *nuit*, e, inversamente, os semas de "calor pesado", e, afastando-nos um pouco da impressão mallarmeana, diríamos sem objeção, de brancura mate e difusa conforme o vocalismo de *jour* sugere, evocador não tanto da obscuridade, mas de uma luminosidade brumosa e asfixiada, opondo-se à claridade cintilante do ditongo *ui*. É óbvio que tal interpretação comporta uma grande parte de *sugestão pelo sentido*, como os adversários da expressividade fônica[20] não se cansam (com razão) de repetir. Mas seria nisso que consiste a *ilusão de motivação*, e Pierre Guiraud diz justamente que na palavra expressiva (acrescentemos: ou recebida enquanto tal)

> o sentido significa a forma... onde há analogia entre a forma e o sentido, há não somente expressividade por fusão da imagem significada, mas choque em retroação; o sentido dinamiza as propriedades da substância sonora, que de outra forma não seriam percebidas: ele a "significa" por uma verdadeira inversão do processo que poderíamos chamar de retrossignificação.[21]

Assim, parece que a "correção" poética da arbitrariedade

---

20. Aliás, assim como seus partidários, a começar por Grammont, que ao menos o admite em princípio, antes de esquecê-lo na prática. Encontramos uma coletânea farta de opiniões sobre esse assunto no livro de Paul Delbouille, *Poésie et Sonorité* (Paris, Les Belles Lettres, 1961).
21. P. Guiraud, "Pour une Sémiologie de l'expression poétique", in: *Langue et Littérature* (Atas do VII Congresso da F.I.L.L.M.), Paris, Les Belles Lettres, 1961, p. 124.

linguística seria mais justamente definida como uma adaptação recíproca, que consiste em acentuar os semas compatíveis e esquecer ou enfraquecer os semas incompatíveis de ambas as partes. A fórmula de Pope, "o som deve parecer um eco do sentido", deveria ser corrigida por outra de Valéry, menos unilateral e que marca melhor a reciprocidade: *"hesitação prolongada* entre o som e o sentido"[22]: hesitação que se distingue aqui por uma espécie de ida e volta semântica que chega a uma posição de compromisso.

Restaria, tarefa impossível, verificar e medir a inflexão sofrida pela representação do dia e da noite na poesia francesa. No que diz respeito ao primeiro termo, lembraremos que o discurso poético se interessa "naturalmente" pouco pelo dia em si mesmo e por si mesmo. Entretanto, podemos evocar o dia parnasiano, o *Midi* sufocante de Leconte de Lisle, e o dia *branco* cantado por Baudelaire: os "dias brancos, mornos e velados", de "Ciel brouillé", "o verão branco e tórrido", de "Chant d'automne", os dias tropicais, de "Parfum exotique", *"Qu'éblouissent les feux d'un soleil monotone"* [Cegos pela incandescência de um sol monótono], o "céu puro onde vibra o eterno calor" ("La Chevelure"). É verdade que a palavra "jour" está quase ausente desses textos, e talvez possa parecer sofístico ou impudente dizer que são sua paráfrase. É preciso também reconhecer no dia valéryano, diurnidade lúcida e sem bruma, uma exceção maior.

Em contrapartida, o desvio do semantismo noturno na direção dos valores de luminosidade parece muito sensível na poesia francesa de todos os tempos: *Noite mais clara que o dia* é um de seus paradoxos mais costumeiros, que encontra seu pleno investimento simbólico na época barroca, no lirismo amoroso ("Ó! Noite, dia dos amantes") e na efusão mística ("Noite mais clara que um dia"; "Noite mais brilhante que o dia"; "Ó! Noite, ó torren-

---

22. *Œuvres*, Pléiade, II, p. 637; sabemos que as duas fórmulas são citadas por Jakobson, pp. 240 e 233.

te de luz")²³ —, a tal ponto que nos perguntamos se não seria preciso opor, em relação a isso, a *noite de luz* dos místicos franceses à *noite obscura* de São João da Cruz — mas nós o encontramos sem esforço em muitas outras regiões. Citemos ainda Péguy:

> *Ces jours ne sont jamais que des clartés*
> *Douteuses, et toi, la nuit, tu es ma grande lumière sombre.*²⁴
> [Esses dias só são claridades
> Duvidosas, e tu, noite, tu és minha grande luz obscura.]

A noite exemplar, aqui, a Noite por excelência, é aquela vaporosa, a noite de junho de Hugo, transparente e perfumada, na qual

> *L'aube douce et pâle, en attendant son heure,*
> *Semble toute la nuit errer au bas du ciel.*²⁵
> [A aurora doce e pálida, esperando sua hora,
> parece errar a noite toda na fímbria do céu.]

Essa que encontraremos novamente em torno do sono de Booz: a noite clara, lunar, *estrelada*, para dizer enfim a palavra capital, noite que com tão boa vontade, como já vimos em Supervielle, confunde-se, identifica-se com o firmamento, a *abóbada noturna* na qual ela encontra sua plena verdade semântica, na união feliz do significante e do significado. Para ligar — de uma maneira indireta porém estreita e, por assim dizer, automática — a palavra "étoiles" [estrelas] à palavra "nuit" (projetando assim, segundo a fórmula jakobsoniana, o princípio de equivalência sobre a cadeia sintagmática), o discurso poético clássico dispunha de um clichê cômodo, que era a rima *étoiles/voiles* [estrelas/véus] (da noite). Eis aqui alguns exemplos retirados ao acaso das leituras:

---

23. Boissière, in: *L'Amour noir*, p. 58; Hopil, Madame Guyon, in: Jean Rousset, *Anthologie de la poésie baroque*, Paris, Armand Colin, 1961, p. 192, 230.
24. *Œuvres poétiques*, Pléiade, p. 662.
25. Ibid., Pléiade, p. 1117.

> ... encore les étoiles
> De la nuit taciturne illuminaient les voiles.
> [... ainda as estrelas
> Da noite taciturna iluminavam os véus.]
>
> (Saint-Amant, *Moyse sauvé*)
>
> *Dieu dit, et les étoiles*
> *De la nuit éternelle éclaircirent les voiles.*
> [Deus disse, e as estrelas
> Da noite eterna clarearam os véus.]
>
> (Lamartine, *Méditations*)

Esses dois exemplos, tomados em ambas as pontas da cadeia diacrônica, representam a versão mais tradicional. O seguinte, mais sutil, é emprestado de Delille (*Les Trois Règnes*), no qual as estrelas representam os vaga-lumes:

> *Les bois mêmes, les bois, quand la nuit tend ses voiles,*
> *Offrent aux yeux surpris de volantes étoiles,*
> [As próprias florestas, as florestas, quando a noite estende seus véus,
> Oferecem aos olhos surpresos volantes estrelas,]

ou neste outro, de Corneille, os véus, agradável renovação do estereótipo, não são mais os da noite, mas, como se sabe, *as velas* da frota moura:

> *Cette obscure clarté qui tombe des étoiles*
> *Enfin avec le flux nous fit voir trente voiles.*
> [Esta obscura claridade que se desprende das estrelas
> Enfim com a preamar nos fez ver trinta velas.][26]

26. "Voiles" carrega as duas acepções, "velas náuticas" e "véus", ou seja, "o que esconde algo" ou "o que torna menos claro, obscurece". [N.T.]

Segundo um paradoxo de evidente verdade, essa noite estelar é uma noite que *se acende* [*s'allume*]. Que "acende seus fogos", diz Supervielle[27], seus "ônix", diz Mallarmé numa primeira versão do *Sonnet* em *-x*, inteiramente dedicada, através dos refinamentos de uma encenação sofisticada, ao tema secular da noite cintilante e (por isso mesmo) benéfica — o que pode aqui ser lido em uma só palavra: *aprovadora*.[28]

Resta considerar a incidência de um fato de ordem não mais fônica ou gráfica, mas gramatical, que é a oposição de gênero entre os dois termos. Não traremos aqui de tudo o que Bachelard expôs tão bem, especialmente em *Poética do devaneio*, acerca da importância do gênero das palavras para o devaneio sexualizante das coisas, e da necessidade, para o estudo da imaginação poética, daquilo que ele propunha chamar a *genosanálise*. O acaso feliz — claro que não exclusivo, mas também não universalmente partilhado: pensemos simplesmente no inglês, para o qual todos os inanimados são neutros —, a sorte da língua francesa é de ter plenamente masculinizado o dia e feminilizado a noite[29], de ter feito de ambos inteiramente um *par*, o que reúne e reforça o caráter inclusivo da oposição que notamos antes. Para o usuário da língua francesa, o dia é macho e a noite é fêmea, a ponto de ser quase impossível conceber uma repartição diferente ou inversa; a noite é fêmea, é a amante ou a irmã, a amante e a irmã do sonhador, do poeta; ela é, ao mesmo tempo, a amante e a irmã do dia: é sob os auspícios da feminilidade, da beleza feminina, que tantos poetas barrocos — que cantaram depois de Marino a bela em luto, a bela negra, a bela em sonho, a bela morta, todas as belas no-

---

27. J. Supervielle, op. cit., p. 139.
28. *Œuvres complètes*, Pléiade, p. 1488.
29. Lembremos que o latim "dies" ora é masculino, ora feminino, e que o latim vulgar "diurnum", ancestral de "dia", é neutro.

turnas — sonharam com a união, com as bodas miraculosas do dia e da noite[30], sonho do qual apreendemos este eco em *Capitale de la douleur*[31]:

> *Ô douce, quand tu dors, la nuit se mêle au jour.*
> [ó, doce, quando dormes, a noite se funde com o dia.]

O caráter sexual, erótico, dessa união, é sublinhado na dicção clássica através de uma substituição da rima cuja forma canônica nos é fornecida por Boileau, sim, Boileau (*Lutrin*, canto II):

> *Ah! Nuit, si tant de fois, dans les bras de l'amour,*
> *Je t'admis aux plaisirs que je cachais au Jour...*
> [Ah! Noite, se tantas vezes, nos braços do amor,
> Admito-a nos prazeres que ocultava ao Dia...]

É o *amor* que efetua a ligação entre noite e dia, seja como aqui, para opô-los, seja, como na invocação já citada de Boissière, *Nuit, jour des amants* [Noite, dia dos amantes], para uni-los em interversão.[32]

---

30. *Ciel brun, Soleil à l'ombre, obscur et clair séjour,*
    La Nature dans toi s'admire et se surpasse,
    Entretenant sans cesse en ton divin espace
    Un accord merveilleux de la nuit et du jour
    [Céu escuro, Sol à sombra, obscura e clara moradia,
    A Natureza em ti se admira e se ultrapassa,
    Mantendo sem cessar em teu divino espaço
    Um acordo maravilhoso da noite e do dia]
                                                 (Anônimo, *L'Amour noir*, p. 92).
31. Paul Éluard, "Première du monde", in: *Capitale de la douleur*, Paris, Édition de la *Nouvelle Revue Française*, 1926. [N.T.]
32. *Et toi, nuit, doux support des songes où j'aspire,*
    Puisses-tu dans mes yeux toujours faire séjour,
    Jamais Phébus pour moi ses rais ne fasse luire
    Puisque le jour m'est nuit et que la nuit m'est jour
    [E tu, noite, doce suporte dos sonhos onde desejo,
    Possas tu em meus olhos fazer moradia,

Mas, como mulher, a noite é ainda — e aqui sem dúvida tocamos em seu simbolismo mais profundo — a *mãe*; mãe essencial, mãe do dia, que "vem da noite"[33], mãe única de todos os Deuses[34], aquela que Péguy chama de "a mãe universal, não mais somente mãe das crianças (é tão fácil), porém mãe dos próprios homens e das mulheres, o que é tão difícil". Não é preciso uma intensa dose de psicanálise para reconhecer na noite um símbolo maternal, símbolo desse lugar maternal, dessa noite das entranhas onde tudo começa, e para ver que o amor da noite é retorno à mãe, descida entre as Mães, signo inextricavelmente enodado de instinto vital e de atração mortal. Aqui se marca uma última inversão na dialética do dia e da noite, pois se o dia dominador é, em seu pleno brilho, a vida, a noite feminina é, em sua profundeza abissal, ao mesmo tempo vida e morte: é a noite que nos dá o dia, é ela que nô-lo restituirá.[35]

Mais uma palavra para terminar, sem concluir: evidentemente é arbitrário e enfadonho estudar os nomes do dia e da noite — por mais sucinto que se seja — sem abordar o estudo conjunto de alguns vocábulos derivados que lhes são estreitamente ligados, ou seja, *meia-noite* (*minuit*), que ainda redobra, como bem manifesta Mallarmé, por exemplo, a cintilação da palavra simples, ou *dia* (*journée*), feminilização paradoxal e ambígua do dia (*jour*) — e sobretudo os dois adjetivos, tão próximos dos substantivos em sua derivação latinizante, e também tão autônomos em seus valores poéticos próprios. Depois da oposição do dia

---

Jamais Apolo para mim seus raios faça brilhar
Pois o dia me é noite e a noite me é dia]
                (Pyard de La Mirande, ibid., p. 121).

33. Hugo, "Booz endormi", e D'Aubigné, "Prière du matin".
34. Clémence Ramnoux, "Le Symbolisme du jour et de la nuit", in: *Cahiers Internationaux du Symbolisme*, n. 13, [19--].
35. "Tudo acaba na noite, eis por que existe o dia. O dia está ligado à noite porque ele só é dia se começa e se tem fim" (Blanchot, op. cit.).

e da noite, sonhar a oposição, a conjunção ³⁶ do *diurno* e do *noturno*, isto seria uma outra tarefa, muito semelhante e muito diferente.

---

36. A conjunção parece aqui, talvez devido à homofonia, mais importante que a oposição. De fato, *nocturne* domina fortemente, e *diurne* parece nada mais ser do que um pálido decalque analógico, de semantismo talvez marcado, nas regiões obscuras da consciência linguística, por algum traço de contágio por seu homólogo: não é exatamente possível pensar *diurno* sem passar pelo substituto de *noturno*, e sem reter algo desse desvio. Genêt, por exemplo, em seu *Journal du Voleur*, não fala do *mistério* da Natureza *diurna*? (Notamos sem esforço uma influência análoga em Leiris, *Fibrilles*, Paris, Gallimard, 1990, p. 2442: "a palavra 'taciturno' que tinge de noite e de mistério o prenome sem malícia do defensor dos Países Baixos".)

Linguagem poética, poética da linguagem

Provavelmente não há, na literatura, categoria mais antiga ou mais universal que a oposição entre prosa e poesia. A esta notável extensão vimos corresponder, durante séculos e mesmo milênios, uma relativa estabilidade do critério distintivo fundamental. Sabemos que até o início do século XX esse critério foi essencialmente de ordem fônica: tratava-se, é claro, desse conjunto de restrições reservadas à (e por isso mesmo constitutivas da) expressão poética, que podemos, de modo grosseiro, remeter à noção de *métrica*: alternância regulada de sílabas breves e longas, tônicas e átonas, número obrigatório e homofonia das finais dos versos e (para a poesia dita lírica) regras de constituição das estrofes, isto é, conjuntos recorrentes ao longo do poema. Esse critério podia ser considerado fundamental no sentido de que as outras características, aliás variáveis — fossem elas de ordem dialetal (seja o emprego do dórico como modo das intervenções líricas na tragédia ática, seja a tradição, mantida até a época alexandrina, de escrever a epopeia no dialeto jônico misturado ao eólico, adotado nos poemas homéricos), gramatical (particularidades morfológicas ou sintáticas ditas "formas poéticas" nas línguas antigas, inversões e outras "licenças" em francês clássico), ou propriamente estilísticas (vocabulários reservados, figuras dominantes) —, não eram jamais, na poética clássica, consideradas obrigatórias e determinantes da mesma forma que as restrições métricas: tratava-se de consentimentos secundários, e, para alguns, facultativos, de um tipo de discurso cujo traço pertinente continuava a ser o respeito da forma métrica. A questão, atualmente tão embaraçosa, da *linguagem poética*, era então de uma grande simplicidade, dado que a presença ou a ausência da métrica constituía um critério decisivo e inequívoco.

Sabemos também que o fim do século XIX e o começo do XX assistiram, particularmente na França, à ruína progressiva e, por fim, no desmoronamento, sem dúvida irreversível, desse sistema, bem como ao nascimento de um conceito inédito, que se nos tornou familiar sem por isso tornar-se transparente: o de uma poesia liberada das restrições métricas e todavia distinta da prosa. Os motivos de uma mudança tão profunda estão muito longe de ser claros, mas ao menos parece que podemos aproximar a desaparição do critério métrico a uma evolução mais geral, cujo princípio é o enfraquecimento contínuo dos modos auditivos da consumação literária. É fato bem conhecido que a poesia antiga era essencialmente cantada (lírica) e recitada (epopeia), e que, por razões materiais muito evidentes, o modo de comunicação literária fundamental, mesmo para a prosa, era a leitura ou a declamação pública — sem contar a parte preponderante, na prosa, da eloquência propriamente dita. É um pouco menos conhecido, mas amplamente atestado, que mesmo a leitura individual era praticada em voz alta: Santo Agostinho afirma que seu mestre Ambrósio (século IV) foi o primeiro homem da Antiguidade a praticar a leitura silenciosa. É certo que a Idade Média viu um retorno ao estado anterior, e que a consumação "oral" do texto escrito se prolongou muito além da invenção da tipografia e da difusão intensa do livro.[1] Mas também é certo que esta difusão e a da prática da leitura e da escrita deviam, em longo prazo, enfraquecer o modo audi-

---

1. "A informação permanece principalmente auditiva: mesmo os grandes deste mundo escutam mais do que leem; eles são rodeados por conselheiros que lhes falam, que lhes fornecem seu saber através dos ouvidos, que leem diante deles... Enfim, mesmo os que leem de bom grado, os humanistas, estão acostumados a fazê-lo em voz alta — e ouvindo seu texto" (R. Mandrou, *Introduction à la France moderne*, Paris, Albin Michel, 1961, p. 70).

tivo de percepção dos textos em proveito de um modo visual[2], e portanto seu modo de existência fônica em proveito de um modo gráfico (lembremos que o início da modernidade literária viu, simultaneamente aos primeiros sinais de desaparecimento do sistema de versificação clássica, as primeiras tentativas sistemáticas, com Mallarmé e Apollinaire, da exploração dos recursos poéticos do grafismo e da paginação). Deviam sobretudo colocar em evidência outras características da linguagem poética, que podemos chamar de *formais* no sentido hjelmsleviano, naquilo em que não dependem do modo de realização, ou "substância" (fônica ou gráfica) do significante, mas da própria articulação do significante e do significado considerados em sua idealidade. Assim aparecem como progressivamente mais determinantes os aspectos semânticos da linguagem poética, não somente em relação às obras modernas, escritas sem considerar a métrica e a rima, mas também, necessariamente, em relação às obras antigas, que não podemos hoje nos impedir de ler e de apreciar segundo nossos critérios atuais — menos imediatamente sensíveis, por exemplo, à melodia ou ao ritmo tônico do verso raciniano do que ao jogo de suas "imagens"; ou preferindo as "contrabaterias de palavras" audaciosas da poesia barroca[3] à métrica rigorosa, ou sutil, de um Malherbe ou de um La Fontaine.

2. Valéry, entre outros, já havia dito isso muito bem: "Durante muito tempo, muito tempo, a *voz humana* foi base e condição da *literatura*. A presença da voz explica a literatura primeira, de onde a clássica tomou forma e esse admirável *temperamento*. O corpo humano inteiro presente *sob a voz*, e suporte, condição de equilíbrio da *ideia...* Chegou um dia em que se soube ler com os olhos sem soletrar, sem ouvir, e a literatura foi inteiramente alterada. Evolução do articulado ao sensorial — do ritmado e encadeado ao instantâneo — do que suporta e exige um auditório ao que suporta e comporta um olho rápido, ávido, livre sobre a página" (*Œuvres*, Pléiade, II, p. 549).
3. Essa mudança de critério não significa, entretanto, que a realidade fônica, rítmica, métrica da poesia antiga tenha se apagado (o que seria uma grande perda): ela se transpôs para o visual e, nessa ocasião, foi de alguma forma idealizada; há uma maneira muda de perceber os efeitos "sonoros", uma espécie de dicção silenciosa, comparável à que é para um músico a leitura de uma partitura. Toda a teoria prosódica deveria ser retomada neste sentido.

Tal modificação, que só conduz a um novo traçado da fronteira entre prosa e poesia, e, portanto, a uma nova divisão do campo literário, coloca diretamente à semiologia literária uma tarefa muito distinta daquelas que se atribuíam as antigas poéticas ou os tratados de versificação dos últimos séculos, tarefa capital e difícil que Pierre Guiraud designa precisamente por "semiologia da expressão poética".[4] Capital, pois sem dúvida responde de modo mais específico à sua vocação, mas também difícil, pois os efeitos de sentido que ela encontra nesse campo são de uma sutileza e de uma complexidade que podem desencorajar a análise e que, surdamente reforçadas pelo antiquíssimo e persistente tabu religioso que pesa sobre o "mistério" da criação poética, contribuem para designar o pesquisador que nela se aventura como um sacrílego e/ou como um bruto. Mesmo se cercando de algumas precauções para evitar os erros e os ridículos do cientificismo, a atitude "científica" fica sempre intimidada diante dos meios da arte, sobre os quais se é geralmente levado a crer que não valem senão por aquilo que neles, "silencioso núcleo de noite", se furta ao estudo e ao conhecimento.

É preciso agradecer a Jean Cohen[5] por ter afastado esses escrúpulos e ter entrado nesses mistérios com uma firmeza que se pode julgar brutal, mas que não se recusa ao debate e mesmo à refutação:

> Ou bem, diz ele, a poesia é uma graça vinda dos céus que é preciso receber no silêncio e no recolhimento, ou bem nos decidimos a falar dela, sendo então necessário tentar fazê-lo de uma forma positiva... Precisamos colocar o problema de tal maneira que as soluções se mostrem concebíveis. É bem possível que as hipóteses que apresentamos aqui se mostrem falsas; contudo, terão o mérito de oferecer o meio de provar que elas o são. Então será possível corrigi-las ou

4. P. Guiraud, op. cit.
5. J. Cohen, *Structure du langage poétique*, Paris, Flammarion, 1966.

substituí-las até que se encontre a boa. Aliás, nada nos garante que a verdade seja acessível nessa matéria, e a investigação científica pode finalmente revelar-se inoperante. Mas como sabê-lo antes de tê-lo tentado?[6]

A premissa maior da poética assim oferecida à discussão é de que a linguagem poética se define, em relação à prosa, como um *desvio* em relação a uma norma (o desvio ou desviação é, segundo Guiraud, Valéry, Spitzer ou Bally, a própria marca do "fato de estilo"), e, portanto, de que a poética pode ser definida como uma *estilística de gênero*, estudando e medindo as desviações características não só de um indivíduo, mas de um *gênero de linguagem*[7], isto é, exatamente o que Barthes propôs chamar de uma *escritura*.[8] Mas correríamos o risco de tornar insípida a ideia que Jean Cohen faz do desvio poético se não deixássemos claro que essa ideia corresponde menos ao conceito de desviação do que ao de *infração*: a poesia não desvia, em relação ao código da prosa, como uma variante livre em relação a uma constante temática — ela o viola e o transgride, ela é sua própria contradição: a poesia é a *antiprosa*.[9] Nesse sentido preciso, poderíamos dizer que esse desvio poético, para Cohen, é um desvio absoluto.

Uma segunda premissa, a que chamaremos de menor, poderia encontrar em outros campos a mais viva oposição, ou uma rejeição pura e simples. Essa premissa é a de que a evolução diacrônica da poesia caminha regularmente no sentido de

6. Ibid., p. 25.
7. p. 14. Um exemplo notável da influência do gênero sobre o estilo é dado na p. 122 pelo caso de Hugo, que emprega 6% de epítetos "impertinentes" no romance e 19% em poesia.
8. Com a reserva de que, segundo Barthes, a poesia moderna ignora a escritura como "figura da História ou da socialidade" e se reduz a uma poeira de estilos individuais (*Le Degré zéro de l'écriture*, Paris, Seuil, 1953, cap. 4).
9. J. Cohen, op. cit., p. 51, 97.

uma poeticidade que não para de crescer, como teria acontecido com a pintura, de Giotto a Klee, que se faria cada vez mais pictural, "cada arte *involuindo* de algum modo, por uma abordagem cada vez maior de sua própria forma pura"[10] ou de sua essência. Nota-se tudo o que há de teoricamente contestável nesse postulado de involução[11] e pode-se ver, mais adiante, como a escolha dos procedimentos de verificação acentua essa gratuidade; além disso, quando Cohen afirma que "a estética clássica é uma estética antipoética"[12], tal asserção pode lançar alguma dúvida sobre a objetividade de sua empreitada. Mas essa discussão não nos reterá aqui, dado que recebemos *Structure du langage poétique* como um esforço para constituir uma poética segundo critérios levantados pela própria prática da poesia "moderna". Talvez uma consciência mais declarada desse *parti pris* tivesse permitido a economia de um axioma que, colocado como intemporal e objetivo, levanta as maiores dificuldades metodológicas, pois frequentemente dá a impressão de ter sido introduzido pelas necessidades da demonstração — ou seja, para adequar uma constatação de evolução (a poesia é cada vez mais desvio) ao estabelecimento da premissa maior (o desvio é a essência da poesia). De fato, os dois postulados sustentam-se mutuamente, de forma sub-reptícia, num torniquete implícito de premissas e conclusões que se poderia explicitar assim: primeiro silogismo, a poesia é cada vez mais desvio, logo está cada vez mais próxima de sua essência, portanto sua essência é o desvio; segundo silogismo, a poesia é cada vez mais desvio, logo o desvio é sua essên-

---

10. Ibid., p. 21.
11. Podemos sobretudo nos perguntar se esse postulado pretende se aplicar a "cada arte" no sentido de *todas as artes*: no que podemos dizer que a arte de Messiaen é mais puramente musical que aquela de Palestrina, ou a de Le Corbusier mais puramente arquitetural que aquela de Brunelleschi? Se a involução se reduz, como podemos concebê-lo pelo exemplo da pintura e da escultura, a um abandono progressivo da função representativa, é preciso perguntar-se mais precisamente o que este abandono pode significar no caso da poesia.
12. J. Cohen, op. cit., p. 20.

cia, portanto ela está cada vez mais próxima de sua essência. Mas pouco importa, caso se decida aceitar sem demonstração a premissa menor como a que exprime o inevitável (num sentido legítimo) anacronismo do *ponto de vista*.

A verificação empírica, que ocupa a maior parte da obra, refere-se à evolução, cujo papel estratégico determinante acabamos de ver. Ela é confiada a um teste estatístico simples e revelador, que consiste em comparar, em alguns pontos decisivos — seja entre eles mesmos, seja numa amostragem de prosa científica do século XIX (Berthelot, Claude Bernard, Pasteur) — um *corpus* de textos poéticos tomados em três épocas diferentes: clássico (Corneille, Racine, Molière), romântico (Lamartine, Hugo, Vigny) e simbolista (Rimbaud, Verlaine, Mallarmé).[13] O primeiro ponto examinado, que, evidentemente, só pode confrontar os textos poéticos entre si, é o da *versificação*, considerada inicialmente sob o ângulo da relação entre a pausa métrica (fim de verso) e a pausa sintática. A simples conta dos fins de versos não pontuados (e, portanto, em discordância com o ritmo frástico) mostra uma proporção média de 11% entre os três clássicos, 19% entre os românticos e 39% entre os simbolistas: desvio, então, em relação à norma prosaica da isocronia entre frase-som e frase-sentido. Considerada em seguida do ponto de vista da gramaticalidade das rimas: as rimas "não categoriais", isto é, as que unem vocábulos que não pertencem à mesma classe morfológica, passam, para cem versos, de 18,6 de média entre os clássicos a 28,6 entre os românticos e 30,7 entre os simbolistas; desvio, aqui, em relação ao princípio linguístico de sinonímia das finais homônimas (ess*ence* — exist*ence*, par*tiront* — réuss*iront*).

O segundo ponto é o da *predicação*, estudada do ponto de vista da pertinência dos epítetos. A comparação das amostra-

---

13. À razão de cem versos (dez séries de dez) por poeta.

gens de prosa científica, de prosa romanesca (Hugo, Balzac, Maupassant) e de poesia romântica mostra, no século XIX, médias respectivas de 0%, 8% e 23,6% de epítetos "impertinentes", isto é, logicamente inaceitáveis em seu sentido literal (exemplos: "céu *morto*" ou "vento *crispado*"). As três épocas poéticas consideradas diferenciam-se como se segue: clássica, 3,6%; romântica, 23,6%; simbolista, 46,3%. Aqui ainda é necessário distinguir dois graus de impertinência: o grau fraco é redutível por simples análise e abstração, como em "relva *de esmeralda*" = relva verde porque esmeralda = (pedra +) *verde*; o grau forte não é julgável por tal análise, e sua redução exige um desvio mais oneroso, ou seja, aquele de uma sinestesia, como em "*azuis* ângelus" = ângelus plácido, em virtude da sinestesia azul = paz.[14] Se considerarmos desse ponto de vista o número de epítetos de cor impertinentes, os clássicos encontram-se excluídos do quadro por causa do número muito reduzido de epítetos de cor que usam, e passamos de 4,3% entre os românticos para 42% entre os simbolistas; o desvio crescente deve-se aqui à impertinência da predicação, à anomalia semântica.

O terceiro teste é sobre a *determinação*, isto é, sobre a carência de determinação revelada pelo número de epítetos *redundantes*, do gênero "*verde* esmeralda" ou "elefantes *rugosos*". A noção de redundância é justificada pelo princípio — linguisticamente contestável e, aliás, contestado — segundo o qual a função pertinente de um epíteto é determinar uma espécie no interior do gênero designado pelo substantivo, como em

---

14. Esta interpretação em particular e a ideia geral de que todas as impertinências do segundo grau se reduzem a sinestesias parecem bastante discutíveis. Poderíamos ler *azuis ângelus* como uma predicação metonímica (o ângelus ressoando no azul do céu); o hipálage *ibant obscuri* é tipicamente metonímico; *homem moreno* por *homem de cabelos escuros* é evidentemente sinedóquico, etc. Há ao menos tantas espécies de epítetos impertinentes quanto há espécies de tropos; o epíteto "sinestésico" corresponde simplesmente à espécie das metáforas, cuja importância é geralmente subestimada pelos poéticos "modernos".

"os elefantes *brancos* são muito raros". Todo epíteto descritivo é, então, segundo Cohen, redundante. A proporção desses epítetos em relação ao número total de epítetos pertinentes é de 3,66 em prosa científica, 18,4 em prosa romanesca e 58,5 em poesia do século XIX, sendo o *corpus* poético oposto aos outros dois não mais o dos românticos, como para os epítetos impertinentes, mas aqueles que forneceram em conjunto Hugo, Baudelaire e Mallarmé (por que esse deslizamento na direção da época moderna?). No interior da linguagem poética, o quadro de evolução dá 40,3 aos clássicos, 54 aos românticos, 66 aos simbolistas: progressão mais fraca, a ser corrigida, segundo Cohen, pelo fato (alegado sem verificação estatística) de que os epítetos redundantes dos clássicos são, "em sua imensa maioria", do primeiro grau, isto é, redutíveis a um valor circunstancial (Corneille: "E meu amor enaltecedor já me persuade..." = E meu amor, por que é enaltecedor...), enquanto os dos modernos (Mallarmé: "... de azul anil voraz") não podem geralmente ser assim interpretados. Desvio, aqui ainda, crescente em relação à norma (?) da função determinativa do epíteto.[15]

Quarto ponto de comparação: a inconsequência (crescente) das coordenações. A progressão é marcada, sem aparelho estatístico, pela passagem das coordenações quase sempre lógicas do discurso clássico ("Eu parto, caro Théramène, E deixo a casa do amável Trézène") para as rupturas momentâneas do discurso romântico ("Ruth devaneava e Booz sonhava; a relva era negra"), depois para a inconsequência sistemática e contínua que é inaugurada pelas *Iluminações* e que encontra seu pleno vigor na escritura surrealista.

A quinta e última confrontação diz respeito à inversão, e mais precisamente à anteposição dos epítetos. O quadro comparativo mostra 2% para a prosa científica, 54,3% para a poe-

---

15. O total dos epítetos "anormais" (impertinentes + redundantes) dá a seguinte progressão: 42%, 64,6% e 82%.

sia clássica, 33,3% para a romântica e 34% para a simbolista. A dominância dos clássicos em um quadro de inversões poéticas não surpreende, em princípio, mas o postulado de involução caro a Cohen embaraça-o para aceitar tal fato; contudo, ele não o impede de poder restabelecer sua norma eliminando da conta os epítetos "avaliativos", mais suscetíveis de anteposição normal (um *grande* jardim, uma *bela* mulher). O quadro assim corrigido mostra 0% para a prosa científica, 11,9% para os clássicos, 52,4% para os românticos, 49,5% para os simbolistas. Esta correção é provavelmente justificada, mas não pode dissimular um fato conhecido por todos, que é a maior frequência relativa da inversão em geral na poesia clássica — e que não se reduz à anteposição do epíteto.[16]

Da mesma forma, poderíamos questionar a ausência de outras comparações que também tivessem sido instrutivas: sabemos, por exemplo, que Pierre Guiraud estabeleceu[17], segundo um *corpus* curiosamente escolhido (*Fedra*, *As flores do mal*, Mallarmé, Valéry, *Cinq grandes odes*), um léxico poético no qual comparou frequências em relação àquelas que a tabela de Van der Beke dá para a língua normal; e sabemos que esta comparação revela um desvio de vocabulário bastante sensível (das duzentas palavras mais frequentes em poesia, ou *palavras-tema*, encontramos 130 cuja frequência é anormalmente forte em relação à de Van der Beke; dentre essas 130 *palavras-chave*, apenas 22 pertencem às duzentas primeiras da língua normal). Seria interessante submeter as amostragens recolhidas por Cohen a uma comparação análoga, mas não é possível garantir *a priori* que o desvio de vocabulário seria mais sensível entre os simbolistas, e *a fortiori* entre os

---

16. "Frequentemente (a inversão) é, como diz Laharpe, o único traço que diferencia os versos da prosa" (Fontanier, *Les Figures du discours* (1827), Paris, Flammarion, 1968, p. 288).

17. P. Guiraud, *Langage et versification d'après l'œuvre de Paul Valéry: Étude sur la forme poétique dans ses rapports avec la langue*, Paris, Klincksieck, 1952.

românticos, do que entre os clássicos: os séculos XVII e XVIII não foram, para a poesia, a época por excelência do léxico reservado, com suas *ondas*, seus *corcéis*, seus *mortais*, seus *lábios de rubi* e seus *seios de alabastro*? E o gesto revolucionário do qual se orgulha Hugo em *Réponse à un acte d'accusation* não foi, precisamente, uma *redução de desvio*?

Mas essa objeção, como por certo algumas outras semelhantes, provavelmente não incidiria no propósito essencial de Jean Cohen. Segundo ele, o desvio não é um fim para a poesia, mas um simples meio, o que exclui de seu campo de interesse algumas das desviações mais sólidas da linguagem poética, como os efeitos de léxico mencionados há pouco, ou os privilégios dialetais que assinalamos acima. O desvio linguístico mais manifesto, que consistiria em reservar para a poesia um idioma especial, não seria um caso exemplar, pois o desvio não preenche sua função poética senão na medida em que é instrumento de uma *mudança de sentido*. É preciso então que ele estabeleça, no interior da língua natural, uma anomalia ou impertinência, e que esta impertinência seja *redutível*. O desvio não redutível, como no enunciado surrealista "a ostra do Senegal comerá o pão tricolor", não é poético; o intervalo poético se define por sua redutibilidade[18], que implica necessariamente uma mudança de sentido, e mais precisamente uma passagem do sentido "denotativo", isto é, intelectual, para o sentido "conotativo", isto é, afetivo. A corrente de significação bloqueada no nível denotativo (ângelus *azul*) põe-se de novo em marcha no nível conotativo (ângelus *plácido*), e esse bloqueio da denotação é indispensável para liberar a conotação. Segundo Cohen, uma mensagem não pode ser simultaneamente denotativa e conotativa: "Conotação e

---

18. Mas como saber onde se encontra a fronteira? Vemos que, para Cohen, *azuis ângelus* é um intervalo redutível, e *ostra do Senegal...* um intervalo absurdo (o que, aliás, é discutível). Mas como classificará (por exemplo) "o mar com entranhas de uva" (Claudel) ou "o orvalho com cara de gato" (Breton)?

denotação são antagônicas. Resposta emocional e resposta intelectual não podem se produzir ao mesmo tempo. Elas são antitéticas, e para que a primeira surja é preciso que a segunda desapareça.[19] Da mesma forma, todas as infrações e impertinências observadas nos diversos campos da versificação, da predicação, da determinação, da coordenação e da ordem das palavras só o são no plano denotativo: é seu momento negativo, que logo se transforma em seu momento positivo, em que pertinência e respeito ao código se restabelecem em proveito do significado de conotação. Assim, a impertinência denotativa que separa os dois termos da rima *sœur — douceur* [irmã — doçura] em "Invitation au voyage" se apaga diante de uma pertinência conotativa: "A verdade afetiva vem corrigir o erro nocional. Se a 'sororidade' conota um valor, sentido como tal, de intimidade e de amor, então é verdade que toda irmã é doce, e mesmo, reciprocamente, que toda doçura é 'sororal'. O semantismo da rima é metafórico."[20]

Se quisermos aplicar a esse livro — do qual um dos méritos é despertar a discussão a cada página pelo vigor de seu procedimento e pela clareza de seu propósito — o espírito de contestação rigorosa que seu autor solicita com tão boa vontade, devemos em primeiro lugar observar, no procedimento de verificação adotado, três pressupostos que encaminham, oportunamente demais, a realidade num sentido favorável à tese. O primeiro concerne à escolha dos três períodos considerados. É óbvio que a poesia francesa não para em Mallarmé, mas admitiremos sem muita resistência que, ao menos no que diz respeito a alguns critérios eleitos por ele, uma amostragem retirada da poesia do século XX só acentuaria a evolução indicada por Cohen na poesia romântica e

19. J. Cohen, op. cit., p. 214.
20. Ibid., p. 220.

simbolista. Ademais, é realmente muito cômodo tomar como ponto de partida o século XVII (e mesmo, de fato, sua segunda metade) com o pretexto[21] de que voltar mais atrás faria intervir em demasia alguns estados de língua heterogêneos. Um *corpus* da segunda metade do século XVI, composto por exemplo por Du Bellay, Ronsard e D'Aubigné, não teria adulterado sensivelmente o estado de língua que constitui, num sentido muito relativo, o "francês moderno" — sobretudo numa enquete em que os intervalos lexicais não intervinham. Em contrapartida, é provável que ele teria comprometido a curva de involução sobre a qual repousa toda a tese de Cohen, e que teríamos visto aparecer no começo do ciclo, pelo menos segundo alguns critérios, uma "taxa de poesia"[22], isto é, uma tendência ao desvio superior à do classicismo, mas talvez também à do romantismo. O inconveniente para o autor teria sido da mesma ordem se, em vez de escolher no século XVII três "clássicos" tão canônicos quanto Corneille, Racine e Molière, ele tivesse buscado os dados em Régnier, Théophile, Saint-Amant, Martial de Brives, Tristan, Le Moyne, que não são exatamente *minores*. Cohen justifica essa escolha, que não é a sua, mas a da "posteridade"[23], através de uma preocupação com a objetividade: mas o consenso do público não é imutável, e há alguma discordância entre a escolha de critérios modernos (dado que em essência semânticos) e a de um *corpus* francamente acadêmico. Discordância surpreendente ao primeiro olhar, e que se torna chocante uma vez que seu principal efeito tenha sido percebido, que é o de facilitar a demonstração: o classicismo, que é um episódio, uma *reação* na história da literatura francesa, torna-se aqui uma origem — como um primeiro estado, ainda tímido, de uma poesia na infância e que aos poucos deverá adquirir seus caracteres

21. Ibid., p. 18.
22. Ibid., p. 15.
23. Ibid., p. 17-18.

adultos. Apagada a Pléiade, eclipsado o barroco, esquecidos o maneirismo e o preciosismo! Boileau dizia: "Enfim Malherbe veio...", o que era no mínimo uma homenagem involuntária à história, a confissão inconsciente de um passado renegado. Em Cohen, isso se transforma mais ou menos em: "No começo, era Malherbe."

Este, aliás, não colheu o fruto de seu esforço, uma vez que nem sequer figura na lista dos três poetas clássicos: lista muito singular, que não tem para si nem (provavelmente) a sanção da posteridade, nem (seguramente) a pertinência metodológica. É natural que em uma pesquisa que enfoque a *linguagem poética* Racine seja quase fatalmente citado entre os três maiores *poetas* clássicos; o caso de Corneille é muito mais incerto, e quanto a Molière... Eleger ou pretender fazer eleger pelo consenso estes três nomes para formar o *corpus* da *poesia* clássica, e em seguida opô-los a tais românticos e simbolistas, isso é abocanhar o melhor quinhão e manifestar com pouco esforço que "a estética clássica é uma estética antipoética". Uma lista composta, por exemplo, por Malherbe, Racine e La Fontaine teria sido um pouco mais representativa. Aliás, não se trata apenas do "valor" poético das obras consideradas; trata-se sobretudo do equilíbrio dos gêneros. Cohen pretende [24] ter coberto "gêneros muito variados: lírico, trágico, épico, cômico, etc." (etc.?), mas será que não vê que todo o dramático está em sua amostragem clássica, e reciprocamente, e que na sequência toda sua confrontação consiste em opor três *dramaturgos* clássicos a seis poetas modernos essencialmente *líricos*?[25] Ora, quando se sabe que diferença os clássicos colocavam (por razões evidentes) entre o teor poético exigido por uma poesia lírica e aquela com a qual podia (e devia) se contentar uma tragédia, e *a fortiori* uma comédia,

---

24. Ibid., p. 19.
25. Mesmo que certos itens tomados de *La Légende des siècles* tenham sido contados como épicos, o que poderia evidentemente ser colocado em discussão.

mede-se a incidência de tal escolha. Um único exemplo (o menos evidente) talvez baste para ilustrá-lo: Jean Cohen observa uma progressão que vai de 18,6 a 28,6 e a 30,7. Mas quem não sabe que as rimas da tragédia (e, ainda uma vez, *a fortiori* as da comédia) eram, por assim dizer, por estatuto mais *fáceis* (o que significa, entre outras coisas, mais categoriais) que as da poesia lírica? O que teria ocorrido com a demonstração de Cohen sobre esse ponto com uma outra amostragem? O princípio de Banville citado por ele ("Faça rimar em conjunto, tanto quanto for possível, palavras muito semelhantes entre si como sons, e muito diferentes entre si como sentidos") tem espírito tipicamente malherbiano; mas as exigências malherbianas não se aplicam ao verso de teatro, cujo mérito está na simplicidade e na inteligibilidade imediata. Comparar as "taxas de poesia" do classicismo e da modernidade nessas condições é quase como comparar os climas de Paris e de Marselha, tomando em Paris a média de dezembro e em Marselha a de julho, o que significa falsear o projeto.

Poder-se-ia responder que esses acidentes de método não arruínam o essencial do propósito, e que uma pesquisa mais rigorosa também faria aparecer na poesia "moderna", pelo menos no plano propriamente semântico, um aumento do desvio. Também seria preciso entrar em acordo sobre a significação e o alcance desta noção que talvez não seja tão clara nem tão pertinente quanto poderíamos acreditar à primeira vista.

Quando Cohen caracteriza como desvio a impertinência ou a redundância de um epíteto, e que fala a este propósito de *figura*, parece tratar-se de um desvio em relação a uma norma de literalidade, com deslizamento de sentido e substituição de termo: é assim que *ângelus azul* se opõe a *ângelus plácido*. Mas quando afirma que uma metáfora de uso (ou seja: *flama* — ou *chama* — por *amor*) não é um desvio e, além disso, que não o é "por definição" — denegando por exemplo um valor de desvio à dupla metáfora racineana "*chama* tão *negra*" para *amor culpá-*

vel, porque esses dois tropos "são, na época, de uso corrente", e adicionando que "se a figura é desvio, o termo 'figura de uso' é uma contradição de termos, o usual sendo a própria negação do desvio"[26] —, aí ele não define mais o desvio por oposição ao literal, como Fontanier definia a figura, mas por oposição ao uso. Ele desconhece esta verdade cardeal da retórica — que se faz mais figuras em um dia de Halle que em um mês de Academia — ou, dito de outra forma, que o uso está saturado de desvios-figuras e que nem o uso nem o desvio são inadequados, simplesmente porque o desvio-figura se define linguisticamente como diferente do *termo próprio*, e não psicossociologicamente como diferente da expressão usual; não é o fato de ter "entrado em uso" que invalida uma figura enquanto tal, mas o desaparecimento do termo próprio. *Tête* [cabeça, rosto] não é mais figura — não por ter servido demais, mas porque *chef*, nesse sentido, desapareceu; *gueule* [cara] ou *bobine* [fuça], tão usadas, e por mais que o sejam, serão sentidas como desvios enquanto não tiverem eliminado e substituído *tête*. E *chama*, no discurso clássico, não deixa de ser metáfora por ter um uso corrente; só teria deixado de sê-lo se *amor* se tivesse perdido. Se a retórica distingue figuras de uso e figuras de invenção, é porque as primeiras permanecem, a seus olhos, figuras, e me parece que ela é que tem razão. O garoto esperto e malicioso que repete "*Faut le faire*" [aproximadamente "Vamos ver se você é capaz"] ou "*Va te faire cuire un œuf*" [equivalente a "Vá ver se estou lá na esquina"] sabe muito bem que emprega clichês, e mesmo ladainhas de época, e seu prazer estilístico não é *inventar* uma expressão, mas empregar uma expressão *desviada*, um *desvio de expressão* que esteja na moda: a figura está no desvio, e a moda (o uso) *não apaga o desvio*. É preciso, portanto, escolher entre uma definição do desvio como infração ou como desviação, mesmo que alguns entre eles sejam os dois ao mesmo tempo, como Arqui-

---

26. J. Cohen, op. cit., p. 114 n, 46.

medes é simultaneamente príncipe e geômetra. É a esta escolha que Jean Cohen se recusa[27], usando ora uma condição, ora outra, o que lhe permite acolher a metáfora moderna, dado que é invenção, e afastar a metáfora clássica, porque é usual — ainda que a "impertinência" e, portanto, segundo sua própria teoria, a passagem do denotativo ao conotativo também estejam presentes. Tudo se passa como se o critério semântico (desvio = desviação) servisse para ele fundar sua teoria da linguagem poética, e o critério psicossociológico (desvio = invenção), para ele reservar o benefício à poesia moderna. Equívoco certamente involuntário, mas sem dúvida favorecido pelo desejo inconsciente de aumentar o efeito do princípio de involução.

Se a noção de desvio não está isenta de confusão, ela também não é, aplicada à linguagem poética, de uma pertinência decisiva. Vimos que ela havia sido emprestada da estilística, e que Cohen define a poética como uma "estilística de gênero" — propósito talvez defensável, mas sob a condição de que seja claramente mantida a diferença de extensão e de compreensão entre os conceitos de estilo em geral e de estilo poético em particular. Ora, nem sempre é o caso, e o último capítulo se abre sobre um deslizamento característico. Preocupado em responder à objeção: "Basta que haja desvio para que haja poesia?", Cohen retruca assim: "Acreditamos que não basta violar o código para escrever um poema. O estilo é falta, mas nem toda falta é estilo."[28] Este esclarecimento talvez não seja necessário, mas daí não decorre que ele seja suficiente, pois deixa de lado a questão mais importante: *todo estilo é poesia?* Cohen parece pensá-lo, às vezes, como quando escreve que

---

27. E ele o faz na esteira de muitos outros, é verdade, incluindo os próprios retóricos, que opõem frequentemente em suas definições a figura à expressão "simples e comum", sem distinguir muito entre a norma de literalidade (expressão *simples*) e a norma de uso (expressão *comum*), como se elas coincidissem necessariamente, o que fragiliza suas próprias observações sobre o emprego corrente, popular, ou até mesmo "selvagem" das figuras de qualquer espécie.
28. J. Cohen, op. cit., p. 201.

...do ponto de vista estilístico (a prosa literária) não difere da poesia senão de um ponto de vista quantitativo. A prosa literária é só uma poesia moderada, ou, se quisermos, a poesia constitui a forma veemente da literatura, o grau paroxístico do estilo. O estilo é um. Ele comporta um número finito de figuras, sempre as mesmas. Da prosa à poesia, e de um estado da poesia a outro, a diferença está apenas na audácia com a que a linguagem usa os procedimentos virtualmente inscritos em sua estrutura.[29]

Assim explica-se que Cohen tenha adotado como único ponto de referência a "prosa científica" do fim do século XIX, que é uma escritura neutra, voluntariamente despojada de efeitos estilísticos, a mesma que Bally usa para extrair, num raciocínio *a contrario*, os efeitos expressivos da linguagem, incluindo a linguagem falada. Poderíamos nos perguntar no que resultou uma comparação sistemática, época por época, da poesia clássica à prosa literária clássica, da poesia romântica à prosa romântica, da poesia moderna à prosa moderna. Entre Racine e La Bruyère, Delille e Rousseau, Hugo e Michelet, Baudelaire e Goncourt, Mallarmé e Huysmans, o desvio talvez não fosse tão grande, nem tão crescente, e no fundo o próprio Cohen está convencido por antecipação: "O estilo é um." A "estrutura" que ele obtém talvez seja menos a da linguagem poética que a do estilo em geral, destacando alguns *traços estilísticos* dos quais a poesia não detém a exclusividade, mas divide com outras espécies literárias. Não podemos nos surpreender, então, ao vê-lo concluir sobre uma definição da poesia que é quase a que Bally oferece sobre a expressividade em geral — substituição da linguagem intelectual pela linguagem afetiva (ou emocional).

O mais surpreendente é que Cohen tenha chamado *conotação* a essa substituição, insistindo energicamente sobre o

---

29. Ibid., p. 149.

antagonismo das duas significações e sobre a necessidade de que uma se apague para que a outra apareça. De fato, mesmo sem se restringir à definição linguística rigorosa (Hjelmslev--Barthes) da conotação como sistema significante obtido de uma significação primeira, parece que o prefixo indica muito claramente uma co-notação, isto é, uma significação que se *adiciona* a uma outra sem excluí-la. "Dizer *chama* no lugar de *amor* é, para a mensagem, levar a menção: *eu sou poesia*"[30]; eis, tipicamente, uma conotação, e vemos que o sentido segundo (poesia) não exclui o sentido "primeiro" (amor); *chama* denota *amor* e, ao mesmo tempo, conota *poesia*. Ora, os efeitos de sentidos característicos da linguagem poética são conotações, mas não somente, pois, como vemos aqui, a presença de uma figura de uso conota para nós o "estilo poético" clássico; para quem leva a sério a metáfora, *chama* também conota, e em primeiro lugar, o desvio pela analogia sensível, a presença do comparando no comparado ou, dito de outra forma, o *fogo da paixão*.[31] É uma estranha ilusão retrospectiva atribuir ao público e aos poetas clássicos uma indiferença às conotações sensíveis das figuras, que seria mais o resultado, depois de três séculos de usura e de debilidade escolar, do leitor moderno — pouco hábil, indiferente, prevenido, decidido por antecipação a não encontrar nenhum sabor, nenhuma cor, nenhum relevo em um discurso reputado inteiramente como "intelectual" e "abstrato". Os retóricos da época clássica, por exemplo, não viam nos tropos desse tipo indicativos estereotipados da poeticidade do estilo, mas verdadeiras imagens

---

30. Ibid., p. 46.
31. A relação entre a oposição literal/figurado e a oposição denotado/conotado é muito complexa, como qualquer ajuste entre categorias que pertencem a campos epistemológicos díspares. Parece-nos que o mais justo é considerar como *denotado*, no tropo, se bem que "segundo", o sentido figurado (*amor*), e como conotados entre outros, o rastro do sentido literal (*fogo*) e o efeito de estilo, no sentido clássico, da própria presença do tropo (*poesia*).

sensíveis.[32] Assim, talvez fosse preciso ver na *flama negra* de Racine um pouco mais de chama e um pouco menos de negro conforme Cohen, para encontrar uma justa compreensão do discurso racineano: entre uma leitura "superativante" e aquela que — sob o pretexto de deixar às palavras seu "valor de época" — *reduz* sistematicamente o desvio sensível das figuras, a mais *anacrônica* talvez não seja aquela que se pensa.

Em suma, denotação e conotação estão longe de ser tão "antagonistas" como o diz Jean Cohen, e é sua dupla presença simultânea que mantém a ambiguidade poética, tanto na *imagem* moderna quanto na figura clássica. O *ângelus azul* não "significa" somente o ângelus plácido: mesmo se aceitarmos a tradução proposta por Cohen, devemos admitir que o desvio pela cor importa no sentido "afetivo" e, portanto, que a conotação não excluiu a denotação. O que leva Cohen a afirmá-lo é seu desejo de transformar inteiramente a linguagem poética em uma linguagem de emoção; tendo ligado o destino do *emocional* à linguagem conotativa e aquele do *nocional* à linguagem denotativa, é preciso de qualquer forma expulsar a segunda em proveito exclusivo da primeira. "Nosso código — diz ele a propósito da língua natural — é denotativo. E é por isso que o poeta é levado a forçar a linguagem, se quiser desvelar essa face patética do mundo..."[33] Talvez seja assimilar amplamente a função poética à expressividade do estilo afetivo (tão consubstancial, sabemos, ao menos a partir de Bally, à própria linguagem falada) e, ao mesmo tempo, separar brutalmente a linguagem poética dos recursos profundos

---

32. "As expressões que formam na imaginação uma pintura sensível do que se vai fazer conceber agradam. É por isso que os poetas, cujo fim principal é agradar, só empregam essas expressões. E é por essa mesma razão que as metáforas, que tornam todas as coisas sensíveis, são tão frequentes em seu estilo" (Lamy, *La Rhétorique*, 1688, IV, 16). Encontraríamos em tratados de tropos posteriores apreciações concordantes, mas nos limitaremos voluntariamente a um retórico de plena época clássica. Que, além de tudo, é cartesiano.

33. J. Cohen, op. cit., p. 225.

da língua. A poesia é simultaneamente uma operação mais específica e mais estreitamente ligada ao ser íntimo da linguagem. A poesia não *força* a linguagem; Mallarmé dizia, com adequação e ambiguidade, que ela "compensa a carência". O que significa que ela corrige essa carência, que ela a compensa, e que ela a recompensa (explorando-a); que ela a preenche, a suprime e exalta: que ela a *cumula*. Que, longe de se afastar da linguagem, ela se estabelece e se completa *no lugar de sua carência*. Nessa carência, precisamente, que a constitui.[34]

Para trazer alguma justificativa a essas fórmulas que Jean Cohen sem dúvida rejeitaria, não sem aparente razão, como "vãs, dado que não são nem claras, nem verificáveis", é preciso considerar de perto esse texto de Mallarmé que nos parece tocar no essencial da função poética:

> Às línguas imperfeitas, porque várias, falta a suprema. Pensar é escrever sem acessórios, nem cochicho, mas tácita ainda a imortal palavra. A diversidade dos idiomas sobre a terra impede as pessoas de proferir as palavras que, de outro modo, seriam, do mesmo gesto, elas mesmas materialmente a verdade... Meu sentido lamenta que o discurso debilite os objetos ao exprimi-los através de pinceladas que respondem em colorido ou em atitude, as quais existem no instrumento da voz, entre as linguagens e algumas vezes em alguém. Ao lado de *sombras*, opaca, *trevas* escurece pouco; que decepção, diante da perversidade que confere a *dia*, assim como a *noite*,

---

34. Conviria aproximar o livro de Cohen de uma outra obra que representa uma das tentativas mais interessantes de teoria de linguagem poética: *Les Constantes du poème*, de A. Kibédi Varga (Haia, Van Goor Zonen, 1963). A noção de *estranheza*, que está no coração desta poética "dialética", lembra evidentemente a *ostranenia* dos formalistas russos. Ela nos parece mais feliz do que a de *desvio*, devido ao fato de não erigir a prosa como referência necessária à definição da poesia, e porque ela se acomoda mais à ideia de linguagem poética como estado intransitivo da linguagem, de todo texto recebido como "mensagem centrada sobre si mesma" (Jakobson), o que talvez nos libere de M. Jourdain — compreenda-se, do *torniquete* prosa/poesia.

contraditoriamente, alguns timbres de obscuro aqui, e lá, claro. O sonho de um termo de esplendor brilhante, ou que ele se apague, [sonho] inverso; quanto às alternativas luminosas simples — *Somente, saibamos, não existiria o verso*: ele, filosoficamente, compensa a carência das línguas, completamente superior.[35]

O estilo dessa página não deve dissimular a firmeza de seu propósito, nem a solidez de seu fundamento linguístico: a "carência" da linguagem, atestada por Mallarmé como, mais tarde, por Saussure, pela *diversidade dos idiomas*, e ilustrada pela desconveniência das sonoridades e das significações, é o que Saussure chamará de arbitrariedade do signo, o caráter convencional da ligação entre significante e significado; mas essa própria carência é a razão de ser da poesia, que não existe senão por ela: se as línguas fossem perfeitas, *não existiriam versos*, porque toda palavra seria poesia; e, portanto, não haveria nenhuma.

> Se compreendo bem, dizia Mallarmé a Viélé-Griffin (segundo este), você atribui o privilégio criador do poeta à imperfeição do instrumento com o qual ele deve operar. Uma língua hipoteticamente adequada para traduzir seu pensamento suprimiria o autor, que se chamaria, devido a isto, Senhor Todo Mundo.[36]

Pois a função poética está justamente nesse esforço para "compensar", ainda que ilusoriamente, a arbitrariedade do signo, isto é, para *motivar a linguagem*. Valéry, que havia meditado longamente a respeito do exemplo e dos ensinamentos de Mallarmé, voltou muitas vezes a essa ideia, opondo à função prosaica, essencialmente transitiva, na qual se vê a "for-

---

35. *Œuvres complètes*, Pléiade, p. 364. [Este, como outros textos de Mallarmé, apresenta uma resistência enorme à interpretação e, *a fortiori*, à tradução, permitindo um amplo leque de leituras possíveis.]
36. "Stéphane Mallarmé, esquisse orale", *Mercure de France*, fev. 1924.

ma" abolir-se em seu sentido (compreender sendo *traduzir*), a função poética, na qual a forma se une ao sentido e tende a se perpetuar indefinidamente com ele: sabemos que ele comparava a transitividade da prosa à da marcha, e a intransitividade da poesia à da dança. A especulação sobre as *propriedades sensíveis* da fala, a indissolubilidade da forma e do sentido, a ilusão de uma semelhança entre a "palavra" e a "coisa" eram para ele, como para Mallarmé, a própria essência da linguagem poética: "O poder dos versos deve-se a uma harmonia indefinível entre o que eles *dizem* e o que eles *são*."[37] Também vemos a atividade poética estreitamente ligada para alguns, como o próprio Mallarmé (ver suas *Mots anglais*, e o interesse que ele tem pelo famoso *Traité du verbe*, de René Ghil), a uma incessante *imaginação da linguagem*, que é, em seu fundo, um devaneio motivante, um devaneio da motivação linguística, marcado por uma espécie de seminostalgia do hipotético estado "primitivo" da língua, no qual a fala teria *sido* o que ela dizia.

> A função poética, no sentido mais amplo do termo, diz Roland Barthes, definir-se-ia assim por uma consciência cratiliana dos signos, e o escritor seria o *récitant*[38] desse grande mito secular que quer que a linguagem imite as ideias e que, contrariamente às precisões da ciência linguística, os signos sejam motivados.[39]

O estudo da linguagem poética assim definida deveria se apoiar em outro estudo, que nunca foi sistematicamente empreendido, e que diria respeito à *poética da linguagem* (no sentido em que Bachelard falava, por exemplo, de uma poética do

---

37. *Œuvres*, Pléiade, p. 637.
38. Pessoa que lê o comentário explicativo, as passagens destinadas a ligar as partes isoladas numa emissão radiofônica, num filme, numa obra dramática, etc. [N.T.]
39. R. Barthes, "Proust et les noms", in: R. Jakobson, *To Honor R. Jakobson*, Paris, Mouton, 1967.

espaço), isto é, às inúmeras formas da imaginação linguística. Pois os homens não sonham só com as palavras, sonham também, mesmo os mais rudes, sobre as palavras e sobre todas as manifestações da linguagem: há aí, desde *Crátilo*, precisamente, aquilo que Claudel chama de um "formidável dossiê"[40] — que será preciso um dia abrir. Ademais, seria necessário analisar de perto o conjunto dos procedimentos e artifícios aos quais a expressão poética recorre para motivar os signos; só podemos aqui indicar as principais espécies.

A mais conhecida, pois mais imediatamente perceptível, reúne procedimentos que, antes de criticar a "carência" da linguagem, põem-se a reduzi-la, explorando de alguma forma a carência da carência, isto é, os pequenos fragmentos de motivação, direta ou indireta, que encontramos naturalmente na língua: onomatopeias, pantomimas, harmonias imitativas, efeitos de expressividade fônica ou gráfica[41], evocações por sinestesia, associações lexicais.[42] Valéry, apesar de usá-los[43], não tinha grande estima por esse gênero de efeitos; ele dizia que a harmonia entre o ser e o dizer "não deve ser definível. Quando o é, é a harmonia imitativa, e isso não é bom".[44] Ao menos tem-se como certo que esses são os métodos mais fáceis, uma vez que são dados na língua e, portanto, estão ao alcance do "Senhor Todo Mundo"; e sobretudo que o mimetismo que estabelecem é da espécie mais grosseira. Há mais sutileza nos artifícios (respondendo assim mais diretamente à fórmula de Mallarmé) que se esforçam para corrigir a carên-

---

40. *Œuvres en prose*, p. 96.
41. Os primeiros são bem conhecidos (bem demais, sem dúvida) desde Grammont e Jespersen. Os segundos foram muito menos estudados, apesar da insistência de Claudel (cf. em particular *Idéogrammes occidentaux*, op. cit., p. 81).
42. Podemos chamar assim, apesar de algumas flutuações na terminologia linguística, os contágios semânticos entre palavras próximas pela forma (*fruste/rustre*); a associação frequente, na rima, por exemplo, com *funèbre*, pode assim obscurecer, como deseja Mallarmé, o semantismo "natural" de *ténèbres*.
43. Por exemplo: "*L'insect net gratte la sécheresse*" (*Le Cimetière marin*).
44. *Œuvres*, Pléiade, II, p. 637.

cia aproximando, adaptando um ao outro o significante e o significado separados pela dura lei da arbitrariedade. Esquematicamente falando, essa adaptação pode ser realizada de duas formas diferentes.

A primeira consiste em aproximar o significado do significante, isto é, flexionar o sentido ou, mais exatamente, escolher entre as virtualidades sêmicas aquelas que combinam melhor com a forma sensível da expressão. É assim que Roman Jakobson indica como a poesia francesa pode explorar, além de justificar, a discordância notada por Mallarmé entre os fonetismos das palavras "jour" e "nuit". No presente capítulo, já apontamos[45] de que maneira os efeitos dessa discordância e de sua exploração podem contribuir para a nuança particular que a poesia francesa dá à oposição do dia e da noite; este é só um exemplo entre milhares de outros possíveis. Seriam necessários inúmeros estudos de semântica pré-poética, em todos os campos (e em todas as línguas), para somente começar a apreciar a incidência desses fenômenos sobre o que se chama, talvez impropriamente, de "criação" poética.

A segunda consiste, inversamente, em aproximar o significante do significado. Esta ação sobre o significante pode ser de duas ordens muito diferentes: de ordem morfológica, se o poeta, insatisfeito com os recursos expressivos de seu idioma, aplica-se a modificar as formas existentes ou mesmo a forjar novas; esse capítulo da invenção verbal foi particularmente ilustrado no século XX por poetas como Fargue ou Michaux, mas o procedimento permaneceu até aqui excepcional, por razões evidentes. A ação mais frequente sobre o significante, e a mais eficaz, sem dúvida — a mais conforme à vocação do jogo poético, que é de se situar no interior da língua natural, e não ao seu lado — é de ordem semântica: ela consiste não em deformar significantes ou inventar outros, mas em *deslocá-los*, isto é,

---

45. Neste volume, p. 114-123.

substituir o termo próprio por um outro que se desvia de seu emprego e de seu sentido para confiar-lhe um emprego e um sentido novos. Esta ação de deslocamento, que Verlaine chamou graciosamente de *"méprise"* [mal-entendido, equívoco], está no princípio de todas essas "figuras de palavras tomadas fora de sua significação", que são os tropos da retórica clássica. Trata-se de uma função da figura que talvez não tenha sido esclarecida até agora[46], e que concerne diretamente ao nosso propósito. Em oposição ao termo "próprio" ou literal, que é em geral arbitrário, o termo figurado é essencialmente motivado, e motivado em dois sentidos: em primeiro lugar, simplesmente porque é *escolhido* (mesmo se o for dentro de um repertório tradicional como os dos tropos de uso) ao invés de ser imposto pela língua; em seguida, porque a substituição de termo procede sempre de uma certa relação entre os dois significados (relação de analogia para uma metáfora, de inclusão para uma sinédoque, de contiguidade para uma metonímia, etc.) que continua presente (conotada) no significante deslocado e substituído, e que assim este significante, ainda que geralmente tão arbitrário, em seu sentido literal, quanto o termo eliminado, torna-se motivado em seu emprego figurado. Dizer *flama* para designar a flama, *amor* para designar o amor, isso é submeter-se à língua, aceitando as palavras arbitrárias e transitivas que ela nos impõe; dizer *flama* para *amor* é motivar sua linguagem (digo *flama* — ou *chama* — porque o amor queima) e, por isso mesmo, dar-lhe a espessura, o relevo e o peso de existência que lhe faltam na circulação cotidiana da *reportagem universal*.

Convém esclarecer, entretanto, que nem toda espécie de motivação responde à promessa poética profunda que é, nas palavras de Éluard[47], de falar uma *linguagem sensível*. As "motivações relativas" de ordem essencialmente morfológica

---

46. Entretanto, cf. Bally: "Les Hypostases sont toutes des signes motivés" (*Le Langage et la vie*, Genebra, Droz, 1977, p. 95).
47. *Sans âge (Cours naturel)*.

(*vache/vacher, égal/inégal, choix/choisir*, etc.), de que fala Saussure, e que ele vê reinar nas línguas mais "gramaticais"[48], não são das mais felizes para a linguagem poética, talvez porque seu princípio seja intelectual demais e seu funcionamento demasiadamente mecânico. A relação entre *obscuro* e *obscuridade* é muito abstrata para dar à *obscuridade* uma verdadeira motivação poética. Um lexema não analisável como *sombra* ou *trevas*, com suas qualidades e defeitos sensíveis imediatos e sua rede de evocações indiretas (*ombre/sombre, tenèbres/ funèbre*) [sombra/sombrio, trevas/fúnebre] sem dúvida dará pretexto para uma ação motivante mais rica, apesar de sua maior imotivação linguística. E a própria *obscuridade*, para adquirir alguma densidade poética, deverá oferecer-se uma dose de frescor verbal fazendo esquecer sua derivação e reativando os atributos sonoros e visuais de sua existência lexical. Isso implica, entre outras coisas, que a presença do morfema não seja sublinhada por uma rima "categorial" do gênero *obscuridade/verdade*, e podemos imaginar que este motivo, ainda que inconscientemente e na companhia de muitos outros, contribuiu para a proscrição das rimas gramaticais. Veja-se, ao contrário, como a palavra se regenera e se sensibiliza quando cercada apropriadamente, como nestes versos de Saint--Amant:

> *J'écoute, à demi transporté,*
> *Le bruit des ailes du silence*
> *Qui vole dans l'obscurité.*[49]
> [Ouço, inebriado
> O ruído das asas do silêncio
> Que voa na obscuridade.]

Obscuridade encontra aqui seu destino poético; ela não é

---

48. F. Saussure, op. cit., pp. 180-184.
49. Saint-Amant, "Le Contemplateur", in: *Œuvres complètes*, Paris, Jannet, 1855.

mais a qualidade abstrata daquilo que é obscuro, tornando-se um espaço, um elemento, uma substância; e, cá entre nós (contra toda lógica, mas segundo a secreta verdade do noturno), quão luminosa!

Essa digressão afastou-nos dos *procedimentos de motivação*, mas não devemos lamentá-lo, pois na verdade o essencial da motivação poética não está nesses artifícios, que talvez só lhe sirvam de catalisadores. Mais simples e profundamente, ele está na atitude de leitura que o poema consegue (ou, mais frequentemente, falha em) impor ao leitor, atitude motivadora que, além ou aquém de todos os atributos prosódicos ou semânticos, confere ao todo ou a uma parte do discurso essa espécie de presença intransitiva e de existência absoluta que Éluard chama de *evidência poética*. A linguagem poética revela aqui, parece-nos, sua verdadeira "estrutura", que não é de ser uma *forma* particular, definida por seus acidentes específicos, mas muito mais um *estado*, um grau de presença e de intensidade ao qual pode ser levado qualquer enunciado, sob a única condição de que se estabeleça em torno dele essa *margem de silêncio*[50] que o isola no meio (mas

---

50. "Os poemas têm sempre grandes margens brancas, grandes margens de silêncio." (P. Éluard, *Donner à voir*, Paris, Gallimard, 1994, p. 81). Observaremos que a poesia mais liberada das formas tradicionais não renunciou (ao contrário!) ao poder da formatação em condição poética que fica à disposição do poema no *branco* da página. Há, em todos os sentidos do termo, uma *disposição poética*. Cohen bem o mostra através deste exemplo:

> Hier sur la Nationale sept
> Une automobile
> Roulant à cent à l'heure s'est jetée
> Sur un platane
> Ses quatre occupants ont été
> Tués.
> [Ontem, na [estrada] Nacional sete
> Um carro
> Correndo a cem por hora lançou-se
> Sobre um plátano
> Seus quatro ocupantes foram
> Mortos.]
>   [implica parte de responsabilidade da pessoa no acidente.]

não o afasta) do falar cotidiano. É sem dúvida por aí que a poesia melhor se distingue de todos os outros tipos de estilo, com os quais divide somente um certo número de meios. O estilo é um desvio, considerando-se que se afasta da linguagem neutra por um certo efeito de diferença e de excentridade. A poesia não procede assim; dir-se-ia mais justamente que ela se retira da linguagem comum *pelo interior*, por uma ação amplamente ilusória de aprofundamento e de repercussão, comparável às percepções exaltadas pela droga, sobre as quais Baudelaire afirma que transformam "a gramática, a própria árida gramática" em uma espécie de "encantamento evocatório: as palavras ressuscitam revestidas de carne e osso, o substantivo, em sua majestade substancial, o adjetivo, vestimenta transparente que recobre e colore como um verniz, e o verbo, anjo do movimento, que dá movimento à frase".[51]

Assim disposta, a frase, diz ele, "já não é mais prosa. As palavras animam-se, a corrente passa" (p. 76). Isso não se deve apenas, como ele afirma, ao recorte gramaticalmente aberrante, mas também e inicialmente a uma paginação que diríamos de bom grado intimidante. A supressão da pontuação em grande parte da poesia moderna, cuja importância Cohen sublinha (p. 62), também vai na mesma direção: apagamento das relações gramaticais e tendência a constituir o poema, no espaço silencioso da página, como uma pura *constelação verbal* (sabemos o quanto esta imagem obcecou Mallarmé).

51. "Le Poème du haschisch", 4ª parte. A menção feita aqui da gramática não contradiz a ideia, que no essencial partilhamos com Cohen, da poesia como desgramaticalização da linguagem, e não apoia, como desejaria Roman Jakobson ("Une Microscopie du dernier *Spleen*", *Tel Quel*, 29, 1967), o propósito de uma *poesia da gramática*. Para Baudelaire, a *árida* gramática só se torna "encantamento evocatório" (fórmula cardeal, sabemos, que se encontra em *Fusées* e no artigo sobre Gautier, em contextos que nada mais devem ao estupefaciente) ao perder o caráter puramente relacional que faz sua "aridez", isto é, desgramaticalizando-se: as *partes orationis* ressuscitam, cobrindo-se de carne e osso, reencontrando uma natureza *substancial*, as palavras se tornam seres materiais, coloridas e animadas. Nada está mais distante de uma exaltação da gramática como tal. Talvez existam imaginações linguísticas centradas na gramática, e Mallarmé, ao menos, pretendia-se um sintaxiólogo. Mas o poeta — que louvava em Gautier "esse magnífico *dicionário* cujas folhas, movidas por um sopro divino, abrem-se para deixar jorrar a *palavra* própria, a *palavra* única", e que escreve ainda no artigo de 1861 sobre Hugo: "Vejo na Bíblia um profeta a quem Deus ordena comer um livro. Ignoro em qual mundo Victor Hugo comeu previamente o

Da linguagem poética assim compreendida, que seria melhor chamar de linguagem no estado poético, ou *estado poético da linguagem*, diremos, sem forçar demais a metáfora, que ela é a linguagem *em estado de sonho*, e bem sabemos que o sonho, em relação à vigília, não é um desvio, mas ao contrário... Mas como *dizer* o que é o contrário de um desvio? Na verdade, o que se deixa mais justamente definir pelo desvio, como desvio, não é a linguagem poética, mas a prosa, a *oratio soluta*, a fala disjunta, a própria linguagem como separação e disjunção dos significantes, dos significados, de significante e do significado. A poesia seria, então, como o diz Cohen (mas em um sentido diferente, ou melhor, em uma direção oposta), *antiprosa* e *redução do desvio: desvio do desvio, negação, recusa, esquecimento, apagamento do desvio, desse desvio que faz a linguagem*[52]; ilusão, sonho, utopia necessária e absurda de uma linguagem sem desvio, sem hiato — sem carência.

---

dicionário da língua que foi convocado a falar: mas vejo que o *léxico* francês, ao sair de sua boca, tornou-se um mundo, um universo colorido, melodioso e movente" (grifos meus) — ele é, ao contrário, um exemplo característico do que se poderia chamar de imaginação *lexical*? Citemos ainda o artigo de 1859 sobre Gautier: "Muito jovem, eu já havia sido contaminado pela lexicomania."

52. Essa remissão do *desvio* estilístico ao *desvio* constitutivo de qualquer linguagem pode parecer sofístico. Queremos simplesmente, em favor desse equívoco, chamar (ou conduzir) a atenção sobre a reversibilidade da oposição prosa/poesia, e sobre o *artifício* essencial da "língua natural". Se a poesia é desvio em relação à língua, a língua é desvio de todas as coisas, principalmente de si mesma. De Brosses designa por esse termo a separação, que considera progressiva (e lamentável), na história das línguas, entre objeto, ideia e significantes (fônica e gráfica): "Alguns *desvios* que haja na composição das línguas, qualquer lugar que a *arbitrariedade* pudesse aí ter..."; "Quando penetramos esse difícil mistério (da união, na língua primitiva, do 'ser real', da ideia, do som e da letra), não ficamos surpreendidos, no progresso da observação, em reconhecer com que excesso essas quatro coisas, depois de terem se aproximado assim de um centro comum, *desviam-se* novamente por um sistema de derivação..." (*Traité de la formation mécanique des langues*, Paris, 1765, p. 6, 21 (Grifos meus).

"Stendhal"

O verdadeiro musicomaníaco, caricatura muito rara na França, onde comumente é uma pretensão da vaidade, encontra-se a cada passo na Itália. Quando eu servia em uma tropa na Bréscia, apresentaram-me alguém daquele lugar que talvez fosse o homem mais sensível à música. Ele era muito doce e muito educado; mas quando se encontrava em um concerto e a música o agradava muito, tirava seus sapatos, sem perceber. Chegando a uma passagem sublime, ele jamais deixava de lançar seus sapatos para trás, sobre os espectadores.[1]

*

Há no beylismo[2], no Stendhal-Club e outras manifestações particularmente marcadas em relação a Stendhal, um fetichismo do autor. Ao menos isso nos preserva ou nos desvia de uma outra espécie de idolatria, não menos grave, e atualmente mais perigosa, que é o fetichismo da obra — concebida como um objeto fechado, acabado, absoluto.

Por outro lado, nada é mais vão que buscar nos escritos de Stendhal, ou no testemunho de seus contemporâneos, o traço de um ser definido e substancial que se poderia legitimamente, de acordo com o estado civil, chamar de Henri Beyle. Quão justa é, em seu excesso, a reserva de Mérimée, intitulando com um lacônico H. B. uma espécie de necrologia clandestina e sustentando que o defunto jamais escrevia uma carta sem

---

1. Stendhal, *Vie de Rossini* (Divan), I, p. 31. A menção *Divan* remete à edição em 79 volumes (1927-1937); *Divan critique* remeterá às edições críticas fornecidas, da mesma forma que em Divan, por Henri Martineau.
2. Atitude dos heróis de Stendhal (energia, individualismo). [N.T.]

assiná-la com um suposto nome ou datá-la de um lugar fantasioso, que dotava todos os seus amigos de um nome de guerra e que "ninguém soube exatamente que pessoas ele frequentava, que livros havia escrito, que viagens havia feito". As descobertas da erudição desde então só fizeram crescer o mistério, multiplicando seus dados.

As duas cariátides do antigo "saber" literário chamavam-se o homem e a obra. O valor exemplar do fenômeno Stendhal deve-se à maneira pela qual ele abala essas duas noções, alterando sua simetria, embaralhando sua diferença, pervertendo suas relações. Nesse "nome de guerra" que é Stendhal se juntam, se cruzam e se abolem reciprocamente, sem cessar, a "pessoa" de Henri Beyle e sua "obra", pois se, para todo stendhaliano, a obra de Stendhal designa constantemente Henri Beyle, este, por sua vez, só existe verdadeiramente pela obra de Stendhal. Nada é mais improvável, nada é mais fantasmático que o Beyle das lembranças, dos testemunhos, dos documentos, o Beyle "contado por aqueles que o viram", precisamente esse Beyle sobre o qual Sainte-Beuve queria se informar junto a Mérimée, a Ampère, a Jacquemont, "aqueles, em poucas palavras, que o viram muito e experimentaram muito em sua forma primeira". A forma primeira de Beyle, esse Beyle de antes de Stendhal, buscado por Sainte-Beuve, nada mais é que uma ilusão biográfica: a verdadeira forma de Beyle é essencialmente segunda. Para nós, legitimamente, Beyle não é senão um personagem de Stendhal.

*

Ele diz de si mesmo que "a verdadeira arte do animal é escrever romances em uma mansarda", o que Balzac, Flaubert ou qualquer outro romancista também poderiam ter afirmado — a menos que o próprio ato de afirmar já sirva para designar a singularidade de um "escritor" sobre o qual se pôde dizer, contrariamente à maior parte de seus confrades, que "ele sempre se preferiu à sua obra"³ e que, longe de se sacrificar a ela, parece sobretudo desejoso de colocá-la a serviço disso que ele mesmo batizou, com uma palavra importada para a circunstância, seu egotismo.

Mas se a "presença do autor" encontra-se nessa obra de um modo toleravelmente importuno, segundo a opinião geral, convém destacar seu caráter constantemente ambíguo e problemático. A mania pseudonímica toma aqui valor de símbolo: em seus romances como em sua correspondência, em seus ensaios como em suas memórias, Beyle está sempre presente, mas quase sempre mascarado ou travestido. E não é indiferente que sua obra mais diretamente "autobiográfica" tenha por título um nome que não é nem o do autor, nem o do herói: Stendhal encobre Henry Brulard, que encobre Henry Beyle — o qual, por sua vez, desloca imperceptivelmente Henri Beyle do estado civil, que não se confunde inteiramente com nenhum dos três outros, e nos escapa para sempre.

*

O paradoxo do egotismo é mais ou menos este: falar de si, da maneira mais indiscreta e impudica, pode ser o melhor meio de se furtar a fazê-lo. O egotismo é, em todas as vertentes do termo, um blefe.

A demonstração mais eficaz é, sem dúvida, a tão desconcertante confissão edípica de *Brulard*:

> Minha mãe, madame Henriette Gagnon, era uma mulher charmosa e eu estava apaixonado por ela...
>
> Eu queria cobrir minha mãe de beijos e que não houvesse vestimentas. Ela me amava apaixonadamente e me beijava com fre-

---

3. Jean Pouillon, "La Création chez Stendhal", *Temps Modernes*, n. 69.

quência; eu retribuía seus beijos com tal fogo que ela era muitas vezes obrigada a se retirar. Eu execrava meu pai, quando ele vinha interromper nossos beijos...

Um dia, como por acaso, tinham-me posto para dormir em um colchão no chão de seu quarto, e essa mulher, viva e leve como uma corça, saltou por cima de minha cama para chegar mais depressa ao seu leito.[4]

Para os especialistas, esse texto deveria ser um escândalo: o que ele leva a interpretar? Imagine-se Édipo, no levantar das cortinas, declarando sem preâmbulos ao povo tebano: "Boa gente, matei meu pai Laios e fiz quatro filhos em minha mãe, Jocasta, dois meninos e duas meninas. Não busquem fora: todo o mal vem daí." Cabeça de Tirésias. (Cabeça de Sófocles.)

Escândalo, entre outros, no sentido etimológico: *scandalon* significa "armadilha", e dizer o indizível é uma armadilha. Graças a *Brulard*, uma psicanálise de Stendhal ainda nos faz cruelmente falta, o que dá uma espécie de verdade bufona à afirmação de Alain: "Stendhal está tão longe quanto possível de nossos freudianos."

*

Nas margens do manuscrito de *Leuwen*, a respeito de um traço de caráter do herói, Stendhal inscreve: "Modelo: Dominique himself. — Ah! Dominique himself!"[5]

Essa estranha designação de si é tipicamente stendhaliana, tanto no todo como em suas partes. *Dominique*, sabe-se, é há muito seu nome mais íntimo, aquele que ele reserva quase que exclusivamente para seu uso próprio: é assim que ele *se* chama. O sabir internacional também é um de seus procedimentos criptográficos favoritos, nas notas que destina a si próprio. Mas a convergência dos dois códigos sobre o mesmo objeto, que é precisamente o *sujeito*, é de um efeito surpreen-

---

4. Stendhal, *Vie de Henry Brulard* (Divan critique), I, p. 42, 45.
5. Id., *Lucien Leuwen*, Paris, Hazan, 1950, p. 671.

dente. O "*moi*" stendhaliano não é exatamente insuportável: ele é própria (e profundamente) *inomeável*. A linguagem não pode se aproximar dele sem se desintegrar numa multiplicidade de substituições, deslocamentos e desvios, ao mesmo tempo redundantes e elusivos. *Dominique*, prenome italianizado, pode ser emprestado do autor de *Matrimonio segreto* em forma de homenagem; *himself*, o "reflexivo" inglês cujo idiomatismo bizarro desculpa a insuportável relação a si, remete-o a uma excentridade vagamente ridícula. *Ah! Dominique himself!* Pode-se declarar de modo mais claro o descentramento do sujeito, a alteridade, a estrangeiridade do *ego*? Ou, ainda, várias vezes em *Journal*: "Mr. (ou M.) Myself".

Recusa edípica do patrônimo, sem dúvida. Mas o que significam, por outro lado, o apagamento ou a alteração do prenome (prática certamente banal) e, coisa mais rara, o tabu colocado aqui sobre a *língua materna*? (A menos que seja preciso dizer *paterna (sermo patrius)*, dado que a língua originária é, do lado Gagnon — miticamente —, o italiano).

*

A proliferação pseudonímica[6] não atinge somente o próprio Beyle (ele tem mais de cem apelidos na correspondência e nos papéis íntimos, dois pseudônimos literários, sem contar os diversos testas de ferro de *Roma, Nápoles e Florença* ou *Do amor*), ou seus amigos mais próximos (Mérimée torna-se *Clara*; Madame Dembowsky, *Léonore*; Alberthe de Rubempré, *Madame Azur* ou *Sanscrit*), ou os lugares familiares (*Milan* se escreve *1000 ans*[7]; Roma é *Omar* ou *Omer*; Grenoble é *Cularo*;

---

6. Cf. J. Starobinski, "Stendhal pseudonyme", *L'Œil vivant*, Paris, Gallimard, 1961, p. 193-244.
7. Em francês, são homófonos. [N. T.]

Civita-Vecchia é *Abeille*; e *Milan* designa, às vezes, gloriosamente, *Napoleão*). Ela atinge, da mesma forma, os títulos de algumas obras. Assim, *Do amor* é quase constantemente batizado de *Love*; e *Vermelho*, de *Julien*. Sabemos que Stendhal hesitou, para *Lucien Leuwen*, entre *Leuwen*, *L'Orange de Malte*, *Le Télégraphe*, *Le Chasseur Vert*, *Les Bois de Prémol*, *L'Amarante et le Noir*, *Le Rouge et le Blanc*. Mais de que uma verdadeira indecisão, diríamos tratar-se de uma espécie de reação em cadeia, como se o primeiro título adotado exigisse imediatamente uma substituição pseudonímica, a qual, uma vez estabilizada como denominação própria, exigisse por sua vez uma outra substituição, e assim por diante. A gíria conhece bem essa fuga incessante das denominações, cujo princípio talvez seja o desejo sempre decepcionado e relançado de chamar de outra forma aquilo que já está nomeado. E o "pseudonimismo", como as outras técnicas de codificação caras a Stendhal (abreviações, anagramas, anglicismos, etc.), procede desse furor metalinguístico. As criptografias stendhalianas revelam menos uma obsessão policial do que uma certa fobia da linguagem, a qual se exprime através de fuga e de superoferta.

Segundo Mérimée, o cônsul da França em Civita-Vecchia enviou ao seu ministro dos Negócios Estrangeiros uma carta cifrada — e a cifra, *no mesmo envelope*. Mérimée explica o fato pelo aturdimento, mas se quisermos interpretar o próprio aturdimento, seremos tentados a ver nesse lapso uma confissão: a cifragem está aí pelo prazer. E o prazer da cifra é, simultaneamente, desviar a linguagem e dizer *duas vezes*.

*

Mocenigo. O que designa exatamente esse nome veneziano que persegue o *Journal* entre 1811 e 1814? Uma obra em projeto, assim batizada com o nome de seu herói? "*I will be able to work to Mocenigo*." Um certo papel ou tipo social, ou psicológico? "*The métier of Mocenigo makes bashfull* dando prazeres interiores sobre os quais ficamos à vontade para não perturbá-los por nada." O próprio Beyle? "Angélique Delaporte, que atualmente tem dezesseis anos e dez meses, e que julgamos no momento em que escrevo, parece-me um ser digno de toda a atenção de Mocenigo." O gênero dramático, como o quer Martineau? "É preciso entender, por esta palavra, a arte do teatro na qual ele sempre pensou se ilustrar." De modo mais geral, o "conhecimento do coração humano" e toda a literatura de análise? "As Memórias escritas com verdade... autênticas fisionomias *for the* Mocenigo." Ou ainda o próprio *Journal*? "Eu tinha a intenção de escrever hoje a parte de Mocenigo sobre o dia de ontem. Mas voltei para casa à meia-noite, cansado, e só tenho forças para anotar o dia de hoje."[8] Parece que no estado atual dos estudos stendhalianos todas essas questões ainda permanecem sem resposta, e talvez assim permaneçam para sempre. Mas que *Mocenigo* possa aparecer, segundo as ocorrências, tanto como um nome de personagem, quanto um título, um pseudônimo, ou ainda como o nome de alguma entidade literária mais vasta, essa própria polivalência é reveladora e, de certa maneira, exemplar. *Mocenigo*: nem o "homem", nem a "obra", mas algo como o trabalho recíproco, ou reversível, que os une e os funde um no outro. Fazer *Mocenigo*, ser *Mocenigo*, são uma coisa só.

Da mesma forma, talvez, nos anos 1818-1820, Beyle se chama de bom grado pelo nome de *Bombet*, com o qual havia assinado as *Vies de Haydn, Mozart et métastase*, e por *Stendhal*, a primeira versão de *Roma, Nápoles e Florença*: "Ao invés de fazer um artigo sobre Stendhal, escrevam sobre Bombet... Os 158 Stendhal falarão por si mesmos."[9] O nome Stendhal ainda não é para ele senão o nome de um livro. Ele se tornará

---

8. Stendhal, *Journal* (Divan), V, 258, 94, 85; Martineau, *Le Cœur de Stendhal*, p. 361; *Journal*, IV, 254, V, 153.
9. Id., *Correspondance* (Divan), V, 108-109.

Stendhal por metonímia, identificando-se a este livro e ao seu problemático autor.

*

O magnífico hotel construído por Pierre Wanghen ocupa a extremidade norte de Fréderic-Gasse, a bela rua de Kœnigsberg, tão notável aos olhar dos estrangeiros graças ao grande número de escadinhas com sete ou oito degraus que fazem saliência na rua e conduzem às portas de entrada das casas. As balaustradas dessas escadinhas, de uma limpeza brilhante, são forjadas em ferro de Berlim, creio, e expõem toda a riqueza um tanto quanto bizarra do desenho alemão. No conjunto, esses ornamentos recurvos não desagradam, têm a vantagem da novidade e casam-se muito bem com os das janelas do apartamento nobre que, em Kœnigsberg, fica nesse térreo elevado de quatro a cinco pés do nível da rua. As janelas são guarnecidas, em suas partes inferiores, de vidraças móveis com telas metálicas que têm um efeito singular. Essas tramas brilhantes, muito cômodas para a curiosidade das damas, são impenetráveis para a visão do passante fascinado pelas pequenas cintilações que provêm do tecido metálico. Os cavalheiros não veem de modo algum o interior dos apartamentos, enquanto as damas que trabalham perto das janelas veem perfeitamente os passantes.

Esse gênero de prazer e de passeio sedentários, se nos permitirmos esta expressão fortuita, forma um dos traços marcantes da vida social na Prússia. Do meio-dia às quatro horas, se quisermos passear a cavalo e fazer um pouco de ruído com ele, teremos certeza de ver todas as moças bonitas da cidade trabalhando coladas nas vidraças inferiores de suas janelas. Há mesmo um estilo de roupa que tem um nome especial e que é indicado pela moda para aparecer assim por trás da vidraça, que, nas casas bem ordeiras, é de um vidro muito transparente.

A curiosidade das damas é auxiliada por um recurso acessório: em todas as casas distintas vê-se, nos dois lados das janelas do térreo elevado quatro ou cinco pés acima da rua, espelhos com um pé de altura, mantidos por um pequeno braço de ferro e um pouco inclinados para dentro. Através deles as damas veem os passantes que chegam do fim da rua, enquanto, como havíamos dito, o olhar curioso desses cavalheiros não pode entrar no apartamento através das telas metálicas que ocultam a parte de baixo das janelas. Mas se não veem, sabem que são vistos, e essa certeza dá uma velocidade particular a todos os pequenos romances que animam a sociedade de Berlim e Kœnigsberg. Um homem tem certeza de ser visto todas as manhãs, e várias vezes, pela mulher que prefere; e não é impossível que a cortina de tela metálica seja algumas vezes perturbada pelo puro efeito do acaso, permitindo ao passante perceber a bela mão da dama, que procura recolocá-la no lugar. Chega-se mesmo a dizer que a posição dessas cortinas pode ter uma linguagem. Quem poderia compreendê-la ou com ela se ofender?[10]

A comunicação indireta é uma das situações privilegiadas da tópica stendhaliana. Conhecemos a condenação feita por Rousseau à função mediadora da linguagem e, para ele duplamente mediadora, da escritura; parece, ao contrário, que Stendhal repele ou ao menos reserva essa relação de transparência na qual "a alma fala diretamente à alma". Os momentos decisivos da comunicação (confissões, rupturas, declarações de guerra) são por ele geralmente confiados à escritura. Assim ocorre com a correspondência entre Lucien Leuwen e Madame de Chasteller, que transpõe no modo da paixão verdadeira a temível técnica de sedução epistolar emprestada de Laclos (cujo episódio das cartas copiadas por Madame de Fervaques, em *Vermelho*, constitui, ao contrário, uma espécie de paródia), ou com a troca de cartas entre Julien e Mathilde nos capítulos XIII e XIV da segunda parte de *Vermelho*. O modo de transmissão, neste último episódio, também é característico: Julien e Mathilde moram sob o mesmo teto, encontram-se todos os dias, mas a confissão

---

10. Id., *Le Rose et le vert, Romans et nouvelles* (Divan), I, p. 17.

que Mathilde tem a fazer excede a fala: "Esta noite receberá uma carta minha, disse-lhe ela com uma voz tão alterada que o som não era reconhecível... Uma hora depois um criado entregou uma carta a Julien; era simplesmente uma declaração de amor." Julien confia essa carta comprometedora à guarda de seu amigo Fouqué, não sem precauções hiperbólicas: escondida na capa de uma enorme Bíblia, especialmente comprada em um livreiro protestante. Depois redige uma resposta prudente, que entrega pessoalmente. "Ele achava que era seu dever falar-lhe; nada era mais cômodo, pelo menos, mas Mademoiselle de la Môle não quis escutá-lo e desapareceu. Julien ficou seduzido, não sabia o que lhe dizer." Segunda carta de Mathilde: "Mademoiselle de la Môle apareceu na soleira da porta da biblioteca, jogou-lhe uma carta e fugiu. Parece que isso vai ser um romance por cartas, disse, apanhando-a do chão." Terceira carta: "Ela lhe foi lançada da porta da biblioteca. Mademoiselle de la Môle fugiu mais uma vez. Que mania de escrever, disse rindo, quando se pode falar tão comodamente!" Julien fala sem dificuldade: ele não está apaixonado. Já Mathilde, não só não pode falar "comodamente" o que tem a dizer, mas ainda só é capaz de — com muito esforço — tomar entre as mãos e fazer com que seja tomado o que escreveu, e que queima: ela manda entregar suas cartas, ou as joga de longe, como granadas.

A escritura é então rapidamente duplicada, como mediação, por um ato ou por um meio de transmissão que agrava o caráter indireto e diferido. Lucien anda seis léguas a cavalo para postar suas cartas em Darney, na estrada de Nancy a Paris. Mademoiselle de Chasteller responde-lhe no endereço suposto de seu doméstico. Correios cruzam-se e chocam-se, quiproquó postal a serviço da cristalização. Octave e Armance confiam suas cartas, verdadeiras e falsas, ao esconderijo de uma laranjeira. Em *Ernestine ou La Naissance de l'amour*[11], os

---

11. Id., *De l'Amour* (Divan critique), p. 320-343.

bilhetes de Philippe Astézan são amarrados ao laço de buquês depositados no oco de um grande carvalho às margens do lago. É também num buquê, fixado na extremidade de varas de junco, que Jules Branciforte, em *L'Abbesse de Castro*, ergue sua primeira carta à altura da janela de Hélène de Campireali; a resposta favorável será o envio de um lenço.

O amor stendhaliano é, entre outras coisas, um sistema e uma troca de signos.[12] A cifra não é somente um auxiliar da paixão: o sentimento tende naturalmente, por assim dizer, à criptografia, como se fosse uma espécie de superstição profunda. A comunicação amorosa completa-se, de bom grado, graças às reclusões por vezes servis (conventos, prisões, cativeiros familiares), através de códigos telegráficos cuja engenhosidade simula muito bem aquela do desejo. Em *Suora Scolastica*, Gennaro emprega o alfabeto manual dos surdos-mudos, bem conhecido, ao que parece, pelas jovens napolitanas, para fazer chegar a Rosalinde esta mensagem: "Desde que deixei de vê-la, estou infeliz. Você é feliz no convento? Você tem a liberdade de vir frequentemente ao belvedere? Continua gostando de flores?" Na prisão de Farnese, Clélia dirige-se a Fabrice acompanhando-se ao piano, fingindo cantar um recitativo da ópera da moda. Fabrice responde traçando letras com carvão em sua mão: é para pedir papel e lápis. A jovem, por sua vez,

> pôs-se rapidamente a traçar grandes letras a tinta sobre as páginas de um livro que rasgara, e Fabrice ficou louco de felicidade vendo enfim estabelecido, depois de três meses de tentativas, esse meio de correspondência que ele havia solicitado em vão. Ele não abandonou o pequeno estratagema que o tinha favorecido tão bem; queria escrever cartas, e fingia a todo instante não compreender as palavras das quais Clélia expunha aos seus olhos, sucessivamente, todas as letras.

---

12. "No amor, tudo é signo" (op. cit., cap. 26).

A ligação (de substituição) entre a troca de escritura e a relação amorosa é quase por demais manifesta. Fabrice ainda receberá em seguida "um pão bem grosso, enfeitado em todos os lados com pequenas cruzes traçadas a pluma: Fabrice os cobriu de beijos"; depois, mensagens nas margens de um breviário dos quais arrancará as páginas para fazer um alfabeto, e esse modo de correspondência durará até a evasão. Com Gina, ele comunica-se primeiramente através de sinais luminosos: um para A, dois para B, etc.

> Mas todo mundo podia vê-los e compreendê-los; começou-se, desde essa primeira noite, a estabelecer abreviações: três sinais seguindo-se rapidamente indicavam a duquesa; quatro, o príncipe; dois, o conde Mosca; dois sinais rápidos seguidos de dois lentos queriam dizer fuga. Convencionou-se seguir, no futuro, o antigo alfabeto alla Monaca que, a fim de não ser adivinhado pelos indiscretos, muda o número comum das letras e lhes dá outros, arbitrários: A, por exemplo, é dado pelo número 10; B, pelo número 3; isto significa que três eclipses sucessivos da luz querem dizer B; dez eclipses sucessivos, A, etc. Um momento de obscuridade faz a separação das palavras.[13]

Nenhum desses alfabetos ultrapassa, contudo, em charme e em comodidade, a misteriosa linguagem das janelas de Kœnigsberg, que ninguém pode compreender e com a qual ninguém pode se sentir ofendido.

*

> Esta manhã passeei com um belo jovem muito instruído e perfeitamente amável. Ele escrevia suas confissões, e com tanta graça que

13. Id., *L'Abbesse de Castro, Chroniques italiennes* (Divan), p. 33-37; Id., *Suora Scolastica*, (Divan), II, p. 236; id., *La Chartreuse de Parme* (Garnier), p. 31, 317-318, 324-325.

seu confessor o proibiu de fazê-lo: — Escrevendo-os assim, vós desfrutais uma segunda vez de vossos pecados; dizei-mos de viva voz.[14]

Todos os stendhalianos conhecem esse estranho hábito da inscrição memorativa que leva Beyle, por exemplo, a traçar na poeira de Albano as iniciais das mulheres com as quais se ocupou de formas diversas no decorrer de sua vida, ou a escrever na face interna de seu cinto, em 16 de outubro de 1832, "farei cinquenta anos, assim resumido para não ser compreendido: *J. Vaisa voirla5*".[15] Cerca de vinte anos antes, celebrando consigo mesmo o segundo aniversário da "vitória" sobre Angela Pietragrua, anotava em seu diário o seguinte trecho, que ilustra de modo bastante singular o *scripta manent*: "Vi em meus suspensórios que foi em 21 de setembro de 1811, às onze e meia da manhã."[16]

Não sabemos, a respeito desses grafites íntimos, se devemos nos questionar sobre a mensagem, sobre o código, ou talvez sobre a natureza do suporte. Valéry, que já se irritava com os papéis costurados nos forros das roupas de Pascal, surpreende-se (a respeito do segundo exemplo) com "este ato pouco comum" e coloca uma questão pertinente: "Com o que rima o ato segundo de anotá-lo?"[17] Há, com efeito, no *Journal* e em *Brulard,* um redobramento da inscrição que agrava esse traço. Questão menor, sem dúvida, mas não menos irritante: entre o Beyle que inscreve na poeira, na cinta, nos suspensórios, e o Stendhal que transcreve no papel, onde começa a literatura?

Esse fetichismo epigráfico também afeta ao menos dois outros heróis stendhalianos, nos quais notaremos de passagem que este é acompanhado por um certo murmúrio de corpo (em Octave) ou de coração (em Fabrice, antes do encontro de

---

14. Id., *Mémoires d'un touriste*, Paris, Calmann-Lévy, 1900, II, p. 140.
15. Id., *Brulard*, I, p. 15. [Homofonia de "Je vais avoir la cinq(uentaine)", "Eu vou fazer cinq(uenta anos)".
16. Id., *Journal*, V, p. 211.
17. Valéry, *Œuvres*, Pléiade, I, p. 567.

Clélia). Octave registra, nas páginas de uma pequena agenda escondida num compartimento secreto de sua escrivaninha: "14 de dezembro de 182... Agradável efeito de dois m. — Aumento de amizade. — Desejo em Ar. — Acabar. — Serei maior que ele. — Vidros de Saint-Gobain."[18] Stendhal transcreve esta nota sem esclarecimento nem comentário, como se sua obscuridade lhe servisse de luz. Quanto a Fabrice, este grava no mostrador de seu relógio, em sinais abreviados, esta importante resolução: "Quando eu for escrever para a D(uquesa), jamais dizer *quando eu era prelado, quando eu era homem da Igreja*, isto a aborrece."[19]

*

Para o leitor de *Brulard*, a primeira surpresa vem da importância dos croquis em relação ao texto. O hábito de desenhar nas margens ou entre as linhas de seus manuscritos é constante em Stendhal, mas aqui o grafismo prolifera e invade a página. Ele não se contenta em ilustrar o propósito, que frequentemente é indispensável à sua compreensão, e as numerosas referências aos croquis tornam impossível, ou absurda, a ideia de uma edição de *Brulard* reduzida ao texto. Ou melhor, o desenho faz parte do texto: ele prolonga a escritura por um movimento natural que confirma o quanto Stendhal, ainda que na pressa e na improvisação, e mesmo se lhe aconteceu ditar algumas de suas páginas, permanece distante de qualquer literatura "oral", declamada, murmurada ou conversada. Suas próprias negligências são ligadas ao escrito: elipses, desvios, rupturas. Estilo de notas, atalhos, impaciências e insolências próprias à escritura. *Oratio soluta*.

A presença dos croquis mata qualquer tentação de eloquência, e às vezes exerce estranhos efeitos sobre a linguagem:

18. Stendhal, *Armance* (Garnier), p. 27.
19. Id., *Chartreuse*, p. 206.

"Naquele dia, vi correr o primeiro sangue espalhado pela Revolução Francesa. Era um operário que fabricava chapéus, S, ferido de morte por um golpe de baioneta S' na parte inferior das costas."[20]

Sabemos também que as margens dos livros que pertenceram a Stendhal — particularmente daqueles exemplares pessoais de suas próprias obras — são crivadas dessas notas íntimas, geralmente codificadas e quase ilegíveis, que os eruditos stendhalianos se empenharam em nos transmitir e em nos traduzir. Essa é a matéria, em particular, dos dois pequenos volumes de *Marginalia et mélanges intimes*, santuário do beylismo devoto. Quando essas notas ocupam as margens de um manuscrito, como é o caso de *Lucien Leuwen*, o papel do editor póstumo é, evidentemente, capital: cabe-lhe decidir entre o que pertencerá à *obra* propriamente dita, o que irá para as *notas* admitidas na parte de baixo da página, e o que enfim fará parte de suas *margens*, relegadas a um apêndice crítico com variantes, "pilotis", mapas, esboços, rasuras, etc. Assim, para *Leuwen*, Henri Martineau colocou nas notas algumas reflexões — tais como: "é um republicano que fala", ou mesmo: "é a opinião do herói, que é louco e que se corrigirá" — sobre as quais a sinceridade beylista é contestável, e que devem então ser adicionadas aos caprichos da obra: não é Beyle que fala, é o "autor". Pode-se dizer o mesmo, porém, desta nota de pé de página, que responde com certa brutalidade à Madame de Chasteller, que, subitamente tentada a beijar a mão de Lucien, pergunta-se de onde tais horrores podem lhe advir: "Da matriz, minha pequena!" E, nesse caso, por que não admitir do mesmo modo os "Modelo: Dominique himself", os "With Métilde, Dominique falou demais", ou as "Cartas enviadas *al giardino per la camariera*. E 16 anos *after I write upon*! Se Méti o tivesse sabido"[21] que,

---

20. Id., *Brulard*, I, p. 68.
21. p. 257, 671, 680, 675.

no espírito do verdadeiro stendhaliano, pertencem de pleno direito ao texto de *Leuwen*? O texto stendhaliano, margens e suspensórios compreendidos, é *um*. Nada permite isolar essa espécie de supertexto preciosamente elaborado que seria, *ne varietur*, a obra de Stendhal. Tudo o que a pena de Beyle traça (ou sua bengala, ou seu canivete, ou Deus sabe o quê) é Stendhal, sem distinção nem hierarquia.

Ele mesmo bem o sabia, ou algum revisor já beylista, pois que deixava passar no texto impresso do *Vermelho*, da *Cartuxa* ou de *Promenades dans Rome* notas como: "Esprit per. pré. gui. II. A. 30." (Espírito perde prefeitura, Guizot, 11 de agosto de 1830: alusão à mais forte decepção profissional de Beyle); "Para v. P. y E. 15 X 38" (Para vocês, Paquita e Eugénie: dedicatória de Waterloo às senhoritas de Montijo); "The day of paq, 1829, nopr. Bylov" (Dia de Páscoa de 1829, sem provas corrigidas, pelo amor)[22]: *apartés*[23] *cryptologiques* (a expressão é de Georges Blin), que sem dúvida não se dirigem exatamente a nós. Mas saberemos um dia a quem exatamente se dirige Stendhal?

*

> Eis um efeito que me será contestado, e que não apresento senão aos homens muito infelizes, diria, por terem amado com paixão, durante longos anos, e com um amor contrariado por obstáculos invencíveis.

> A vista de tudo o que é extremamente belo, na natureza e nas artes, evoca a lembrança de quem se ama com a velocidade de um raio. É que, pelo mecanismo do ramo enfeitado de diamantes na mina de Salzburgo, tudo o que é belo e sublime no mundo faz parte daquilo que se ama, e essa visão imprevista da felicidade enche de

---

22. Id., *Rouge* (Garnier), p. 325; *Chartreuse*, p. 49; *Promenades dans Rome* (Divan), III, p. 237.
23. O que o ator fala para si mesmo, no palco, simulando não ser ouvido pelos outros. [N.T.]

imediato os olhos de lágrimas. É assim que o amor ao belo e o amor se dão mutuamente a vida.

Uma das aflições da vida é que a felicidade de ver quem se ama e de lhe falar não deixa lembranças distintas. A alma aparentemente fica perturbada demais por suas emoções para ficar atenta àquilo que as causa ou àquilo que as acompanha. Ela é a própria sensação. Talvez seja porque esses prazeres não podem ser usados à vontade por evocação que eles se renovam com tanta força, a partir do momento em que algum objeto vem nos tirar do devaneio consagrado à mulher que amamos, e nos fazer lembrar dela mais vivamente por qualquer nova relação. (I)

Um velho e rude arquiteto encontrava-a todas as noites em todos os lugares. Levado pelo natural e sem prestar atenção ao que eu lhe dizia (2), um dia eu lhe fiz um elogio terno e pomposo, e ela riu-se de mim. Não tive forças para dizer-lhe: Ele vê você todas as noites.

Essa sensação é tão poderosa que se estende até a pessoa de meu inimigo, que a corteja sem cessar. Quando a vejo, ela me lembra tanto Léonore que não posso odiá-la nesse momento, qualquer que seja o esforço que eu faça.

Dir-se-ia que, por uma estranha singularidade do coração, a mulher amada aparenta ter muito mais charme do que realmente tem. A imagem da cidade longínqua onde foi vista por um momento (3) lança um devaneio mais profundo e mais doce que sua própria presença. É o efeito dos rigores.

1. Os perfumes.
2. É para *abreviar* e poder pintar o interior das almas que o autor relata, empregando a fórmula do *eu*, várias sensações que lhe são estrahas; ele não tinha nada pessoal que merecesse ser citado.
3. *Nessum maggior dolore*
   Che ricordarsi del tempo felice
   Nella miseria.
      (Dante, *Francesca*)[24]

24. Stendhal, *De l'Amour*, p. 33.

Onde começa a obra? Onde acaba? Mesmo se quisermos interpretar como patológicos (mas o mais patológico aqui não seria o mais significante?) os casos extremos evocados há pouco, todo leitor de Stendhal que não parou nas cinco ou seis "obras-primas" canônicas bem sabe que inquebrável continuidade se estabelece da *Correspondance* ao *Journal*, do *Journal* aos ensaios, dos ensaios às narrativas. A obra "romanesca" não goza de nenhuma autonomia definível em relação ao conjunto dos escritos. A *Histoire de la peinture*, *Do amor*, ou *Roma, Nápoles e Florença*, as *Promenades dans Rome*, as *Mémoires d'un touriste*, contêm dezenas de historietas mais ou menos desenvolvidas, que pertencem inteiramente, e às vezes com um brilho particular, ao império da narrativa stendhaliana. A fronteira entre os ensaios italianos e o *Journal* de 1811, por um lado, as *Crônicas* e a *Cartuxa*, por outro, é indiscernível. As primeiras páginas da *Cartuxa* vêm de *Napoleão*. A primeira ideia de *Vermelho* está registrada nas *Promenades*. E qual leitor de *Leuwen* não reencontra o essencial em algumas linhas de *Racine et Shakespeare*:

> É assim que um jovem a quem o céu deu alguma delicadeza de alma, se o acaso o faz subtenente e o lança à sua tropa, na companhia de certas mulheres, crê de boa-fé, vendo o sucesso de seus camaradas e o gênero de seus prazeres, ser insensível ao amor. Um dia, enfim, o acaso o apresenta a uma mulher simples, natural, honesta, digna de ser amada, e ele sente que tem um coração.[25]

*

Nenhum dos grandes romances stendhalianos, mesmo acabados, é absolutamente fechado sobre si mesmo. Nem Julien nem Fabrice conseguem romper inteiramente o cordão que os liga a Antoine Berthet, da *Gazette des Tribunaux*,

---

25. Id., *Racine et Shakespeare* (Divan), p. 112. Proximidade indicada por Martineau, *Leuwen*, p. XI.

e a Alexandre Farnèse, da *Chronique*. O *Vermelho* é ainda descentrado, de um outro lado, pela existência desse projeto de artigo destinado ao conde Salvagnoli[26], que não é só um comentário, decisivo em muitos pontos; é também, e de forma mais perturbadora, um resumo — portanto, um redobramento da narrativa que não só a contesta como a confirma, e seguramente a desloca, não sem deixar um curioso efeito de "mexido" na aproximação dos dois textos. Tal redobramento acompanha também a *Cartuxa*, é o célebre artigo de Balzac. Mas trata-se aqui de uma tradução: transposição, perturbadora também, do universo stendhaliano no registro balzaquiano. Para *Leuwen*, o contratexto nos falta, mas pelo menos conhecemos sua existência, dado que sabemos que esse romance não é, em seu princípio — ao menos para a primeira parte —, senão uma espécie de *rewriting*, uma correção do manuscrito *Le Lieutenant* confiado a Stendhal por sua amiga Madame Jules Gaulthier. Sabemos também que *Armance* nasceu de uma espécie de competição com Madame de Duras e Henri de Latouche sobre o tema da prolixidade; mas, acima de tudo, esse romance constitui o exemplo, talvez único em toda a literatura, de uma obra de significado oculto cuja chave se encontra *fora dele*: a saber, em uma carta a Mérimée e em uma nota à margem de um exemplar pessoal, que afirmam de maneira formal a impotência de Octave.[27] Caso extremo do descentramento, dado que aqui o âmago está no exterior — imagine-se um romance policial cujo culpado só seria apontado por alguma confidência póstuma do autor. Aliás, ele quase se viu numa situação menos paradoxal, porém mais sutil, nem completamente dentro, nem completamente fora. Stendhal havia de fato pensado intitular seu romance com o mesmo nome de seus concorrentes, *Olivier*, o que em 1826 não podia dei-

---

26. Stendhal, *Rouge*, p. 509-527.
27. Id., *Armance*, p. 249-253, 261.

xar de "causar espécie". Este será o caso de *Ulisses*, salvo que a enfermidade de Octave é muito mais essencial à significação da narrativa stendhaliana do que a referência à *Odisseia* o é para o romance de Joyce. É claro que o próprio leitor pode adivinhar essa "enfermidade", mas ela permanecerá uma hipótese, uma interpretação. Uma vez que esta interpretação se encontra corroborada em uma margem de texto, é preciso convir que isso modifica radicalmente seu estatuto em relação à obra, em particular porque somente isso autoriza o emprego do verbo "adivinhar": pois não se pode adivinhar senão isso; e dizer "Octave *é* impotente" não significa nada mais do que dizer que "Stendhal diz que Octave é impotente". Ele o diz, mas diz fora dali, e esse é ponto.

Da mesma forma, o leitor da *Cartuxa*, sobretudo se está familiarizado com o tema beylista da bastardia como recusa do pai, poderá ter por si mesmo algumas "suspeitas" sobre a "verdadeira" hereditariedade de Fabrice. Mas é diferente de encontrar essas suspeitas atribuídas à opinião pública milanesa, no projeto de correção do exemplar Chaper: "Antigamente, ele passava mesmo por filho desse belo suboficial Robert..."[28] Para Armance, o fora-do-texto (ou melhor, o *extratexto*, o texto de fora) resolve o mistério; para a *Cartuxa*, ele mais contribui para criá-lo; mas, nos dois casos, a transcendência da obra — a abertura do texto sobre o extratexto — inicia o propósito de uma leitura "imanente".

*

Quanto às *Crônicas italianas*, todos sabem, ou creem saber, que elas constituem, na maior parte, um trabalho de tradução e de adaptação. Mas, sem referência ao texto original, quem

---

28. p. 585.

pode medir a parte da "criação" stendhaliana? (E quem se preocupa com isso?)

Este outro caso-limite nos lembra a tempo que muitas obras de Stendhal, desde *Vie de Haydn* até as *Promenades dans Rome*, não lhe pertencem inteiramente sem contestação nem compartilhamento. É quase impossível determinar em sua obra a parte do plágio, do empréstimo, do pastiche, do apócrifo. Mérimée dizia, em 1850, que ninguém sabia exatamente quais livros Beyle havia escrito, e, em 1933, também Martineau, prefaciando sua edição de *Mélanges de la littérature*, confessava-se incapaz de dizer com certeza quais páginas pertenciam autenticamente a ele. E adicionava: "É provável que nem tudo o que foi traçado por sua pena tenha sido ainda trazido à luz do dia."[29] Ninguém pode ainda, e certamente ninguém jamais poderá traçar os limites do *corpus* stendhaliano.

*

A parte da incompletude é imensa na obra de Stendhal. Obras tão importantes quanto *Henry Brulard*, *Lucien Leuwen*, *Lamiel* e *Souvenirs d'égotisme* foram abandonadas em pleno trabalho e se perderam, sem continuidade. O mesmo ocorre com *Napoléon*, com o esboço de romance *Une Position sociale*, e com várias crônicas e novelas, tais como *Le Rose et le vert*, que, retomando os dados de *Mina de Vanghel*, deveria tornar-se um verdadeiro romance. Se adicionássemos a isso o desenlace visivelmente brusco da *Cartuxa* e a publicação interrompida ou encurtada da *Histoire de la peinture* e das *Mémoires d'un touriste*, não seria excessivo dizer que um destino de mutilação pesa sobre o essencial dessa obra. Os esboços e os rascunhos que ele deixou não impedem seu leitor de sonhar com uma hipotética sequência de *Leuwen* e de *Lamiel*, ou de imaginar o

---

29. Id., *Divan*, p. 1.

que teria sido um *Brulard* encontrando o *Journal*, integrando, ultrapassando o *Égotisme* e avançando até as margens do Lago Albano, onde o "Baron Dormant" traça na poeira a melancólica série interminável de seus amores passados. Ou ainda, de observar que a *Cartuxa* começa aproximadamente onde se interrompe *Brulard*, com a chegada dos franceses a Milão: encadeando sem ruptura a ficção à autobiografia, o destino do primeiro-tenente Robert àquele do segundo-tenente Beyle — com todas as consequências que daí decorrem.

*

Aporia do stendhalismo. Ela poderia ser formulada aproximadamente da seguinte forma: o que chamamos a "obra" de Stendhal é um texto fragmentado, despedaçado, lacunar, repetitivo e, de um outro ponto de vista, infinito, ou ao menos indefinido, mas do qual nenhuma parte pode ser separada do conjunto. Quem puxa um único fio deve tomar todo o tecido, com seus buracos e até com sua ausência de bordas. Ler Stendhal é ler todo Stendhal, mas ler todo Stendhal é impossível, pelo seguinte motivo, entre outros: nem todo Stendhal já foi publicado, nem decifrado, nem descoberto, e tampouco escrito. Compreenda-se bem, todo o *texto* stendhaliano, pois a lacuna, a interrupção do texto, isso não é uma simples ausência, um puro não texto: é uma falta, ativa e sensível como falta, como inescritura[30], como texto inescrito.

Contra toda expectativa, essa aporia não mata o stendhalianismo, que, ao contrário, só vive dela, assim como toda paixão alimenta-se de suas impossibilidades.

*

30. Termo não dicionarizado. Trata-se de um neologismo para falar da não escritura como algo que produz sentido. [N.T.]

Estatuto ambíguo da Itália stendhaliana: exótica, excêntrica, álibi constante da excentridade e da diferença, a *alma italiana* cobre e justifica as mais flagrantes infrações ao código implícito da psicologia comum; lugar dos sentimentos problemáticos e dos atos imprevisíveis, lugar de um romanesco livre das restrições do verossímil vulgar. Ao mesmo tempo, lugar central, originário, intimamente ligado à filiação materna e à negação do pai. Para o descendente exclusivo dos Gagnon (Guadagni, Guadaniamo), a partida para a Itália é um retorno às origens, um retorno ao seio materno. O "caráter francês", dominado pelo interesse no dinheiro e pela pretensão, não é para o antigo discípulo de Helvétius e de Tracy senão uma referência exterior, um mecanismo que atribui valor a algo por oposição. O coração de verdadeiro debate stendhaliano está na Itália: debate entre energia (Roma, Ariosto) e ternura (Milão, Tasso). A Itália é o centro paradoxal do descentramento do beylismo, pátria (*mátria?*) do expatriado, lugar do sem lugar, do não lugar: utopia íntima.

*

Pesaro, 24 de maio de 1817. — Aqui as pessoas não passam a vida a julgar sua felicidade. *Mi piace ou non mi piace* — essa é a grande maneira de decidir tudo. A verdadeira pátria é aquela na qual se encontra o maior número de pessoas que se parecem com você. Temo sempre encontrar na França um fundo de frio em todas as sociedades. Sinto um encantamento, neste país, do qual não posso me dar conta: é como o amor, e entretanto não estou enamorado de ninguém. A sombra das belas árvores, a beleza do céu durante as noites, o aspecto do mar, tudo isso tem para mim um magnetismo, uma força de impressão que lembra uma sensação completamente esquecida, aquilo que sentia, aos dezesseis anos, em minha primeira campanha. Vejo que não posso reproduzir meu pensamento: todas as circunstâncias que emprego para descrevê-la são fracas.

Aqui a natureza inteira é mais tocante para mim; ela me parece nova: nada mais vejo de banal ou insípido. Frequentemente, às duas horas da madrugada, voltando para casa, em Bolonha, por esses grandes pórticos, a alma obcecada por esses belos olhos que acabara de ver, passando por esses grandes palácios nos quais, através de grandes sombras, a lua desenhava volumes, acontecia-me parar, oprimido de felicidade, para dizer-me: Como é belo! Contemplando essas colinas carregadas de árvores que avançam sobre a cidade, clareadas por essa luz silenciosa no meio desse céu brilhante, eu estremecia; lágrimas vinham-me aos olhos. — Acontece-me dizer a mim mesmo, por qualquer motivo: Meu Deus! Como fiz bem de vir para a Itália![31]

*

A unidade (fragmentada) do texto stendhaliano, a ausência de autonomia de cada uma de suas obras, a constante perfusão do sentido que circula de uma para outra, aparecem melhor, por contraste, se compararmos essa situação àquela, por exemplo, da *Comédia humana*. Cada romance de Balzac é uma narrativa fechada e acabada, separada das outras por barreiras intransponíveis da construção dramática, e sabemos que foi preciso encontrar tardiamente o retorno dos personagens para assegurar, extemporaneamente, a unidade do mundo balzaquiano.

O universo stendhaliano liga-se a dados completamente diferentes. Nenhuma ideia de lugar nem de tempo, nenhuma recorrência de personagens, nenhum traço dessa vontade de ameaçar o estado civil criando uma sociedade autônoma, completa e coerente; alguns romances erráticos, desprovidos de qualquer princípio de federação, e aliás dispersados em

31. Stendhal, *Rome, Naples et Florence en 1817* (Divan critique), p. 118-119.

uma produção heteróclita e da qual estão longe, pelo menos em quantidade, de constituir o essencial: como Rousseau, ou Barrès, ou Gide, Stendhal é, segundo todas as evidências, um romancista impuro. A unidade do romanesco stendhaliano é, apesar disso, incontestável, mas não é de coesão, menos ainda de continuidade; deve-se inteiramente a uma espécie de constância propriamente *temática*: unidade de repetição e de variação, que aparenta entre si esses romances, mais do que os liga.

Gilbert Durand[32] realçou os mais importantes desses temas recorrentes. Solidão do herói e acentuação de seu destino pelo redobramento (ou incerteza) de seu nascimento e a sobredeterminação oracular; provas e tentações qualificadoras; dualidade feminina e oposição simbólica entre os dois tipos da Amazona — ou "prostituta sublime" — (Mathilde, Vanina, Mina de Vanghel, Madame de Hocquincourt, a Sanseverina) e da mulher terna, guardiã dos segredos do coração (Madame de Rênal, Madame de Chasteller, Clélia Conti); conversão do herói e passagem do registro épico ao da intimidade terna (simbolizado ao menos duas vezes, em *Vermelho* e na *Cartuxa*, pelo motivo paradoxal da prisão feliz), que define precisamente o *momento* do romanesco stendhaliano: mesmo, parece-me, — e contrariamente à apreciação de Durand — na primeira parte de *Leuwen*, na qual se vê um herói originalmente convencido, assim como Fabrice, de ser insensível ao amor e prevenido contra este sentimento por preconceito político ("O quê! Enquanto toda a juventude da França toma partido por grandes interesses, toda minha vida se passará a olhar dois belos olhos!"; "A partir de 1830, comentam as *Mémoires d'un touriste*, o amor seria a pior das desonras para um jovem")[33], descobrir "que tem um coração" e se converter à sua paixão.

---

32. *Le Décor mythique de la* Chartreuse de Parme, Paris, José Cortí, 1961.
33. Stendhal, *Leuwen*, p. 145 (cf. p. 146: "De um momento a outro a voz da pátria pode se fazer ouvir; posso ser chamado... E é o momento que escolhi para me fazer escravo de uma reacionariazinha extremista de província!"); Id., *Touriste*, I, p. 59.

Esse tema fundamental da *Rücksicht*, do abandono à ternura feminina como retorno à mãe, ainda acentuado pelo aspecto e pela função tipicamente maternais da heroína triunfante (incluindo Clélia, que, a despeito da idade e do parentesco, é mais maternal que a conquistadora Sanseverina), encontra-se então na base do essencial da criação romanesca stendhaliana, que só faz variar, de uma obra a outra, o ritmo e a tonalidade. O leitor é assim conduzido a incessantes comparações entre as situações, as personagens, os sentimentos, as ações, apreendendo instintivamente as correspondências por superposição e contexto. Uma rede de interferências então se estabelece entre Julien, Fabrice, Lucien, entre Mathilde e Gina, Madame de Rênal, Madame de Chasteller e Clélia, entre François Leuwen, De la Môle e o conde Mosca, Chélan e Blanès, Sansfin e Du Poirier, Frilair e Rassi, as paternidades suspeitas de Julien e de Fabrice, seu culto comum por Napoleão, entre a Torre Farnese e a prisão de Besançon, entre o seminário, a tropa de Nancy e o campo de batalha de Waterloo, etc. Mais do que qualquer outra, sem dúvida, a obra de Stendhal convida a uma leitura *paradigmática*, em que a consideração dos seus encadeamentos narrativos se apaga diante da evidência das relações de homologia: leitura harmônica, portanto, ou vertical, leitura a dois ou mais registros, para a qual o verdadeiro texto começa com o redobramento do texto.

*

Há alguns meses uma mulher casada de Melito, conhecida tanto por sua piedade ardente quanto por sua rara beleza, teve a fraqueza de marcar um encontro com seu amante, em uma floresta na montanha, a duas léguas da aldeia. O amante foi feliz. Depois desse momento de delírio, a enormidade de sua falta oprimiu a alma da culpada: ela ficava mergulhada num morno silêncio. "Por que tanta frieza?", disse o amante. "Eu sonhava em nos vermos amanhã; esta cabana abandonada, no meio da mata escura, é o lugar mais conveniente." O amante se vai; a infeliz não volta à aldeia e passa a noite na floresta, ocupada, como confessou, em rezar e em cavar duas covas. O dia aparece, assim como o amante que recebe a morte das mãos dessa mulher pela qual se acreditava adorado. A infeliz vítima do remorso enterra seu amante com o maior cuidado, volta para a aldeia, onde confessa-se com o cura, e beija seus filhos. Volta para a floresta, onde é encontrada sem vida, estendida na cova aberta ao lado da de seu amante.[34]

Essa breve historieta oferece um exemplo bem demonstrativo do que se chamará, sem exagerar sua especificidade, a *narrativa stendhaliana*. Não nos detenhamos na ilustração (brilhante) da "alma italiana", mandatária do verossimilhante beylista, e observemos mais detidamente os elementos característicos do tratamento narrativo através do qual esse "pequeno fato verdadeiro" se torna um texto de Stendhal.

O primeiro desses traços é o deslocamento quase sistemático da narrativa em relação à ação, que resulta ao mesmo tempo da elisão dos acontecimentos principais e da acentuação das circunstâncias acessórias. O ato adúltero é designado três vezes por espécies de metonímias narrativas: o encontro marcado com o amante; a "felicidade" deste (figura banal, renovada aqui pela concisão do enunciado); e o "momento de delírio", qualificado retrospectivamente segundo o estado de consciência virtuosa que lhe sucede — portanto, não por si mesmo, mas pelos acontecimentos que o preparam, o acompanham ou o sucedem. O assassinato do amante, por uma perífrase acadêmica sutilmente confinada em uma proposição subordinada cujo acento principal está fora dela. Enfim, e sobretudo, o suicídio da jovem sofre uma elipse completa, entre seu retorno à floresta e o momento

---

34. Id., *Rome, Naples et Florence*, Pléiade, p. 554.

em que é encontrada sem vida; elipse reforçada ainda pela ambiguidade temporal do presente narrativo e a ausência de qualquer advérbio de tempo, que tornam os dois verbos aparentemente simultâneos, escamoteando assim toda a duração que separa as duas ações.

Essa elisão dos tempos fortes é um dos traços marcantes da narrativa stendhaliana. Na *Cartuxa*, o primeiro abraço entre Fabrice e Clélia, na Torre Farnese, é tão discreto que geralmente passa despercebido ("Ela estava tão bela, semidespida e nesse estado de extrema paixão, que Fabrice não pôde resistir a um movimento quase involuntário. Nenhuma resistência foi oposta"). E o "sacrifício" de Gina com Ranuce-Ernest V desaparece entre duas frases: "Ele ousou reaparecer faltando três minutos para as dez. Às dez e meia, a duquesa subia em sua carruagem e partia para Bolonha." A morte de Fabrice é mais implicada que mencionada, na última página: "Ela (Gina) só sobreviveu pouco tempo a Fabrice, a quem adorava, e que só passou um ano em sua Chartreuse."[35] Pode-se aqui incriminar a mutilação forçada deste epílogo, mas em *Vermelho*, a execução de Julien, tão longamente esperada e preparada, eclipsa-se no último momento: "Jamais essa cabeça havia sido tão poética como no instante em que ia cair. Os mais doces momentos que ele havia encontrado no passado, nos bosques de Vergy, voltavam aos montes em seu pensamento, e com uma extrema energia."

"Tudo se passa simplesmente, convenientemente, e de sua parte, sem nenhuma afetação." Segue-se uma incursão retrospectiva (procedimento, ao contrário, raríssimo em Stendhal, mais inclinado, ao que parece, a acelerar a duração do que a retardá-la), que contribui ainda para esse apagamento da morte, ressuscitando Julien durante o espaço de uma meia página.[36] Jean Prévost falava justamente, a propósito dessas

---

35. p. 423, 455, 480.
36. p. 506.

mortes silenciosas e como que veladas, de uma espécie de *eutanásia literária*.³⁷

A essa discrição sobre as funções cardeais da narrativa opõe-se, evidentemente, a importância dada aos detalhes laterais, e quase técnicos: localização precisa da floresta, cabana abandonada, escavação das duas covas. Essa "atenção com as pequenas coisas", que Stendhal louvava em Mérimée, é muito mais característica de sua própria maneira, e já encontramos alguns de seus efeitos. O próprio Stendhal mostra-se assim excedendo a precisão de Mérimée: "'Com um pretexto, ele a fez descer do cavalo', diria Clara. Dominique diz: 'Ele a fez descer do cavalo, fazendo de conta que havia percebido que o animal estava perdendo uma de suas ferraduras, e que ele ia prendê-lo com um prego.'"³⁸ Mas é preciso observar sobretudo que esta atenção aos objetos e às circunstâncias — que se acompanha, apesar disso, por um grande desdém quanto à descrição — serve quase sempre para mediatizar a evocação dos atos ou das situações capitais, deixando falar em seu lugar espécies de substitutos materiais. Na última cena de *Vanina Vanini*, as *cadeias frias e pontudas* que envolvem Missirilli e o afastam dos abraços de Vanina, os *diamantes* e as *pequenas limas*, instrumentos tradicionais da evasão que ela lhe remete e que ele acabará por lhe arremessar "tanto quanto seus grilhões lhe permitirem", todos esses detalhes brilham com tamanha intensidade de presença, apesar da secura de sua menção, que eclipsam o diálogo entre os dois amantes; muito mais que as palavras trocadas, são eles que carregam o sentido.³⁹

Outra forma de elipse, e talvez ainda mais específica: poderíamos chamá-la elipse de intenções. Ela consiste em reportar os atos de um personagem sem esclarecer o leitor sobre sua

---

37. *La Création chez Stendhal*, p. 260.
38. Stendhal, *Marginalia*, II, p. 96.
39. Id., *Chroniques italiennes* (Divan), II, p. 125.

finalidade, que só aparecerá posteriormente. O segundo encontro marcado para o dia seguinte na cabana abandonada engana tanto o leitor quanto o amante, e se o fato de cavar duas covas não deixa incertezas sobre a sequência, por outro lado a narrativa cala deliberadamente o projeto que dá sua significação a uma série de atos (ir ao vilarejo, confessar-se, beijar seus filhos), deixando-nos o cuidado de suprir retroativamente esta lacuna. Assim, na L'Abbesse de Castro, Stendhal nos diz que Vanina nota o furor de seu pai contra Branciforte. "Imediatamente, conta ele, Vanina espalha um pouco de poeira sobre a coronha dos cinco magníficos arcabuzes que seu pai mantinha pendurados perto de seu leito. Também espalhou uma leve camada de poeira sobre seus punhais e espadas." A relação entre a cólera do pai e o fato de ela lançar poeira sobre suas armas permanece obscura para nós, até o momento em que lemos que, "verificando à noite as armas de seu pai, ela viu que dois arcabuzes haviam sido carregados, e que quase todos os punhais haviam sido manuseados"[40]: ela havia espalhado poeira *para* poder vigiar os preparativos de seu pai, mas a narrativa escondera cuidadosamente esta motivação. O exemplo mais célebre desse hábito stendhaliano é o fim do capítulo XXXV da segunda parte do *Vermelho* — onde vemos Julien deixar Mathilde, correr de carruagem até Verrières, comprar um par de pistolas na loja de armas e entrar na igreja, sem sermos informados de suas intenções, a não ser pela efetivação na última linha: "Atirou nela com a pistola e errou; atirou uma segunda vez, ela caiu."[41]

É preciso insistir aqui no caráter necessariamente deliberado do procedimento: se a narrativa stendhaliana fosse, à maneira posterior de um Hemingway, uma pura relação "objetiva" dos atos levados a cabo, sem nenhuma incursão na consciência dos personagens, a elipse das intenções estaria

40. Ibid., I, p. 39-40.
41. p. 450.

conforme à atitude de conjunto e, portanto, muito menos marcada. Mas sabemos que Stendhal jamais se restringiu a esse partido "behaviorista", e que o recurso ao monólogo interior é uma de suas inovações e de seus hábitos mais constantes. Aqui, ele não se priva de maneira alguma de informar o leitor de que "a enormidade de sua falta oprimiu a alma da culpada"; e se não permite que se saiba mais sobre seus projetos é, evidentemente, por uma omissão voluntária. Da mesma forma, quando Vanina ouve Missirilli anunciar que na próxima derrota ele abandonará a causa do carbonarismo, Stendhal apenas adiciona que essa palavra "lançou uma luz fatal em seu espírito. Ela se diz: 'Os carbonários receberam de mim vários milhares de sequins.[42] Não se pode duvidar da minha dedicação à conspiração'".[43] Esse monólogo interior é tão cheio de truques quanto o relato do narrador-criminoso de *O assassinato de Roger Ackroyd*, pois Stendhal, fingindo contar-nos nesse momento os pensamentos de Vanina, toma cuidado para dissimular o essencial, que é aproximadamente, como compreenderemos algumas páginas depois: "Posso então denunciar a venda sem que Pietro suspeite de mim." O acessório, aqui ainda, substitui-se ao essencial, como os detalhes sobre a cabana abandonada dissimulam, para a futura vítima e para o leitor, na narrativa de Melito, o projeto de assassinato.[44]

---

42. Antiga moeda de ouro de Veneza, usada na Itália e no Levante. [N.T.]
43. p. 103.
44. Eis ainda um exemplo dessa elipse de intenções, acompanhada aqui de um outro efeito de silêncio, de grande beleza: "O cura não era velho; a empregada era bonita; havia maledicências, o que não impedia um jovem do vilarejo vizinho de fazer a corte à moça. Um dia, o cura escondeu as pinças da lareira da cozinha na cama da empregada. Quando voltou, oito dias depois, a empregada lhe disse: 'Então, diga-me onde pôs minhas pinças; procurei-as em todo canto, desde que o senhor viajou. Aí está uma brincadeira muito maldosa.' O amante beijou-a, com lágrimas nos olhos, e se afastou."

Esse tipo de elipse implica uma grande liberdade na escolha do ponto de vista narrativo. Stendhal inaugura a técnica de "restrição de campo"[45], que consiste em reduzir o campo narrativo às percepções e aos pensamentos de um personagem. Ele altera esse ponto, por um lado, como acabamos de ver, retendo para si alguns desses pensamentos, com frequência os mais importantes, mas também mudando constantemente de personagem focal: mesmo em um romance tão centrado sobre a pessoa do herói quanto *Vermelho*, acontece de a narração adotar o ponto de vista de outro personagem, como Madame de Rênal, ou Mathilde, ou mesmo o senhor de Rênal. Aqui, o ponto focal é quase sempre a heroína, mas o relato faz ao menos uma incursão, aliás retrospectiva, na consciência do amante ("esta mulher pela qual se acreditava adorado"). Enfim, e sobretudo, a focalização da narrativa é perturbada, como o é quase que constantemente em Stendhal, pela prática daquilo que Georges Blin nomeou de "a intrusão do autor" e que seria melhor chamar de intervenção do *narrador*, fazendo uma reserva, particularmente necessária no caso de Stendhal, sobre a identidade desses dois papéis.

De fato, nada é mais difícil do que determinar a cada instante qual é a fonte virtual do discurso stendhaliano, pois as duas únicas evidências são de que ela é muito variável, e que raramente se confunde com a pessoa de Stendhal. Conhecemos seu gosto quase histérico pelo disfarce, e sabemos, por exemplo, que o viajante suposto das *Mémoires d'un touriste* é um certo senhor L..., caixeiro-viajante para o comércio de ferraduras, cujas opiniões nem sempre se confundem com as de Beyle. Nos romances e nas novelas, a situação do narrador é geralmente mal determinada. O *Vermelho* e *Lamiel* começam como uma crônica mantida por um

---

45. G. Blin, *Stendhal et les problèmes du roman*, Paris, J. Corti, 1954.

narrador-testemunha que pertence ao universo diegético. O de *Vermelho* é um habitante anônimo de Verrières, que muitas vezes contemplou o vale do Doubs do alto do passeio ampliado pelo senhor de Rênal, e que o louva, "ainda que ele seja ultra, e eu liberal". O de *Lamiel*, mais precisamente identificado, é filho e neto dos senhores Lagier, notários em Carville. O primeiro eclipsa-se ao fim de algumas páginas, sem que seu desaparecimento seja notado por ninguém; o segundo, mais ruidosamente, anuncia sua partida nestes termos: "Todas essas aventuras... giram em torno da pequena Lamiel... e sonhei escrevê-las a fim de tornar-me homem de letras. Assim, ó leitor benevolente, adeus; você não ouvirá mais falar de mim."[46] Para a *Cartuxa*, Stendhal quer confessar, antedatando-a, a redação dessa "novela", mas não sem lançar o essencial de sua responsabilidade sobre um pretenso clérigo de Pádua, do qual ele teria somente adaptado as memórias. Qual dos dois assume o "eu" que aparece ao menos três ou quatro vezes, e de modo sempre inesperado, no decorrer de uma crônica em princípio completamente impessoal?

A situação das *Crônicas italianas*, e em particular de *L'Abbesse de Castro*, é mais clara e também mais sutil, pois Stendhal nelas comparece como um tradutor, mas um tradutor indiscreto e ativo, que não se priva nem de comentar a ação ("a franqueza e a rudeza, sequências naturais da liberdade de que sofrem as repúblicas, e o hábito das paixões francas, ainda não reprimidas pelas maneiras da monarquia, mostram-se a descoberto no primeiro procedimento do senhor de Campireali"), nem de autenticar suas fontes ("Agora minha triste tarefa irá limitar-se a fazer uma síntese, necessariamente muito seca, do processo na sequência do qual Hélène encontrou a morte. Este processo, que li em uma biblioteca da qual devo calar o nome, não forma menos que

---

46. Stendhal, *Lamiel* (Divan, 1948), p. 43.

oito volumes in-fólio"), nem de apreciar o texto que aparentemente recopia ("À noite, Hélène escrevia para seu amante uma carta ingênua e, na minha opinião, muito tocante"), nem mesmo de exercer várias vezes uma censura bastante insolente: "Creio dever silenciar sobre muitas circunstâncias que, na verdade, pintam as maneiras dessa época, mas que me parecem tristes de serem contadas. O autor do manuscrito romano teve um trabalho infinito para chegar à data exata desses detalhes, que suprimo."[47]

Essa situação *marginal* em relação a um texto do qual ele não seria o autor, e em relação ao qual não sentiria nenhuma responsabilidade, leva à simulação de que Stendhal o teria transportado, tal e qual, das *Crônicas* e das historietas recolhidas nos primeiros ensaios italianos para suas grandes obras romanescas: George Blin mostrou a passagem natural que leva dos cortes supostos de *L'Abbesse de Castro* aos famosos, etc., que, nos romances, interrompem rapidamente inúmeras tiradas percebidas como rasas demais ou tediosas.[48] Mas o que é verdadeiro para a censura também o é para outras tantas formas de comentário e de intervenção. Dir-se-ia que Stendhal, tendo adquirido o hábito de anotar os textos de outrem, continua a glosar os seus próprios como se não visse diferenças. Sabemos em particular como ele multiplica julgamentos, admoestações e conselhos sobre seus jovens heróis, mas também observamos a sinceridade duvidosa dessas paráfrases nas quais Stendhal parece às vezes hipocritamente retirar a solidariedade a seus personagens preferidos, apresentar como defeito ou tolice o que julga na realidade como traços simpáticos ou admiráveis:

> Por que, diz ele no sexto capítulo da Chartreuse, por que o historiador que segue fielmente os menores detalhes da narrativa que

---

47. p. 31, 157, 1007, 154.
48. G. Blin, op. cit., p. 235.

lhe fizeram seria culpado? É sua culpa se os personagens, seduzidos por paixões com as quais ele infelizmente não concorda para si, caem em ações profundamente imorais? É verdade que coisas desta espécie não se fazem mais em um país no qual a única paixão sobrevivente a todas as outras é o dinheiro, meio de vaidade.[49]

Nessas ocorrências, é quase impossível distinguir entre a intervenção irônica do autor e a intervenção suposta de um narrador distinto dele, do qual Stendhal brincaria de imitar o estilo e a opinião. A antífrase, a paródia satírica, o estilo indireto livre, o pastiche ("Esse ministro, apesar de seu ar leve e de seus modos brilhantes, não tinha uma alma *à francesa*: ele não sabia *esquecer* as tristezas. Quando seu travesseiro tinha um espinho, ele era obrigado a quebrá-lo e a desgastá-lo de tanto furar nele seus membros palpitantes. Peço desculpas por esta frase traduzida do italiano"[50]), sucedem-se e às vezes superpõem-se em um contraponto, e as primeiras páginas da *Cartuxa* formam um exemplo característico, mesclando a ênfase épica dos boletins de vitória revolucionários, a recriminação acre ou furibunda do partido despótico, a ironia do observador voltairiano, o entusiasmo popular, os desvios cautelosos da linguagem administrativa, etc. A imagem do narrador é, então, em Stendhal, essencialmente problemática, e quando a narrativa stendhaliana deixa a palavra ao discurso, por pouco que seja, é com frequência muito difícil, e às vezes impossível, responder a esta questão de aparência inteiramente simples: *quem fala?*

Desse ponto de vista, nosso texto de referência distingue-se de início pela sobriedade do discurso, a ausência de qualquer comentário explícito (é o que Stendhal chama de "contar narrativamente"). Essa ausência não é insignificante — ao

---

49. p. 104.
50. p. 94.

contrário, tem um valor pleno e evidente para qualquer leitor familiarizado com a Itália stendhaliana. O silêncio do relato sublinha com eloquência a grandeza e a beleza da ação; contribui, então, para qualificá-la. É um comentário no grau zero, o mesmo que a retórica clássica recomendava para os momentos *sublimes*, nos quais o acontecimento fala por si mesmo e melhor do que qualquer espécie de palavra — e sabemos que o sublime não é, para Stendhal, uma categoria acadêmica, mas um dos termos mais ativos de seu sistema de valores.

Nem por isso o discurso fica totalmente ausente desse relato: tal exclusão é, aliás, apenas uma hipótese de escola, quase impossível na prática narrativa. Aqui, notaremos em primeiro lugar o marcador temporal inicial, "há alguns meses", que situa o acontecimento em relação à instância de discurso constituída pela própria narração, num tempo narrativo que sublinha e valoriza a situação do narrador, único ponto de referência cronológica. E também a fórmula testemunhal, "tal como confessou", que conecta, segundo as categorias de Roman Jakobson, o processo do enunciado (a ação), o processo da enunciação (o relato) e "um processo de enunciação enunciado": o testemunho, ou, mais precisamente aqui, a revelação, a qual parece só poder ter sido recolhida no decorrer da confissão mencionada; esta é designada de uma forma indireta como a fonte do essencial da narrativa, e em particular de tudo o que concerne às motivações da ação. Esses dois *shifters* colocam então o narrador em posição de historiador, no sentido etimológico, isto é, de investigador-relator. Situação bastante normal num texto etnográfico como *Roma, Nápoles e Florença* (ou *Promenades*, ou *Mémoires d'un touriste*), mas em relação à qual vimos que Stendhal, talvez por simples hábito, mantém alguns sinais até em suas grandes obras de "ficção", de onde vêm estranhas precauções como esse "eu creio" que encontramos sem surpresa em situação de crônica na página citada acima de *Le Rose et le vert*, mas que encontramos com mais espanto em uma frase de *Leuwen*, como (trata-se do vestido da senhorita Berchu): "Era um tecido de Argel, que tinha largas listras marrons, creio, e amarelo claro", ou da *Cartuxa*: "A condessa sorria a esmo, eu creio..."[51]

O caso do demonstrativo ("Esta infeliz..."), do qual Stendhal faz um uso bem marcado, é um pouco mais sutil, pois trata-se essencialmente (abstração feita do valor estilístico de ênfase, talvez italianizante) de uma remissão anafórica da narrativa a si mesma (a infeliz da qual já foi questão), e esta remissão passa necessariamente pela instância de discurso e, portanto, pela intermediação do narrador — e, por consequência, do leitor —, que se encontra imperceptivelmente tomado como testemunha. O mesmo ocorre com o intensivo *tão*, ele também tipicamente stendhaliano, e que implica ainda um retorno do texto sobre si mesmo. Os dois recursos encontram-se, aliás, frequentemente juntos: "esta mulher tão terna...".

Quanto às locuções que implicam uma parte de apreciação, elas permanecem, apesar de sua descrição, difíceis de delimitar. "A infeliz", "infeliz vítima do remorso", podem traduzir a opinião caridosa de Stendhal, mas *fraqueza, falta, culpada* e mesmo *delírio* comportam um julgamento moral que seria de grande imprudência atribuir-lhe. Esses termos moralizantes remetem-se à própria heroína, com uma ligeira inflexão de discurso indireto, ou então fazem eco à opinião corrente do vilarejo, veículo da historieta, de que Stendhal não hesitaria em reproduzir os qualificativos sem por isso assumi-los, como quando conta em itálico algumas expressões emprestadas da vulgata, cuja responsabilidade se recusa a endossar:

---

51. Stendhal, *Leuwen*, p. 117; Id., *Chartreuse*, p. 76.

extremamente cuidadoso em conservar um sentimento de dignidade que ele nos deixa perceber sem nos permitir avaliá--lo; fiel à sua política, que é sempre estar presente, e sempre inapreensível.

*

Relação equivocada entre o "autor" e sua "obra"; dificuldade em separar o texto "literário" das outras funções da escritura e do grafismo; empréstimos de assuntos, plagiatos, traduções, pastiches; inacabamento quase generalizado, proliferação dos rascunhos, das variantes, das correções, das notas marginais, descentramento do *texto* em relação à "obra"; forte relação temática de uma obra com outra, que compromete a autonomia e, por isso mesmo, a existência de cada uma delas; confusão do discursivo e do narrativo; indeterminação do narrador ou, mais rigorosamente, da fonte do discurso narrativo; deslocamento da narrativa em relação à ação; ambiguidade da focalização narrativa: em todos os lugares, em todos os níveis, em todas as direções, encontra--se a marca essencial da atividade stendhaliana, que é transgressão constante, e exemplar, dos limites, das regras e das funções aparentemente constitutivas do jogo literário. É característico que, para além de sua admiração por Tasse, Pascal, Saint-Simon, Montesquieu ou Fielding, seus verdadeiros modelos sejam um músico, Mozart ou Cimarosa, e um pintor, Corrège, e que sua mais cara ambição tenha sido restituir pela escritura as qualidades mal definíveis (leveza, graça, limpidez, alegria, volúpia, devaneio terno, magia dos lugares longínquos) que encontrava em suas obras. Sempre *à margem*, um pouco de lado, aquém ou além das palavras, em direção desse horizonte mítico que designa pelos termos de "música" e de "pintura terna", sua arte não cessa de exceder, e talvez recusar, a própria ideia de literatura.

*

Ave Maria (*twilight*), na Itália hora da ternura, dos prazeres da alma e da melancolia: sensação aumentada pelo som desses belos sinos. Hora dos prazeres que não dizem respeito aos sentidos senão através das lembranças.[52]

*

O próprio do discurso stendhaliano não é a clareza; menos ainda a obscuridade (da qual ele tinha horror, como esconde--besteira e cúmplice da *hipocrisia*), mas algo como uma transparência enigmática que sempre, aqui ou ali, desconcerta qualquer recurso ou hábito do espírito. É assim que faz *alguns felizes*, e que ofende, ou, como ele mesmo dizia[53], "stendhaliza" todos os outros (pronunciar St*a*ndhal).

*

(No barco a vapor, na baía de Toulon) Diverti-me com a galanteria de um marinheiro compenetrado em uma belíssima mulher, de fato, da classe mais abastada, que o calor tinha afastado do quarto embaixo, com uma de suas companheiras. Ele a cobriu com um véu para protegê-la um pouco — a ela e à sua criança —, mas o vento violento imiscuía-se sob o véu e o desarrumava, ele roçava a bela viajante e a descobria, fazendo de conta que a cobria. Havia muita alegria, gestos naturais e muita graça nesta ação que durou uma hora. Isso acontecia a cerca de meio metro de mim. A amiga, que não era galanteada, prestava atenção em mim e dizia: "Este senhor está sendo molhado." Eu deveria falar com ela; era uma bela cria-

---

52. Id., *De l'Amour*, p. 233.
53. "Você ainda vai *stendhalizar-se*" (em Mareste, 3 jan. 1818), Id., *Correspondance*, V, p. 92.

tura, mas a vista da graça dava-me mais prazer. A bela prevenia o marinheiro, quando podia. A um de seus primeiros galanteios que tinha duplo sentido, ela respondeu vivamente: Merda![54]

---

54. Id., *Voyage dans le Midi*, p. 284-285.

A propósito de uma narrativa barroca

No segundo capítulo do Êxodo, o relato do prólogo de Moisés e de sua adoção pela filha do faraó ocorre em poucas linhas. Sobre esse breve argumento, Saint-Amant compõe um "idílio heroico" de 6 mil versos. É então legítimo considerar esse *Moyse sauvé* como um exercício de amplificação e estudá-lo como tal: o tema é emprestado, e sua análise colocaria muito mais em causa o texto bíblico que aquele de Saint-Amant; é então a própria amplificação, a implementação do dado bíblico que reterá nossa atenção.[1] *Amplificação* deve ser tomada aqui em seu duplo sentido quantitativo e qualificativo; é ao mesmo tempo o "desenvolvimento" no sentido clássico — o que Saint-Amant chama, em seu Prefácio[2], "estender" o idílio ou ainda "mesclar episódios para preencher a cena" — e a *auxésis* ou *amplificatio* propriamente dita da retórica antiga, que consiste em aumentar a importância histórica, moral, religiosa, etc. do assunto tratado. Veremos que esses dois efeitos estão quase sempre ligados no trabalho de Saint-Amant.

Considerando as coisas formalmente e *in abstracto*, há, ao que parece, três maneiras de estender um relato, que poderíamos chamar, respectivamente, amplificações por desenvolvimento (ou expansão), por inserção e por intervenção. Estes termos são, aliás, muito aproximativos, e deveremos

---

1. Comunicação apresentada nas Journées Internationales d'Études du Baroque em Montauban, em setembro de 1968.
2. *Œuvres complètes* de Saint-Amant, Ed. Ch.-L. Livet, Paris, P. Jannet, 1855, II, p. 140. Todas as citações a seguir referem-se a esta edição, em relação à qual só modernizamos a ortografia.

na sequência precisar melhor o estatuto narrativo dessas três categorias e propor denominações mais rigorosas.

A amplificação por desenvolvimento é uma simples expansão do relato. Ela consiste em expandi-lo de alguma forma a partir do interior, explorando suas lacunas, diluindo sua matéria e multiplicando seus detalhes e suas circunstâncias. Independentemente das condições, esse procedimento é, sozinho, de um rendimento indefinido, e não precisamos esperar o exemplo de Joyce para saber que uma ação de 24 horas (e mesmo, no caso em questão e segundo a própria estimativa do autor, da "metade desse tempo"[3]) pode dar pretexto a uma obra de grande envergadura. Para quem quer entrar na via do infinitamente pequeno, a expansão interna do relato, em princípio, não tem limites; as únicas fronteiras, inteiramente empíricas, que o autor pode encontrar, são as de sua própria paciência e da paciência de seu público.

Se bem que muitas vezes lhe tenha sido reprovado cair no pecado marinista da descrição infinita — e que ele próprio proclame no Prefácio[4] que "a descrição das menores coisas é de (seu) apanágio particular", e que "é onde (ele) emprega mais frequentemente toda (sua) pequena arte", julgando como outros que "a natureza adquiriu mais glória e se mostrou mais engenhosa e mais admirável na construção de uma mosca que na de um elefante", e mesmo se é incontestável que ele encontra nos excursos descritivos sua temática mais profunda e sua maior felicidade poética[5], contrariamente ao que pode deixar acreditar uma leitura antológica —, não é nessa direção que Saint-Amant desdobrou a maior parte do esforço para elevar o relato do prólogo de Moisés à dignidade de um idílio que,

3. p. 143.
4. Ibid.
5. Ver Gérard Genette, "L'Univers réversible", in: *Figures I*, Paris, Seuil, 1966.

malgrado seus protestos de modéstia, não deixa de se desejar *heroico*. O essencial, de fato, é aqui um trabalho de dramatização. Aquilo que na Bíblia não era senão um acontecimento sem incidente ao abrigo dos juncos torna-se, segundo as próprias palavras do autor no quinto verso de seu poema, "*a primeira aventura/ De um herói cuja glória surpreende a natureza;/ Descrevo os acasos que ele conheceu no berço*", certamente designando por berço a canoazinha de junco embebida de resina e de betume: os acasos anunciados são, então, os perigos sucessivos que vão atacar Moisés em seu esconderijo aquático, apuros que o texto bíblico não menciona de forma alguma[6] e que, portanto, são, no sentido forte, "incidentes" forjados pelo poeta. Antes de voltar aos detalhes dessas adversidades, é preciso indicar desde já que sua sucessão, cuidadosamente mostrada em quase toda a extensão do poema, tem como função manifestar o caráter "casual" da exposição e, portanto, criar a tensão dramática que faltava no relato original. Esta tensão pode ser expressa pelo enunciado interrogativo: "Moisés sobreviverá a essas adversidades?" ou, pelo menos, dado o conhecimento universal do desfecho, o título do poema e seu resumo liminar, bem como das leis do gênero que tranquilizam o leitor por antecipação sobre o desenlace da aventura: "*Como* Moisés sobreviverá a essas adversidades?"

Essa dramatização do relato é simultaneamente indicada e acentuada por uma abertura em forma de debate que também não figurava no texto bíblico, e que evidentemente só é tornada possível pelo caráter problemático dado por Saint-Amant à sorte de sua exposição (exposição, desta vez, no sentido forte do termo): trata-se, depois da lembrança da perseguição contra os hebreus levada a cabo pelo faraó, de um diálogo entre Amram e Jocabel, os pais de Moisés, sobre a melhor manei-

---

6. Sobre os quais sugere, porém, a eventualidade: "E sua irmã mantinha-se a distância, para saber o que lhe aconteceria" (Êxodo, 2:4). Saint-Amant só desenvolve as virtualidades contidas nesta proposição.

ra de subtraí-lo à sentença de morte lançada contra os bebês masculinos. É Amram que propõe escondê-lo nos juncos, mas Jocabel teme que o remédio seja pior que o mal: não o é.

> ... Escolher um refúgio no próprio seio dos males?

Mas Amram retruca que "na terra em que estamos/ Os monstros mais orgulhosos são mais doces que os homens" e invoca a proteção divina. O próprio Deus, com efeito, designa-lhes com um traço de fogo o lugar em que Moisés será exposto, e Amram reprime as últimas hesitações de Jocabel, lembrando-lhe a obediência de que fez prova Abraão em relação a uma ordem muito mais cruel. Jocabel resigna-se, então, mas os últimos versos da primeira parte mostram-na, no momento em que abandona seu filho, presa de uma terrível angústia.

Aqui, uma nova invenção dramática vem restabelecer o equilíbrio, mostrando que outro perigo essa exposição acaba de subtrair Moisés: voltando para casa, Jocabel encontra sua cabana invadida pelos "investigadores" do faraó, que só sairão depois de ter "revirado tudo de cabeça para baixo"[7] e terem se assegurado de que nenhum bebê masculino ali se encontrava. Mas é preciso notar que este alerta não alivia em nada a sorte de Moisés: mostra-o, ao contrário, suspenso entre duas ordens de perigo, aqueles que corre devido à própria exposição e os que nasceriam de sua descoberta pela polícia egípcia. Entretanto, esta segunda ameaça não será mais explorada no decorrer do poema: doravante, tudo se passará entre Moisés e as forças naturais e sobrenaturais que vagam em torno de seu berço flutuante.

Nem por isso ele é entregue só aos ataques dessas forças. O texto do Êxodo mencionava a presença de sua irmã, encarregada de protegê-lo ou, ao menos, dar o alarme em caso

---

7. p. 164.

de perigo. Saint-Amant desenvolve esta personagem tutelar, aliás inativa no relato bíblico, e que ficará, no seu, como convém a uma pastora, dando-lhe dois auxiliares de sua invenção, que desempenharão, ao contrário, um papel decisivo na proteção do herói: eles são o jovem pastor Elisaph e o velho pescador Merary. Esse trio constituirá, até a entrada em cena da princesa, o essencial do pessoal dramático do poema, participando tanto da dinâmica dos combates em torno do berço como da contradinâmica dos intermédios introduzidos para descontração e ornamento do relato.

As adversidades sofridas por Moisés são quatro. Trata-se, em primeiro lugar, no canto III[8], do ataque de um crocodilo, afastado conjuntamente por Elisaph e Merary, que abatem o monstro depois de um longo combate. A esta primeira prova liga-se um alerta secundário: Elisaph, mordido pelo crocodilo, cai sem sentidos após a vitória; ele será curado por um emplastro miraculoso indicado a Merary por uma aparição celeste. Advém então o intermédio da refeição rústica improvisada pelos três personagens. A segunda prova está no canto VI; trata-se de uma tempestade que se eleva sobre o Nilo e que será acalmada por uma intervenção divina. Aqui ainda há um alarme secundário, que diz respeito à jovem: na alegria de encontrar o berço intacto e seu ocupante são e salvo, ela cai na água, de onde será tirada por Elisaph, sempre ajudado por Merary. Segue-se então um intermédio de descontração, consagrado aos propósitos e às manobras amorosas de Marie e Elisaph, que representam a parte da pastoral nesse gênero misto que é o idílio heroico (canto VII). A terceira prova (cantos VII e VIII) refere-se ao ataque de um enxame de moscas que será expulso por um turbilhão provocado pelos anjos. A última, no canto X, é constituída por um condor, que Elisaph e Maria porão a correr com a

---

8. *Moyse sauvé* é, na verdade, dividido em doze partes. Permitimo-nos aqui, por comodidade, nomeá-las às vezes, segundo a tradição épica, de "cantos".

ajuda de um anjo. Vemos que o papel da proteção divina é capital ao longo dessa exposição.

A respeito dessas quatro provas[9], Saint-Amant levanta em seu Prefácio uma questão que provavelmente ficará sem resposta, mas que é preciso ao menos assinalar:

> Tasse diz em seus *Discours du poème héroïque* que havia feito mais da metade de sua *Jerusalém* sem ter pensado em alegorias, mas que pensou em todo o resto. Não esconderei, a respeito disso, que sonhei na maior parte de minhas invenções, e que todos os acidentes que acontecem com Moisés no berço, todos os ataques da tempestade, do crocodilo, das moscas e do condor, pelos quais ele é perseguido, além de serem suposições verossimilhantes, naturais, plausíveis, e no estado e no lugar em que ele estava, contêm algo de misterioso. Há um sentido oculto sob sua casca que fará pensar a alguns espíritos; mas na pesquisa que poderão fazer, talvez me façam dizer coisas nas quais jamais pensei.[10]

Não sei se esses encorajamentos mais que ambíguos suscitarão a atenção dos amadores de símbolos; parece, em todo caso, que a função dramática desses quatro episódios seja suficientemente evidente para justificar sua presença fora de qualquer interpretação alegórica.

Nas últimas três partes, o interesse se desloca para a princesa Termuth, filha do faraó, que é o agente do desfecho, e de quem Saint-Amant cuidou particularmente quanto à apresentação exterior e ao que a crítica anglo-saxã chamaria de "caracterização". Sua descrição física, a descrição de sua moradia, depois de sua piscina, bem como o relato de seu banho, oferecem algumas das passagens mais sedutoras do poema;

---

9. *Provas* não deve ser tomado aqui no sentido forte ao qual se referem frequentemente os teóricos do relato folclórico ou mítico (teste de provação), mas no sentido passivo de "perigo ou infelicidade sofrida".
10. p. 146-147.

ademais, Saint-Amant, tendo lido em Philon que a princesa era casada[11], tirou desta circunstância uma indicação destinada a "humanizar" uma personagem um tanto hierática, e sobretudo a *motivar* seu papel, completamente arbitrário no relato bíblico: Termuth seria estéril, e a adoção de Moisés seria para ela um consolo. Adicionemos ainda a respeito do desfecho que o noivado de Maria e Elisaph lhe traz um toque evidentemente mais romanesco que heroico.

Assim, apresenta-se em suas grandes linhas o trabalho de desenvolvimento, no sentido estrito, em *Moyse sauvé*. Ele consiste, no essencial, em uma dinamização do relato, desprovido de qualquer suspense em sua forma original, que encontra agora sua tensão no perigo, constantemente mantido sobre Moisés, e sua pulsação na alternância dos episódios dramáticos e dos intermédios idílicos. Vemos que o "preenchimento" não é necessariamente, como se poderia acreditar, uma adição inerte e sem função estrutural. Aqui, ao contrário, é ele que traz ao relato a estruturação que lhe faltava, e pela qual clamava.

O segundo modo de amplificação procede por inserção de um ou vários relatos secundários no interior do relato primeiro. *Segundo* deve ser tomado aqui não do ponto de vista de uma hierarquia de importância — pois um relato segundo pode muito bem ser o mais longo e/ou o mais essencial (como vemos frequentemente em Balzac, por exemplo, em *Outro estudo de mulher*, no qual o relato primeiro é só uma moldura) —, mas quanto ao nível de mediação narrativa: é relato segundo qualquer relato tomado por um agente de narração (ou, mais geralmente, de representação) interior ao relato primeiro. A espécie mais frequente é, evidentemente

---

11. p. 143.

(sobretudo no século XVII), a história contada por um personagem, mas veremos mais adiante que podem existir outras. Do ponto de vista do *conteúdo narrativo*, esse relato segundo pode ser, em relação ao relato primeiro (exemplo: os relatos de Ulisses com Alcínoo), ou *homodiegético*, isto é, concernindo por exemplo às mesmas personagens que o relato principal, seja *heterodiegético*, isto é, remetendo-se a personagens inteiramente diferentes e, portanto, em geral, a uma história sem relação de contiguidade com a história primeira (o que, evidentemente, não exclui uma relação de outra ordem — de analogia, de contraste, etc.); exemplo: o relato do "Curioso impertinente", em *Dom Quixote*. Esses dois tipos, aliás, não se opõem, a não ser de uma forma relativa, e não absoluta, pois é evidente que um relato segundo pode ter uma relação de conteúdo diegético mais ou menos estreita, mais ou menos longínqua com o relato primeiro: todas as gradações são possíveis. Em contrapartida, o que é absoluto é a diferença de *estatuto narrativo* entre a história diretamente contada pelo narrador ("o autor") e a história contada nesta história por um de seus constituintes (personagem ou outro): a história no segundo grau. Marquemos esta oposição formal nomeando *diegético* o nível primeiro, e *metadiegético* o nível segundo, qualquer que seja a relação de conteúdo entre esses dois níveis. As amplificações por expansão que encontramos há pouco podem então ser qualificadas de amplificações diegéticas (ou *intradiegéticas*), dado que pertencem total e diretamente ao plano constituído pela história da exposição de Moisés e seus diversos constituintes, tais como Moisés, Jocabel, Maria, o faraó, o Nilo, seus crocodilos, suas moscas, suas tempestades, etc. As amplificações por inserção que iremos destacar agora serão metadiegéticas no sentido de que serão diegéticas em segundo grau, e que, por exemplo, os personagens do relato primeiro estarão diante delas como nós estamos diante deles.

Essas inserções são cinco, mas há duas cujas dimensões e funções as colocam à parte. A primeira é o relato feito por Amram, na discussão já mencionada com Jocabel a respeito do sacrifício de Abraão. Esse trecho de 36 versos[12] tem função essencialmente persuasiva e entra na argumentação de Amram (as vias de Deus são impenetráveis, não discutamos suas ordens); sua brevidade, assim como sua funcionalidade, impede a narração de aceder a esse mínimo de autonomia que define o relato: Amram, durante todo seu discurso, não deixa de pensar muito mais em sua própria situação do que na de seu ancestral, e muito mais em sua demonstração do que na história que conta, e da qual ele acentua o valor heurístico em detrimento da realidade do acontecimento — relato alegórico, então, entravado e que não consegue alçar voo.

Outra inserção abortada, aliás por uma razão bem diferente, é a evocação do dilúvio que se encontra no fim da terceira parte.[13] O modo de representação é aqui notável: trata-se de uma tapeçaria que Jocabel está finalizando. Esse procedimento lembra aquele pelo qual Catulo apresenta o quadro de Ariane em Naxos no relato das bodas de Tétis e Peleu[14]; mas enquanto Catulo esquecia rapidamente o pretexto representativo (um tecido esticado sobre o leito dos recém-casados) para animar seu personagem, fazê-lo falar e mesmo abandoná-lo para nos contar o castigo do infiel — em suma, passava progressivamente do quadro ao relato propriamente dito —, Saint-Amant, que, como veremos, era, apesar disso, muito capaz desse gênero de efeitos, não quis aqui destacar a narração de sua crisálida descritiva: trata-se de um quadro, mais que de um relato. Ele não quis esquecer inteiramente que descrevia uma tapeçaria, mantendo constantemente sua

---

12. p. 162-163.
13. p. 190-191 (36 versos igualmente).
14. O arquétipo desse gênero de excursos descritivo-narrativos é "O escudo de Aquiles", no canto XVIII da *Ilíada*.

descrição na fronteira do espetáculo representado e do objeto representativo, isto é, sobre o próprio movimento da representação.[15] Essa ambiguidade, que traz, aliás, todo o interesse dessa passagem, o mantém nos confins da inserção metadiegética (quadro do dilúvio) e da simples expansão diegética (descrição de uma tapeçaria): situação paradoxal, mas fascinante, e para nós muito instrutiva, pois esse jogo sobre o limite não para de manifestá-lo e, se ouso dizer, exaltá-lo, transgredindo-o.

Resta então considerar as três inserções caracterizadas que são (na ordem de sua aparição no texto): em primeiro lugar, há o relato feito por Merary, nos cantos II-III e VIII-IX, acerca do nascimento de Jacó, de seu conflito com Esaú, de sua partida da Mesopotâmia, de seu duplo casamento, de seu retorno a Canaã, de sua luta com o anjo e, enfim, de sua reconciliação com seu irmão; em seguida, há o sonho de Jocabel, nos cantos IV, V e VI, sobre o destino futuro de Moisés, desde sua adoção pela princesa até a relação da Lei no Sinai,

---

15. De onde surgem expressões tais como: carvalho *contrafeito*, ar *imitado*, galho *simulado*, *lã* de azul, *retrato mentiroso*, alguém *parece* gritar, o mar *parece* crescer, os montes *parecem desaparecer*, *acredita-se* ouvir os gritos e os soluços. Seria preciso repetir esse trecho inteiramente; citemos ao menos os últimos versos:

Et, sans le beau rempart d'une riche bordure
De fruits, de papillons, de fleurs et de verdure
Qui semblait s'opposer au déluge dépeint,
Un plus ample ravage on en eût presque craint.
Les plus proches objets, selon la perspective,
Étaient d'une manière et plus forte et plus vive
Mais de loin en plus loin la forme s'éffaçait
Et dans le bleu perdu tout s'évanouissait.
[E sem a bela muralha de uma rica borda
De frutos, de borboletas, de flores e de verdor
Que ao dilúvio descrito parecia se opor,
Uma devastação mais ampla quase se temeu.
Os objetos mais próximos, segundo a perspectiva,
Pareciam ser de uma forma mais forte e mais viva,
Mas de longe a forma desaparecia
E no azul perdido tudo se esvanecia.]

passando pelos episódios referentes à expedição na Etiópia[16], ao combate contra o egípcio, ao casamento com Zéfora, ao arbusto ardente, às pragas do Egito, à passagem pelo Mar Vermelho, à entrada no deserto, aos combates contra os amalecitas e à adoração do veado de ouro; há, enfim, o relato feito por Amram à princesa, nos cantos X e XI, das aventura de José, desde a traição dos irmãos até sua elevação ao estatuto de primeiro ministro do faraó. É preciso notar que, segundo o próprio Saint-Amant[17], este episódio de José é emprestado de um poema, muito anterior ao *Moyse sauvé*, do qual ele só manteve o início, publicando posteriormente (1658) à parte um outro fragmento que conta a reconciliação final de José com seus irmãos e a instalação de Israel no Egito.

Esses três episódios constituem a amplificação mais massiva do relato, dado que ocupam aproximadamente a metade do poema. Suas relações com o relato principal colocam duas séries de problemas bem distintos, dependendo de se considerar seu conteúdo narrativo ou seu modo de inserção.

A narrativa das ações futuras de Moisés — como as de Ulisses na corte de Alcínoo — pertence à categoria dos relatos segundos com conteúdo homodiegético, uma vez que conserva ao menos dois dos personagens do relato primeiro (Moisés e Aarão). Além disso, o relato inicia a história de Moisés no ponto em que a deixa a narrativa bíblica, do mesmo modo que Ulisses interromperá o seu onde Homero o tomou (p. 205). Em suma, quase que ao modo de inserção, trata-se de uma sequência antecipada, da mesma forma que os relatos de Ulisses constituem um simples retorno. Parece que esse relato tem como papel essencial uma função de amplificação no sentido antigo; ele dissimula um inconveniente manifesto, para

---

16. Emprestado de Flávio Josefo: cf. Préface, p. 143.
17. p. 114.

um poema heroico, do relato primeiro, que Saint-Amant reconhece ao escrever: não há um "herói principal agindo".[18] Já ficou claro, sem dúvida, que o Moisés do relato principal é um herói passivo, *mais vagissant que agissant* [mais gemente que agente], o que, aliás, é desculpável na sua idade (três meses). Só uma vez, no episódio das moscas, Saint-Amant se esforça por dar-lhe uma espécie de papel ativo, ainda que defensivo, fazendo-o combater, da forma que pode, os insetos que o atacam, da mesma forma que Hércules asfixia as serpentes em seu berço.[19] Esta ação é limitada e de uma dignidade heroica muito tênue. A esta função necessariamente fraca opõe-se de modo gritante a função forte do futuro libertador e legislador do povo judeu: caráter que se manifesta desde as primeiras imagens do sonho, em que vemos Moisés, que havia acabado de ser adotado pela princesa, espernear aos pés da coroa do faraó. É inútil insistir aqui sobre o desenrolar desse relato no qual Saint-Amant segue bem de perto o texto bíblico. Notemos, entretanto, que a antecipação não conduz o herói até sua morte na chegada a Canaã, da mesma forma que os relatos concernentes a Jacó e José permanecerão inacabados. Nos três casos, a interrupção é justificada de modo muito arbitrário: para Jacó, pela fadiga do narrador; para José, pelas ocupações da auditora; para Moisés, pela chegada da tempestade e pelo despertar de Jocabel.[20] Há então um *parti pris* de inacabamento que é preciso notar. Por último, observemos também uma curiosa interferência entre a antecipação onírica e a realidade presente, visto que a tempestade é aparentemente provocada pela cólera dos elementos, dado o anúncio da sorte que Moisés lhes infligirá por ocasião das pragas do Egito: *"De Moisés em breve a perda se conjura:/ A vingança em*

---

18. p. 140.
19. A comparação está no texto (p. 257).
20. p. 286, 297, 229.

seu seio quer preceder a injúria."[21] Situação verdadeiramente profética, na qual o futuro predito determina o presente.

Não nos demoremos com as aventuras de Jacó e de José, que também ficam muito próximas do relato bíblico (salvo atenuação, por conveniência, da bigamia de Jacó), senão para marcar a relação, aliás bem evidente, que se estabelece entre esses três personagens representativos do destino de Israel: José e Moisés são evidentemente simétricos e complementares, na medida em que José é o homem do exílio no Egito, e Moisés é aquele do Êxodo, isto é, da saída e do retorno. A esta oposição funcional adiciona-se a oposição qualificativa (de "caráter"), ela também muito conhecida, entre a doçura de José e a violência de Moisés. Em relação a essas duas figuras antitéticas, Jacó encarna muito bem uma espécie de síntese antecipada, ele que foi sucessivamente o homem do exílio[22] e o homem do retorno: seria interessante adicionar-lhe (mas isto é exterior ao relato de Saint-Amant) um segundo exílio, quando ele encontra José no Egito com toda sua família, e um segundo retorno póstumo em Canaã, na caverna onde seu corpo se junta aos restos de Abraão e de Sara: redobramento característico.

A função de *amplificação* dos episódios de Jacó e de José é, portanto, manifesta: por falta de ter recebido um herói atuante, Saint-Amant acaba por encontrar três. Para dizer a verdade, nenhum dos três desempenha um papel propriamente épico, isto é, guerreiro, pois mesmo Moisés não participa de nenhuma batalha, deixando aos elementos o cuidado de aniquilar o exército do faraó. O único homem de guerra, como sabemos, é Josué, que aparece efetivamente para combater os amalecitas no final do episódio de Moisés — o que talvez

---

21. p. 230
22. Desta vez, na Mesopotâmia. Observamos a constante oposição simétrica entre o Egito e a Mesopotâmia, Nilo e Eufrates, Mênfis e Babilônia, no destino geográfico do povo judeu.

faça um quarto herói (sem contar Aarão, fiel a seu papel de adjunto sacerdotal e de porta-voz de seu irmão caçula). Mas sabemos que Saint-Amant não visa exatamente ao épico [23]: o heroísmo ao qual se liga é menos físico que espiritual, o que ele indica claramente dizendo que seus personagens "são não somente heroicos, mas santos e sagrados"; e ele ousou fazer figurar "o próprio Deus, em sua glória e em sua magnificência"[24], fato que nos dá um quinto herói, o único, em definitivo, ao qual se aplica plenamente a qualificação de agente. Quanto a Jacó, José, o próprio Moisés e alguns outros, seria melhor considerá-los figuras representativas do povo judeu em busca de seu destino, simbolizado pela Terra Prometida. E é este destino que determina em profundidade as duas funções essenciais do relato: o Destinador Yahvé e o Destinatário Israel. Mas isto, é claro, ultrapassa um pouco a contribuição pessoal que Saint-Amant faz para a mensagem bíblica.

O estatuto metadiegético desses três episódios é diversificado de uma forma que não podemos crer acidental. O episódio de Jacó é, como já dissemos, um relato oral confiado ao ancião Merary, sob o frágil pretexto de uma celebração de aniversário do glorioso ancestral.[25] Haveria pouco o que dizer sobre a forma deste relato, a não ser um fato de composição sobre o qual voltaremos mais tarde.

O relato das aventuras de José é de uma apresentação muito mais sutil: trata-se de um comentário feito por Amram sobre uma série de pinturas representando diversos momentos da vida de José. Voltamos então à mesma situação já vista com a tapeçaria do Dilúvio, mas desta vez, como em Catulo, o relato saberá destacar-se do quadro, animá-

---

23. Cf. Préface, p. 140.
24. Ibid.
25. p. 167.

-lo e mesmo esquecê-lo para seguir seu próprio curso, até o ponto em que o espera o quadro seguinte. Daí um modo de narração bastante particular, escandido em intervalos mais ou menos regulares pelo retorno ao pretexto representativo estático. Na medida em que se possa reconstituir esta série, os dois ou três primeiros quadros representam a cena na qual os irmãos trancam José em um poço:

> *Ne te semble-t-il pas, tant la chose est bien peinte,*
> *Qu'en ce tableau muet il forme quelque plainte?*
> *Qu'il parle, qu'il raisonne, et qu'en cet autre-ci*
> *Il en rend à la fin le courage adouci?*[26]
> [Não te parece, de tanto que a coisa é bem pintada,
> Que nesse quadro mudo ele faz alguma queixa?
> Que fala, raciocina, e que neste outro aqui
> Ele entrega no fim a coragem atenuada?]

Nós o encontraremos depois de sua evasão; em seguida, o relato o conduz a Madame Putiphar:

> *Cette pompeuse femme ici représentée*
> *Mainte lascive œillade avaite sur lui jetée...*[27]
> [Essa pomposa mulher aqui representada
> Havia sobre ele lançado muitas lascivas olhadas...]

Seguem-se a narrativa da resistência de José, depois a de sua prisão. O quadro seguinte representa-o interpretando o sonho do infeliz padeiro do faraó.[28] O relato de suas peripécias desenvolve-se então amplamente, esquecendo o pretexto pictural, até o triunfo final que parece comentar o quadro de Hilaire Pader na catedral de Toulouse:

26. p. 298.
27. p. 300.
28. p. 305.

C'est ce que tu vois peint sur cette toile antique:
J'y remarque partout les charmes de l'optique,
Et l'on dirait encor que les hennissements
Y provoquent Memphis aux applaudissements.[29]
[É o que você vê pintado nesta tela antiga:
Observo em tudo os encantos da perspectiva
E ainda dir-se-ia que os relinchos
Incitam Memphis aos aplausos.]

O último quadro evocado representa os anos de abundância justamente preditos por José ao faraó.

Esse uso da representação pictural como ocasião e instrumento do relato é ainda mais notável porque as duas mediações se encontram em caso de redundância: Amram poderia, evidentemente, contar as aventuras de José sem lançar mão de uma série de quadros que ilustram seu relato, muito mais que o guiam; inversamente, Saint-Amant poderia muito bem, como Catulo, parafrasear essas pinturas sem fazer intervir um narrador segundo. Há aí então um pleonasmo do modo de representação que manifesta uma vez mais o interesse do poeta pelo próprio ato representativo. Basta aqui remeter às páginas de Michel Foucault, em *As palavras e as coisas*, sobre a "representação da representação" nas *Meninas* de Velásquez, e de lembrar a data deste quadro: 1658.

O relato das aventuras de Moisés coloca um problema particular, já que se trata de uma previsão. Saint-Amant poderia ter lançado mão de um discurso profético como aquele, muito breve, que atribui no canto VI a Aarão, quando este tranquiliza sua mãe, no momento da tempestade, predizendo a salvação de Moisés. Ele preferiu recorrer ao expediente mais comum do sonho, que fazia sucesso na literatura da época. Existe aí, como nos quadros de José, um modo de representação metadiegético exterior à fala, e portanto ao relato pro-

29. p. 310.

priamente dito. Desta vez Saint-Amant não quis redobrar o procedimento de inserção fazendo com que Jocabel contasse seu sonho, o que de fato teria sido a solução mais simples, e é em seu próprio nome que ele comenta as visões de Jocabel. Entretanto, não consegue eliminar completamente o intérprete narrativo, como se lhe fosse impossível assumir um conhecimento direto desse sonho, pedindo ao seu anjo da guarda (curiosamente apresentado, num sincretismo religioso muito característico, como o auxiliar de sua musa), numa invocação liminar[30], para contar-lhe o sonho a fim de que possa ele mesmo instruir o leitor.

Esse episódio é, então, a narrativa feita pelo próprio autor. Este autor é informado por um relato intermediário que ele apenas retoma — trata-se, portanto, de um relato simultaneamente direto e indireto sobre uma visão onírica que se desenvolve no espírito de um personagem. Esta visão também é simultaneamente direta e indireta, uma vez que é inspirada, e supõe necessariamente, por sua vez, a interpretação implícita da presciência divina: situação complexa, mas que veremos adiante simplificar-se por uma espécie de coerção retórica completamente inesperada. Por ora, notemos apenas que esse relato de sonho fica bem próximo — ao menos em seu início — da técnica pseudopictural que presidia o relato de Amram: Saint-Amant procede inicialmente por visões separadas, que ele descreve como se sucedem no espírito de Jocabel, levando a disposições tais como: "Primeiro ela percebe..."; "Ela vê..."; "Aqui, o sonho representa..."; "Aqui se aproxima Aarão, ali se vê..."[31] E notemos sobretudo o seguinte: enquanto todo o resto do poema, incluindo os relatos de Merary e de Amram, é descrito, segundo a norma do relato épico, numa mistura de passado simples e de presente narrativo necessariamente dominado pela categoria do passado, como o prova a presença

30. p. 192.
31. p. 193, 194, 198, 203.

constante do imperfeito como tempo da concomitância, o relato de sonho, ao contrário, é feito inteira e rigorosamente no presente. Isto significa que, apesar da extensão considerável tomada por este episódio, ele é mantido de ponta a ponta na modalidade da visão presente, o que basta para instaurar uma divisão radical entre o relato onírico e todas as outras formas de relato. Tal partido, que evidentemente não pode ser creditado ao acaso, mostra uma ciência muito fina, ou um instinto bastante seguro dos valores conotativos inscritos nas estruturas gramaticais da língua.

O terceiro modo de amplificação distingue-se dos dois outros devido ao fato de que não mais pertence, nem direta nem indiretamente, à "diegese", isto é, ao universo espaço-temporal ao qual a narração primeira se refere. Quando Saint-Amant "adiciona" ao relato da exposição de Moisés o episódio dos amores de Maria e de Elisaph, esse episódio, "verídico" ou não, pertence à mesma esfera de acontecimentos da própria exposição de Moisés: ele lhe é contíguo no tempo e no espaço. Quando Saint-Amant "adiciona" ao mesmo relato um episódio concernindo a José, ou a Jacó, ou ao futuro de Moisés, esse episódio pode estar mais ou menos afastado da esfera inicial, mas sua inserção é em princípio legitimada pelo conhecimento, natural ou sobrenatural, que os personagens pertencentes a essa esfera podem ter de acontecimentos mais longínquos — daí vem, portanto, sua capacidade de introduzir a representação verbal, pictural, onírica ou outra. Mas se o próprio Saint-Amant deseja fazer intervir no mesmo *Moyse sauvé*, por exemplo, sua própria pessoa, ou Nicolas Poussin, ou a rainha Christine da Suécia[32], é evidente que, salvo se solicitar além do aceitável os meios já suspeitos e difíceis de manejar o sobrenatural que lhe oferece,

32. p. 252, 241, 242.

será preciso sair abertamente do universo diegético e metadiegético para assumir pessoalmente a intrusão, no relato, de elementos a esse ponto estranhos ao universo diegético primeiro — tão estranhos que só o próprio narrador pode introduzi-los na narrativa. Ante esses elementos irredutivelmente heterogêneos, a solidariedade dos dois primeiros planos revela-se; nós já podíamos pressenti-la a propósito da tapeçaria sobre o Dilúvio; basta que o leitor "acomode" mais o prisma de sua leitura no sistema de representação que no acontecimento representado para que todo o metadiegético se reabsorva em simples diegese: o Dilúvio em tapeçaria, as ações de Jacó e José em palavras de Merary ou Amram, as de Moisés em sonho de Jocabel. Com o que agora chamaremos de *extradiegético*, nenhuma redução desse gênero é possível, ou melhor, não posso reabsorver a presença de Saint-Amant, de Poussin ou de Christine em *Moyse sauvé*, senão nas palavras do próprio Saint-Amant, que não posso tomar, por mais esforço que faça, por um contemporâneo de Moisés. Com esse último tipo de amplificação, deixamos então o campo do relato por aquele do discurso.

Aristóteles louvava Homero por ter intervindo pessoalmente em sua obra na exata medida em que deveria, isto é, o menos possível: "*auton gar dei ton poiétèn élakhista legein*".[33] Este preceito é a regra de ouro da dicção épica, e *Moyse sauvé* a respeita suficientemente, se bem que Saint-Amant declara, com algum exagero, que "o lírico é a melhor parte".[34] As intervenções diretas do narrador não podem então constituir uma parte quantitativamente importante do poema, mas não são menos dignas de atenção devido aos problemas teóricos que algumas delas suscitam.

No nível mais tradicional, situam-se as inúmeras invocações à Musa, solicitada como se deve para favorecer a inspira-

---

33. Aristóteles, *Poétique*, 1460 a.
34. p. 140. A melhor, talvez, mas não a maior.

ção do poeta ou afiançar suas iniciativas.[35] Já encontramos a apóstrofe feita ao anjo da guarda, que precede a narrativa do sonho de Jocabel. A primeira página do poema contém duas outras, das quais uma é a banal dedicatória a Marie-Louise de Gonzague, rainha da Polônia, protetora de Saint-Amant; mas a outra, curiosamente, dirige-se ao próprio herói, para que ele transmita ao seu canto o fogo de inspiração divina recebida sobre o Monte Horeb: de onde surge essa alusão irônica que concentra todo o destino de Moisés em uma antítese substancial:

> Sois mon guide toi-même, et fais qu'en ce tableau
> Ce feu me serve enfin à te salver de l'eau.[36]
> [Seja você mesmo meu guia, e faça com que neste quadro
> Esse fogo me sirva enfim para salvá-lo da água.]

As intervenções do narrador enquanto tal na conduta e na organização de seu relato não são necessariamente acompanhadas de uma invocação à Musa. Ocorre a Saint-Amant assumir sozinho essas "indicações de regência" em relação às quais Georges Blin já indica a presença em *Roland furieux*.[37]

Na maior parte das vezes, essas intrusões servem ou para assinalar e justificar os deslocamentos ("Mas deixemos por algum tempo... e vejamos..."[38]), ou, mais frequentemente ainda, para marcar abstenções do relato: elipses ou acelerações, tanto voluntárias ("Não vos direi nada...; Vós sabereis somente"[39]; "Não, deixo para que outros desenhem a imagem"[40]), quanto apresentadas, segundo um *topos* da modéstia bem conhe-

---

35. p. 250, 291, 311...
36. p. 152.
37. G. Blin, *Stendhal et les problèmes du roman*, Paris, Corti, 1954, p. 222.
38. p. 189.
39. p. 177.
40. p. 209.

cido, como incapacidades do discurso em igualar seu tema: "*À sa description je ne saurais atteindre*"[41] [Sua descrição eu não saberia atingir]. Ou ainda, interrogativamente, "Que pincel descreveria..."; "quem saberia exprimir..."[42]; "Que espírito maravilhoso teria a destreza..."; "Duvido que Poussin, esse rei da pintura...".[43] Essas fórmulas, sempre aplicadas a lacunas, deliberadas ou não, parecem revelar uma espécie de incômodo em romper uma continuidade do relato e sua tendência, aparentemente natural, à expansão infinita. Ao contrário do discurso didático, sempre pronto a acusar suas passagens excessivamente longas, o discurso narrativo parece mais ter o dever de se justificar quando não diz tudo aquilo que poderia ou deveria dizer. É preciso então considerar essas pseudopreterições menos como procedimentos de amplificação do que como desculpas destinadas a cobrir as inevitáveis falhas da amplificação.

Segundo a regra aristotélica, Saint-Amant com frequência abstém-se de comentar abertamente as ações ou os caráteres, mas é preciso assinalar ao menos uma exceção notável, que é a página que dedica[44] a demonstrar que a princesa Termuth, com todas as suas qualidades, não podia ser inteiramente pagã...

Essas diversas formas de paráfrase direta não podem introduzir no relato nada além de elementos não narrativos. De fato, é muito difícil a um narrador, por mais emancipado que seja, introduzir no relato, em seu próprio nome, elementos narrativos extradiegéticos.[45] O único procedimento que dá

41. p. 316.
42. p. 326.
43. p. 241.
44. p. 295.
45. O limite da desenvoltura talvez tenha sido atingido por Cervantes, que simplesmente faz achar na mala do dono da estalagem o manuscrito acerca do "Curioso impertinente". Mas o procedimento continua metadiegético, e aliás redobrado como tal, dado que o cura oferece aos outros personagens presentes uma leitura oral do manuscrito; a história é, portanto, recebida por esses personagens como o seria aquela de uma narrativa segunda de forma clássica.

chance a isso é uma figura (pelo menos) tão antiga quanto a epopeia — é a comparação, que substitui a relação de contiguidade necessária a toda expansão narrativa por uma relação de analogia (ou de contraste). Assim vemos, no primeiro canto, o "infernal Herodes", aquele do Massacre dos Inocentes, introduzido pela evidente analogia entre sua conduta e a do faraó, ou, ainda, de uma forma mais inesperada, Christine da Suécia, por uma reverência comparável àquela de Maria no canto VII[46], ou o próprio poeta, por causa de uma lembrança evocada pela cena de pesca do mesmo canto VII[47] — uso, ao que parece, um pouco mais audacioso do que é normalmente comportado pela tradição épica, dado que vemos aí a comparação a serviço do anacronismo e da história pessoal.

É preciso, enfim, dizer uma palavra a respeito de uma figura de intervenção muito frequente em *Moyse sauvé*, e que pertence à categoria que os retóricos chamam de *metalepse*, isto é, metonímia estendida a várias palavras. Fontanier, por exemplo[48], diz que esta figura representa os poetas "como operando eles mesmos os efeitos que descrevem ou cantam", e que assim ela os transforma "em heróis dos fatos que celebram", como quando se diz que Virgílio "faz morrer" Didon no canto IV da *Eneida*. Na realidade, seria preciso distinguir dois graus do que chamaremos de metalepse do narrador. No primeiro grau, o narrador simula ser, numa espécie de delírio inspirado, a *testemunha* dos acontecimentos que relata ou inventa. Assim, Saint-Amant diz: "Meu olhar o presume"; "Ah! Percebo o próprio Deus"; "Eu a vejo, eu a vejo"[49], etc. É assim, em particular, que o sonho de Jocabel torna-se, atravessando todas as mediações já citadas, uma visão do próprio poeta.

46. p. 243.
47. p. 252.
48. Fontanier, *Les Tropes de Dumarsais*, p. 116 (Paris, Belin-Le Prieur, 1818 e Genebra, Slatkine Reprints, 1967).
49. p. 195, 199, 209.

O segundo grau é aquele através do qual o narrador se faz, como indica Fontanier, um dos *atores* de seu relato. Esta intervenção pode tomar formas muito modestas, nas quais a figura só se oferece por aquilo que é, como quando Saint--Amant, falando da princesa, escreve:

> *Faisons-la promener: le temps nous y convie.*
> [Façamo-la passear: o tempo nos convida a isso.]

Ou, com um pouco mais de audácia, substituindo-se a Yahvé:

> *De reptiles infects qui des marais procèdent*
> *Couvrirai-je l'Égypte?...*
> *Ferai-je fourmiller une sale vermine?*
> *Offusquerai-je l'air?*[50]
> [Com répteis infectos provenientes dos charcos
> [Eu cobriria o Egito?...
> Faria eu pulular imundos insetos?
> Perturbaria o ar?]

Mas a participação[51] do narrador em seu relato torna-se mais apreensível quando, por exemplo, depois da passagem pelo Mar Vermelho, ele se detém no limiar do deserto e se pergunta com temor:

> *Ne ferions-nous pas bien, ô muse habile et sage,*
> *D'arrêter notre course au bout de ce passage?*
> *N'est-ce pas assez fait? N'est-ce pas assez dit?*
> *Du chaud climat de Sur l'ardeur me refroidit...*

---

50. p. 311, 208.
51. Acontece que é um dos sentidos do grego *metálepsis* (o outro sendo "troca" ou "mudança", de onde "o emprego de uma palavra pela outra" — o que se pode dizer, evidentemente, de qualquer tropo). A metalepse do autor ou do narrador é propriamente uma figura de participação.

> *Mais de la pâle faim le squelette effroyable*
> *Me souffle dans l'esprit une peur incroyable...*
> [Não faríamos bem, ó musa hábil e sábia,
> Em cessar nossa corrida ao fim desta passagem?
> Já não foi feito o bastante? Já não se disse o suficiente?
> Do clima quente do Sul o ardor me refresca
> Mas da fome pálida o esqueleto terrível
> Sopra-me no espírito um temor incrível...]

Isso antes de decidir nestes termos:

> *Toutefois, quelque assaut que la crainte me livre,*
> *J'irai, puisque le ciel m'y promet de quoi vivre.*[52]
> [Entretanto, a qualquer combate que o temor me forçar,
> Irei, pois o céu me promete do que viver.]

Ou, ainda, quando intervém nos enfrentamentos, como as crianças em Guignol, para dizer a um: "Coragem!"; e aos outros: "Traidores, que fazem?... Esperem, esperem..."[53] Bem sei que são só "figuras", mas é bom lembrar, para julgar racionalmente (e os tratados dos séculos XVII e XVIII ainda são testemunhas disso) o quanto essa literatura *vivia* sua retórica.

Saint-Amant declara, no início de seu Prefácio, que depois de ter ficado "sete ou oito anos" em tocar em seu *Moyse*,

> quando vim a olhá-lo firmemente para terminá-lo, e que considerei bem todas as partes, fiz como aquele que, depois de longas viagens, tais como foram as minhas, encontram-se em sua própria casa campestre e, tornando a ver seu jardim, muda imediatamente toda

---

52. p. 218-219.
53. p. 197, 254.

a disposição. Ele faz construir caminhos onde não os havia; manda arrancar uma árvore de um lado para transportá-la a outro; muda o perfil dos canteiros; esforça-se por colocar no meio uma fonte que o embeleze; enfeita-o com algumas estátuas; reforma as treliças e as renova; apesar de continuar a ser o mesmo espaço, ele mal pode ser reconhecido por aqueles que o tinham visto anteriormente.[54]

Verdadeira ou falsa, essa história e a comparação que a acompanha bastariam para indicar a importância que Saint--Amant atribui aos efeitos de "composição", isto é, de ordem e de disposição sintagmática. Na impossibilidade de seguir página por página o detalhe desses efeitos em *Moyse sauvé*, digamos alguma coisa sobre as características mais intensas, que nos parecem também as mais essenciais.

No relato fundamental da exposição de Moisés, o poeta é evidentemente guiado pelo desenrolar cronológico, e já mostramos o efeito de contraste e de pulsação que resulta da alternância de "atribulações" e de momentos de tranquilidade. Sua liberdade era maior quando se tratava de distribuir, no interior desse relato fundamental, os episódios segundos. A distribuição à qual ele finalmente se fixou é bastante notável.

O primeiro episódio é o de Jacó, que interrompe a chegada do crocodilo no início do canto III, e que Merary só retomará no canto VIII. Essa longa suspensão situa-se, na história de Jacó, logo depois do sonho da escada, portanto, imediatamente antes da chegada de Labão e do encontro com Raquel, o que Merary sublinha nos seguintes termos, quando retoma o fio de seu relato:

> *Voici donques Jacob, remarquez bien le lieu:*
> *Il va voir ses amis après avoir vu Dieu.*[55]

54. p. 139.
55. p. 259.

[Eis então Jacó, note bem o lugar:
Ele vai ver seus amigos depois de ter visto Deus.]

Entre essas duas partes, aliás desiguais (aproximadamente 420 versos de um lado e 950 de outro), intercala-se, então, além dos ataques do crocodilo, da tempestade e dos insetos, o sonho de Jocabel (mais ou menos 1200 versos). Enfim, o episódio de José (pouco menos de 500 versos) intervém nos cantos X e XI para suspender a chegada de Termuth à margem do Nilo, e assim retardar o desenlace. Nessa sucessão Jacó—Moisés—Jacó—José, a cronologia é abalada em nome de um partido estético, cuja natureza nos aparecerá talvez mais claramente se considerarmos a relação que as grandes articulações internas do relato mantêm com a divisão exterior em doze partes.

A respeito dessa divisão tradicional, o Prefácio termina com uma declaração que mostra o caráter consciente e deliberado do recorte adotado: "Esqueci-me de dizer que dividi essa peça em doze partes; e ainda que estejam tão ligadas umas às outras de forma que possamos lê-las linearmente ou nos determos onde desejarmos, creio que as pausas não seriam consideradas más no lugar em que se encontram."[56] Ora, o que choca, assim que se examina a repartição dessas pausas no movimento próprio do relato, ou melhor, a repartição dos movimentos do relato em relação a essas pausas sensivelmente regulares (dado que a maior parte das divisões, salvo a sexta, que é um pouco mais longa, se mantém muito próximo da cifra média de 500 versos), é a não coincidência de umas e de outras, sua falta de correspondência quase sistemática. Nada seria mais difícil que dar a cada uma dessas partes — como fazem os comentaristas alexandrinos para a *Ilíada* e a *Odisseia*, e fez a tradição escolar para a *Eneida* — um título, indicando o episódio ao qual é dedicada. Assim, a primeira parte do relato de Jacó vem a cavalo sobre

56. p. 148.

os cantos II e III; o de José sobre os XI e XII, o sonho de Jocabel termina em pleno canto VI; Jacó-II começa duas páginas depois do início do canto VIII. A pausa entre I e II cai no meio do retorno de Jocabel; aquela entre VI e VII no meio da descrição da calma que se segue à tempestade; a pausa entre VII e VIII, no meio do episódio das moscas (o que indica com toda serenidade o Argumento da oitava parte, que começa assim: "Continuação da empreitada das moscas"); e aquela entre XI e XII, no meio do episódio do banho da princesa. As únicas pausas que coincidem com as articulações reais do relato são III-IV, início do sonho de Jocabel; e IX-X, fim do relato de Jacó — duas exceções-testemunhas, de alguma forma, que mostram que Saint-Amant não quis nem mesmo dar o sentimento de uma irregularidade sistemática e, portanto, regular.[57] Essa busca tão refinada da síncope e do *enjambe-*

---

57. Entretanto, podemos notar que essas duas cesuras simétricas dividem o poema à maneira de um tríptico: um quadro central de seis cantos e duas abas laterais de três cantos cada uma. Esta figura é ainda acentuada pela disposição dos episódios metadiegéticos: os dois mais longos (*Moisés* e *Jacó-2*) nas duas asas do quadro central (4 e 5, 8 e 9), e os dois mais curtos (*Jacó-1* e *José*) correspondendo-se sobre as duas abas (2-3, 10-11). As quatro provações distribuem-se com a mesma simetria: *Crocodilo* sobre a aba esquerda depois de *Jacó 1*, *Tempestade* e *Moscas* no meio do quadro central, *Condor* sobre a aba direita antes de *José*. Nos dois extremos, como se deve, exposição e desenlace. Isso pode ser mostrado pelo seguinte esquema:

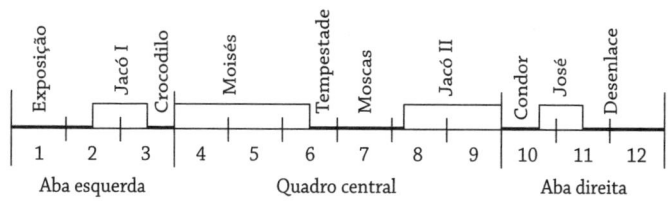

Exposição	Jacó I	Crocodilo	Moisés	Tempestade	Moscas	Jacó II	Condor	José	Desenlace
1	2	3	4	5	6	7	8	9	10	11	12
Aba esquerda			Quadro central					Aba direita			

Poderíamos assim ler, sob a aparente desordem do relato, um desenho, concertado ou não — o do *texto*, que só se revela a distância, o que justificaria a referência de Saint-Amant à arte de Le Nôtre.

Nada é mais contrário à essencialmente *transitiva* lei do relato que esses efeitos de equilíbrio. O barroco é conhecido por ter introduzido o movimento na plástica e na arquitetura. Pensaria ele, de uma maneira mais secreta, esconder a simetria sob o movimento? É ao menos o que sugere, à análise, esse relato, cuja forma é, quase rigorosamente, em *espelho*. Mas convém lembrar aqui que a simetria é, ao mesmo tempo, princípio de ordem e de vertigem.

ment no ritmo das grandes divisões deve ser aproximada daquilo que Saint-Amant escreve a propósito do ritmo dos versos:

> Não concordo com os que querem que exista sempre um sentido absolutamente acabado no segundo e no quarto versos. Às vezes, é preciso romper a medida a fim de diversificá-la; do contrário, isso causa um certo tédio ao ouvido que só pode provir da contínua uniformidade; eu diria que proceder assim é o que, em termos musicais, chamamos romper a cadência, ou sair do modo para nele voltar mais agradavelmente.[58]
>
> Romper a cadência, sair do modo, dispor no meio da ordem o jogo brutal ou sutil da desordem, sem o que a própria ordem nada mais seria do que uma moldura vazia, tal é o programa "antimalherbiano" que ilustraria, à sua maneira e segundo seus meios, o *Moyse sauvé* de 1653. Mas, como sabemos, já era tarde demais, e para Boileau[59] esse poema é obra de um *louco*.

No resumo que precede sua edição das *Œuvres complètes* de Saint-Amant, Livet escrevia, em 1855: "Seu poema sobre Moisés, sua obra capital, tem belezas de primeira ordem, infelizmente escondidas no labirinto de um plano muito mal entendido..."[60] Em um manual de 1966, podemos ler: " Essa espécie de epopeia, de composição tipicamente barroca..."[61] A confrontação desses dois julgamentos ilustra muito bem o efeito introduzido pelo conceito de barroco, por mais problemático que ele seja, em nosso sistema de leitura: o que era loucura para Boileau, e confusão para um erudito do Segundo Império, tornou-se para nós "tipicamente barroco". Aí está

---

58. p. 147.
59. *Art poétique*, III, 261.
60. p. xxxviii.
61. A. Chassang e C. Senninger, *Recueil de textes littéraires français, XVIIe siècle*, Paris, Hachette, 1966, p. 71.

algo mais que uma simples substituição de termos: a conquista de um lugar, ou pelo menos a conquista de um lugar que dantes estava excluído pelas trevas do ilegível[62]; equivale a confessar que a ordem há tanto tempo considerada como *natural* era só uma ordem entre outras; equivale a reconhecer que certa "loucura" pode ter motivo, que certa "confusão" pode não ser, como diz Pascal, "sem propósito".

Entretanto, mesmo que os numerosos traços observados nesse estudo (decisão pela amplificação, proliferação dos episódios[63] e dos ornamentos descritivos, multiplicação dos níveis narrativos e jogo sobre esta multiplicidade, ambiguidade e interferências dispostas entre o representado e sua representação, entre o narrador e sua narração, efeitos de síncope, afetação de inacabamento, busca simultânea da "forma aberta" e da simetria, etc.), mesmo que tomados isoladamente ou avaliados em sua reunião e em sua convergência, ainda que possam ser qualificados de "tipicamente barrocos" sem que seja necessário, a esse propósito, retomar o velho e estéril debate sobre a definição do termo, frise-se que esta especificidade não é o que deveria nos reter aqui. O barroco, se existe, não é uma ilha (e ainda menos uma reserva de caça), mas sim um cruzamento, uma "estrela"[64] e, como bem o vemos em Roma,

---

62. A. Adam, *Histoire de la littérature française au XVIIe siècle*, Paris, Domat, 1951, II, p. 67: "*On ne lit plus, on ne peut plus lire* Moyse sauvé".
63. A importância dos "episódios" no poema épico já é proclamada por Aristóteles a respeito do episódio homérico: "o comprimento da epopeia deve-se aos episódios" (*Poética*, 1455 b). Trata-se, porém, no essencial, de episódios intradiegéticos ou de relatos segundos homodiegéticos que não comprometem a unidade de ação, julgada tão necessária à epopeia quanto à tragédia (*Poética*, 1459 a). Os episódios de Jacó e de José do *Moyse sauvé* são, a esse respeito, totalmente estranhos ao espírito da *epos* clássica e, por outro lado, muito vizinhos dos procedimentos de diversão do romance barroco: lembremos, por exemplo, que a ação central da *Astrée* só ocupa um décimo do texto.
64. Na França, essa palavra designa o que no Brasil é conhecido como: 1) "balão" (regionalmente), no sentido de local, numa estrada ou via qualquer, em que os veículos fazem manobra para retornar ou tomar outra direção; 2) "cruzamento", lugar onde dois ou mais caminhos, ruas, estradas, etc. se interceptam. [N.T.]

uma praça pública. Seu gênio é sincretismo, sua ordem é abertura, seu próprio é nada ter de próprio e de levar ao seu extremo caracteres que são, erraticamente, de todos os lugares e de todos os tempos. O que nos importa não é o que tem de exclusivo, mas o que ele tem, justamente, de "típico" — isto é, de exemplar.

Proust e a linguagem indireta

> *O dever e a tarefa de um escritor*
> *são as mesmas de um tradutor.*
>
> III, p. 890

O interesse de Proust pelos "fatos de língua" é bastante conhecido[1] e, aliás, evidente para todo leitor, mesmo desatento, de *Em busca do tempo perdido*. Conhecemos os sucessos e também, às vezes, os aborrecimentos que lhe valeu no mundo um excepcional dom de observação e de imitação verbal, e como este mimetismo — em relação ao qual ele mesmo acusa, a propósito do estilo de Flaubert[2], a potência de obsessão e mesmo de "intoxicação" — se exerceu e ao mesmo tempo exorcisou na série de pastiches do *Caso Lemoine*. Podemos ver também qual parte da existência certos personagens, de primeiro plano, como Charlus, ou episódicos, como o diretor do Grand Hôtel de Balbec, devem a essa sensibilidade linguística. No universo essencialmente verbal da *Busca do tempo perdido*, certos seres quase que só se manifestam como exemplares linguísticos (Norpois, Legrandin, Bloch) ou como coleções de acidentes de linguagem (o diretor já citado, o ascensorista, Françoise). A carreira profissional de um Cottard apaga-se por trás da história de suas brigas com a língua — e não será a medicina, aliás, que fez "alguns pequenos progressos em

---

1. Vide R. Le Bidois, "Le Langage parlé des personnages de Proust", in: *Le Français Moderne*, jun. jul. 1939; J. Vendryès, "Proust et les noms propres", in: *Mélanges Huguet*, Paris, Boivin, 1940; R. Barthes, "Proust et les noms", in: *To honor Roman Jakobson*, Mouton, La Haye, 1967; e sobre a semiótica proustiana em geral, vide G. Deleuze, *Marcel Proust et les signes*, Paris, PUF, 1964.
2. *Chroniques*, Paris, La Nouvelle Revue Française, 1927, p. 204.

seus conhecimentos a partir de Molière, mas nenhum em seu vocabulário"[3], outra coisa em Proust senão uma atividade de linguagem? "O doutor, logo chamado, declarou *preferir a severidade*, a *virulência* da onda de febre que acompanhava minha congestão pulmonar e que não seria senão um *fogo de palha* com formas mais *insidiosas* e *latentes*"; "Cottard, dócil, havia dito à Patroa: 'Perturbe-se desta forma e você *me* terá amanhã 39 de febre' como teria dito à cozinheira: 'Amanhã você *me* fará miolo de vitela.' A medicina, por falta de curar, ocupa-se em mudar o sentido dos verbos e dos pronomes."[4] Proust não se priva sequer de observar e de transcrever, como Balzac faz para um Schmucke ou um Nucingen, os erros de pronúncia do marquês de Bréauté, por exemplo (*"Ma ière duiesse"*[5] — "Minha eída duesa"), ou da princesa Sherbatoff ("Sim, adolo esse pequeno cílculo inteligente, agladável... onde se tem espílito até na ponta das unhas").[6] Personagens como Octave (no período de Balbec) ou Madame Poussin identificam-se de tal modo com seu principal tique de linguagem que este se adiciona a eles como suas alcunhas: *"Dans les choux"*, *"Tu m'en diras des nouvelles"*.[7] A breve existência de Madame Poussin [*Pintinho*] na *Busca* (uma página de *Sodoma e Gomorra*) é, aliás, puramente linguística, dado que se reduz ao hábito que lhe vale esse epônimo e à sua mania de suavizar a pronúncia de certas palavras. Podemos dizer algo semelhante do criado Périgot Joseph, cuja existência não tem outra justificativa senão a inesquecível carta que um dia, por descuido, deixa sobre a mesa de Marcel:

3. Ed. Pléiade, II, p. 641.
4. Ibid., I, p. 496; II, p. 900.
5. Por "Ma *chère* du*chesse*" [Minha *que*rida du*que*sa]. [N.T.]
6. III, p. 41; II, p. 893; ou ainda os sibilos entusiásticos da senhora de Cambremer e o sotaque do príncipe Von Faffenheim. "Há momentos, diz Proust, nos quais, para esboçar completamente alguém, seria preciso que a imitação fonética se juntasse à descrição" (II, p. 942).
7. Locução *"être dans le chou à quelqu'un"*, que significa "ir às vias de fato com alguém"; e locução proverbial *"Tu m'en diras des nouvelles"*, que significa "Você vai elogiar-me por isso". [N.T.]

"Como você sabe, a mãe de Madame morreu em meio a sofrimentos inexprimíveis que a cansaram muito, pois ela buscou até três médicos. O dia de seu enterro foi um belo dia, pois todas as pessoas das relações de Monsieur vieram em massa, assim como vários ministros. Demorou-se mais de duas horas para chegar ao cemitério, o que fará arregalar os olhos a todos em seu vilarejo, pois certamente não se fará o mesmo para a mãe Michu. Também minha vida não será mais do que um enorme soluço. Divirto-me bastante com a bicicleta com a qual aprendi a andar ultimamente, etc."[8]

Marcel jamais teria se juntado ao "pequeno bando" de Balbec sem a virtude fascinante desta frase pronunciada por Gisèle: "Esse pobre velho, ele me dá dó, ele tem um ar meio cansado."[9] E se Albertine se torna mais tarde sua amante é por ter acrescentado ao seu vocabulário locuções tais como: "distinto", "seleção", "lapso de tempo", "estimo que", nas quais se lê claramente uma emancipação que promete os mais vivos prazeres, e mais ainda pela aparição, propriamente afrodisíaca, da palavra *mousmé*[10]: "o que me fez decidir, comenta Marcel, foi uma última descoberta filológica".[11] Poder das palavras, potência da *conotação*.

É significativo que vários personagens da *Busca* sintam algumas dificuldades no uso da língua — e não menos significativa é a minúcia com a qual Proust observa os menores acidentes de seu comportamento linguístico. Esses acidentes não se produzem só na aprendizagem de uma língua estrangeira — como, por exemplo, quando Bloch, por hiperanglicismo, acredita dever pronunciar *laïft* e *Venaïce*, e quando o príncipe Von Faffenheim diz *arschéologue*, ou *périphérie* em

---

8. II, p. 771; II, p. 566.
9. I, p. 792. No original: "*C'pauvre vieux, i m'fait d'la peine, il a l'air à moitié crevé*". [N.T.]
10. Palavra de origem japonesa que significa "jovem". [N.T.]
11. II, p. 367.

vez de proximidade[12] — ou entre os iletrados, como Françoise ou o ascensorista de Balbec, mas também, e talvez de maneira mais notável, em homens tão instruídos quanto o doutor Cottard, ou de uma origem social tão elevada quanto o duque de Guermantes. Essas "mancadas" podem ser erros de "pronúncia", como *laïft* ou *arschéologue*; deformações como *sectembre* ou *estoppeuse*[13]; substituições (*parenthèse* por parentesco, *Camembert* por Cambremer[14]) ou impropriedades: *rester* (ficar) em vez de *demeurer* (habitar), *en thèse générale*[15], e quase todas as mancadas do diretor de Balbec, que "semeava seus propósitos comerciais de expressões escolhidas, mas a contrassenso".[16]

Diversas em sua origem e em sua natureza, essas "faltas" também o são em sua significação psicológica ou social e em seu valor estético. As do diretor cosmopolita, mais ainda que sua *"originalidade romena"*, conotam uma certa pretensão mal inspirada; as de Basin, que "jamais chegou a conhecer o sentido preciso de certas palavras"[17], participam, com suas vulgaridades afetadas e bizarras[18], suas inabilidades involuntárias[19] e seus rubores sú-

12. I, p. 739; II, p. 527; II, p. 510. [As formas corretas são *lift* (ascensorista), *Venice* (Veneza), *archéologue* (arqueólogo) e *proximité* (proximidade).]
13. II, p. 392, 736. [As formas corretas são *septembre* (setembro) e *stoppeuse* (cerzideira).]
14. I, p. 154; II, p. 805, 825, 857. [*Parenthèse* significa "parêntese" e foi usado no lugar de *parenté*. Camembert é um queijo fabricado na Normandia e Cambremer é uma torre do século XII situada em Calvados.]
15. III, p. 515; II, p. 720.
16. I, p. 663.
17. II, p. 239; cf. p. 725: "sua incapacidade de assimilar exatamente os torneados da língua francesa".
18. "La dêche" (II, p. 826), "À la revoyure" (p. 724), "votre pelure" (p. 547), "je m'en fous", "ma bourgeoise" (p. 580). [Essas palavras pertencem ao registro familiar ("grande dificuldade pecuniária", "até logo", "seu casaco", "pouco me importa" e "minha mulher"); podem ter conotações pejorativas e é indelicado reproduzi-las em algumas circunstâncias.]
19. "Ele me empurrou na direção de mamãe, dizendo-me: 'Quer me dar a grande honra de apresentar-me à senhora sua *mãe*?', escorregando um pouco na palavra mãe" (p. 338).

bitos, da personalidade um tanto quanto desadaptada, como que perdida, talvez no limite de uma espécie de embriaguez, do irmão de Charlus; talvez assinalem, da mesma forma, o que há de também cosmopolita, ainda que de um modo diferente daquele do hoteleiro monegasco, nessa dinastia meio bávara, cujos feudos e pretensões (sem falar das alianças) estendem-se sobre toda a Europa.[20] Oriane, ao contrário, com seu sotaque camponês ("burra como uma porta") e seu vocabulário provinciano cuidadosamente conservados como móveis antigos ou joias de família, encarna a vertente "velha França"; nisso, seus arcaísmos aparentam-se às faltas de Françoise, e a aproximação é notada pelo próprio Proust.[21] Porque a linguagem da velha camponesa, até em suas mancadas, representa para ele, como antigamente para Malherbe, aquela dos frequentadores de Port au Foin, "o gênio linguístico em estado vivo, o futuro e o passado do francês"[22]: autenticidade inata de uma língua que as afetações vulgares da gíria parisiense, presentes na própria filha de Françoise ("*Princesse à la noix de coco, vous pouvez l'attendre à perpète*"[23]), adulteram, ao contrário, não menos que os anglicismos um tanto quanto mundanos da senhora de Crécy, o jargão do seleto círculo de Saint-Loup ou o estilo "estudante" de Bloch. Mas como uma laranja estragada contamina as outras do mesmo saco, Françoise sofrerá pouco a pouco a influência de sua filha e acreditará ter adentrado as elegâncias parisienses por ter aprendido a dizer: "*Je vais me cavaler, et presto.*" Esta "decadência do falar de Françoise, que eu havia conhecido em seus bons tempos"[24], é um dos indícios mais manifestos da degradação geral que contamina todas as coisas nas partes finais da *Busca do tempo perdido*.

20. É preciso mencionar, entretanto, uma outra explicação, segundo a qual Basin deveria seu francês ruim, "como toda uma geração de nobres", à educação instituída por Monsenhor Dupanloup (p. 720).
21. III, p. 34.
22. II, p. 736.
23. II, p. 728.
24. III, p. 154.

Apesar dessa diversidade de valor, algumas leis gerais presidem a gênese e a conservação desses erros linguísticos. A primeira e a mais importante diz respeito a um desejo, aparentemente universal e que reencontraremos em ação alhures, de motivação do signo; os linguistas apontaram-no com frequência a respeito do que chamávamos antes de "etimologia popular": consiste em uma tendência a conduzir toda forma nova a uma forma vizinha mais conhecida. Assim, Françoise diz *Julien* por Jupien e *Alger* por Angers, ou o ascensorista, já citado, diz *Camembert* por Cambremer. A respeito do primeiro caso, o próprio Proust indica que Françoise assimilava "de bom grado as palavras novas às que já conhecia"; e para o segundo, diz que "era natural que tivesse entendido um nome que já conhecia"; "as sílabas familiares e plenas de sentido (do nome antigo), esclarece mais além, vinham em socorro do jovem empregado quando este se encontrava embaraçado com esse nome difícil, e logo eram preferidas e readotadas por ele, não preguiçosamente e como que num velho uso enraizado, mas por causa da necessidade de lógica e de clareza que elas satisfaziam".[25] *Lógica* e *clareza* designam aqui, evidentemente, a necessidade de simplificação e de motivação (sílabas *plenas de sentido*) que se opõe à proliferação arbitrária das formas: se Françoise diz *jambon de Nev'York* [presunto de Nov'York], é porque acredita ser "a língua menos rica do que o é" e porque acha "de uma prodigalidade inverossímil que possa existir no vocabulário ao mesmo tempo York e New York".[26]

A segunda lei, que decorre da primeira, explica não o nascimento dos erros, mas sua resistência a qualquer correção: é a perseverança no erro e a recusa obstinada do ouvido em perceber a forma "correta" negada pelo espírito. "É curioso, diz Marcel, que alguém que ouvia cinquenta vezes por dia um cliente dizer *ascensor* nunca dissesse, ele mesmo, senão

25. II, p. 19, 825, 857.
26. I, p. 445.

accensor"; mas o ascensorista só escuta o que pode escutar, e a surpresa de Marcel não se justifica aqui, assim como não se justifica quando ouve o nome *sole* [linguado] "pronunciado como o nome da árvore '*saule*' [salgueiro] por um homem que devia ter comprado inúmeros peixes em sua vida".[27] Ele compreenderá, mais tarde, que em matéria de linguagem, como em qualquer outra, "o testemunho dos sentidos é também uma operação do espírito no qual a convicção cria a evidência".[28] Essa espécie de surdez linguística marca-se com força na maneira pela qual Françoise, imitando tanto quanto pode a voz da senhora de Villeparisis e acreditando repetir textualmente suas palavras, "deformando-as tanto quanto Platão as de Sócrates, ou São João as de Jesus", transmite ao Narrador e à sua avó essa mensagem inconscientemente traduzida na única linguagem que ela pratica e, portanto, que percebe: "Vós lhes dareis bem o bom-dia."[29] É verdade que a esta obstinação natural pode se juntar uma espécie de persistência voluntária e, por assim dizer, demonstrativa, como quando o *maître d'hôtel* do Narrador, devidamente avisado por seu chefe que ele deve pronunciar *envergure*, repete *enverjure* com uma insistência destinada ao mesmo tempo a manifestar que não recebe ordens fora de seu serviço e que a Revolução não foi feita em vão, e a fazer acreditar "que esta pronúncia era efeito não da ignorância, mas de uma vontade maduramente refletida".[30] Se a arrogância de Bloch não recobrisse um profundo sentimento de inferioridade, ele teria podido, dentro

---

27. II, pp. 791, 765. [Foneticamente as palavras são: [sɔl] para *sole* e [sol] para *saule*. — N.T.]
28. III, p. 190. E, algumas linhas depois: "O erro é mais obstinado que a fé e não examina suas crenças". Em Combray, "uma das mais firmes crenças de Eulalie, e que o número considerável dos desmentidos trazidos pela experiência não havia bastado para abalar, era que Madame Sazerat se chamava Madame Sazerin" (I, p. 70). O mesmo erro acontece com Françoise, III, p. 573.
29. I, p. 697.
30. III, p. 842.

do mesmo espírito de independência e de autojustificação, decidir impor sua pronúncia de *laïft*, e podemos supor que a ignorância da língua é mantida em Basin pelo sentimento orgulhoso de que um Guermantes "não deve" se dobrar a uma norma tão plebeia quanto o uso. Assim, encontram-se, talvez com a mesma dose de má consciência e de má fé, a reivindicação popular e a arrogância aristocrática. Mas é preciso levar em conta também uma terceira lei, que se aplica ao menos a três personagens tão diferentes quanto o *maître d'hôtel*, o diretor de Balbec e o príncipe de Faffenheim. Vemos que, mesmo na ausência de qualquer oposição e, portanto, de qualquer obrigação de amor-próprio, o primeiro diz *pistière* (para *pissotière*, "mictório"), "incorreta mas perpetuamente"; como os *ainda que* são *porquê* desconhecidos, esse "mas" é um *então* que se ignora; a propósito do diretor, Proust já escreve de um modo mais neutro que "ele adorava empregar as palavras que pronunciava mal"; e enfim o príncipe inspira-lhe essa observação na qual a causalidade proustiana se encontra em pleno vigor: "não sabendo pronunciar a palavra arqueólogo, (ele) não perdia uma ocasião para servir-se dela".[31] A *lei de Proust*, nesse ponto, poderia ser assim enunciada: o erro, consciente ou não, tende não apenas a perseverar em seu ser, mas a multiplicar suas ocorrências. Talvez não seja preciso (ainda que Proust pareça às vezes inclinar-se a isso) buscar a explicação do fato em uma vontade deliberadamente "má" ou em uma espécie de voluptuosidade imanente do erro, mas sim no caráter necessariamente compulsivo de tudo (erro, falta moral, vício oculto, inferioridade, etc.) aquilo que o espírito censura e gostaria de recalcar. Veremos outros exemplos em outras partes.

A imperfectibilidade absoluta que essas leis parecem implicar não deixa todavia de ter exceções no mundo da *Busca*.

---

31. III, p. 750; II, p. 778; II, p. 526.

Afinal, a maneira pela qual Françoise acaba por adotar a gíria de sua filha é, a seu modo, uma aprendizagem, como a maturação progressiva do vocabulário de Albertine. Mas o caso mais interessante é o de Cottard. No início, tal como vemos em *Um amor de Swann*, o futuro professor está, em relação à linguagem social, em uma situação de *incompetência* caracterizada, que se manifesta em primeiro lugar por aquilo que Proust chama de sua "ingenuidade", isto é, sua incapacidade em desvendar na fala do outro a parte "séria" e a da ironia ou da polidez; sua tendência a "tomar tudo ao pé da letra"; se lhe é feito um grande favor afirmando-se que é pouca coisa, ele acredita dever confirmar que de fato não é nada, e mesmo que isso o perturbe. O outro componente do *complexo de Cottard* é sua ignorância acerca da significação e, portanto, da oportunidade de emprego dos clichês, tais como sangue azul, vida louca, dar carta branca, etc. O traço comum dessas duas enfermidades é uma espécie de insuficiência retórica (no sentido em que ele mesmo falaria de insuficiência hepática) que o impede constantemente de atravessar o sentido literal para atingir o figurado, e sem dúvida de conceber o próprio fato da figuração. Mas, em vez de se fechar, como os outros, na satisfação de sua ignorância, Cottard manifesta desde o início um desejo de se corrigir que acabará por ser recompensado. Ele aprende de cor calembures[32], não perde uma oportunidade de instruir-se em matéria de idiotismos[33], e este "zelo de linguista"[34] constitui, durante muito tempo, o único tema de seu papel na *Busca* — de seu papel mundano, entenda-se, pois o personagem do prático infalível é totalmente dis-

---

32. Jogos de palavras fundados na diferença de sentido entre termos que se pronunciam de maneira idêntica ou aproximada. [N.T.]
33. Forma ou locução própria a uma língua, impossível de ser traduzida literalmente em outra língua de estrutura análoga (perda de sentido) por ter um significado não dedutível da simples combinação dos significados dos elementos que a constituem (por exemplo: [estar] com a cachorra, [estar] irado, de mau humor). [N.T.]
34. I, p. 217.

tinto, nele, daquele do conviva estúpido, ou melhor, esses dois "agentes" só são unidos por uma relação de paradoxo: "E compreendemos que esse imbecil era um grande clínico."[35] Como quase sempre em Proust, o termo da evolução aparece bruscamente, saltando todas as etapas, quando, enfiando-se no trenzinho de Raspelière, o professor exclama: "É o que se chama chegar em cima da hora!"[36], piscando o olho, "não para perguntar se a expressão era adequada, pois agora ele transbordava de segurança, mas por satisfação." Seu domínio é, aliás, confirmado pela senhora de Cambremer: "Eis alguém que sempre tem a palavra certa." Ele agora domina tão bem os estereótipos, conhece tão bem "o forte e o fiável" que pode se dar ao luxo de criticar os dos outros: "Por que burro como uma porta?, pergunta a senhora de Cambremer. Você acredita que as portas são mais burras que qualquer outra coisa? ..."[37] Naturalmente, essa agressividade triunfante tem algo de ainda inquietante — o professor não está de modo algum curado de sua neurose linguística, mas simplesmente mudou de sinal, inverteu seu sintoma. Cottard passou, para si mesmo, do Terror à Retórica, e, para outrem, da Retórica ao Terror, o que significa que não se livrou do fascínio da linguagem.

Parece que o próprio Proust não escapou a esse fascínio. No mínimo ele o empresta, sob certa forma e em certo ponto de sua evolução, ao Narrador da *Busca*. O objeto de eleição é, como sabemos, o que Proust chama o Nome, isto é, o nome próprio. A diferença entre o Nome e a Palavra (nome comum) é indicada em uma célebre página da terceira parte de *Swann,* na qual Proust evoca os devaneios de seu herói sobre os nomes dos países nos quais conta passar as próximas férias de Páscoa:

35. I, p. 499.
36. No original: *"C'est ce qui s'appelle tomber à pic!"* (*à pic* = verticalmente). [N.T.]
37. II, p. 869, 1094, 923.

> As palavras nos apresentam uma pequena imagem clara e usual das coisas, como aquelas que afixamos nas paredes das escolas para mostrar às crianças o exemplo do que é uma bancada, um pássaro, um formigueiro, coisas concebidas como todas as outras do mesmo tipo. Mas os nomes apresentam pessoas — e cidades que eles nos habituam a crer individuais, únicas como as pessoas —, uma imagem confusa que tira deles, de sua sonoridade brilhante ou obscura, a cor com a qual ela é pintada uniformemente.[38]

Vemos aqui que a oposição tradicional (e contestável) entre a individualidade do nome próprio e a generalidade do nome comum acompanha-se de uma outra diferença, aparentemente secundária, mas que resume, de fato, toda a teoria semântica do nome segundo Proust. A "imagem" que o nome comum apresenta da coisa é "clara e usual", é neutra, transparente, inativa, e em nada afeta a representação mental, o conceito de pássaro, de bancada ou de formigueiro. Ao contrário, a imagem apresentada pelo nome próprio é *confusa,* dado que empresta sua cor única à realidade substancial (a "sonoridade") desse nome; é confusa, então, no sentido de *indistinta,* por unidade, ou melhor, por unicidade de tom; mas ela é também confusa no sentido de *complexa,* pela confusão que se estabelece nela entre os elementos que provêm do significante e os que provêm do significado: a representação extralinguística da pessoa ou da cidade que, como nós o veremos, de fato sempre coexiste com — e frequentemente preexiste às — sugestões apresentadas pelo nome. Lembremos então que Proust reserva aos nomes próprios essa relação ativa entre significante e significado que define o *estado poético da linguagem,* e que outros — um Mallarmé, um Claudel, por exemplo — aplicam-na indistintamente aos nomes comuns, ou a qualquer outra espécie de

---

38. I, p. 387-388.

palavras.[39] Tal restrição, da parte de um escritor tão notoriamente familiarizado com relações metafóricas, pode surpreender; o motivo é a predominância, tão marcada nele, da sensibilidade espacial e, melhor dizendo, geográfica, pois os nomes próprios que cristalizam o devaneio do Narrador são de fato quase sempre (e não somente no capítulo que leva esse título) nomes de lugares — ou nomes de famílias nobres que devem o essencial de seu valor imaginativo ao fato de que são "sempre nomes de lugares".[40] A unicidade, a individualidade dos lugares é um dos dogmas do jovem Marcel, como do Narrador de *Jean Santeuil*, e apesar dos desmentidos ulteriores da experiência ele conservará ao menos o traço onírico, dado que ainda pode escrever, a propósito da paisagem de Guermantes, que "às vezes, em (seus) sonhos, (sua) individualidade (o) abraça com um poder quase fantasmático".[41] A singularidade suposta do nome próprio responde à singularidade mítica do lugar, reforçando-a: "(Os nomes) exaltaram a ideia que eu tinha de alguns lugares da terra, tornando-os mais particulares e, por conseguinte, mais reais... Oh, quanto adicionaram algo de mais individual ainda por serem designados por nomes, nomes que eram só deles, nomes como os têm as pessoas."[42] Ainda aqui não se deve ficar ligado a essa preguiça de linguagem que parece

---

39. Salvo omissão, a única observação de Proust concernindo à forma de um nome comum (ainda é excessivamente pouco!) refere-se a *mousmé*: "ouvindo-a, sentimos a mesma dor nos dentes que teríamos colocando um enorme pedaço de sorvete na boca" (II, p. 357); mas vemos que aí só há uma notação sensível, sem o esboço de uma motivação semântica.
40. *Contre Sainte-Beuve*, p. 274. Cf. a página de *Sodoma e Gomorra* na qual Marcel recebe uma carta de luto assinada por uma profusão de nomes da nobreza normanda: "vestidas com telhas de seu castelo ou com reboco de sua igreja, a cabeça vacilante que mal ultrapassava a abóbada ou o corpo da casa, e somente para cobrir-se com as claraboias normandas ou com o madeiramento do teto em forma de cone, eles tinham o ar de ter conclamado à reunião todos os belos povoados escalonados ou dispersados num raio de cinquenta léguas" (II, p. 786).
41. Proust, *Jean Santeuil*, Pléiade, p. 570; Id., *Recherche*, Pléiade, I, p. 185.
42. I, p. 387.

fazer da "pessoa" o próprio modelo da individualidade ("as cidades... individuais, únicas como pessoas"): por mais mítica que seja, a individualidade dos lugares é de fato muito mais marcada, em Proust, que aquela dos seres. Desde suas primeiras aparições, um Saint-Loup, um Charlus, uma Odette, uma Albertine manifestam sua impalpável multiplicidade e a rede de parentescos e de semelhanças confusas que os liga a muitas outras pessoas tão pouco "únicas" quanto elas mesmas. Também seus nomes, como veremos melhor adiante, não estão verdadeiramente fixados e não lhes pertencem de uma maneira tão substancial: Odette muda várias vezes o seu, Saint-Loup e Charlus têm vários, o próprio prenome de Albertine e o de Gilbert são calculados para poder confundir-se um dia, etc. Pelo menos na aparência, os lugares são muito mais "pessoas"[43] que as próprias pessoas; também *se ligam* muito mais aos seus nomes.

Falta precisar a natureza dessa "relação ativa" entre significante e significado no qual vimos a essência da imaginação nominal em Proust. Se nos ativéssemos ao enunciado teórico já citado, poderíamos acreditar em uma relação unilateral, na qual a "imagem" do lugar tiraria todo seu conteúdo da "sonoridade" do nome. A relação real, tal como a podemos observar em alguns exemplos que aparecem na *Busca*, é mais complexa e mais dialética. Em primeiro lugar, é preciso introduzir uma distinção entre os nomes inventados por Proust para designar lugares fictícios, como *Balbec*, e os nomes (reais) de lugares reais como *Florence* ou *Quimperlé* — compreendendo-se que esta distinção só é pertinente no que diz respeito ao trabalho (real) do autor, e não a devaneios fictícios de seu herói, para quem Florence e Balbec se situam no mesmo nível de "realidade".[44]

43. *Santeuil*, Pléiade, p. 534-535.
44. Um caso intermediário é o dos nomes emprestados à realidade e atribuídos a um lugar fictício, como *Guermantes*; a liberdade do romancista não está na combinação dos fonemas, mas na escolha global de um vocábulo apropriado.

Segundo uma observação de Roland Barthes, o papel do narrador é aqui uma decodificação ("decifrar nos nomes que lhe são dados uma espécie de afinidade natural entre significante e significado"); aquele do romancista, ao contrário, é uma codificação: "devendo inventar algum lugar simultaneamente normando, gótico e ventoso, buscar no quadro geral dos fonemas alguns sons associados à combinação desses significados".[45] Mas essa observação só pode valer para os nomes inventados, como o de Balbec, ao qual Barthes evidentemente se refere, isto é, para uma fraquíssima proporção de nomes de lugares que ensejam, na *Busca*, um devaneio "linguístico"; para os nomes reais, a situação do herói e a do romancista não são mais simétricas e inversas — elas são paralelas. Proust atribui a Marcel uma interpretação da forma nominal necessariamente inventada e, portanto (sendo as duas atividades, na ocorrência, equivalentes), sentida por ele mesmo. Nem por isso se pode dizer que essas duas situações se confundem absolutamente, pois pelo menos num ponto a experiência do herói não coincide com a do escritor: quando pensa em Veneza ou em Benodet, o jovem Marcel nunca esteve em tais lugares, mas, quando escreve essa página, Proust já as conhece, e talvez não faça uma abstração total de suas próprias lembranças — de sua experiência real — quando empresta a seu herói os devaneios dos quais os únicos alimentos são, em princípio, os nomes desses lugares e alguns conhecimentos livrescos ou de ouvir dizer.

De fato parece, numa leitura mais atenta, que nenhuma dessas imagens é determinada só pela forma do nome e que, ao contrário, cada uma delas resulta de uma ação recíproca entre esta forma e alguma noção, verdadeira ou falsa, mas em todo caso independente do nome e vinda de fora. Quando Marcel diz que o nome de *Parme* lhe aparece "compacto, liso, violeta e suave", é evidente que ao menos a notação de cor tem

---

45. Barthes, op. cit., p. 154.

mais a ver com as violetas da cidade que com a sonoridade do nome, e esta evidência é confirmada algumas linhas abaixo: "eu a imaginava somente (a casa parmana na qual sonha morar alguns dias) com a ajuda desta sílaba pesada do nome de Parme, na qual nenhum ar circulava, e com tudo o que eu a tinha feito *absorver*[46] de suavidade stendhaliana e do reflexo das violetas". A análise semântica nos é aqui então fornecida pelo próprio Proust, que atribui claramente as qualidades de compacto e sem dúvida de liso à influência do nome, a cor violeta ao conhecimento por ouvir dizer das flores e a suavidade à lembrança da *Cartuxa*: o significante age sobre o significado para fazer Marcel imaginar uma cidade onde tudo é liso e compacto, mas o significado age na mesma medida sobre o significante para lhe dar a perceber o "nome" dessa cidade como violeta e suave.[47] Da mesma forma, *Florence* [Florença] deve sua imagem "miraculosamente perfumada e semelhante a uma corola" tanto ao lis vermelho de seu emblema e à sua catedral, Santa-Maria-das-Flores, quanto à alusão floral de sua primeira sílaba, o conteúdo e a expressão não estando aqui em uma relação de complementaridade e de troca, mas de redundância, dado que o nome é, neste caso, efetivamente motivado. Balbec deve sua imagem arcaica ("velha terracota normanda", "uso abolido", "direito feudal", "estado antigo dos lugares", "maneira de pronunciar em desuso") às "sílabas heteróclitas" de seu nome, mas se sabe que o tema fundamental das "ondas levantadas em torno de uma igreja de estilo persa" contamina, sem nenhuma referência ao nome, duas indicações de Swann e de Legrandin; aqui, a sugestão verbal e a no-

---

46. Grifos nossos. Esta palavra, que indica de modo bem claro a ação do significado sobre o significante, já se encontrava bem no início desta passagem com o mesmo valor: "Se esses nomes absorveram para sempre a imagem que eu tinha dessas cidades, isso não ocorreu senão transformando-a, submetendo sua reaparição em mim às suas leis próprias" (p. 387). A reciprocidade é, aqui, inteiramente caracterizada.
47. I, p. 388; cf. II, p. 426: "seu nome compacto e suave demais".

ção extralinguística não conseguiram realmente sua junção, pois se a essência normanda do lugar e mesmo o estilo pseudopersa de sua igreja "refletem-se" bem nas sonoridades de *Balbec*[48], é mais difícil encontrar aí um eco das tempestades anunciadas por Legrandin.[49] As evocações seguintes realizam ainda mais eficazmente, como no caso de *Parme*, o contágio recíproco do nome pela ideia e da ideia pelo nome que constitui a motivação imaginária do signo linguístico. Assim, a catedral de Bayeux, "tão alta em sua renda avermelhada", recebe em seu pináculo a luz "ouro velho de sua última sílaba"; os vitrais antigos de suas casas justificam o nome de Vitré; este, por sua vez, através do acento agudo (notaremos aqui a ação não mais da sonoridade, mas da forma gráfica), figura em seu movimento diagonal — "losango de madeira negra" — as fachadas antigas; o "ditongo (sic) final" de Coutances amolece a "torre de manteiga" de sua catedral; os riachos límpidos que já fascinavam o Flaubert de *Par les champs et par les grèves* respondem ao *perlé* [perolado, nacarado] transparente no final do nome de *Quimperlé*, etc.

A mesma interação anima outros devaneios nominais dispersos nos primeiros volumes da *Busca*, como aquele que mantém o nome, mágico entre todos, de Guermantes, evocador de um "torreão sem espessura que nada mais era senão uma faixa de luz alaranjada".[50] Evidentemente, o torreão pertence ao castelo forte que é o suposto berço dessa família feudal, e a luz alaranjada "emana", por sua vez, da sílaba final

---

48. A essência normanda, por analogia com Balbec, Caudebec, etc. O estilo persa do nome (I, p. 658: "o nome, quase de estilo persa, de Balbec") deve-se, sem dúvida, à homofonia com nomes como Usbek, das *Lettres persanes*, sem contar com o Baalbek libanês.
49. Exceto passando, como sugere Barthes, pela "etapa conceitual do 'rugoso'", que lhe permite evocar "um complexo de vagas de cristas altas, de precipícios escarpados e de arquitetura eriçada" (p. 155).
50. II, p. 13.

do nome.⁵¹ Emanação, aliás, menos direta do que se poderia supor à primeira vista, pois o mesmo nome de Guermantes recebe fora dali⁵² a cor vermelho-púrpura, pouco compatível com a laranja, cuja ressonância deve-se ao loiro dourado dos cabelos dos Guermantes. Essas duas indicações, contraditórias do ponto de vista da "audição colorida" cara aos teóricos da expressividade fônica, provêm então não de uma sinestesia espontânea⁵³, porém mais provavelmente de uma *associação lexical*, isto é, da presença comum do som *an* no nome de *Guermantes* e nos nomes de cor *laranja* [*orange*] e *vermelho-púrpura* [*amarante*], assim como a acidez do prenome de Gilberte, "azedo e fresco como as gotas do regador verde"⁵⁴, deve-se menos à ação direta de suas sonoridades que à assonância *Gilberte-verte*; as vias da motivação frequentemente são mais tortuosas do que imaginamos. Último exemplo: se o nome de *Faffenheim* evoca, na franqueza do ataque e "na gaguejante repetição" que escande as primeiras sílabas, "o impulso, a ingenuidade afetada, as pesadas 'delicadezas' germânicas", e no "esmalte azul-escuro" da última, "a misticidade de um vitral renano por trás das dourações pálidas e finamente esculpidas do século XVIII alemão", não é somente por causa de suas sonoridades, mas também porque ele é um nome de Príncipe Eleitor.⁵⁵ A franqueza e a repetição estão bem inscritas no *Faffen*, mas sua nuança especifica-

---

51. I, p. 171: "a luz alaranjada que emana desta sílaba: *antes*".
52. II, p. 209: "essa cor vermelho-púrpura da última sílaba de seu nome". [Em francês, *amarante*, planta ornamental de madeira avermelhada e que dá cachos de flores vermelhas; *Copaifera bracteata*, originária do Brasil e das Guianas, também conhecida como pau-roxo.]
53. Como parece ser, por outro lado, a associação *i* = púrpura, atestada pelo menos duas vezes (I, p. 42 e *Contre Sainte-Beuve*, p. 168. Observado por Barthes, p. 155).
54. I, p. 142.
55. II, p. 256. Cf. Pommier, *La Mystique de Marcel Proust*, Genebra, Droz, 1968, p. 50. [Trata-se da palavra oriunda do baixo latim *elector*, "aquele que elege", para designar os eleitores do Santo Império germânico, isto é, os príncipes e os prelados que tinham o direito de eleger o imperador.]

mente germânica vem do significado, e mais ainda da lembrança, que evocava a primeira versão da mesma passagem em *Contre Sainte-Beuve*[56], dos "bombons coloridos comidos em uma pequena confeitaria de uma velha praça alemã"; a audição colorida do *Heim* final pode evocar a transparência de um vitral azul-escuro, mas o caráter renano desse vitral e as dourações rococós que o acompanham não saem inteiramente prontos daquilo que a versão primeira chamava de "sonoridade versicolor da última sílaba". Ocorre com essas interpretações prevenidas e dirigidas o mesmo que com essas músicas de programa ou esses refrões "expressivos" sobre os quais Proust observa que "pintam esplendidamente a cintilação da flama, o ruído do rio e a paz do campo para os auditores que, percorrendo previamente o libreto, aguçaram sua imaginação no bom caminho".[57] A expressividade de um vocábulo frequentemente lhe provém do conteúdo que se supõe que ele provoque; se esta conivência do significado falhar, ele não "exprime" mais nada, ou então exprime qualquer outra coisa. Na pequena estrada de ferro que o conduz de *Balbec--en-Terre* a *Balbec-Plage*, Marcel encontra estranheza no nome de vilarejos como Incarville, Marcouville, Arambouville, Maineville, "tristes nomes feitos de areia, de espaço excessivamente arejado e vazio e de sal, acima dos quais a palavra *ville* escapava como *vole* em *Pigeon-vole*". Em suma, nomes cujas conotações parecem-lhe tipicamente marinhas, sem que ele atente para sua semelhança com outros nomes, mesmo familiares, tais como Roussainville ou Martinville, cujo "charme sombrio" deve-se, ao contrário, a um gosto de compota ou a um cheiro de fogueira ligados ao mundo da infância em Combray. As formas são muito semelhantes, mas a incontornável distância dos conteúdos investidos o impede de perceber a

---

56. Onde o nome, curiosamente, era analisado sem ser citado, o que pode deixar supor (mas é pouco provável) que foi inventado *a posteriori* (p. 277).
57. I, p. 684; cf. p. 320.

analogia; assim, "para o ouvido de um músico, dois motivos, materialmente compostos de várias das mesmas notas, podem não apresentar nenhuma semelhança se diferirem pela cor da harmonia e da orquestração".[58]

Encontramos então em ação, nos devaneios poéticos de Marcel, essa mesma tendência à motivação da linguagem que já inspirava as mancadas de Françoise ou do ascensorista de Balbec; mas, em vez de agir sobre a matéria de um significante desconhecido para conduzi-lo a uma forma "familiar e plena de sentido", e por isso mesmo justificada, ela se exerce ao mesmo tempo, mais sutilmente, sobre a forma desse significante (a maneira pela qual sua "substância", fônica ou outra, é percebida, atualizada e interpretada) e sobre aquela de seu significado (a "imagem" do lugar) para torná-las compatíveis, harmônicas, reciprocamente remissivas uma à outra. Vimos o que há de ilusório nesse tipo de acordo do "som" e do "sentido" — principalmente no papel emprestado ao primeiro pela imaginação —, e veremos adiante como se traduz, na *Busca*, a tomada de consciência e a crítica desta ilusão. Mas uma outra miragem diz respeito ao próprio sentido: Roland Barthes insiste com razão no caráter imaginário dos complexos sêmicos evocados pelo devaneio dos nomes e no erro que haveria, aqui como fora daqui, em confundir o significado com o *referente*, isto é, o objeto real. Mas este erro é exatamente o de Marcel, e sua correção é um dos aspectos essenciais da dolorosa aprendizagem na qual consiste a ação do romance. O devaneio sobre os nomes teve por consequência, diz Proust, tornar a imagem desses lugares mais bela, "porém diferente daquilo que aquelas cidades da Normandia ou da Toscana poderiam ser na realidade, e, aumentando as alegrias arbitrárias de minha imaginação, agravar a decepção futura de minhas viagens".[59] Sabe-se, por exemplo, o quão amarga é

58. I, p. 661.
59. I, p. 387.

a decepção que Marcel sente ao descobrir que a imagem sintética que tinha de Balbec (igreja de estilo persa roçada pelas ondas) só guardava uma semelhança longínqua com a Balbec real, cuja igreja encontrava-se a várias léguas da praia.[60] Ele sente a mesma decepção, um pouco mais tarde, no espetáculo do duque e da duquesa de Guermantes, "retirados desse nome no qual antigamente eu os imaginava levando uma vida inconcebível", ou diante da princesa de Parma, pequena mulher negra (e não violeta), mais ocupada com obras pias do que marcada pela suavidade stendhaliana, diante do príncipe de Agrigente, "tão independente de seu nome ('transparente vidraça sob a qual eu via, gravados na beira-mar violeta pelos raios oblíquos de um sol de ouro, os cubos rosas de uma cidade antiga') quanto uma obra de arte que ele tivesse possuído sem trazer sobre si nenhum reflexo dela, sem talvez jamais tê-la olhado", e mesmo diante do príncipe de Faffenheim--Munsterbourg-Weinigen, senhor do Reno e eleitor palatino, que usa seus recursos e avilta o prestígio de seu feudo wagneriano para manter "cinco automóveis Charron, um hotel em Paris e outro em Londres, um camarote às segundas na Ópera e outro às *terças* dos *Franceses*", e cuja única ambição é ser eleito membro correspondente da Academia das Ciências Morais e Políticas.[61]

Assim, quando Proust afirma que os nomes, "desenhistas fantasistas"[62], são responsáveis pela ilusão na qual se fecha seu herói, não se deve entender por *nome* o vocábulo único, mas o signo total, a unidade constituída, segundo a fórmula hjelmsleviana, pela relação de interdependência colocada entre a forma do conteúdo e a forma da expressão.[63] Não é a

60. I, p. 658.
61. II, p. 524, 427, 433, 257.
62. I, p. 548.
63. L. Hjelmslev, *Prolégomènes à une théorie du langage*, Paris, Minuit, 1968, p. 83. [Ed. bras.: *Prolegômenos a uma teoria da linguagem*, trad. J. Texeira Coelho, São Paulo, Perspectiva, 1961.]

sequência de sons ou de letras *Parme* que cria o mito poético de uma cidade compacta, violeta e suave, é a "solidariedade" (outro termo hjelmsleviano) estabelecida pouco a pouco entre um significante compacto e um significado violeta e suave. O "nome" não é então a causa da ilusão, mas sim muito precisamente o *lugar*, e nele é que ela se concentra e se cristaliza. A aparente indissolubilidade do som e do sentido bem como a *densidade* do signo favorecem a crença infantil na unidade e na individualidade do lugar que ele designa. Vimos como a chegada a Balbec dissipa a primeira; por sua vez, os passeios de carro com Albertine, em *Sodoma e Gomorra*, causarão a segunda. Contrariamente à viagem de trem, que é, em Proust, passagem brusca (de uma rudeza favorecida pelo sono do viajante entre duas estações) de uma essência à outra, essências materializadas pelo "cartaz sinalizador" que em cada estação traz o nome individual e distinto de um novo lugar[64], no carro a progressão ininterrupta faz aparecer a continuidade da paisagem, a solidariedade dos lugares, e esta descoberta aniquila o mito de sua separação e de suas singularidades respectivas[65], através do mesmo processo pelo qual Gilberte, no começo de *O tempo redescoberto*, abolirá a oposição cardinal dos "dois lados" simplesmente dizendo a Marcel: "Se você quiser, poderemos ir a Guermantes passando por Méséglise, é o caminho mais bonito."[66]

Arruinado assim pelo contato com a realidade geográfica, o prestígio dos nomes sofre outro golpe quando o narrador, escutando as amáveis explicações genealógicas do duque de Guermantes, descobre a rede contínua de alianças e de hereditariedades que unem entre si tantos nomes nobres — nomes de lugares — que até então acreditava inconciliáveis, tão radicalmente dissociados (por "uma dessas distâncias

---

64. I, p. 644.
65. II, p. 1005.
66. III, p. 693.

no espírito que só fazem afastar, que separam e colocam em outro plano") quanto os de Guermantes e os de Méséglise, de Balbec e de Combray. Sabemos com que surpresa, apesar das explicações anteriores de Saint-Loup, ele tomou conhecimento, na casa da senhora de Villeparisis, de que o senhor de Charlus era irmão do duque de Guermantes. Quando este lhe revelou, por exemplo, que um Norpois, sob Louis XIV, casou--se com uma Mortemart, que "a mãe de Monsieur de Bréauté era Choiseul e sua avó Lucinge", ou que "a bisavó de Monsieur de Ornessan era irmã de Marie de Castille Montjeu, mulher de Timoléon de Castille e por conseguinte tia de Oriane", todos esses nomes "vieram colocar-se ao lado de outros que eu acreditava tão distantes... cada nome deslocado pela atração de um outro com o qual eu nunca suspeitara nenhuma afinidade"[67], e a impressão causada ainda é a de distâncias que se anulam, clausuras que desmoronam, essências tidas como incompatíveis que se confundem e por isso mesmo se desvanecem. A vida dos nomes revela-se uma sequência de transmissões e de usurpações que retira qualquer fundamento do devaneio onomástico. O de Guermantes acabará por cair em possessão da plebeia Patronne, ex-Verdurin (via Duras); Odette é sucessivamente Crécy, Swann, Forcheville; Gilberte é Swann, Forcheville e Saint-Loup; a morte de um parente faz do príncipe de Laumes um duque de Guermantes, e o barão de Charlus é também "duque de Brabant, jovem senhor de Montargis, príncipe de Oléron, de Carency, de Viareggio e das Dunes"[68]; de uma maneira laboriosa, mas não menos significativa, Legrandin tornar-se-á conde de Méséglise. Um nome é algo insignificante.

Marcel ainda podia sentir, diante do balé onomástico do *Caminho de Guermantes*, uma espécie de vertigem não desprovida

---

67. II, p. 540, 542.
68. II, p. 942. Saint-Loup, em Balbec, já havia advertido Marcel sobre esta instabilidade: "nessa família eles trocam de nome como trocam de camisa" (I, p. 755).

de poesia.[69] O mesmo não ocorrerá com uma última experiência, puramente linguística, e que lhe revelará, sem compensação estética, a frivolidade de seus devaneios sobre os nomes de lugares — trata-se das etimologias de Brichot na última parte de *Sodoma e Gomorra*.[70] Frequentemente nos interrogamos sobre sua função no romance, e Vendryès, que via nessas tiradas uma sátira ao pedantismo dos estudantes da Sorbonne, indicava que elas testemunhavam também uma espécie de fascinação. Essa ambivalência não é duvidosa, mas a "paixão etimológica" provavelmente não tem o sentido que lhe atribui Vendryès, quando afirma que "Proust acreditava na etimologia como um meio racional de penetrar no sentido oculto dos nomes e, em seguida, informar-se sobre a essência das coisas. É uma concepção, prossegue, que remonta a Platão, mas que nenhum estudioso defenderia em nossos dias".[71] Isso é ligar, sem hesitação, as etimologias de Brichot àquelas de Sócrates, na primeira parte do *Crátilo*, e colocá-las a serviço da "consciência cratiliana"[72] de Marcel, para quem, com efeito, *a essência das coisas* está mesmo no *sentido oculto* de seus nomes. Ora, se considerarmos mais de perto essas etimologias e seu efeito sobre o espírito do herói, convencemo-nos com facilidade de que

69. "O próprio nome Guermantes recebia de todos os belos nomes extintos [apagados], e por esta mesma razão mais ardentemente reacendidos, sobre os quais eu aprendia somente que ele era ligado, uma nova determinação, puramente poética" (II, p. 542-543).
70. A relação funcional entre essas etimologias e as genealogias de Basin é claramente indicada por Proust: os nobres são "os etimologistas da língua, não das palavras, mas dos nomes" (II, p. 532). Mas Brichot também se liga à etimologia dos nomes (de lugares). Lembremos que suas etimologias se dispersam entre as páginas 888 e 938 do tomo II da Pléiade. Antes tinha havido algumas etimologias do cura de Combray (I, pp. 104-106), mas ainda desprovidas de valor crítico: elas serão, aliás, frequentemente refutadas por Brichot. A propósito do laço entre genealogias e etimologias, podemos notar uma "revelação", de algum modo híbrida, quando Marcel fica sabendo que o nome de Surgis-le-Duc se deve não a uma filiação ducal, mas a um casamento com um plebeu, um rico fabricante chamado Leduc (II, p. 706).
71. Vendryès, op. cit., p. 126.
72. R. Barthes, op. cit., p. 158.

sua função é exatamente inversa. Qualquer que seja seu valor científico real, é sabido que elas se apresentam e que são recebidas do mesmo modo como correções dos erros do sentido comum (ou do linguista amador encarnado pelo cura de Combray), "etimologias populares" ou ingênuas, interpretações espontâneas do imaginário. Contra tudo isso, e portanto contra o "cratilismo" instintivo do Narrador, convencido da existência de uma relação imediata entre a forma *atual* do nome e a essência intemporal da coisa, Brichot restabelece a verdade decepcionante da filiação histórica, da erosão fonética, em suma, da dimensão diacrônica da língua. Nem toda etimologia tem necessariamente inspiração *realista*: as de Sócrates (que aliás não pretende nenhuma verdade científica) o são porque visam estabelecer, por análises arbitrárias, uma conveniência entre o som e o sentido que não aparece de maneira suficientemente manifesta na forma global do nome: *Dionysos* decompõe-se em *Didous oïnon* (que dá o vinho), *Apollon* em *Aei ballon* (que não se pode evitar), etc. As de Brichot, ao contrário, são quase sistematicamente antirrealistas. Se, por exceção, *Chantepie* é mesmo a floresta onde canta a gralha [*pie*], a rainha [*reine*] que canta em *Chantereine* é uma vulgar rã [*rana*], agrade ou não ao senhor de Cambremer; Loctudy não é o "nome bárbaro" que o cura de Combray via, mas o latim *Locus Tudeni*; Fervaches, apesar do que pensa a princesa Sherbatoff, são Águas quentes (*fervidae aquae*); Pont-à-Couleuvre não abriga nenhuma serpente, é Pont-à-Péage (*Pont à qui l'ouvre,* "Ponte de quem abrir"); Charlus tem sua árvore em Saint-Martin du Chêne, mas não em Saint-Pierre des Ifs (de *aqua*); em Torpehomme, "*homme* não significa de forma alguma isso que o senhor é naturalmente levado a crer, barão", é *holm*, que significa: " ilhota"; enfim, o próprio Balbec nada tem de gótico, nem de tempestuoso, nem sobretudo de persa: deformação de Dalbec, de *dal*, "vale", e *bec*, "riacho"; e mesmo Balbec-en-Terre não significa Balbec nas terras, em alusão a algumas léguas que o separam da praia e de suas tempestades, mas Balbec do continente, em oposição ao baronato de Douvres [*Dover*], do qual dependia antigamente: Balbec d'outre-Manche [do outro lado do canal da Mancha]. "Enfim, agora, quando voltar a Balbec, saberá o que Balbec significa", diz ironicamente o senhor Verdurin; mas sua ironia não atinge somente aquele que visa (o pedante Brichot), pois é verdade que Marcel acreditou, durante muito tempo, saber o que significava Balbec, e se as revelações de Brichot cativam-no, é por que elas acabam por destruir suas antigas crenças e introduzem nele o desencantamento salubre da verdade. Dessa forma, ele verá escapulir-se o charme da flor que não mais pode ser vista em Honfleur (*fiord*, "porto"), e a graça do *bœuf* [boi], que não deve ser buscada em Bricquebœuf (*budh*, "cabana"); assim, descobrirá que os nomes não são individuais, assim como não o são os lugares que eles designam, e que à continuidade (ou contiguidade) de uns sobre o "terreno" responde o parentesco de outros e sua organização em paradigma no sistema da língua:

> O que me havia parecido particular generalizava-se: Bricquebœuf se juntava a Elbeuf, e mesmo em um nome à primeira vista tão individual quanto o lugar, como no nome de Pennedepie, no qual as estranhezas mais impossíveis de elucidar através da razão pareciam-me amalgamadas desde tempos imemoriais em um vocábulo camponês, saboroso e duro como certo queijo normando, fiquei desolado de encontrar o *pen* gaulês, que significa "montanha", e que se encontra tanto em Penmarch quanto em Apennins.

Como a experiência do "mundo visível", o aprendizado linguístico despoetiza e desmitifica: os nomes de lugares ficam "um tanto quanto esvaziados de um mistério que a etimologia (substitui) pelo raciocínio".[73] O fato é que,

---

73. II, p. 1109.

depois dessa lição, os devaneios nominais desaparecem definitivamente do texto da *Busca*: Brichot tornou-as propriamente *impossíveis*.

Não é possível, então, atribuir sem nuanças ao próprio Proust o *otimismo do significante* do qual seu jovem herói dá provas: a crença na verdade dos nomes é um privilégio ambíguo da infância, uma dessas "ilusões a serem destruídas" que o herói deverá abandonar, uma após a outra, para aceder ao estado de desencantamento absoluto que precede e prepara a revelação final. Sabe-se, por uma carta enviada a Louis de Robert, que Proust tinha pensado em chamar as três partes da *Busca* previstas em 1913 de *Idade dos nomes, Idade das palavras* e *Idade das coisas*.[74] Qualquer que seja a interpretação que possamos dar às duas outras, a primeira fórmula designa sem ambiguidade a paixão pelos nomes como uma etapa transitória, ou melhor, como um ponto de partida. A idade dos nomes é o que o *Caminho de Swann* chama mais cruelmente de "idade em que se acredita que se cria o que se nomeia"[75]; isso ocorre a propósito da demanda que Bloch faz a Marcel para chamá-lo de "querido mestre" — e "criar" deve ser tomado aqui em seu sentido mais ingenuamente realista: a ilusão do realismo é acreditar que o que nomeamos é *tal como o nomeamos*.

Talvez, em *Um amor de Swann*, uma espécie de desdém antecipado por essa enganosa "magia" dos nomes próprios possa ser encontrada nas brincadeiras duvidosas que Charles e Oriane trocam entre si, na noite de Sainte-Euverte, a respeito do nome de Cambremer — decididamente um dos pontos vulneráveis da onomástica proustiana. Estas brincadeiras são calembures e paródias de etimologia cratiliana sobre os quais gostaríamos de consultar o ilustre Brichot:

---

74. A. Maurois, *À la Recherche de Marcel Proust*, Paris, Hachette, 1985, p. 270.
75. I, p. 91.

Esses Cambremer têm um nome surpreendente. Ele acaba na hora certa, mas acaba mal! diz ela rindo. — Ele não começa melhor[76], responde Swann. — De fato, com essa dupla abreviação!... — Foi alguém extremamente bravo e extremamente conveniente que não ousou ir até o fim da primeira palavra. — Mas dado que não podia se impedir de começar o segundo, teria feito melhor em completar o primeiro para acabar de vez.[77]

Estes são os inconvenientes de se abrir (ou de se quebrar) sem precauções o que *Contre Sainte-Beuve*[78] chama de "urna do incognoscível".

Há então na *Busca do tempo perdido* um testemunho rico e preciso disso que se propõe chamar de *poética da linguagem*, e ao mesmo tempo uma crítica — às vezes explícita, às vezes implícita, mas sempre severa — desta forma de imaginação, duplamente denunciada como ilusão realista: a) na crença em uma identidade do significado (a "imagem") e do referente (o lugar): é o que hoje batizaríamos de *ilusão referencial*; b) na crença em uma relação natural entre o significado e o significante: o que se poderia propriamente chamar de *ilusão semântica*. Se ocorre a essa crítica coincidir com ou antecipar alguns temas da reflexão linguística, nem por isso se encontra menos estreitamente ligada, em Proust, ao movimento e à perspectiva de uma experiência pessoal, que é a aprendizagem da verdade (proustiana) pelo herói-narrador. Esta aprendizagem incide, entre outros, sobre o valor e a função da linguagem, e a sucessão dessas fórmulas já citadas — idade dos nomes, idade das palavras — indica precisamente o sentido de sua progressão. É ainda preciso evitar,

---

76. Talvez a personagem se refira ao termo "*cambrer*", "desviar-se", ou, mais pesadamente, a "*cambrioler*", que significa "roubar", mas com a agravante de fazê-lo através de um arrombamento, da quebra de algo.
77. I, p. 341.
78. p. 278.

no que concerne à segunda, um contrassenso que poderia encontrar uma aparente justificativa na oposição, já defrontada, entre o Nome (próprio) e a Palavra compreendida como nome comum (*établi, oiseau, fourmilière*). Se o título desejado em 1913 para a segunda parte da *Busca* já remetia a esta oposição, sua pertinência parece muito duvidosa — e podemos naturalmente imaginar que é por esta razão que foi abandonado, mas a questão seria então saber como Proust teria podido pensar tanto tempo nisso para submetê-lo à aprovação de Louis de Robert. Parece então mais provável que a "palavra" não seja tomada aqui no sentido de nome comum; sabemos que na *Busca* ela não é objeto de nenhuma experiência, nem de nenhuma reflexão de alguma importância. A única significação pertinente que se lhe pode atribuir refere-se não mais ao uso da linguagem, de certa forma solitário, que é aquele dos devaneios infantis, mas, ao contrário, à experiência social e interindividual da fala: não mais se refere ao *tête-à-tête* fascinante da imaginação com as formas verbais tomadas como objetos poéticos, mas à relação a outrem tal que ele se enoda na prática real da comunicação linguística. A "palavra" seria aqui — mais ou menos no sentido em que falamos, por exemplo a propósito de Molière ou de Balzac, "palavra de caráter" — a palavra *reveladora*, o traço ou o acidente de linguagem em que se manifesta (às vezes voluntariamente, muitas vezes de modo involuntário e mesmo à revelia daquele que a profere) um aspecto de sua personalidade ou de sua situação. A descoberta desta nova dimensão da linguagem seria então uma nova etapa na aprendizagem do herói. Etapa ao mesmo tempo negativa, dado que lhe revela o caráter essencialmente decepcionante da relação a outrem, e positiva, dado que toda verdade, mesmo a mais "desoladora", é boa para ser recebida: a experiência das "palavras" confunde-se, desta forma, com a saída (dolorosa) do solipsismo verbal da infância, com a descoberta da fala do Outro e da sua própria fala como elemento da relação de alteridade.

A *idade das palavras* seria de fato aquela da aprendizagem da verdade humana — e da mentira humana. A importância aqui emprestada a esta fórmula e ao emprego de uma expressão como "palavra reveladora" não devem deixar supor, nem por um instante, que Proust atribui à palavra uma potência de verdade comparável, por exemplo, àquela que supõe o exercício da dialética platônica, ou o transparente diálogo das almas na *Nova Heloísa*. A veridicidade do logos não está mais estabelecida na idade das palavras que na idade dos nomes: essa nova experiência é, ao contrário, uma nova etapa na crítica da linguagem — isto é, na crítica das ilusões que o herói (que o homem, em geral) pode manter a respeito da linguagem. Não há palavra reveladora senão sobre o fundo de uma palavra essencialmente mentirosa, e a verdade da fala é objeto de uma conquista que tem de passar pela experiência da mentira: a verdade da fala está *na* mentira.

De fato, é preciso distinguir a palavra reveladora da palavra (se ela ocorre, às vezes) simplesmente verídica. Quando Orgon diz a Cléante que o comércio de Tartuffe aparta sua alma de todos os sentimentos, e que ele veria "morrer irmão, crianças, mãe e mulher" sem a menor preocupação, não lhe viria ao espírito julgar essa declaração "reveladora": Orgon diz simplesmente o que se passa com seu capricho, e sua palavra só aparece aqui como expressão transparente de seu pensamento. Revelador, ao contrário, o "E Tartuffe?" da cena precedente, na qual a verdade se expressa sem que Orgon o queira, talvez sem que ele a saiba, e sob uma forma que deve ser interpretada. A palavra diz então mais do que quer dizer, e é nisso precisamente que revela ou, se preferirmos, que trai. Vê-se imediatamente que tais enunciados colocam um problema semiológico que os enunciados "verídicos" (isto é, recebidos como tais) não colocam: enquanto a mensagem verídica é unívoca, a mensagem reveladora é ambígua: o que ela diz é distinto do que quer dizer, e não é dito da mesma maneira. Orgon quer dizer que Tartuffe é digno de pena, e a maneira pela qual o diz, intempestiva e compulsiva, mostra por sua vez que Orgon está "entartufado": sua palavra denota o ascetismo (imaginário) de Tartuffe e conota a paixão (real) de Orgon. No enunciado revelador, o órgão da revelação (da verdade) é essa conotação, essa linguagem indireta que passa, como observa Proust, não pelo que diz o locutor, mas por sua *maneira* de dizê-lo.[79] No fim de *Sodoma e Gomorra*, é uma frase de Albertine que "revela" a Marcel o lesbianismo desta sua amiga, que lhe conta que foi íntima de Mademoiselle Vinteuil. Apesar disso, não consideraremos essa frase como um enunciado revelador: é que ela nada conota, ela não se presta a nenhuma interpretação, e se ela toma para Marcel tal importância é porque uma experiência anterior e exterior a esse enunciado lhe faz dar um valor inquietante ao *que ele enuncia*. A frase de Albertine não é ambígua, e não porta senão um significado (intimidade com Mademoiselle de Vinteuil), e é esse próprio significado que, por sua vez, significa para Marcel o lesbianismo de Albertine: a interpretação não incide sobre a palavra, mas sobre o fato. Não estamos na hermenêutica da palavra reveladora, mas simplesmente em uma especulação, exterior a qualquer questão de linguagem, sobre a relação necessária entre dois fatos. Em contrapartida, na mesma declaração de Albertine, um parêntese como este: "Oh! De modo algum o tipo de mulher que você poderia crer!" provoca imediatamente o trabalho da interpretação: a pressa de Albertine em combater uma hipótese que ainda não foi formulada é evidentemente suspeita e carrega uma significação contrária àquela que leva a própria negação: a conotação refuta a denotação, o "modo de dizer" diz mais que o dito.

79. I, p. 587.

Quando Swann chega à noite na casa da senhora Verdurin, esta, mostrando-lhe as rosas que ele a fez usar pela manhã, articula rapidamente: "Eu o reprovo" e, sem demorar-se em delicadezas, indica-lhe um lugar ao lado de Odette.[80] Esta antífrase mundana ("Eu o reprovo" = "Eu lhe agradeço"), que só vale aqui pela economia daquilo que nos Guermantes se chamaria sua "redação", é precisamente o que a retórica clássica chamava de *asteísmo*: "brincadeira delicada e engenhosa através da qual se louva ou se adula tendo o ar de lamento ou reprovação".[81] É óbvio que as figuras da retórica mundana, como todas as figuras, são formas declaradas da mentira, que se dão por tais e esperam ser decifradas segundo um código reconhecido pelas duas partes. Se Swann ousasse responder à senhora Verdurin algo como: "Você me reprova quando lhe ofereço flores! Você não é amável e eu não lhe oferecerei mais!", provaria ao mesmo tempo sua falta de modos e o que Proust chamaria de sua ingenuidade. Essa fraqueza, como já vimos, é por excelência aquela de Cottard (primeira maneira), que toma tudo ao pé da letra e, como deplora a senhora Verdurin, "remete-se àquilo que se lhe diz". Outro "ingênuo" caracterizado da sociedade proustiana é o descuidado Bloch, que, quando a senhora de Guermantes afirma: "As coisas mundanas não são o meu forte", responde em toda simplicidade, achando que ela falou sinceramente: "Ah! Eu acreditava no contrário"[82]; ou que, quando Saint-Loup, durante a guerra, mesmo "removendo céus e terras" para conseguir engajar-se, alega não retomar o serviço "simplesmente por medo", trata-o de "mau filho" e de *embusqué*.[83] Bloch é incapaz de conceber um heroísmo "táci-

---

80. I, p. 218.
81. Fontanier, *Les Figures du discours*, Paris, Flammarion, 1968, p. 150.
82. II, p. 244. Outro literalismo de Bloch, II, p. 222.
83. Termo surgido na guerra de 1914-18. Significa atribuir (de favor) a um mobilizado uma ocupação na qual este não fica exposto aos perigos, por exemplo, numa unidade não combatente, na retaguarda. [N.T.]

to", mesmo dissimulado por trás da covardia, que é precisamente aquele que o verdadeiro covarde jamais pronunciaria: sabe-se que um ponto comum ao "meio Guermantes" e ao "espírito de Combray" é precisamente o princípio de que não se deve "expressar os sentimentos por demais profundos e considerados muito naturais"[84]; mas para o literalismo de um Bloch ou de um Cottard, o que não é dito — *a fortiori* o que é negado — não pode existir e, inversamente, o que é dito não pode senão existir. Um e outro poderiam subscrever a frase de Jean Santeuil, enunciado emblemático de toda ingenuidade: "Tenho a prova do contrário, ela me disse que não."[85] Do mesmo modo, quando um conviva afirma a Odette que não se interessa por dinheiro, ela diz dele: "Mas é uma alma adorável, um sensível, nunca duvidei disso!", ao passo que a generosidade de Swann, que desdenha a autopromoção, permanece imperceptível para ela: "O que falava alto à sua imaginação, comenta Proust, não era a prática do desinteresse, era o vocabulário."[86]

Vemos que os "ingênuos" são mais numerosos do que poderíamos crer. Acontece mesmo que Proust, em um movimento de humor, engloba toda a sociedade nessa qualificação, dizendo por exemplo do senhor de Bréauté que "seu ódio pelos esnobes decorria de seu esnobismo, mas fazia crer aos ingênuos, isto é, a todo mundo, que era isento desse traço".[87] Mas essa generalização ultrapassa visivelmente seu pensamento, e no caso preciso de Breauté, por exemplo, o leitor não deve,

---

84. III, p. 742. É Charlus, em Balbec, que dá a Marcel, que acabara de afirmar que "adora" sua avó, esta dupla lição que seria válida também para Bloch: "Você ainda é jovem demais, e deveria aproveitar para aprender duas coisas: a primeira, é furtar-se a expressar sentimentos naturais demais para não serem subentendidos; a segunda, é não partir para a guerra para responder a coisas que lhe disseram antes de ter penetrado sua significação" (I, p. 767).
85. *Jean Santeuil*, Pléiade, p. 736.
86. I, p. 245.
87. II, p. 504.

ingênuo, por sua vez, tomar ao pé da letra os protestos de Oriane ("Esnobe, Babal! Mas você está louco, meu pobre amigo; é exatamente o contrário, ele detesta pessoas brilhantes..."): que ele espere a última recepção nos salões da princesa para encontrar, sempre na boca de Oriane, esta breve oração fúnebre — "Era um esnobe."[88] De fato, a vida social é, em Proust, uma verdadeira escola de interpretação, e ninguém poderia ser bem-sucedido na carreira (não fossem os acontecimentos como o *Caso* ou a Guerra, que transtornam todas as normas) sem ter aprendido ao menos seus rudimentos. A carreira do herói deve-se precisamente à rapidez com a qual ele assimila as lições da hermenêutica mundana. Quando, vindo à casa do duque de Guermantes para tentar saber dele se o convite que recebeu da princesa é autêntico, choca-se com a bem conhecida repugnância desta família a este gênero de serviço, e quando Basin despeja sobre ele uma série de argumentos mais ou menos contraditórios para justificar sua recusa, ele sabe compreender ao mesmo tempo que se trata de uma comédia e que deve agir como se fosse crédulo.[89] Ele irá então à casa de "Marie-Gilbert", mas continuará sem saber a resposta; quando, uma vez afastado qualquer perigo, Oriane lhe diz: "Você acha que eu não teria podido fazer com que você fosse convidado à casa de minha prima?", ele se abstém de acreditar nela e de reprovar sua timidez: "Eu estava começando a entender o exato valor da linguagem falada ou muda da amabilidade aristocrática... Discernir o caráter fictício dessa amabilidade é o que eles (os Guermantes) chamavam ser bem-educado; acreditar ser a amabilidade real era a má educação." Vemos por que Bloch encarna simultaneamente, nesse mundo, a ingenuidade e a grosseria: é a mesma coisa. E na iniciação progressiva de Marcel ao ritual mundano, pode-se qualificar como um teste edificante, e mesmo glorificante, a pequena cena que ocorre pouco depois,

88. II, p. 451; III, p. 1007.
89. II, p. 577.

durante uma manhã no palácio da duquesa de Montmorency: convidado através de amplos gestos pelo duque de Guermantes, que segura o braço da rainha da Inglaterra, a aproximar-se para ser-lhe apresentado, Marcel, que começa a "aperfeiçoar-se na linguagem da corte", inclina-se sem sorrir e afasta-se. "Eu poderia ter escrito uma obra-prima, os Guermantes me teriam considerado menos por isso do que pelo efeito dessa saudação." A duquesa cumprimentará a mãe do Narrador, dizendo "que era impossível ter maior domínio". O que se passa é que ele dominava a única coisa meritória, cuja importância se mede pelo nível de cuidado com o qual se evita de a ela fazer alusão: "Ninguém parava de encontrar nessa saudação todas as qualidades, sem entretanto mencionar aquela que havia parecido a mais preciosa, a saber, que havia sido discreta, e ninguém deixava de dar-me congratulações, sobre as quais compreendi que eram menos uma recompensa pelo passado que uma indicação para o futuro."[90] A lição do episódio é, evidentemente, como diria Cottard, se pudesse compreendê-la e também formulá-la nessa linguagem dos clichês que ele ainda não domina: "Para bom entendedor, meia palavra basta!"

Contraprova: o senhor de Cambremer esboça um gesto de ceder o lugar a Charlus; este simula tomar o gesto como uma homenagem prestada ao seu título e, acreditando com razão não poder "melhor estabelecer seu direito a esta prerrogativa senão declinando-a", confunde-se em protestos veementes, apoiando-se com força sobre os ombros do gentil-homem, que de forma alguma havia se levantado, como que para forçá-lo a reocupar o assento. "Seu gesto, querendo que eu ficasse com seu lugar, me fez lembrar de um senhor que me enviou uma carta esta manhã, endereçando-a: "À Sua Alteza, barão de Charlus", e que começava por: "Monsenhor." — "De fato, vosso correspondente exagerou um pouco", respondeu

---

90. II, p. 562-563.

o senhor de Cambremer, entregando-se a uma discreta hilaridade. O senhor de Charlus o tinha provocado. Ele não a compartilha: "Mas, no fundo, meu caro, disse, observe que, heraldicamente falando, é ele que está com a razão"[91] Nunca se é muito claro na província.

A vida mundana exige, como a diplomacia, a arte da cifragem e o hábito da tradução imediata. Da mesma forma que, em um discurso dirigido à França pelo tsar, o uso da palavra "aliado" em lugar da palavra "amigo" anuncia, para qualquer iniciado, que na próxima guerra a Rússia enviará 5 milhões de homens em socorro da França, uma palavra dita pelo duque de Réveillon significa que ele convidará ou não seu interlocutor para o próximo baile. O duque supervisiona sua linguagem com tanto cuidado quanto um chefe de Estado, e dosa com precisão as amabilidades que dirige às suas relações de férias, dispondo de quatro "textos" cujos valores relativos são de uma clareza perfeita para quem "sabe viver", ou, dito de outra forma, *sabe ler*: "Espero ter o prazer de revê-lo em Paris, em minha casa/ em Paris (sem mais)/ revê-lo (sem mais)/ revê-lo aqui (na estação de águas)." O primeiro convida, o último é uma condenação sem apelo, os dois outros são deixados à interpretação, perspicaz ou ingênua, do interessado; mas esta última eventualidade é ainda coberta:

> Quanto aos ingênuos, os que mais o eram não tinham ousadia suficiente para dizer: "Irei vê-lo com certeza", pois a figura do duque de Réveillon era eloquente e, de certa forma, se poderia ler nela o que ele teria respondido em diferentes casos. Neste ouvia-se antecipadamente o glacial "É muito amável", seguido da brusca supressão do aperto de mão que teria feito o infortunado desistir de dar prosseguimento a um projeto tão insensato.[92]

---

91. II, p. 946.
92. *Jean Santeuil*, Pléiade, p. 708-711.

A expressão muda da face serve aqui de glosa ou de manual de instruções a um eventual Cottard ou Cambremer de estação de águas.

O aspecto criptográfico da conversação mundana, quando esta engaja alguns interesses, explica que diplomatas profissionais experimentados com tais exercícios de transcodificação façam maravilhas, mesmo que sejam perfeitamente estúpidos como o senhor de Norpois. A mais bela cena de negociação mundana, desempenhada por completo sobre um duplo registro entre dois atores, dos quais cada um traduz instantaneamente o discurso cifrado do outro, é aquela que confronta o dito Norpois e o príncipe de Faffenheim em *O caminho de Guermantes*.[93] Trata-se — situação reveladora, se for isso — de uma candidatura: a do príncipe à Academia de Ciências Morais e Políticas. Mas, para melhor julgar, é preciso levar em conta a atitude de Norpois em relação a uma primeira candidatura, a do pai de Marcel. A influência de Norpois, que dispõe de dois terços dos votos, sua afabilidade "proverbial", sua notória amizade pelo postulante não deixam, na aparência, nenhuma dúvida sobre sua posição, e Marcel, encarregado de lhe "dizer uma palavrinha" sobre o caso, recebe na cara um discurso completamente inesperado, dos mais calorosamente desencorajantes, sábia variação sobre o tema inevitável: seu pai tem mais o que fazer, todos os meus colegas são uns fósseis, ele *não pode* se apresentar, seria uma imprudência, um mau passo, e se o desse eu levaria a afeição por ele até o ponto de recusar-lhe meu voto, que ele espere então que lhe venham suplicar... Conclusão: "para seu pai prefiro uma eleição triunfal dentro de dez a quinze anos".[94] Sendo um simples pleiteante, e nada tendo a propor, Marcel só pode engolir essa recusa: é aqui a candidatura simples. Mais produtiva (textualmente) é a candi-

93. II, p. 257-263.
94. II, p. 226.

datura negociável, na qual o postulante pode oferecer uma contrapartida em troca daquilo que solicita. É preciso ainda que essa contrapartida responda ao desejo, por hipótese não formulável, do solicitado. A história da candidatura Faffenheim torna-se então aquela de uma série de tateios para pôr a mão na "boa chave". As primeiras ofertas, citações elogiosas ou decorações russas, só levam a amabilidades sem consequência e a respostas tais como: "Ah! Eu ficaria muito feliz (de vê-lo na Academia)", que só poderiam enganar "um ingênuo, um doutor Cottard" (sempre o modelo da ingenuidade), que se diria: "Vejamos... ele me disse que ficaria feliz se eu fizesse parte da Academia; as palavras têm, afinal de contas, um sentido, que diabo!" Ora, contrariamente ao que pensa Cottard, as palavras não têm um sentido: elas têm vários. É o que o príncipe sabe tão bem quanto seu parceiro, "formado na mesma escola". Tanto um quanto o outro sabem o que pode conter "uma palavra oficial aparentemente insignificante", e que o destino do mundo não será anunciado pela aparição das palavras *guerra* ou *paz*, mas significado "por uma outra, banal na aparência, terrível ou abençoada, que o diplomata, com a ajuda de sua cifra, saberia ler imediatamente... Ora, em um caso privado como essa apresentação ao Instituto, o príncipe tinha lançado mão do mesmo sistema de induções que usara em sua carreira, do mesmo método de leitura através de símbolos superpostos". Oferecera a Norpois o cordão de Santo André, que só lhe valeu um discurso semelhante ao que já resumimos acima. Fez um longo artigo elogioso na *Revue des Deux Mondes*: o embaixador respondeu que não sabia "como expressar sua gratidão". Lendo nestas palavras, como num livro aberto, seu novo insucesso, e encontrando no sentimento de urgência uma inspiração salvadora, Faffenheim respondeu aparentemente como o teria feito Cottard: "Terei a indelicadeza de tomá-lo ao pé da letra." Mas esse "ao pé da letra" não deve ser aqui, como o seria com Cottard, tomado ele mesmo ao pé da letra. É ainda um asteísmo, dado que a "demanda" que o príncipe vai fazer é, na realidade, uma oferta — e, desta vez, como o deixa perceber sua apresentação antifrástica, signo de certeza e antecipação do sucesso, esta oferta é a boa: trata-se de obter da senhora de Villeparisis (antiquíssima, sabe-se, e quase ligação conjugal de Norpois) que se digne consentir em vir jantar com a rainha da Inglaterra. O sucesso é agora tão seguro que o príncipe pode simular a retirada de sua candidatura, pois será o embaixador que o reterá: "De modo algum devereis renunciar à Academia; em quinze dias almoçarei com Leroy-Beaulieu, etc."

Mais brutalmente — mas essa própria brutalidade tem o mérito de evidenciar o caráter *duplo* do discurso mundano — uma cena de *Jean Santeuil*[95] apresenta-nos lado a lado as frases pronunciadas num salão e sua "tradução". Jean é o 14º convidado na residência da senhora Marmet, e a dona da casa acredita dever justificar, para os outros hóspedes, essa presença mundanamente pouco gloriosa, o que leva a enunciados como: "Seu pai não fica zangado que você seja roubado assim, na hora de ir para a mesa?" (tradução: "Vocês todos compreendem que ele foi convidado para que não sejamos treze à mesa? Foi na última hora, etc."); "Julien, você apresentou seu amigo a esses senhores?" (tradução: "Não pensem que é alguém de minhas relações, é um colega de classe de meu filho"); "Seu pai é muito generoso em recomendar Julien a cada vez que ele se apresenta a um exame nos Negócios Estrangeiros" (tradução: "Não é má ideia convidá-lo, dado que ele é útil a Julien"). O mesmo procedimento reaparece no final da noite. Madame Sheffler: "Como a princesa é bela! Ela me é muito simpática, pois dizem que é muito inteligente, mas eu não a conheço pessoalmente,

---

95. Pléiade, p. 668-673.

apesar de termos as mesmas amigas" (tradução: "Vamos, apresentem-me"). Senhora Marmet: "Oh! Ela é deliciosa! Mas você não está tomando chá? Você não quer nada, querida?". É preciso traduzir?

Formado na arte da tradução por enunciados desse gênero, cuja duplicidade é mais ou menos aberta, e que é obrigatório saber interpretar, por assim dizer, no exercício da vida mundana, o herói proustiano está pronto[96] para afrontar formas de enunciados mais próximas daquilo que chamamos fala reveladora, cuja significação real só pode ser atingida malgrado — e geralmente à revelia de — aquele que as profere.

A linguagem é, no mundo da *Busca*, um dos grandes reveladores do esnobismo, isto é, da hierarquização da sociedade em castas sociais e intelectuais e, ao mesmo tempo, do movimento incessante de empréstimos e trocas que não cessa de alterar e modificar a estrutura desta hierarquia. A circulação dos modos de expressão, dos traços e dos tiques de linguagem caracteriza essa vida social, ao menos tanto quanto aquela dos nomes e dos títulos nobiliários, e certamente muito mais que aquela dos bens e das fortunas. A estabilidade estilística é aí tão excepcional quanto a estabilidade social ou psicológica e, da mesma forma, parece ser o privilégio um pouco miraculoso da família do Narrador — particularmente da mãe e da avó, enclausuradas no refúgio inviolável do bom gosto clássico e do modo de dizer Sévigné. Um outro milagre, mais de equilíbrio que de pureza, protege o estilo de Oriane, síntese sutil de uma herança provinciana, quase camponesa, e de um dandismo ultraparisiense que ela compartilha com seu amigo Swann (e que imita desajeitadamente o conjunto da casta Guermantes), feita de lítotes, de uma afetação de frivo-

---

96. Essa palavra não deve fazer crer em uma verdadeira sucessão cronológica: as duas formas de aprendizagem, na *Busca*, são de fato simultâneas.

lidade e de desdém pelos assuntos "sérios", de uma maneira desenvolta de sempre pronunciar como que em itálico ou entre aspas as locuções julgadas pretensiosas ou ridiculamente banais. Norpois e Brichot permanecerão fiéis aos seus estilos até o fim — alinhamento solene de clichês para o diplomata, amálgama de pedantismo e de familiaridade demagógica para o *sorbonnard*[97] ("brincadeiras de professor do secundário que abre caminho com os primeiros de sua classe para Saint--Charlemagne"[98]) —, mas essas duas linguagens acabarão por se juntar, em seus artigos de guerra, num mesmo paroxismo de retórica oficiosa, a ponto de os editores suspeitarem[99] de uma confusão de pessoas. O envelhecimento de Charlus é notado, no início de *A prisioneira*, em uma brusca feminização do tom e da forma dada à expressão, quanto à construção e à sintaxe, até então rígidas em uma retórica potente, e na "extensão extraordinária que haviam tomado em sua conversação certas expressões que tinham proliferado e agora voltavam a todo momento, como, por exemplo: 'o encadeamento das circunstâncias', nas quais a fala do barão se apoiava de frase em frase como em um tutor necessário"[100]: invasão do estilo pelo estereótipo que carrega Charlus para o lado de Norpois (lembremos que na época de *Contre Sainte-Beuve* os dois personagens ainda eram confundidos), ou de seu próprio irmão Basin, cuja inabilidade verbal conforta-se a intervalos regulares com locuções expletivas como: "*Que voulez-vous que je vous dise?*"[101] ["Que quereis que eu vos diga?"]. Mesmo a elegância de Swann não resiste à frequentação de pequeno-burgueses

---

97. Palavra arcaica e pejorativa para se referir a um estudante ou professor da Sorbonne. [N.T.]
98. III, p. 711.
99. III, p. 1248.
100. III, p. 212.
101. II, p. 530. Proust acrescenta: "Para ele era, entre outras coisas, como uma questão de métrica", o que curiosamente faz pensar no "*Le dirai-je?*" ["Dir-lhe-ei?"] de Michelet, no qual vê "não uma precaução de sábio, mas uma cadência de músico" (III, p. 161).

pretensiosos imposta por seu casamento com Odette. Ele dirá de um diretor de gabinete ministerial: "Parece que ele é uma capacidade, um homem de primeira ordem, um indivíduo inteiramente distinto. É oficial da Legião de Honra", frases cômicas na boca de um familiar dos Guermantes, pilar do Jóquei-Clube, mas tornadas inevitáveis na do marido de Odette.[102]

Ninguém, ou quase ninguém, está livre desse movimento da linguagem social, e a adoção de uma direção pode ser um sinal infalível de uma degradação, ou de uma promoção, ou ainda de uma pretensão que, na maior parte das vezes, só previne a próxima etapa de uma carreira mundana. Promoção na hierarquia das classes de idade: vimos que conclusão Marcel podia tirar da aparição de certas palavras no vocabulário de Albertine. Mas ele já havia observado em Balbec que as jovens da pequena burguesia adquirem, em momentos bem determinados, o direito de empregar tais locuções, que seus pais guardam para elas em reserva e como que em usufruto: Andrée ainda é muito jovem para poder dizer, a respeito de certo pintor: "Parece que *o homem* é charmoso." Isso virá "com a permissão de ir ao Palais-Royal". Para sua primeira comunhão, Albertine havia recebido como presente a autorização para dizer: "Eu acharia isso terrível."[103] Promoção social, sobretudo. Marcel descobre, no salão de Swann, a elegância e a volúpia de pronunciar *"Comment allez-vous?"* ["Como vai?"] sem elisão, e *odieux* [odioso] com um *o* aberto, e se apressa em levar para casa essas provas de requinte. Sabe-se da coleção de anglicismos que enfeita, desde os seus primeiros passos, a paciente carreira de Odette. Tendo-se tornado a senhora Swann, ela emprestará do meio Guermantes, através da interpretação de seu marido, palavras e expressões que repetirá até a embriaguez — "as expressões que recente-

---

102. I, p. 513: "Não é assim que Swann falava antigamente", comenta Marcel.
103. I, p. 909-910.

mente emprestamos de outras pessoas são aquelas das quais, ao menos durante algum tempo, apreciamos nos servir".[104] O privilégio de poder chamar de *"Grigri", "Babal", "Mémé", "La Pomme"* pessoas tão augustas quanto o príncipe de Agrigente, o senhor de Bréauté (Hannibal), o senhor de Charlus (Palamède) ou a senhora de Pommeraye, isso é um sinal exterior de aristocracia, do qual nenhuma iniciante abriria mão de exibir. Também recordamos que a senhorita Legrandin casou-se com um Cambremer para um dia poder dizer, senão como tantas outras recém-casadas de mais alta extração, "minha tia de Uzai" (Uzès) ou *"mon onk de Rouan"* (Rohan) [meu tio de Rouen], pelo menos, segundo o uso de Féterne, "meu primo de *Ch'nouville"* — o prestígio da aliança, afinal modesto, era realçado pela exclusividade da pronúncia.[105] E como a aristocracia é uma "coisa relativa" e o esnobismo uma atitude universal (a conversa da "marquesa" no pequeno pavilhão dos Champs-Élysées é "Guermantes e o pequeno núcleo Verdurin até mais não poder"[106]), vemos o ascensorista do Grand Hôtel esforçar-se, como proletário moderno, para "apagar de sua linguagem o traço do regime da domesticidade", substituindo cuidadosamente libré por "túnica" e ordenado por "remuneração", designando o zelador ou o manobrista como seus *"chefs"* para dissimular, sob essa hierarquia entre "colegas", a velha e humilhante oposição entre senhores e servidores que sua função real perpetua apesar dele; também Françoise torna-se, em seu discurso, "esta *dama* que acaba de sair", e o motorista "este senhor com quem vós saístes", designação inesperada que revela a Marcel "que um trabalhador é um senhor como qualquer homem do mundo. Lição de palavras somente, precisa ele, pois eu, de fato, jamais havia feito distinção entre as classes". Distinção na verdade bastante con-

---

104. I, p. 504, 511, 510.
105. II, p. 819.
106. II, p. 312.

testável, denegação mais que suspeita para quem se lembra de ter encontrado no discurso do mesmo Marcel uma afirmação como esta: "o nome de empregado é, como o uso do bigode pelos garçons de café, uma satisfação de amor-próprio dada aos domésticos".[107] Quando as "palavras" são carregadas de conotações tão pesadas, a lição de palavras é mesmo uma lição de coisas.

A ambição mundana e o prestígio das classes superiores não são, porém, a única via pela qual o esnobismo age sobre a linguagem. O próprio Proust menciona como uma "lei da linguagem" o fato de que as pessoas se exprimem "como aquelas de sua casta mental, e não como as de sua casta de origem".[108] Esta é uma nova explicação para os vulgarismos do duque de Guermantes, e a própria fórmula do "jargão de círculo" emprestado de Raquel por Saint-Loup, através do qual o jovem aristocrata insensível se integra espiritualmente a uma nova casta, socialmente inferior à sua. Esse jargão, cuja superioridade intelectual sobre um Swann ou um Charlus encontra-se longe de estar garantida, apresenta aos seus olhos todos os charmes do exotismo, e sua imitação lhe faz sentir um arrepio de iniciação. Assim, quando ouve seu tio afirmar que há mais verdade numa tragédia de Racine que em todos os dramas de Victor Hugo, ele se apressa em dizer ao ouvido de Marcel: "Preferir Racine a Victor é, no mínimo, algo enorme! Ele estava sinceramente triste com as palavras de seu tio, acrescenta o narrador, mas o prazer de dizer 'no mínimo' e sobretudo 'enorme' consolava-o."[109] Uma "lei da linguagem" que Proust, na falta de enunciar, ilustra de várias maneiras, parece ser a de que toda linguagem fortemente caracterizada — seja em seu léxico, em sua sintaxe, em sua fraseologia, em sua pronúncia, seja em qualquer outro traço, quer se trate

107. I, p. 799; II, pp. 855, 790; I, p. 800; II, p. 1026; I, p. 800.
108. II, p. 236.
109. I, p. 763.

de um estilo de autor (vide a força de contágio do estilo de Bergotte), de um jargão intelectual, de um modo de dizer de grupo, de um dialeto — exerce sobre aqueles que com ela se deparam, oralmente ou por escrito, um fascínio e uma atração proporcionais não tanto ao prestígio social ou intelectual daqueles que a falam ou escrevem, mas à amplitude de seu "desvio" e à coerência de seu sistema. Na caserna de Doncières, o jovem formado em Letras aplica-se com pedantismo em imitar as construções em gíria e a sintaxe popular de seus companheiros analfabetos (*"Voyons, vieux, tu veux nous la faire à l'oseille"*.[110] *"Tu parles qu'en voilà un qui ne doit pas être malheureux"*), "estabelecendo as novas formas gramaticais que só recentemente havia aprendido e com as quais ficava orgulhoso de ornamentar sua conversação".[111] Da mesma forma, durante a guerra, e sem que o patriotismo aí desempenhe um grande papel, uma sociedade inteira, da duquesa ao *maître d'hôtel*, se põe a falar a linguagem do dia — *G.Q.G, poilus, caviarder, limoger, embusqué*[112], com um prazer idêntico àqueles causados alguns anos antes pelo uso de *Babal* e de *Mémé*; e talvez seja ainda mais por contágio verbal do que por desejo de se dar importância que Mademoiselle de Verdurin diz "*Nós* exigimos do rei da Grécia, *nós* lhe enviamos, etc.", e que Odette fala: "Não, não acredito que eles tomarão Varsóvia" ou "O que eu não queria era uma paz claudicante". Sua admiração por "nossos leais aliados" não seria, aliás, a exaltação de sua antiga anglomania linguística, e ela não a projetaria sobre Saint-Loup quando anuncia, com inoportuno orgu-

---

110. *Oseille*: azedinha (planta); "la faire à l'oseille" significa "procurar impressionar". [N.T.]
111. II, p. 94.
112. G.Q.G.: Grand Quartier Général, estado-maior francês. *Poilus:* literalmente, "peludos"; termo usado como gíria, que se refere aos soldados combatentes da guerra de 1914 -1918, na linguagem dos civis. *Caviarder*: riscar, censurar, suprimir uma passagem numa publicação, num manuscrito. *Limoger:* destituir um oficial de seu comando. *Embusqué:* soldado mobilizado e designado (de favor) para um posto no qual não corre riscos, numa unidade não combatente distante da linha de frente. [N.T.]

lho, que seu genro "conhece agora a gíria de todos os bravos *tommies?*".[113] De fato, para todos — exceto sem dúvida para aqueles que a "fazem", não como a "faz" Clémenceau, mas que a sofrem —, a guerra, como tantas outras situações históricas, é em primeiro lugar uma "gíria".

Na aparência, essas formas elementares da comédia social não comportam nenhuma ambiguidade e tampouco apresentam dificuldade semiológica, dado que um traço de linguagem aí se encontra claramente proposto como conotativo de uma realidade à qual está ligado por uma semiose de todo transparente: anglicismo = "distinção", emprego do diminutivo = "familiaridade com o meio aristocrático", etc. Entretanto, é necessário observar que a aparente simplicidade da relação de significação recobre pelo menos dois tipos de relação muito distintas, segundo a atitude adotada pelo destinatário da mensagem. A primeira, que se pode qualificar no vocabulário proustiano de "ingênua", e que é evidentemente aquela que o emissor deseja e que seu discurso postula, consiste em interpretar o conotativo como um *indício*, no sentido comum do termo, isto é, como um efeito significando sua causa: "Esta jovem diz 'Grigri' *porque* ela é íntima do príncipe de Agrigente." A outra atitude consiste, ao contrário, em receber o conotativo como um *índice* intencional, e portanto em ler uma relação de finalidade naquilo que era apresentado como uma relação de causalidade: "Esta jovem diz 'Grigri' *para* mostrar que é íntima do príncipe de Agrigente." Vê-se imediatamente, porém, que esta modificação da relação semiótica carrega consigo uma modificação do próprio significado: pois se o conotativo recebido como indício significa o que está encarregado de significar, esse mesmo conotativo *reduzido* ao estado de índice não pode mais significar senão a *intenção* significante, e portanto a *exibição* do atributo conotado. Ora, no sistema dos valores proustianos, um atributo exibido

113. III, p. 729, 733, 788, 789. [*Tommies*: soldados ingleses.]

é inevitavelmente depreciado (por exemplo, a "distinção" exibida torna-se afetação) e, além disso, quase inevitavelmente contestado em virtude da lei segundo a qual jamais se tem a necessidade de exibir aquilo que se possui e cuja possessão é, por definição, indiferente: assim Swann, tão desejoso quando amava Odette de significar-lhe sua indiferença no dia em que tivesse se desligado dela, deixaria de fazê-lo quando se tornou capaz; ao contrário, ele dissimula com cuidado suas infidelidades. Junto com seu amor, diz Proust, ele perdeu o desejo de mostrar que não tem mais amor; do ponto de vista que nos interessa aqui, diremos antesque, ao adquirir essa vantagem que é a indiferença, ele perdeu o desejo de manifestá-la.[114] Quando Charlus, em sua primeira aparição em Balbec, quer adotar um "ar" para desviar as suspeitas de Marcel, que havia surpreendido seu olhar insistente, ele ergue seu relógio, olha ao longe, e faz "o gesto de descontentamento através do qual se acredita tornar claro que se está cansado de esperar, *mas que jamais se faz quando se espera realmente*".[115] Esta incompatibilidade do ser e do parecer anuncia então como fatal o insucesso do significante, seja verbal, seja gestual. Marcel, convicto de enfim ser apresentado por Elstir ao "pequeno bando" das jovens, dispõe-se a exibir "o tipo de olhar interrogador *que desencadeia não a surpresa, mas o desejo de ter um ar surpreso* — qualquer pessoa, acrescenta, é um mau ator, ou o próximo é um bom fisionomista".[116] Também a mensagem exibidora é imedia-

---

114. I, p. 525; mesma observação a respeito de Marcel desligado de Gilberte, II, p. 713.
115. I, p. 752. Grifos nossos. Algumas linhas depois: "Ele exalou o suspiro ruidoso das pessoas que têm não calor demais, mas o desejo de mostrar que têm calor demais".
116. I, p. 855. Grifos nossos. A notar que *Jean Santeuil* (III, p. 30) dizia exatamente o contrário: "Nossos interlocutores prestam ao que dizemos uma atenção tão distraída ou tão indiferente que pensam que estamos distraídos quando estamos mais atentos, e os jogos de fisionomia, as gafes, os desprezos que acreditamos atravessar nossos olhos passam quase sempre despercebidos". Seria vão tentar *reduzir* essa contradição por alguma diferença de contexto ou "evolução" do pensamento de Proust: as duas "verdades" coexistem sem conhecer-se, *dando-se as costas uma à outra*.

tamente decifrada como simuladora, e a proposição: "Ela diz 'Grigri' para *mostrar* que..." é transformada em "Ela diz 'Grigri para *fazer crer* que..."; é assim que o índice reduzido vem a indicar quase que infalivelmente o contrário daquilo que deveria, e a relação de causalidade inverte-se *in extremis* em detrimento da intenção significante: ela diz "Grigri" porque não conhece o príncipe de Agrigente, Charlus não espera ninguém, dado que olha seu relógio, e Marcel tem ar surpreso, portanto, ele não o está. A falência da significação "mentirosa" é assim sancionada, não pela simples ausência do significado visado, mas pela produção do significado contrário, que por acaso é justamente a "verdade": é neste subterfúgio da significação que consiste a linguagem reveladora, que é por essência uma linguagem indireta, linguagem que "desvela" aquilo que não diz, precisamente porque não o diz. "A verdade, diz Proust, não tem necessidade de ser dita para ser manifestada"[117]; mas não adianta forçar seu propósito, traduzindo-a: a verdade só pode ser manifestada quando não é dita. À máxima bem conhecida, segundo a qual a linguagem foi dada ao homem para dissimular seu pensamento, será preciso adicionar: mas é dissimulando-a que ele a revela. *Falsum index sui, et veri.*

Proust parece dedicar uma atenção particular — e veremos mais tarde por que razão — às ocorrências nas quais a fala (dis)simuladora é desmentida pela expressão mímica ou gestual. Eis três exemplos muito claros a expensas do casal Guermantes. Oriane: "Ouvindo essas notícias, os traços da duquesa respiraram contentamento e suas palavras de aborrecimento foram: Ah! meu Deus, príncipes de novo!" Basin: "Sempre me engano com os nomes, o que é bem desagradável, disse com um ar de satisfação." Ainda Basin, numa forma um

---

117. II, p. 66.

pouco mais desenvolvida: "Eu, que não tenho a honra de fazer parte do Ministério da Instrução Pública, respondeu o duque com uma humildade simulada, mas com uma vaidade tão profunda que sua boca não podia se impedir de sorrir e seus olhos de lançar à assistência olhares brilhantes de alegria."[118] A *dissimulação* permeia sem cessar o discurso verbal, e são o *ar*, os *traços*, a *boca*, os *olhos* que *não podem se impedir* de exprimir o sentimento profundo. É possível, claro, que a inconsciência ou a vontade de dissimulação não estejam bem marcadas aqui em Basin, que não (se) faz segredo do desprezo que nutre pelo outro em geral e pelos funcionários da Instrução Pública em particular; portanto, *não poder se impedir* significa, neste caso, *não poder se privar* do prazer de manifestá-lo. Segundo esta hipótese, ainda estaríamos, com os dois últimos exemplos, no universo da retórica aberta — salvo que se trataria não mais de uma retórica da polidez, mas da insolência, da qual não se deve subestimar a importância no meio Guermantes. Mas essa interpretação não se aplica ao caso da duquesa, que não pode de forma alguma desejar, nem mesmo suportar que se saiba (supondo que ela o confesse a si própria) a que ponto a companhia dos príncipes lhe é agradável. Também não se imaginaria que o esnobismo artístico da senhora de Cambremer queira confessar sua própria ignorância de *Pelléas* (que ela acaba de proclamar como uma obra-prima) quando, a uma alusão mais precisa de Marcel, responde: "Acredito que eu saiba", mas "não sei nada" era asseverado por sua voz e seu rosto, que não se amoldavam a nenhuma lembrança, e por seu sorriso sem apoio, no ar.[119] Encontramos aqui os elementos de mímica (rosto, sorriso) já vistos em Basin e Oriane, mas é preciso notar o aparecimento de um outro revelador, que é a *voz*, separada da expressão verbal da qual é, apesar de tudo, o instrumento, mas um instrumento rebelde e infiel. De fato,

118. II, p. 586, 231, 237.
119. II, p. 822.

em Proust tudo se passa como se o *corpo*, e todas as manifestações diretamente ligadas à existência corporal — gestos, mímica, olhar, emissão vocal — escapassem mais facilmente ao controle da consciência e da vontade e *traíssem os primeiros*, ao passo que o discurso verbal ainda permanece submetido ao espírito do locutor. Marcel fala dos sinais "escritos, como se o fossem com tinta invisível", nos traços e nos gestos de Albertine, e, denunciando-se ele mesmo em outras partes, reconhece que muitas vezes lhe aconteceu dizer "coisas nas quais não havia nenhuma verdade, enquanto eu a manifestava por tantas confidências involuntárias de meu corpo e de meus atos, os quais eram muitíssimo bem interpretados por Françoise"[120]: há, portanto, mais sabedoria que ingenuidade na maneira pela qual Françoise olha o rosto de Marcel (assim como ela "verifica", olhando no jornal que não sabe ler, as informações que lhe dá o *maître d'hôtel*) para assegurar-se de que ele não mente, "como se tivesse podido ver se estava realmente escrito".[121] Está verdadeiramente escrito, e ela vê com perfeição esta "tinta invisível".

Dessa autonomia do corpo deriva o fato de que a expressão gestual seja mais difícil de dominar que a linguagem verbal: Odette sabe mentir muitíssimo bem com palavras, mas não sabe reprimir, talvez porque sequer se aperceba dele, o ar abatido, desesperado, que toma conta de seu rosto. E como a mentira tornou-se uma segunda natureza para ela, talvez não somente deixe de se aperceber da mímica que a trai, mas da própria mentira: apenas seu corpo ainda sabe apartar o verdadeiro do falso, ou melhor, aderindo física e

---

120. III, p. 424; II, p. 66.
121. II, p. 467. Aliás, ela é muito capaz, desta vez voluntariamente, de exprimir-se na linguagem silenciosa; condenada pela tirania de seus patrões a falar "como Tirésias", através de figuras e de enigmas, "ela sabia sustentar tudo o que não podia exprimir, diretamente em uma frase que não podíamos incriminar sem nos acusar, ou em menos mesmo que uma frase, num silêncio, na maneira com que arrumava um objeto" (II, p. 359).

como que substancialmente à verdade, ele só pode dizer a verdade. Nada de mais imprudente então que querer mentir através de gestos; já vimos isso com Charlus e Marcel em Balbec: ninguém é suficientemente bom ator para fazer isso. Quando Swann a interroga a respeito de suas relações com a senhora Verdurin, Odette acredita poder negá-las com um único gesto. Infelizmente, este sinal (sacudir a cabeça, franzindo a boca) que acreditava dominar foi escolhido por seu corpo, com a clarividência infalível de um autômato, no repertório não das negações, mas das recusas, como se tivesse que responder não a uma questão, mas a uma proposição. Querendo manifestar que jamais havia "feito nada" com a senhora Verdurin, só pôde obter de seu corpo a mímica que traduzia a forma pela qual às vezes ela precisou, e mais por "conveniência pessoal" que por "impossibilidade moral", recusar seus avanços. Esse desmentido vale então como uma meia confissão: "Vendo Odette fazer-lhe *assim* o sinal de não, Swann compreendeu que *talvez* fosse verdade."[122] As duas palavras que sublinhamos têm aqui seu pleno sentido: é a *maneira* pela qual Odette nega o fato que *confessa* a possibilidade, e é óbvio que esta possibilidade (isto é, a certeza do lesbianismo de Odette) basta para deixar Swann desesperado. Numa circunstância menos grave vemos a princesa de Parma, talvez melhor atriz que a senhora de Cambremer, impor a seus traços a mímica apropriada quando lhe falam sobre um quadro de Gustave Moreau, pintor sobre o qual ignora até mesmo o nome, sacudindo a cabeça e sorrindo com todo o ardor de sua suposta admiração; mas a atonia do olhar, último refúgio da verdade acuada, basta para desmentir qualquer gesticulação facial: "a intensidade de sua mímica não bastou para substituir a luz que fica ausente de nossos olhos quando não sabemos sobre o que nos falam".[123]

122. I, p. 362.
123. II, p. 520.

Essas situações aparentemente marginais, nas quais o discurso se vê refutado do exterior pela atitude daquele que o profere, têm em Proust uma valor exemplar, pois é sobre seu modelo que se elabora, ao menos idealmente, a técnica de leitura que permitirá ao Narrador observar e interpretar os traços, desta vez não mais exteriores, mas interiores à linguagem, através dos quais o discurso se trai e refuta a si próprio. Esses acontecimentos linguísticos (um modo de dizer que foge ao costumeiro, uma palavra no lugar de outra, um sotaque inesperado, uma repetição aparentemente supérflua, etc.) só têm "significação em segundo grau". Eles só entregam essas significações sob a condição, diz Proust, "de que sejam interpretadas na condição de um fluxo de sangue no rosto de alguém que se perturba, ou ainda à maneira de um silêncio súbito"[124], isto é, à maneira de um acidente físico exterior à fala. Essa interpretação da linguagem verbal tomada como não verbal tem alguma relação — por isso a qualificamos de *leitura* — com o deciframento de uma escrita ideográfica, ou, mais precisamente, no meio de um texto em escrita fonética, e para um leitor habituado ao tipo de leitura que ele chama, com um caráter repentinamente aberrante, de incapaz de funcionar da mesma forma que os outros textos que o cercam, e que só revelará seu sentido sob a condição de ser lido não mais como fonograma, mas como ideograma ou pictograma; não mais como signo de um som, mas como signo de uma ideia ou imagem de uma coisa.[125] Na presença de tais enunciados, o auditor encontra-se numa situação simétrica ao do leitor de escritos enigmáticos, que deve tomar a imagem de um objeto como valendo por uma sílaba, ou ainda do hipotético primeiro homem que teria usado um ideograma com fins

---

124. I, p. 929; III, p. 88.
125. Por exemplo, e muito comumente, em enunciados tais como: "Ele se mantém ereto como um *i*", que, mesmo em uma comunicação oral, implicam um desvio através da escrita.

puramente fonéticos. Também Marcel compara seu aprendizado hermenêutico a um procedimento "inverso daquele dos povos que se servem da escrita fonética apenas depois de ter considerado seus caracteres simplesmente como uma sequência de símbolos". Assim, a fala torna-se escrita, e o discurso verbal, abandonando sua linearidade equívoca, um texto não somente polissêmico, mas, se pudermos usar o termo nesse sentido, *poligráfico*, isto é, combinando vários sistemas de escrita: fonética, ideográfica e às vezes anagramática: "Às vezes a escrita na qual eu decifrava as mentiras de Albertine, sem ser ideográfica, tinha simplesmente necessidade de ser lida ao contrário." É assim que uma frase como "Eu não tenho vontade de ir amanhã à casa dos Verdurin" é compreendida como "anagrama infantil desta confissão: irei amanhã à casa dos Verdurin, é absolutamente certo, pois atribuo a isso uma extrema importância".[126] A extrema importância é conotada pela negação, como se fosse uma mensagem escrita ao contrário e que prova, por esse esforço de criptografia, por mais elementar que seja, não ser inteiramente inocente.

Desses acidentes de linguagem que devem igualmente ser interpretados como signos extralinguísticos, encontraremos um primeiro estado naquilo que se poderia chamar de *alusão involuntária*. Sabemos que a alusão — que é uma figura devidamente repertoriada pela retórica, e que Fontanier coloca entre as figuras de expressão (tropos em várias palavras) por *reflexão*, nas quais as ideias enunciadas evocam indiretamente outras ideias não enunciadas — é uma das primeiras formas de linguagem indireta que Marcel encontra, dado que ela anima, desde Combray, o discurso das duas tias-avós, Céline e Flora ("Não é só o sr. Vinteuil que tem vizinhos amáveis" =

---

126. III, p. 88; III, p. 91. Cf. I, p. 860; e II, p. 1023: "os *signos inversos* através dos quais exprimimos nossos sentimentos pelos seus contrários".

"Obrigado por nos ter enviado uma caixa de vinho de Asti"[127]). Fontanier define a alusão como a que consiste em "fazer sentir a relação de alguma coisa que se diz com outra que não se diz".[128] O lugar dessa relação pode reduzir-se a uma única palavra (neste caso, a alusão entra na categoria dos tropos propriamente ditos), como no exemplo citado por Dumarsais[129], no qual uma senhora mais espirituosa que delicada lembra a Voiture sua origem popular (ele era filho de um comerciante de vinhos), dizendo-lhe durante um jogo de provérbios: *"Celui-là ne vaut rien,* percez-nous-en *d'un autre."*[130] Como logo vemos, se tal alusão tivesse sido feita de forma inadvertida seria catalogada naquilo que a linguagem social chama de uma "gafe": a alusão involuntária, quando pode ter uma significação pouco amável, é uma forma de gafe. Exemplos simples — quando o senhor Verdurin, querendo significar a Charlus que ele o tem entre a elite intelectual, declara: *"Dès les premiers mots que nous avons échangés, j'ai compris que vous en étiez"*[131], ou quando sua mulher, irritada com a loquacidade do mesmo Charlus, exclama, apontando-lhe o dedo: *"Ah! quelle tapette!"*[132] Mas essas ocorrências têm pouco valor, pois só dizem respeito à ignorância e à coincidência; aliás, senhor e senhora Verdurin de modo algum se apercebem do efeito de suas palavras sobre o barão. Mais grave é a situação de senhor de Guermantes quando,

---

127. I, p. 25.
128. Fontanier, op. cit., p. 125.
129. Dumarsais, *Les Tropes*, Genebra, Slatkine Reprints, 1967, p. 189.
130. Literalmente, "Este não vale nada, *fure* um outro para nós"; contudo, o verbo "percer" ("produzir perfurações, cavar, escavar" e, por extensão, "abrir") têm o sentido figurado de "desvelar, revelar, mostrar, transparecer", que provavelmente aludem à origem popular do personagem. [N.T.]
131. Aparentemente, a intenção era dizer: "Desde as primeiras palavras que trocamos, compreendi que você aí estava [entre os intelectuais]". Contudo, a expressão "en être" ("fazer parte de") tem em uma de suas acepções o sentido de "ser homossexual". [N.T.]
132. II, p. 941; III, p. 278. [Provavelmente a personagem iria dizer "Ah! Que topete!" (*"toupet"*), mas trocou-a por *"tapette"*. Esta palavra refere-se a uma expressão popular ("langue bien pendue", "bavard"), que significa ser muito tagarela.]

querendo simplesmente lembrar a seu irmão sua paixão precoce pelas viagens, lhe diz em público: "Ah! Você sempre foi um tipo especial, pois pode-se dizer que nunca teve as mesmas preferências que todo mundo", enunciado no qual a proximidade das palavras "preferência" e "especial", mais ainda que a afirmação de uma originalidade essencial, evoca perigosamente as "preferências especiais" de Charlus.[133] Mais grave em princípio porque, conhecendo "senão a conduta, pelo menos a reputação de seu irmão", pode temer que este lhe atribua erradamente uma intenção desagradável: imediatamente também ruboriza-se, mais acusadoramente ainda que as duas palavras infelizes; mas sobretudo porque em seu caso a alusão corre grandes riscos de não ser nem voluntária (como teme que pareça), nem verdadeiramente fortuita (como aquelas de Verdurin), porém, no sentido mais forte, involuntária, isto é, determinada pela irrupção de um pensamento recalcado, comprimido e, por esta mesma razão, tornado explosivo. É o bem conhecido mecanismo da gafe por prevenção que Proust evoca em uma passagem de *Jean Santeuil*, na qual o herói, visitando a senhora Lawrence, que ele sabe ser esnobe e adúltera, fica perturbado "como se fosse visitar uma pessoa atingida por uma doença particular, em relação à qual é preciso tomar muitas precauções para não fazer alusão, e desde as primeiras palavras que trocaram ele supervisionou seus vocábulos, assim como alguém que conduz um cego toma cuidado para que este não esbarre em nada. Havia expulsado por uma hora de seu cérebro as três palavras, *esnobe, má conduta, Monsieur de Ribeaumont*".[134] Esta "expulsão" faz temer um "retorno do recalcado" que inevitavelmente tomaria a forma de uma gafe se, na ocasião, Jean não tivesse sido salvo pela diligência que leva a própria senhora Lawrence a falar — sob uma forma velada que consideraremos mais de perto a seguir — de esnobismo, de adultério e do senhor de

---

133. O qual imediatamente reconstitui o sintagma latente (II, p. 718).
134. Pléiade, p. 735.

Ribeaumont. Todo pensamento obsedante é uma ameaça contínua para a segurança e a integridade do discurso, "pois a mais perigosa das ocultações é aquela da própria falta no espírito do culpado"[135] dessa falta ou de qualquer pensamento recusado pela linguagem voluntária e que espera a ocasião para *se exprimir* através de suas brechas. Lembramo-nos de como Swann, na impossibilidade de confiar seu amor por Odette, aproveita-se da ocasião involuntariamente fornecida por Froberville, que acaba de pronunciar as palavras "massacrado pelos selvagens" para evocar Dumont d'Urville e depois La Pérouse — alusão metonímica (e quanto!) ao objeto amado, que mora na Rua La Pérouse.[136] A respeito dos discursos alusivos da senhora Desroches, Proust escreve em *Jean Santeuil*, de modo enigmático e decisivo: "uma força inconsciente exaltava suas palavras e a levava a revelar aquilo que afirmava querer esconder".[137] Vemos que a alusão não pertence somente ao repertório da comédia de salão: com ela, entramos no território daquilo que Baudelaire talvez nos autorizasse a chamar de *retórica profunda*.

Sob sua forma mais conforme aos cânones, a alusão consiste no empréstimo do material (por exemplo, do vocabulário) da situação "aludida" feito a um ou mais elementos do discurso alusivo, formas que traem sua origem, como na bem conhecida descrição do mar em Balbec o aparecimento de palavras tais como *declividade, cimos, avalanches*, etc. revela a comparação implícita entre a paisagem marítima e a paisagem montanhosa; é o caso, por exemplo, do adjetivo "especial" no discurso de Basin a seu irmão. Quando Marcel, depois de finalmente conseguir encontrar a tia de Albertine, anuncia esse encontro a Andrée como se fosse algo desagradável, esta responde, visivelmente emocionada:

---

135. II, p. 715.
136. I, p. 343.
137. Pléiade, p. 779.

"Nunca duvidei disso um só instante", gritou Andrée num tom amargo enquanto seu olhar tenso e alterado pelo descontentamento se fundia a algo de invisível. Estas palavras de Andrée, continua o Narrador, não eram exatamente a exposição mais ordenada de um pensamento que pode ser resumido assim: "Bem sei que você ama Albertine e que faz qualquer coisa para aproximar-se de sua família." Mas elas eram os fragmentos informes e reconstituíveis desse pensamento que eu havia feito explodir, esbarrando nele, a despeito de Andrée.[138]

O comentário de Proust, insistindo sobre o caráter confesso, informe e desordenado de Andrée, corre o risco de mascarar aquilo que nos parece ser seu traço essencial: "Nunca duvidei", diz Andrée, aparentemente a propósito do convite de Elstir que permitirá a Marcel encontrar a senhora Bontemps. Mas esta frase remete, de fato, à vontade de Marcel, e portanto ao seu amor por Albertine — denunciando de um mesmo gesto a duplicidade deste, a consciência que disso tem Andrée, e sem dúvida também seu ciúme em relação a Albertine, portanto, seu amor por Marcel (a menos que seja melhor dizer: seu ciúme em relação a Marcel e, portanto, seu amor por Albertine). Mais que de um enunciado deformado, trata-se ainda, como ocorre com Basin, de um enunciado *deslocado*.

É na mesma categoria, parece-me, que se deve classificar dois outros enunciados visivelmente perturbados e aparentemente insignificantes, sobre os quais o próprio Proust, em todo caso, não propõe nenhuma interpretação. O primeiro, mais uma vez, remete ao duque de Guermantes: recusado à presidência do Jockey Club por um complô que foi bem-sucedido em utilizar contra ele as opiniões *dreyfusardes*[139] e as amizades judias de Oriane, o duque não deixa de fazer boa

138. I, p. 929.
139. Partidários de Dreyfus. [N.T.]

figura e de manifestar seu justo desdém por uma função tão abaixo de sua classe.

> Na verdade, ele não se acalmaria. Coisa bem particular, jamais se tinha ouvido o duque de Guermantes servir-se da tão banal expressão "líquido e certo"; mas, desde a eleição no Jockey, assim que se falava do caso Dreyfus, "líquido e certo" surgia: "Caso Dreyfus, caso Dreyfus, é dito muito depressa e o termo é impróprio; não se trata de religião, é líquido e certo que se trata de um caso político." Poderia passar cinco anos sem que se ouvisse "líquido e certo", se durante esse tempo não se falasse do caso Dreyfus. Mas, se depois desses cinco anos este nome retornasse, imediatamente "líquido e certo" voltaria de forma automática.[140]

É evidentemente imprudente lançar-se a uma "interpretação" por um exemplo que pode ter sido forjado de modo arbitrário por Proust (é, de fato, pouco provável), mas não podemos nos impedir de pensar que o "líquido e certo", mecanicamente ligado ao caso Dreyfus no discurso de Basin, liga-se, em seu pensamento, a uma consequência deste caso, para ele não desprovida de valor, a saber, seu próprio fracasso no Jockey, no qual se viu um príncipe de primeira classe ser sido batido de modo "líquido e certo" como um vulgar e provinciano nobre de casta inferior: fracasso ainda mais obsedante dado que o amor-próprio o impede de manifestar diretamente seu despeito, que tem de se exprimir então de uma maneira lateral, por uma metonímia de efeito à causa. O outro exemplo é tirado de indícios menores. Françoise entra no quarto de Marcel quando Albertine está "inteiramente nua abraçada (a ele)", e esta diz, transtornada: "Ora, eis a bela Françoise!"[141] Palavras tão "anormais" que "mostram por si mesmas sua origem"; e Françoise "não precisou

140. III, p. 40.
141. III, p. 822.

olhar nada para compreender tudo e fugir, murmurando em seu dialeto a palavra 'putana'". Observamos aqui que basta a "anomalia" do enunciado para Françoise inferir a culpabilidade de Albertine; mas daí não decorre que seja preciso considerar que esta anomalia é tão arbitrária em sua forma quanto Proust parece indicar, ao escrever que Françoise sente essas palavras como "colhidas ao acaso pela emoção". Não há acaso nesse gênero de colheita, e se o detalhe do mecanismo nos escapa, com tudo o que o passado de Albertine pode introduzir de motivos particulares, o laço entre a situação presente da jovem e a "beleza" que sua frase empresta à velha empregada é muito manifesta. Portanto, também o é o modo pelo qual o enunciado de superfície empresta do enunciado profundo certos elementos que, no mínimo, perturbam a "normalidade" do primeiro e, às vezes, permitem até reconstituir o segundo. Sem dúvida, é ao mesmo tipo de mecanismo que se deve relacionar dois acidentes de pronúncia perfeitamente paralelos: o da ex-Mademoiselle Bloch, a quem se pergunta bruscamente seu nome de solteira e que, devido ao inesperado da questão, responde *Bloch*, pronunciando-o à maneira alemã; e aquele de Gilberte, que, nas mesmas circunstâncias, responde *Swann*, igualmente à alemã: uma e outra projetam no próprio enunciado de seu nome a atitude pejorativa do meio antissemita ao qual, tanto quanto puderam, se integraram.[142] O empréstimo alusivo incide sobre um único fonema, produzindo um simples metaplasmo, mas no qual residem, como se vê, muito mais coisas que em "um longo discurso".[143]

---

142. III, p. 823, 585. No segundo caso, Proust explica a deformação pelo desejo de "desnaturar um pouco o que ela tinha a dizer" para tornar a confissão menos penosa: esta explicação não exclui a outra; o lapso aqui é sobredeterminado ou, se preferirmos, determinado ao mesmo tempo por vários aspectos do complexo de apostasia.
143. Último exemplo do gênero, a frase do ascensorista: "*Vocês sabem* que eu não a encontrei (*Albertine*)" (II, p. 794): na realidade, ele sabe muito bem o que Marcel

Se bem que em todos esses casos (salvo os dois últimos) se trate de produções de linguagem mais extensas, a aproximação impõe-se entre essas alusões involuntárias e os lapsos estudados por Freud. Nas duas séries, trata-se de uma contaminação, de amplitude variada, do enunciado de superfície pelo enunciado profundo censurado. Pode-se considerar a presença de "a bela", em "eis a bela Françoise", como equivalente à presença de *"dig"* em *"begleitdigen"*, amálgama [144] do *"begleiten"* que o locutor queria pronunciar e do *"beleidigen"* que obceca seu inconsciente.[145] As "alterações de linguagem"[146] às quais se devota Proust podem, então, tanto em sua forma quanto em sua gênese, ser assimiladas ao lapso freudiano, quaisquer que sejam, por seu turno, as diferenças que separam as duas teorias; a qualquer uma delas pode ser aplicada a fórmula de Freud: "Como a pessoa que fala está decidida a não fazer aparecer (a tendência recalcada) no discurso, ela comete um lapso, isto é, a tendência recalcada se manifesta apesar dela, seja modificando a intenção confessa, seja confundindo-se com ela, seja enfim simplesmente tomando seu lugar."[147] Tanto a umas quanto às outras, aplicaremos a seguinte fórmula de Proust, talvez mais rigorosa em sua própria ambiguidade: "magnífica linguagem, tão diferente da que falamos habitualmente, na qual a emoção faz desviar o que queríamos dizer e desabrochar em seu lugar uma frase completamente diferente, emersa de *um lago desconhecido no qual vivem essas expressões sem relação com o pensamento e que por isso mesmo os revela*".[148]

> percebe através desta frase, e teme ser reprimido pela missão frustrada; "também dizia: 'vocês sabem' para evitar a si mesmo os tormentos que o atravessavam ao pronunciar as frases destinadas a informar-me". Aqui, um elemento do enunciado de superfície é emprestado da situação desejada em profundidade, e esta realiza-se utopicamente no discurso.

144. A palavra é de Proust, III, p. 89.
145. Freud, *La Psychopathologie de la vie quotidienne*, Paris, Payot, 1963, p. 78.
146. II, p. 794.
147. Freud, *Introduction à la psychanalyse*, Paris, Payot, p. 53.
148. III, p. 822. Grifos nossos. Haverá definição mais bela do inconsciente?

Uma variante da alusão à qual Proust dispensa uma atenção toda especial é a presença no enunciado de um termo não mais emprestado à situação obsedante — mas que indica, de uma maneira abstrata e de alguma forma *vazia,* a referência a uma situação que não é aquela a que se refere explicitamente esse enunciado. O exemplo típico desta categoria, instrumento privilegiado da gafe (e não somente em Proust), é o advérbio "justamente"[149], que Proust cita... justamente na página analisada acima para ilustrar sua teoria da interpretação "ideográfica": o senhor de Cambremer, acreditando ser Marcel escritor, lhe diz, falando de uma recepção na casa dos Verdurin: "Havia *justamente* Borelli." Este advérbio, cuja pertinência no próprio enunciado é evidentemente nula, funciona na realidade como um gesto, como o ato de virar-se em particular para um de seus auditores para significar-lhe: "isto lhe concerne": só serve para manifestar, sem especificá-la especialmente, a existência de uma conexão entre a situação à qual se refere o enunciado e aquela na qual é proferido, e, pelo papel de índice da enunciação no enunciado, pertence à categoria disso que Jakobson chama de *shifters.* Proust o diz "jorrado numa conflagração pela aproximação involuntária, às vezes perigosa, de duas ideias que o interlocutor não exprimia e da qual, por tais métodos de análise ou de eletrólise apropriadas, eu podia extrai-las".[150] As duas ideias que colidem são aqui a ideia (referencial) da qualidade de escritor de Borelli e a ideia (da situação) da qualidade de escritor de Marcel: relação de analogia, ou metafórica. É metonímica, por outro lado, aquela que revelará em outra parte, através do mesmo acidente, o discurso de Andrée dizendo a Marcel:

---

149. Que tem, na gramática francesa, enquanto advérbio, a função de marcar a exata concordância de dois fatos, de uma ideia e de um fato [= "exatamente": *Il va venir; justement le voici.* (Ele virá; justamente, ei-lo.)]. Também equivale a "precisamente", "por isso mesmo", "por mais forte razão" [*Il sera peiné de l'apprendre. — Justement, ne lui dites rien!* (Ele ficará triste em sabê-lo. — Justamente (por isso mesmo), não lhe diga nada!).]

150. III, p. 89.

"Eu vi *justamente* a tia de Albertine."[151] A tradução do advérbio é dada, desta vez, pelo próprio Proust: "Bem que percebi, por trás de suas palavras, que você só pensava em ligar-se com a tia de Albertine." Observemos que o advérbio desvela aqui, como o "nunca duvidei um instante" de há pouco, duas falsidades ao mesmo tempo: a de Andrée (que até então havia se fingido de crédula) e a do próprio Marcel. Mas notemos sobretudo o comentário através do qual, mais uma vez, Proust aproxima esses acidentes do discurso das confidências mútuas do corpo:

> (A palavra "justamente") era da família de certos olhares, de certos gestos, os quais, ainda que não tivessem uma forma lógica, racional, diretamente elaborada pela inteligência daquele que ouve, chegam-lhe entretanto com sua significação verdadeira, da mesma forma que a fala humana, transformada em eletricidade no telefone, se refaz palavra para ser ouvida.

Reencontramos aqui o princípio da interpretação "ideográfica": tais palavras não podem ser diretamente absorvidas (compreendidas) pela inteligência do auditor, para quem, na continuidade linear do discurso, não fazem "sentido"; elas devem, em primeiro lugar, ser convertidas em gestos ou em olhares, lidas como um gesto ou um olhar, e de novo traduzidas em palavras.

Esse primeiro tipo de revelação involuntária procede então por inserção, no discurso proferido, de um fragmento emprestado do discurso reprimido ("líquido e certo", "*bela* Françoise"), ou de um termo que não pode se explicar senão pela referência ao discurso reprimido ("justamente"). Um segundo tipo compreende os enunciados nos quais a verdade recalcada se expri-

---

151. I, p. 928. Outro exemplo, III, p. 178. Advérbio, acrescenta Proust, "análogo a uma expressão cara à sra. Cottard: *Ça tombe à pic*" [*Isto vem a calhar*].

me de uma certa forma atenuada, seja por uma diminuição quantitativa seja por uma alteração que, arrancando-a de suas circunstâncias autênticas, a torna menos virulenta e mais suportável. Exemplo típico de atenuação quantitativa está no discurso de tia Léonie, e por contágio, no discurso de Combray em geral, que tem por um dos dogmas a insônia perpétua dos enfermiços, o emprego de termos como "refletir" ou "repousar", que designam de maneira pudica o sono de Léonie.[152] Quando Saint-Loup, longa e vivamente solicitado por Marcel para que o apresentasse a Oriane, deve enfim dar conta de sua missão, começa por dizer que não teve tempo de abordar este assunto: é a mentira simples. Mas ele não pode aguentar, e acrescenta: "Ela não é nem um pouco gentil, a Oriane. Não é mais minha Oriane de antigamente, mudaram-na. Asseguro-lhe que não vale mais a pena que você se ocupe dela." Esta adição é evidentemente destinada, no espírito de Saint-Loup, a pôr fim às instâncias de Marcel, desviando seu desejo; em seguida, ele lhe propõe um outro objeto, na pessoa de sua prima Poictiers. Mas a escolha do pretexto ("Ela não é gentil") é mesmo um vestígio (no sentido químico do termo: uma quantidade muito pequena, não mensurável) da verdade, a saber, que Oriane recusou, ou mesmo que, sabendo que ela recusaria, Robert nem mesmo tentou fazê-la encontrar Marcel. Também este compreende que, falando assim, Saint-Loup "se traiu ingenuamente".[153] Mas o exemplo mais caracterizado desse uso homeopático da verdade na mentira é o discurso no qual Bloch, do qual se conhece a espetacular condição de judeu [sua "judicidade"], fala da "parte, aliás muito tênue (de seus sentimentos), que pode se dever às (suas) origens judias", ou de um "lado muito judeu (em si) que reaparece", "contraindo a pupila como se se tratasse de dosar no microscópio uma quantidade infinitesimal de sangue judeu". Ele julga ao mesmo tempo honesto e espiritual

152. I, p. 51.
153. II, p. 146.

dizer a verdade, mas arranja-se para "atenuá-la singularmente, como os avarentos que se decidem a pagar suas dívidas, mas só têm a coragem de pagar a metade".[154] É claro que ainda há nessa confissão atenuada uma parte de manobra consciente, que consiste (muito ingenuamente aqui) em tentar afastar a eventual suspeita do interlocutor fixando-o na pequena parte de verdade que se lhe oferece, um pouco como Odette mescla às suas mentiras, às vezes, um "detalhe verdadeiro" e inofensivo que Swann poderá controlar sem perigo para ela. Mas o próprio exemplo de Odette mostra que esse artifício não é a razão essencial da presença de uma verdade-testemunha no discurso mentiroso; esta razão, mais uma vez, é a presença obsedante do verdadeiro, que busca por todos os meios abrir caminho e produzir-se no meio do falso:

> Assim que se encontrava na presença daquele para quem desejava mentir, uma perturbação tomava conta dela: todas as suas ideias sucumbiam, suas faculdades de invenção e de raciocínio ficavam paralisadas, ela só encontrava o vazio em sua cabeça, mas, apesar disso, era preciso dizer alguma coisa; ela só encontrava à mão precisamente a coisa que queria dissimular e que, sendo verdadeira, era a única que havia sobrado.[155]

Podemos inferir, também, outras formas que toma em Bloch, como veremos mais adiante, a confissão involuntária de sua judicidade — que ela também é para ele uma palavra não exatamente desconhecida, mas recusada, reprimida e, por isso mesmo, irreprimível.

Se essas atenuações quantitativas dizem respeito ao que a retórica consideraria como uma sinédoque (dizer uma parte da verdade pelo seu todo), outras podem proceder, ao contrário, por sinédoque ascendente: são as generalizações graças

154. I, p. 746.
155. I, p. 278.

às quais a verdade se dilui de alguma forma em um discurso mais vago e de ar teórico, universal ou eventual, como quando Joas diz "pensando exclusivamente em Athalie", mas na forma de máxima geral: *A felicidade dos maus como uma torrente escorre*.[156] Assim, a princesa de Guermantes, apaixonada por Charlus, consegue expressar esse amor através de considerações como: "Acho que uma mulher que se enamorasse de um homem do imenso valor de Palamède deveria ter visão ampla, muita devoção, etc."[157]

O último modo de atenuação, por modificação das circunstâncias, procede mais por deslizamento metonímico: querendo ao mesmo tempo exibir, em geral, suas relações com Morel e esconder, em particular, que havia se encontrado com ele durante a tarde, Charlus declara que o viu esta manhã, o que não é nem mais nem menos inocente; mas "entre esses dois fatos, a única diferença, diz Proust, é que um é falso e o outro verdadeiro".[158] Com efeito, somente a circunstância difere, e a verdade permanece dita no essencial. A necessidade de mentir e o surdo desejo de confessar compõem-se aqui não mais como duas forças de sentidos opostos, senão como duas forças de direções diferentes, cujo produto é um desvio: estranha mistura da confissão e do *álibi*.

A terceira e última forma de confissão involuntária também responde a um princípio enunciado, alguns anos depois, por Freud: "Um conteúdo recalcado de representação ou de pensamento pode introduzir-se na consciência sob a condição de que seja *negado*. A negação é uma forma de tomar consciência disso que é recalcado, mas que, entretanto, não é uma admis-

---

156. Citado em I, p. 108, a propósito das recriminações indiretas de Françoise.
157. II, p. 715.
158. III, p. 213.

são disso que é recalcado."¹⁵⁹ Essa intrusão do conteúdo recalcado no discurso, mas sob forma negativa, que Freud chama por *Verneinung* e que geralmente se traduz, depois de Lacan, por *denegação*¹⁶⁰, responde evidentemente à forma retórica da antífrase.¹⁶¹ Proust cita ao menos dois exemplos, aliás bem próximos, de enunciados por assim dizer necessariamente denegativos, e que não proferimos jamais, senão para (nos) dissimular uma realidade precisamente inversa. O primeiro ("Isto não tem nenhuma espécie de importância") é produzido por Bloch quando ele fica sabendo que sua pronúncia "*laïft*" é incorreta: ocasião certamente fútil, mas esta frase, observa Proust, é "a mesma para todos os homens que têm amor-próprio, tanto nas mais graves circunstâncias quanto nas mais ínfimas, e denuncia, então, assim como nesta, o quão importante parece a coisa em questão àquele que a declara sem importância".¹⁶² O segundo ("Afinal, pouco importa") é a frase que repete a cada dois minutos, diante da porta do estabelecimento de prazer de Jupien, um jovem cliente claramente paralisado por um "extremo pavor" e que não se decide a entrar.¹⁶³ Sabemos que considerável produção de textos denegativos é comandada, na *Busca*, por esses dois grandes "vícios", que são o esnobismo e a homossexualidade, todos dois obsedantes e inconfessáveis, como testemunham, por exemplo, os discursos respectivos de Legrandin e de Charlus. Mas deve-se notar imediatamente que o discurso antiesnobe do esnobe e o discurso anti-homossexual do homossexual já

---

159. Freud, "Die Verneinung", 1925, trad. francesa ("La Négation"), in: *Revue Française de Psychanalyse*, V. 7, n. 2, p. 174-177, 1934.
160. O termo encontra-se, aliás, em Proust: "É próprio do amor nos tornar ao mesmo tempo mais desafiadores e mais crédulos, de nos fazer suspeitar, mais rapidamente que ninguém, daquela que amamos, e de adicionarmos fé às suas denegações" (II, p. 833).
161. Já foi visto que Proust qualifica metaforicamente as denegações de Albertine de "anagramas", porque devem ser lidas ao contrário.
162. I, p. 740.
163. III, p. 822. Sobre esse clichê denegativo, cf. II, p. 960.

representam um estado de enunciado denegativo mais complexo do que aqueles que acabamos de relatar: trata-se, em suma — e para continuar a fazer empréstimo do vocabulário da psicanálise — de uma junção de denegação e de *projeção*, junção que permite ao mesmo tempo lançar longe de si a paixão culpável e de falar sem parar a propósito de outrem. Para dizer a verdade, a denegação só está presente aqui no estado implícito e como que pressuposta: Legrandin jamais diz "eu não sou esnobe", esta negação é o significado virtual de suas incessantes predicações contra o esnobismo; Charlus não tem necessidade de dizer "eu não sou homossexual", mas conta com o fato de que isso decorre com evidência de suas dissertações sobre a homossexualidade dos outros. A confissão projetiva é, então, uma forma particularmente econômica, e é sem dúvida a esta rentabilidade que é preciso atribuir o que Proust chama "o mau hábito de denunciar nos outros os defeitos precisamente análogos aos que se tem... como se isso fosse um modo de falar de si, desviada, e que adiciona, ao prazer de absolver-se, aquele de confessar".[164] Bloch fornece um exemplo naturalmente caricatural em uma passagem de *À sombra das raparigas em flor* que perderia muito em não ser citado em sua extenuante literalidade:

> Um dia em que Saint-Loup e eu estávamos sentados na areia, ouvimos de uma barraca de lona perto da qual nos encontrávamos algumas imprecações contra o formigamento de israelitas que infestava Balbec. "Não se pode dar um passo sem encontrá-los, dizia a voz. Não sou, por princípio, irredutivelmente hostil à nacionalidade judaica, mas aqui há um excesso. Só se ouve: 'E então, Apraham, chai fu Chakop.' Parece que estamos na rua de Abhoukir." O homem que esbravejava assim contra Israel saiu finalmente da barraca; levantamos os olhos para este antissemita.

164. I, p. 743.

Era meu amigo Bloch.[165]

Vemos que, em Bloch, a confissão involuntária toma alternativamente as formas da sinédoque ("meu lado judeu") e de uma antífrase um tanto quanto hiperbólica. De uma forma ao mesmo tempo pouco dissociada (uma vez que se trata de dois "vícios" diferentes) e mais sintética (dado que no mesmo discurso), a senhora Lawrence emprega as duas figuras para se desculpar, confessando-se: de seu esnobismo (e também de sua liberdade excessiva), que atribui a senhora Marmet, e da ligação com o senhor de Ribeaumont, que ela assume chamando-a de amizade pura.

A denegação projetiva encontra na relação amorosa um terreno privilegiado, dado que o culpado designado é, ao mesmo tempo, o inimigo íntimo. Assim, o sofrimento reciprocamente infligido acompanha-se quase que sempre por um lançar também recíproco da culpabilidade sobre a vítima — e cujo enunciado arquetípico, sabemos, é o "Bicho besta", com o qual Françoise, em Combray, gratifica o frango que não quer morrer.[166] As mentiras de Odette frequentemente só fazem responder às de Swann[167], e as duas cartas que Marcel escreve a Albertine depois de sua fuga[168] dizem muito sobre a capacidade de simulação do herói. Também não é proibido, de forma alguma, considerar o ciúme de Swann, ou até mesmo o de Marcel, como uma vasta projeção de sua própria infidelidade. Mas, inversamente, o desejo e a busca perdida do outro prestam-se igualmente a esse gênero de transferência, como o mostra a imortal Bélise de *Femmes savantes*. O próprio Charlus alimenta às vezes essas "quimeras". Assim, nós o vemos pretender, alguns anos depois de sua ruptura, que

---

165. I, p. 738.
166. I, p. 122; cf. p. 285. [Em francês, "*Sale bête*".]
167. I, p. 360.
168. III, p. 454, 469.

Morel lamente o passado e deseje aproximar-se dele, dizendo que, em todo caso, não lhe cabe dar o primeiro passo — sem se aperceber, como observa imediatamente Marcel, que só o fato de dizê-lo já é um primeiro passo[169]: situação exemplar na qual o ato de enunciação, sozinho, refuta e ridiculariza o enunciado, como quando uma criança diz, em alto e bom som: "Sou muda."

Nesse quadro do discurso denegativo, é preciso dar um lugar especial ao emblemático Legrandin. A semiótica de seu pretenso antiesnobismo é de fato mais diversa, mais rica e estilisticamente mais acabada que qualquer outra. Ela começa com sua vestimenta, na qual o pequeno paletó reto e a gravata esvoaçante[170] se opõem respectivamete à sobrecasaca e à gravata echarpe do mundano, que são atribuídas à ingenuidade juvenil de seu rosto, significando de modo muito eficaz a simplicidade e a independência do camponês poeta e hermético a qualquer ambição. Dessa roupa ele oferece, como se deve, uma justificativa inteiramente pragmática, quando encontra Marcel numa rua de Paris: "Ah! Ei-lo aí, homem chique, e ainda de sobrecasaca! Aí está uma insígnia com a qual minha independência não se acomodaria. É verdade que você deve ser um mundano, deve fazer visitas! Para ir sonhar, como faço, diante de alguma tumba meio destruída, minha *lavallière* e meu paletó não estão deslocados." (Parece que estamos lendo uma dessas páginas de jornal de moda analisadas por Roland Barthes, nas quais o valor simbólico de uma vestimenta se disfarça em comodidade: para os fins de semana de outono, um pulôver de gola rolê; para

---

169. III, p. 803.
170. I, p. 68, 120, 125, 126; II, p. 154. [Em francês, *lavallière*, faixa de tecido larga e leve, que se amarra em volta do pescoço, sobre a camisa, formando duas concavidades.]

sonhar diante de tumbas meio destruídas, um paletó reto e uma gravata esvoaçante.) A eficácia semiológica desse paletó mede-se ao menos em duas circunstâncias — quando o pai do Narrador, tendo encontrado Legrandin em companhia de uma castelã, e não tendo obtido resposta ao seu cumprimento, comenta assim o incidente: "Eu lamentaria sabê-lo aborrecido, dado que no meio de toda essa gente endomingada ele tem, com seu paletó reto, sua gravata mole, algo de tão natural, de tão verdadeiramente simples, e um ar quase ingênuo que o torna completamente simpático"; e quando, num segundo encontro, sua falta de polidez e portanto seu esnobismo são confirmados, a avó recusa ainda a evidência em nome deste argumento: "Você mesmo reconhece que ele vem aqui com sua roupa simples, que de forma alguma é aquela de um mundano." Assim, em qualquer circunstância, mesmo a mais comprometedora, o paletó reto continua a protestar contra um "luxo detestado", e a *lavallière* de bolinhas a flutuar sobre Legrandin "como o estandarte de seu orgulhoso isolamento e de sua nobre independência".

A arte da mímica e da expressão muda é, também, mais desenvolvida nele que no comum dos mortais. Surpreendido pelo choque de uma questão direta como: "Você conhece a castelã de Guermantes?", ele por certo não pode dissimular o "pequeno entalhe marrom" que vem se plantar no meio de seus olhos azuis, o abaixar do centro da pálpebra, o vinco amargo da boca que significa claramente para seu interlocutor: "Infelizmente, não!" Mas ele é ao menos capaz de dissimular esta confissão, não apenas através de um discurso denegativo ("Não, não os conheço, nunca quis, no fundo não sou um velho urso, uma cabeça jacobina, etc."), mas também, e em primeiro lugar, por uma retomada de seus traços que poderia fazer hesitar um espectador menos prevenido: o ricto se "resgata" num sorriso, a pupila ferida reage "secretando ondas de azul". A uma demanda mal-vinda que prefere não ouvir, sabe ainda atravessar com o olhar o rosto do interlocutor, como se atrás deste rosto de repente tornado transparente ele apercebesse ao longe "uma nuvem vivamente colorida que lhe criasse um álibi mental". Sua obra-prima a esse respeito é sem dúvida a maneira pela qual conseguiu, no segundo encontro em aristocrática companhia, dirigir a Marcel e a seu pai um olhar ao mesmo tempo cheio de simpatia por eles e imperceptível para sua companheira, "iluminando então só para nós, com um langor secreto e invisível para a castelã, uma pupila enamorada num rosto de gelo".[171]

É na expressão verbal que a arte de Legrandin encontra, porém, seu mais pleno desenvolvimento. A avó do Narrador reprova-lhe por "falar bem demais, um pouco como um livro"[172], de não ter em sua linguagem a mesma simplicidade de sua forma de se vestir. De fato, pode parecer, em uma leitura superficial, que o antiesnobismo e o falar literário sejam nele, como frequentemente o são para os seres heteróclitos como são os "personagens" de Proust, dois traços independentes um do outro e justapostos um pouco ao acaso. Não é nada disso: a produção textual (que aliás não é só oral, dado que Legrandin também é escritor) se encontra nele em uma relação funcional muito estreita com os protestos de antiesnobismo, a denegação desses insucessos mundanos e a dissuasão dos importunos que poderiam comprometer sua difícil carreira. Os discursos mais elaborados, os exemplares aparentemente mais decorativos disso que pode passar por um pastiche complexo da herança estilística chateaubrianesca de fim de século, compõem na realidade o significante que prolifera de um significado quase único, que é tanto "Eu não sou esnobe", quanto "Não me venha estragar o pouco de relações que tenho". E se esses significados simplíssimos podem tomar uma forma literária tão suntuosa, é graças à interposição de

---

171. I, p. 127, 131, 125-126.
172. I, p. 68.

um significado-significante intermediário, que é aproximadamente: não me interesso pelas pessoas, apenas pelas coisas:

> algumas igrejas, dois ou três livros, um punhado de quadros e o luar; ... às vezes é um pequeno castelo que você encontra num penhasco sobre o mar, na beira do caminho onde deixou-se ficar para confrontar sua tristeza com a noite ainda rosa, na qual sobe a lua de ouro, e onde os barcos que entram, estriando a água furta-cor, içam as bandeirolas em seus mastros e portam suas cores; às vezes é uma simples casa solitária, feia, de ar tímido mas romanesco, que esconde de todos os olhos algum imortal segredo de felicidade e de desencantamento...[173]

Esta música paisagista é mesmo uma linguagem, mas isso de que fala não é aquilo que ela nomeia: sabemos que, mais tarde, tornado conde de Méséglise, familiar das recepções Guermantes, aliado do barão de Charlus, saciado de mundanidade, com a homossexualidade tendo nele suplantado inteiramente o esnobismo, Legrandin perderá toda sua eloquência.[174] Proust atribui essa decadência verbal à velhice, mas não podemos nos impedir de pensar que com o esnobismo foi a própria inspiração, a fonte do "belo estilo" que se calou. O *etymon* estilístico de Legrandin é a florescência pululante de um discurso inteiramente antifrástico que não cessa de dizer natureza, paisagem, buquês de flores, pores de sol, luares no céu violeta, porque ele não cessa de pensar mundo, recepções, castelos, duquesas. Proust evoca, a seu propósito, esse "escroque erudito" que empregava todo seu labor e toda sua ciência para fabricar "falsos palimpsestos", que vendia como verdadeiros: esta é a função de Legrandin, exceto pelo fato de que seu discurso é um verdadeiro palimpsesto, isto é, mais que uma fala, um *texto*, escrito em várias camadas que é preciso ler em vários níveis: o do sig-

---

173. I, p. 128, 132.
174. III, p. 934.

nificante paisagista, o do significado proposto (*eu não sou um mundano*), o do significado real, recalcado e obsedante: *nada mais sou do que um esnobe*. A avó não achava muito bom dizer: Legrandin fala *como um livro*. Esta fala ambígua, várias vezes dobrada sobre si mesma, que diz o que cala e confessa o que nega, é em primeiro lugar um dos mais belos exemplos da linguagem indireta proustiana. Mas não seria também, de algum modo, a imagem de toda literatura?

É, ao menos, a da própria *Busca do tempo perdido*, que, por se apresentar como uma infatigável busca e uma mensagem da verdade, não deixa de aparecer também como um imenso texto, ao mesmo tempo alusivo, metonímico, sinedóquico (metafórico, é claro) e denegativo, de confissão involuntária, no qual se revelam, mas dissimulando-se e travestindo-se sob mil transformações sucessivas, um pequeno número de enunciados simples concernindo a seu autor, suas origens, suas ambições, seus princípios, tudo o que ele partilha secretamente com Bloch, com Legrandin, com Charlus, tudo de que isenta cuidadosamente seu herói, imagem simultaneamente anódina e idealizada de si mesmo. Sabe-se com que severidade talvez ingênua André Gide julgava tal dissimulação; Proust respondia que se pode dizer tudo com a condição de não dizer "eu". *Poder* significa aí, claro, "ter o direito". Mas talvez seja preciso dar ao verbo um sentido mais forte: talvez não haja, na literatura como fora dela, linguagem verídica fora da linguagem indireta.[175] Talvez, aqui ainda,

---

175. Como em toda regra, sobretudo em Proust, é preciso reservar nesta a parte da exceção. É o infatigável Bloch que se encarrega disso, e por duas vezes. Na manhã em Villeparisis, como o duque de Châtellerault recusa-se a conversar com ele sobre o caso Dreyfus, argumentando que este é um assunto sobre o qual tem "por princípio só conversar entre *japhétiques*", esse moço sempre pronto a brincar sobre seu "lado judeu", pego de surpresa, só consegue balbuciar, com todas as defesas rompidas: "Mas como você pôde saber? Quem lhe disse?" (II, p. 247). Um pouco mais tarde, na residência da mesma senhora de Villeparisis, quando acaba de saber que uma senhora, com a qual acabara de ser só um pouco polido não era outra senão a senhora Alphonse de Rothschild, diz emocionado

a verdade tenha por condição, no duplo sentido de cláusula necessária e de modo de ser, isto é, por *lugar*, a mentira[176]: habitando a obra, da forma como habita toda fala, não na medida em que se mostra, mas enquanto se esconde. É portanto legítimo relacionar a "teoria" proustiana da linguagem, tal como se produz explicitamente ou tal como podemos percebê-la nos principais episódios que a ilustram, a uma crítica dessa ilusão realista que consiste em buscar na linguagem uma imagem fiel, uma expressão direta da realidade: utopia cratiliana[177] (ignorante ou "poética") de uma motivação do signo, de uma relação natural entre o nome e o

---

diante dela: "Se eu soubesse!" Prova, adiciona Proust, de "que às vezes, na vida, sob uma emoção excepcional, a gente diz o que pensa" (II, p. 506).

176. Como já pudemos observar, a "mentira", em Proust, quase nunca é uma conduta plenamente consciente e deliberada. Quem mente o faz também para si, como Legrandin — se ele não é "completamente verídico" também não é "sincero" quando vocifera contra os esnobes, pois "jamais conhecemos senão as paixões dos outros" (I, p. 129). Swann, por exemplo, faz-se longos discursos mentirosos; assim, sobre a magnanimidade dos Verdurin, quando favorecem seus encontros com Odette (I, p. 249); sobre a baixeza dos mesmos Verdurin, depois da ruptura (pp. 286-288); sobre o desejo que ele tem de visitar Pierrefonds justamente quando Odette lá se encontra (p. 293); e sobretudo quando, enviando dinheiro para Odette, ele protesta interiormente contra sua reputação de "mulher teúda" — o encontro desagradável das duas ideias é evitado por um desses acessos de cegueira mental que ele herdou de seu pai, exemplo típico de censura por "foraclusão": "seu pensamento tateia por um momento na obscuridade, ele retira os óculos, passa a mão sobre os olhos e só revê a luz quando lança mão de uma ideia completamente diferente, a saber, que no próximo mês seria preciso enviar seis ou sete mil francos para Odette, em vez de cinco, pois isso causaria surpresa e alegria" (p. 268). Marcel não está a salvo desse gênero de má-fé interior (vide o que pensa depois da partida de Albertine, III, pp. 421-422) e diz que as mentiras que fala para Françoise, por exemplo, são tão automáticas que nem tem consciência delas (II, p. 66). Quando um esnobe como Legrandin ou o senhor Bloch, pai, diz de um personagem inacessível "não quero conhecê-lo", o *sentido intelectual* (a verdade, para o interlocutor "perspicaz") é "não *posso* conhecê-lo", mas "o sentido apaixonado é mesmo 'não quero conhecê-lo'. Sabemos que isto não é verdade, mas não o dizemos por simples artifício, nós o dizemos porque o sentimos assim" (I, p. 771). A mentira, em Proust, é portanto muito mais que a mentira: é, por assim dizer, o próprio ser daquilo que outros chamam de "consciência".

177. Refere-se a *Crátilo*, de Platão: "Aquele que conhece os nomes conhece igualmente as coisas que eles exprimem", diz Crátilo. [N.T.]

lugar, a palavra e a coisa (é a *idade dos nomes*), pouco a pouco arruinada pelo contato com o real (viagens, frequentação do "mundo") e pelo saber linguístico (etimologias de Brichot); "ingenuidade" de um Bloch, de um Cottard, que imagina que a verdade se exprime "ao pé da letra" no discurso, desmentida pela experiência constante, obsedante, universal, da mentira, da má fé e da inconsciência, na qual se manifesta de modo brilhante o descentramento da fala, mesmo a mais "sincera", em relação à "verdade" interior, bem como a incapacidade da linguagem em revelar esta verdade de outro modo que não sob uma forma subtraída, deslocada, disfarçada, dissimulada, sempre indireta e como que segunda: é a *idade das palavras*.[178]

O título pensado por um instante para a última parte — portanto, para o *Tempo reencontrado* —, síntese e resultado espiritual de toda a experiência proustiana: a *idade das coisas*, poderia fazer acreditar em uma espécie de "última ilusão a perder" que não teria sido perdida, em uma recaída final na utopia realista de uma relação ao mesmo tempo direta e autêntica com o mundo. Evidentemente, não de trata disto; uma página de *À sombra das raparigas em flor* punha o leitor de sobreaviso contra esse erro, opondo o "mundo visível" ao "mundo verdadeiro", e aproximando da ilusão nominal esta outra miragem que é a percepção pelos "sentidos".[179] Sabemos que a única realidade autêntica é, para Proust, aquela

---

178. A esta crítica da fala seria preciso relacionar as páginas severas que se conhece sobre a amizade (I, p. 736 e II, p. 394), considerada como pura conversação, diálogo superficial, sem autenticidade moral nem valor intelectual.

179. "Sem dúvida, os nomes são desenhistas fantasistas, dando-nos das pessoas e dos lugares esboços tão pouco verossimilhantes que frequentemente sentimos uma espécie de estupor quando temos diante de nós, em vez do mundo imaginado, o mundo visível (que, aliás, não é o mundo verdadeiro — nossos sentidos não possuem o dom da verossimilhança na mesma medida em que possuem o da imaginação, tanto que os desenhos aproximativos que podemos obter da realidade são pelo menos tão diferentes do mundo visto quanto este o é do mundo imaginado" (I, p. 548).

que se dá na experiência da reminiscência e se perpetua no exercício da metáfora — presença de uma sensação em outra, "espelhamento" da lembrança, profundidade analógica e diferencial, transparência ambígua do texto, palimpsesto da escritura. Longe de nos levar a uma imediatez qualquer do percebido, o *Tempo reencontrado* nos afundará sem retorno naquilo que James chamava de "esplendor do indireto", na infinita mediação da linguagem.

Nesse sentido, a teoria "linguística" — crítica das concepções "ingênuas", privilégio de revelação reconhecido à linguagem segunda, remissão do discurso imediato à fala indireta, e portanto do discurso à escritura (ao discurso como escritura) —, tudo isso não ocupa na obra de Proust um lugar marginal; é, ao contrário, teórica e praticamente uma condição necessária e quase suficiente: a obra, para Proust, como o "verso" para Mallarmé, "compensa a falta das línguas". Se as palavras fossem a imagem das coisas, diz Mallarmé, todo mundo seria poeta e a poesia não existiria; a poesia *nasce* da carência (na ausência) das línguas. A lição de Proust é mais ou menos paralela: se a linguagem "primeira" fosse verídica, a linguagem segunda não encontraria lugar. É o conflito da linguagem e da verdade que *produz*, como pudemos ver, a linguagem indireta; e a linguagem indireta, por excelência, é a escritura — é a obra.

Referências bibliográficas

ADAM, Antoine. *Histoire de la littérature française au XVIIe siècle*. Paris: Domat, 1951. t. 2.

ARISTÓTELES. *Art réthorique et art poétique*. Ed. de Jean Voilquin. Paris: Garnier. 1944. (Classiques Garnier). [Ed. bras.: *Arte retórica e arte poética*. Rio de Janeiro: Tecnoprint, 1969. (Clássicos de Ouro).]

_____. *La Poétique*. Paris: Éditions du Seuil, 1980. [Ed. bras.: *Poética*. São Paulo: Nova Cultural, 2000. (Os Pensadores, 4).]

AUBIGNAC, François Hédelin d' (Abbé). *La Pratique du théâtre*. (Paris: Ant. de Sommaville, 1657). Ed. de Pierre Martino; publ. J. Carbonel Alger. Paris: E. Champion, 1927.

AUBIGNÉ, Agrippa d'. "Prière du matin". In: *Œuvres*. Paris: Gallimard, 1987. (Bibliothèque de la Pléiade).

BACHELARD, Gaston. *L'Eau et les rêves: Essai sur l'imagination de la matière*. Paris: J. Corti, 1963 [c. 1942]. [Ed. bras.: *A água e os sonhos: Ensaio sobre a imaginação da matéria*. Trad. Antonio de Pádua Danesi. São Paulo: Martins Fontes, 1989.]

_____. *La Poétique de la rêverie*. 5ª ed. Paris: PUF, 1960. [Ed. bras.: *Poética do devaneio*. Trad. Antonio de Pádua Danesi. São Paulo: Martins Fontes, 1996.]

BALZAC, Honoré de. *La Comédie humaine: Études de mœurs: Scènes de la vie privée*. Texto estabelecido por Marcel Bouteron. (v. 1: *Avant-propos*; *La Maison du chat-qui-pelote*; *Le Bal de Sceaux*; *Mémoires de deux jeunes mariées*; *La Bourse*; *Modeste Mignon*; *Un Début dans la vie*; *Albert Savarus*; *La Vendetta*; *Une Double Famille*; *La Paix du ménage*; *Madame Firmiani*; *Étude de femme*. v. 2: *La Fausse Maîtresse*; *Une Fille d'Eve*; *Le Message*; *La Grenadière*; *La Femme abandonnée*; *Honorine*; *Béatrix*; *Gobseck*; *La Femme de trente ans*; *Le Père Goriot*; *Le Colonel Chabert*; *La Messe de l'Athée*). Paris: Gallimard/N.R.F., 1935 (Bibliothèque de la Pléiade, 26-27). [Ed. bras.: *A comédia humana*. São Paulo: Globo, 1993. 17 v.]

_____. *La Comédie humaine: Études de mœurs: Scènes de la vie privée*. Texto estabelecido por Marcel Bouteron. (*L'Interdiction*; *Le Contrat de mariage*; *Autre Étude de femme*). *Scènes de la vie de province*. Texto estabelecido por Marcel Bouteron. (*Ursule Mirouët*; *Eugénie Grandet*; *Les Célibataires: Pierrette*; *Le Curé de Tours*; *La Rabouilleuse*). Paris: Gallimard, 1935. (Bibliothèque de la Pléiade, 30).

_____. *La Comédie humaine: Études de mœurs: Scènes de la vie de province*. Texto estabelecido por Marcel Bouteron. (*Les Parisiens en province*:

L'Illustre Gaudissart; La Muse du département. Les Rivalités; La Vieille Fille; Le Cabinet des antiques; Illusions perdues; Les Deux Poètes; Un Grand Homme de province à Paris; Les Souffrances de l'inventeur). Paris: Gallimard, 1936. (Bibliothèque de la Pléiade, 31).

_____. *La Comédie humaine: Études de mœurs: Scènes de la vie parisienne.* Texto estabelecido por Marcel Bouteron. (*Histoire des treize: Ferragus*; *La duchesse de Langeais*; *La Fille aux yeux d'or*. *Histoire de la grandeur et de la décadence de César Birotteau*; *La Maison de Nucingen*; *Splendeurs et misères des courtisanes*; *Comment Aiment les Filles*; *À Combien l'Amour revient aux vieillards*; *Où Mènent les Mauvais chemins*; *La Dernière Incarnation de Vautrin*). Paris: Gallimard/N.R.F., 1936. (Bibliothèque de la Pléiade, 32).

_____. *La Comédie humaine: Études de mœurs: Scènes de la vie parisienne.* Texto estabelecido por Marcel Bouteron. (*Les Secrets de la princesse de Cadignan*; *Facino cane*; *Sarrasine*; *Pierre Grassou*; *Les Parents pauvres: La Cousine Bette*; *Le Cousin Pons. Un Homme d'affaires*; *Un Prince de la Bohème*; *Gaudissart II*; *Les employés*). Paris: Gallimard/N.R.F., 1936. (Bibliothèque de la Pléiade, 35).

_____. *La Comédie humaine: Études de mœurs: Scènes de la vie parisienne.* Texto estabelecido por Marcel Bouteron. (*Les Comédiens sans le savoir*; *Les Petits Bourgeois*; *L'Envers de l'histoire contemporaine*; *Madame de la Chanterie*; *L'Initié*). *Scènes de la vie politique*. Texto estabelecido por Marcel Bouteron. (*Un Épisode sous la Terreur*; *Une Ténébreuse Affaire*; *Le Député d'Arcis*; *Z. Marcas*). *Scènes de la vie militaire*. Texto estabelecido por Marcel Bouteron. (*Les Chouans*; *Une Passion dans le désert*). Paris: Gallimard/N.R.F, 1936. (Bibliothèque de la Pléiade, 38).

_____. *La Comédie humaine: Études de mœurs: Scènes de la vie de campagne.* Texte établi par Marcel Bouteron. (*Les Paysans*; *Le Médecin de campagne*; *Le Curé de village*; *Le Lys dans la vallée*). Paris: Gallimard, 1936. (Bibliothèque de la Pléiade, 39).

_____. *La Comédie humaine: Études philosophiques*. Texto estabelecido por Marcel Bouteron. (V. 1: *La Peau de chagrin*; *Jésus-Christ en Flandre*; *Melmoth réconcilié*; *Massimilla Doni*; *Le Chef d'œuvre inconnu*; *Gambara*; *La Recherche de l'absolu*; *L'Enfant maudit*; *Adieu*; *Les Marana*; *Le Réquisitionnaire*; *El Verdugo*; *Un Drame au bord de la mer*; *Maître Cornélius*; *L'Auberge rouge*. v. 2: *Sur Catherine de Médicis*; *L'Élixir de longue vie*; *Les Proscrits*; *Louis Lambert*; *Séraphita*). *Études analytiques*. Texto estabelecido por Marcel Bouteron. (*Physiologie du mariage*; *Les Petites Misères de la vie conjugale*; *Œuvres ébauchées*). Paris: Gallimard/N.R.F, 1937/1950. (Bibliothèque de La Pléiade, 41-42).

_____. *La Comédie humaine: Études philosophiques*. Texto estabelecido por Marcel Bouteron. (*Maître Cornélius*; *L'Auberge rouge*; *Sur Catherine de Médicis*; *L'Élixir de longue vie*; *Préface du Livre Mystique*; *Les proscrits*; *Louis Lambert*; *Séraphîta*; *Physiologie du mariage*). Paris: Gallimard, 1980. (Bibliothèque de la Pléiade, 141). [Ed. bras.: *Estudos filosóficos*. São Paulo: Globo, 1993.]

REFERÊNCIAS BIBLIOGRÁFICAS

_____. *Illusions perdues*. Paris: Gallimard, 1981. [Ed. bras.: *Ilusões perdidas*. Trad. Leila de Aguiar Costa. São Paulo: Estação Liberdade, 1981.]

_____. *Eugénie Grandet*. Paris: Garnier, 1983. (Classiques Garnier). [Ed. bras.: trad. Marina Appenzeller. São Paulo: Estação Liberdade, 2009]

BALLY, Charles. "Les Hypostases sont toutes des signes motivés". In: *Le Langage et la vie*. Genebra: Droz, 1977.

_____. *Linguistique générale et linguistique française*. 4ª ed. Berna: Franke, 1965.

BARDÈCHE, Maurice. *Balzac romancier*. Paris: Plon, 1943.

BARTHES, Roland. *Le Degré zéro de l'écriture*. Paris: Seuil, 1953. [Ed. bras.: *O grau zero da escritura*. São Paulo: Cultrix, 1971.]

_____. "Introduction à l'analyse structurale du récit". In: *Communications*, n. 8, p. 9, 1966. [Ed. bras.: *Análise estrutural da narrativa*. Petrópolis: Vozes, 2008.]

_____. "Proust et les noms". In: JAKOBSON, Roman. *To Honor R. Jakobson: Essays on the Occasion of His Seventieth Birthday, 11 October 1966*. Paris: Mouton, 1967.

BAUDELAIRE, Charles. *Les Fleurs du mal*. Paris: Flammarion, 1964. [Ed. bras.: *As flores do mal*. Trad. Ivan Junqueira. Rio de Janeiro: Nova Fronteira, 2006.]

BENVENISTE, Émile. *Problèmes de linguistique générale*. Paris: Gallimard, 1992. [Ed. bras.: *Problemas de linguística geral*. 4ª ed. Trad. Maria da Glória Novak e Maria Luisa Neri. Campinas: Pontes/ Unicamp, 1995.]

_____. "Les Relations de temps dans le verbe français". In: *Problèmes de linguistique générale*. Paris: Gallimard, 1992, p. 237-250. [Ed. bras.: "As relações de tempo no verbo francês". In: *Problemas de linguística geral*. p. 267.]

_____. "De la Subjetivité dans le langage". In: *Problèmes de linguistique générale*. Paris: Gallimard, 1992. [Ed. bras.: "Da subjetividade na linguagem". In: *Problemas de linguística geral*. p. 289.]

BLANCHOT, Maurice. *L'Espace littéraire*. Paris: Gallimard, 1955. [Ed. bras.: *O espaço literário*. Trad. Álvaro Cabral. Rio de Janeiro: Rocco, 1987.]

_____. *Le Livre à venir*. Paris: Gallimard, 1971. [Ed. bras.: *O livro por vir*. Trad. Leyla Perrone-Moisés. São Paulo: Martins Fontes, 1984.]

BLIN, Georges. *Stendhal et les problèmes du roman*. Paris: J. Corti, 1954.

BOILEAU-DESPRÉAUX, Nicolas. *Art poétique*. In: *Œuvres complètes*. Textos estabelecidos e anotados por Françoise Escal. Paris: Gallimard, 1966. (Bibliothèque de la Pléiade, 188). [Ed. bras.: *Arte poética*. Trad. Celia Berrettini. São Paulo: Perspectiva, 1979.]

_____. *Lutrin*. In: *Œuvres complètes*. Textos estabelecidos e anotados por Françoise Escal. Paris: Gallimard, 1966. (Bibliothèque de la Pléiade, 188).

BRAY, René. *Formation de la doctrine classique*. Paris: Hachette, 1927.

BROSSES, Charles de. *Traité de la formation mécanique des langues et des principes physiques de l'étymologie*. Paris: Saillant, 1765. 2 v.

BRUNEAU, Jean. *Les Débuts littéraires de Flaubert*. Paris: A. Colin, 1962.

BUTOR, Michel. *Répertoire: Études et conférences*. Paris: Minuit, 1960-1982. 5 v. (Col. Critique). [Ed. bras.: *Repertório*. Trad. Leyla Perrone-Moisés. São Paulo: Perspectiva, 1974. (Debates, 103).]

CAMUS, Albert. *L'Étranger*. Paris: Gallimard, 1996. [Ed. Bras.: *O estrangeiro*. Trad. José Arbex Júnior e Edgard de Assis Carvalho. São Paulo: Escuta/ Fapesp, 1998.]

CAZES, Albert (ed.). *La Princesse de Clèves*. Paris: Société les Belles Lettres, 1934.

CLAUDEL, Paul. *Œuvres en prose*. Paris: Gallimard, 1965. (Bibliothèque de la Pléiade).

_____. "Idéogrammes occidentaux". In: *Œuvres en prose*. Paris: Gallimard, 1965. (Bibliothèque de la Pléiade).

_____. "La Philosophie du livre". In: *Œuvres en prose*. Paris: Gallimard, 1965. (Bibliothèque de la Pléiade).

_____. *Cinq Grandes Odes*. Paris: Gallimard, 1992.

COHEN, Jean. *Structure du langage poétique*. Paris: Flammarion, 1966. [Ed. bras.: *Estrutura da linguagem poética*. Trad. Álvaro Lorencini e Anne Arnichand. São Paulo: Cultrix, 1974.]

CHAPELAIN, Jean. "Les Sentimens de l'Académie Française due la tragi--comédie du Cid". In: GASTÉ, Armand. *La Querelle du Cid: Pièces et pamphlets*. Paris: H. Welter, 1898.

CHARDONNE, Jacques. *Tableaux de la littérature française*. Paris: Gallimard, 1962.

CHARNES, Jean-Antoine de (abbé). *Conversations sur la critique de la Princesse de Clèves*. Paris: Claude Barbin, 1679.

CHASSANG, Arsène & SENNINGER, Charles. *La Dissertation littéraire générale*. Paris: Hachette, 1957. 2 v.

_____. *Recueil de textes littéraires français, XVIIe. siècle*. Paris: Hachette, 1966.

CHATEAUBRIAND, François-René. *Mémoires d'outre-tombe*. Paris: Gallimard, 1990. 2 v.

CHRISTIE, Agatha. *Le Meurtre de Roger Ackroyd*. Trad. francesa. Paris: Hachette, 1988. [Ed. bras.: *O assassinato de Roger Ackroyd*. Trad. Renato Rezende. São Paulo: Globo, 2011.]

DÉGUY, Michel. *Ouï Dire: Poèmes*. Paris: Gallimard, 1973.

DELBOUILLE, Paul. *Poésie et sonorité: La Critique contemporaine devant le pouvoir suggestif des sons*. Paris: Les Belles Lettres, 1961.

DELEUZE, Gilles. *Proust et les signes*. Paris: PUF, 1964. [Ed. bras.: *Proust e os signos*. Trad. Antônio Carlos Piquet. Rio de Janeiro: Forense Universitária, 1987.]

DELILLE, Jacques. *Trois Règnes de la nature*. In: *Œuvres complètes*. Paris, L. -G. Michaud, 1824.

DERRIDA, Jacques. *De la Grammatologie*. Paris: Minuit, 1967. [Ed. bras.: *Gramatologia*. Trad. Miriam Chnaiderman e Renato Janine Ribeiro. São Paulo: Perspectiva, 1973.]

DUMARSAIS, César Chesneau. *Les Tropes*. Introd. Gérard Genette. Réimpr. de 1ª ed. de Paris, 1818. [Reed: Genebra: Slatkine, 1967.]

_____. *Traité des tropes*. Paris: Le Nouveau Commerce, 1981.

DURAND, Gilbert. *Le Décor mythique de la* Chartreuse de Parme. Paris: José Cortí, 1961.

_____. *Les Structures anthropologiques de l'imaginaire: Introduction à l'archétypologie générale*. 11ª ed. Paris: Dunod, 1992. [Ed. bras.: *As estruturas antropológicas do imaginário*. São Paulo: Martins Fontes, 1997.]

ÉLUARD, Paul. *Capitale de la douleur*. Paris: La Nouvelle Revue Française, 1926.

_____. *Donner à voir*. Paris: Gallimard, 1994.

ERLICH, Victor. *Russian Formalism: History-doctrine*. Gravenhage: Mouton, 1955.

FLAUBERT, Gustave. *Œuvres complètes*. Paris: Gallimard, 2001. (Bibliothèque de la Pléiade).

_____. *Correspondance*. In: *Œuvres complètes*. Paris: Gallimard, 2001. (Bibliothèque de la Pléiade).

_____. *Madame Bovary*. In: *Œuvres complètes*. Paris: Gallimard, 2001. (Bibliothèque de la Pléiade). [Ed. bras.: *Madame Bovary*. Trad. Fúlvia Moretto. São Paulo: Nova Alexandria, 2001.]

_____. *Œuvres de jeunesse*. In: *Œuvres complètes*. Paris: Gallimard, 2001. (Bibliothèque de la Pléiade).

_____. *Par les Champs et par les grèves*. Paris: Pocket, 2002.

FONTANIER, Pierre. *Les Tropes de Dumarsais: Avec un Commentaire raisonné par M. Fontanier*. Paris: Belin-Le Prieur, 1818. [Genebra: Slatkine Reprints, 1967].

_____. *Les Figures du discours*. Introd. Gérard Genette. Paris: Flammarion, 1968.

_____. *Manuel classique pour l'étude des tropes, ou Élémens de la science du sens des mots*. 4ª ed. Paris: Maire-Nyon, 1830.

FOUCAULT, Michel. "L'Arrière-fable". In: *L'Arc*, n. 20, maio 1966. p. 5-12.

_____. *Les Mots et les choses*. Paris: Gallimard, 1966. [Ed. bras.: *As palavras e as coisas*. Trad. Salma Tannus Muchail. São Paulo: Martins Fontes, 1990.]

FREUD, Sigmund. "Die Verneinung" ("La Négation"). In: *Revue Française de Psychanalyse*, v. 7, n. 2, pp. 174-177, 1934.

_____. *La Psychopathologie de la vie quotidienne*. Paris: Payot, 1963. [*A psicopatologia da vida cotidiana*. Rio de Janeiro: Imago, 1976.]

_____. *Introduction à la psychanalyse*. Paris: Payot, 1993. (Petite Bibliothèque Payot, 16). [Ed. bras.: *Introdução à psicanálise*. Rio de Janeiro: Delta, [19--]. 18 v.]

GASTÉ, Armand. *La Querelle du Cid: Pièces et pamphlets*. Paris: H. Welter, 1898.

GENET, Jean. *Journal du voleur*. Paris: Gallimard, 2003. [Ed. bras.: *Diário de um ladrão*. Trad. Jacqueline Laurence. Rio de Janeiro: Nova Fronteira, 1986.]

GHIL, René. *Traité du verbe: États successifs*. Paris: A.-G. Nizet, 1978.

GIRARDIN, Émile de. *De l'Instruction publique en France*. Paris: Mairet et Fournier, 1838.

GRAMMONT, Maurice. *Le Vers français: Ses Moyens d'expression, son harmonie*. 6ª ed. Paris: Delagrave, 1967.

_____. *Traité de phonétique*. 9ª ed. Paris: Delagrave, 1971.

GUIRAUD. Pierre. *Langage et versification d'après l'œuvre de Paul Valéry: étude sur la forme poétique dans ses rapports avec la langue*. Paris: Klincksieck, 1952.

_____. "Pour une Sémiologie de l'expression poétique". In: Congrès International des Langues et Litteratures Modernes, 8: Langue et Littérature. *Actes*... Fédération Internationale des Langues et Littératures Modernes, 1960, Liège. Paris: Les Belles Lettres, 1961.

HUISMAN, Denis & PLAZOLLEs, Roland. *L'Art de la dissertation littéraire*. 2ª ed. Paris: Société d'Édition d'Enseignement Supérieur, 1965.

HJELMSLEV, L. *Prolégomènes à une théorie du langage*. Paris: Éditions de Minuit, 1968. [Ed. bras.: *Prolegômenos a uma teoria da linguaguem*. Trad. J. Teixeira Coelho. São Paulo: Perspectiva, 1961.]

HOMERO. *L'Odisée*. Trad. Victor Bérard; ed. Jean Bérard. Paris: Gallimard, 1985. [Ed. bras.: *Odisseia*. Trad. Manuel Odorico Mendes; ed. Antonio Medina Rodrigues. São Paulo: Edusp/ Ars Poetica, 1992.]

_____. *Iliade*. Trad. Paul Mazon. Notas de Hélène Monsacré. Edição bilingue. Paris: Les Belles Lettres, 1998. [Ed. bras.: *A Ilíada*. Trad. Haroldo de Campos. São Paulo: Arx, 2003.]

HUGO, Victor. "Oceano Nox". In: *Œuvres poétiques* (*Les Rayons et les ombres*). *Œuvres. Poésies. 1: Odes et ballades; Les Orientales; Les Feuilles d'automne; Les Chants du crépuscule; Les Voix intérieures; Les Rayons et les ombres; Le Retour de l'empereur; Châtiments; Les Contemplations*. Pref. de Jean Gaulmier; apres. e notas de Bernard Leuilliot. Paris: Seuil, 1972. (L'Intégrale).

_____. *Œuvres. Poésies*. (*2: La Légende des siècles; Les Chansons des rues et des bois; L'Année terrible; L'Art d'être grand-père; Le Pape; La Pitié suprême; Religions et religion; L'Âne; Les Quatre Vents de l'esprit*). Paris: Seuil, 1972. (L'Intégrale).

_____. "À Théophile Gautier". In: *Œuvres poétiques [Toute la lyre]* (*3: Posthumes; Poèmes de jeunesse; Nouveaux châtiments; Les Années funestes; La Fin de Satan; Dieu; Toute la lyre; Dernière gerbe; Océan*). Paris: Seuil, 1972. (L'Intégrale).

_____. *William Shakespeare*. In: *Œuvres complètes*. (*Critique*; *La Préface de Cromwell*; *Littérature et philosophie mêlées*; *William Shakespeare*; *Proses philosophiques des années 60-65*). Paris: Laffont, 2002.

HUGO, Victor. "Réponse à un acte d'accusation". In: *Œuvres complètes: Châtiments*. Paris: Laffont, 2002.

INSTITUT PÉDAGOGIQUE NATIONAL. *Encyclopédie pratique de l'éducation en France*. Paris: Ministère de l'Éducation Nationale, s/d.

JAKOBSON, Roman. *Essais de linguistique générale*. Trad. e pref. de Nicolas Ruwet. Paris: Éditions de Minuit, 1963. 2 v.

_____. "Une Microscopie du dernier Spleen". In: *Tel Quel*, 29, 1967.

LACLOS, Choderlos de. *Les Liaisons dangereuses*. Paris: Flammarion, 1994. [Ed. bras.: *As relações perigosas*. Trad. Dorothée de Bruchard. São Paulo: Companhia das Letras, 2012.]

LA MESNARDIÈRE, Hippolyte-Jules Pilet de (pseud. Du Rivage). *La Poétique*. Paris: Antoine de Sommaville, 1639.

LAMY, Bernard. *La Rhétorique ou L'Art de parler*. 3ª ed. Paris: A. Pralard, 1688. [Reed.: Paris: PUF, 1998.]

LANSON, Gustave. *Conseils sur l'art d'écrire: Principes de composition et de style à l'usage des élèves des lycées et collèges et de l'enseignement primaire supérieur*. 9ª ed. Paris: Hachette.

Lazarilho de Tormes. Adapt. por Michel Van Loo. Paris: Casterman, 1991. [Ed. bras.: Trad. Pedro Cancio da Silva. São Paulo: Página Aberta, 1992.]

LE BIDOIS, Robert. "Le Langage parlé des personnages de Proust". In: *Le Français Moderne*, jun./jul. 1939.

LECLERC, Joseph-Victor. *Nouvelle rhétorique, extraite des meilleurs écrivains anciens et modernes, suivie d'observations sur les matières de composition dans les classes de rhétorique*. 6ª ed. Paris: J. Delalain, 1841.

LEIRIS, Michel. *Fibrilles*. Paris: Gallimard, 1990.

LE SAGE, Alain René. *Histoire de Gil Blas de Santillane*. Paris: Garnier Frères, 1955. [Ed. bras.: *História de Gil Blas de Santillana*. Trad. Manuel M. B. du Bocage. São Paulo: Ensaio, 1990.]

LÉVI-STRAUSS, Claude. *Tristes Tropiques*. Paris: Plon, 1993. [Ed. bras.: *Tristes trópicos*. Trad. Rosa Freire D'Aguiar. São Paulo: Companhia das Letras, 1998.]

MALLARMÉ, Stéphane. "Stéphane Mallarmé, esquisse orale". In: *Mercure de France*, fev. 1924.

_____. *Œuvres complètes*. Ed. e notas de Bertrand Marchal. Paris: Gallimard, 1998-2003. (*Poésies et autres poèmes*; *Un Coup de dés jamais n'abolira le hasard: Dossier*; *Poèmes en prose*; *Œuvres inachevées*; *Correspondance choisie*; *Transcriptions*). 2 v. (Bibliothèque de la Pléiade). [Ed. bras.: *Prosas de Mallarmé: Autobiografia, Poemas em prosa, Contos indianos*. Trad. Dorothée de Bruchard. Porto Alegre: Paraula, 1995.]

MANDROU, Robert. *Introduction à la France moderne*. Paris: Albin Michel, 1961.

MARIVAUX, Pierre de. *La Vie de Marianne ou Les Aventures de Madame la comtesse de ****. Paris: Julliard, 1965.

MARTINET, André. *Élements de linguistique générale*. Paris: A. Colin, 1967. [Ed. bras.: *Elementos de linguística geral*. 8ª ed. São Paulo: Martins Fontes, 1978.]

MAUROIS, André. *À la Recherche de Marcel Proust*. Paris: Hachette, 1985. [Ed. bras.: *Em busca de Marcel Proust*. Trad. Leonardo Fróes. São Paulo: Siciliano, 1995.]

Mercure Galant. Revista literária criada em 1672 por Donneau de Visé e Thomas Corneille. 1672-1713.

MOLIÈRE, Jean-Baptiste P. *Le Misanthrope*. Paris: Gallimard, 2000. [Ed. bras.; *O tartufo*; *O misantropo*. São Paulo: Martins Fontes, 1968.]

NOËL, François de & DELAPLACE, François. *Leçons françaises de littérature et de morale, ou Recueil en prose et en vers des plus beaux morceaux de notre littérature des deux derniers siècles, avec les préceptes du genre et des modèles d'exercices*. 12ª ed. Paris: Le Normant Père, 1823.

PASCAL, Blaise. *Pensées*. Paris: Garnier Frères, 1961. [Ed. bras.: *Pensamentos*. Trad. Sérgio Milliet. 2ª ed. São Paulo: Difusão Europeia do Livro, 1961.]

PAULHAN, Jean. *Œuvres complètes*. Paris: Cercle du Livre Précieux, 1966. 5 v.

PÉGUY, Charles. *Œuvres poétiques complètes*. Paris: Gallimard, 1957. (Bibliothèque de la Pléiade).

PINGAUD, Bernard. "Préface et Posface". In: LA FAYETTE, M.-Madeleine P. de la Vergne. *Madame de La Fayette par elle même*. Paris: Seuil, 1966.

PLATÃO. *Œeuvres complètes*: *Protagoras*; *Euthydème*; *Gorgias*; *Ménexène*; *Ménon*; *Cratyle*. Trad. Pierre Chambry. Paris: Gallimard, 1960.

———. *La République*. Livres I a X. Trad. Pierre Chambry. Paris: Gallimard, 1992. (Col. Tel Quel). [Ed. bras.: *A república*. Introd. Robert Bacou. Trad. J. Guinsburg. São Paulo: Difel, 1965.]

POMMIER, Jean. *La Mystique de Marcel Proust*. Genebra: Droz, 1968.

POUILLON, Jean. "La Création chez Stendhal". In: *Temps Modernes*, n. 69.

PRÉVOST, Antoine François. *Manon Lescaut*. Paris: Gallimard, 1980.

PROUST, Marcel. *Chroniques*. Paris: La Nouvelle Revue Française, 1927.

———. *À la Recherche du temps perdu*. Ed. e apres. de Pierre Clarac e André Ferré. Pref. de André Maurois. v. 1: *Du Côté de chez Swann* (*Combray*; *Un Amour de Swann*; *Noms de pays: Le Nom*); *À l'Ombre des jeunes filles en fleurs*; v. 2: *Le Côté de Guermantes*; *Sodome et Gomorrhe*; v. 3: *La Prisonnière*; *La Fugitive*; *Le Temps retrouvé*. Paris: Gallimard, 1954. (Bibliothèque de la Pléiade 100, 101 e 102). [Ed. bras.: *Em busca do tempo perdido*. Vários tradutores. v. 1: *No caminho de Swann*; v. 2: *À sombra das raparigas em flor*; v. 3: *O cami-*

nho de Guermantes; v. 4: *Sodoma e Gomorra*; v. 5: *A prisioneira*; v. 6: *A fugitiva*; v. 7: *O tempo redescoberto*. Rio de Janeiro: Globo, 1994/1997.]

_____. *Jean Santeuil, précédé de Les Plaisirs et les jours*. Paris: Gallimard, 1987. (Bibliothèque de la Pléiade; 228). [Ed. bras.: Jean Santeuil. Trad. Fernando Pyo. Rio de Janeiro: Nova Fronteira, 1982.]

RACINE, Jean-Baptiste. *Phèdre*. Paris: Marcel Didier, 1966. [Ed. bras.: *Fedra*. Trad. Millôr Fernandes. Porto Alegre: L&PM, 1986.]

_____. *Bérénice*. Paris: Gallimard, 2001.

RAMNOUX, Clémence. "Le Symbolisme du jour et de la nuit". In: *Cahiers Internationaux du Symbolisme*, n. 13, [19--].

RAPIN, René P. "Réflexions sur la poétique d'Aristote et sur les ouvrages des poètes anciens et modernes". (Paris: Fr. Muguet, 1674). In: *Œuvres du P. Rapin qui contiennent les comparaisons des grands hommes de l'antiquité qui ont le plus excellé dans les belles lettres*. Amsterdã: E. Roger, 1709. v. II.

RIMBAUD, Arthur. *Les Illuminations*. Paris: Mercure de France, 1949.

ROUSSEAU, Jean-Jacques. *La Nouvelle Héloïse*. Paris: Garnier, 1981. [Ed. bras.: *Júlia ou A nova Heloísa*. Trad. Fúlvia Moretto. São Paulo: Hucitec, 1994.]

ROUSSET, Jean. *Anthologie de la poésie baroque*. Paris: Armand Colin, 1961.

_____. *Forme et signification: Essais sur les structures littéraires de Corneille à Claudel*. Paris: J. Corti, 1962.

ROY, Claude. *Le Commerce des classiques*. Paris: Gallimard, 1959.

SAINT-AMANT, Marc-Antoine de Gérard, sieur de. In: *Œuvres complètes*. Ed. Ch.-L. Livet, Paris: P. Jannet, 1855. 2 v.

SAPANET, M. "Histoire littéraire ou Belles-Lettres". In: *L'Information Littéraire*, nov. 1954.

SARTRE, Jean-Paul. *Saint Genet: Comédien et martyr*. Paris: Gallimard, 1978. [Ed. bras.: *Saint Genet: ator e mártir*. Trad. Lucy Magalhães. Petrópolis: Vozes, 2002.]

_____. *Qu'est-ce que la Littérature?*. Paris: Gallimard, 1993 [c. 1948]. [Ed. bras.: *Que é a literatura?*. Trad. Carlos Felipe Moisés. 2ª ed. São Paulo: Ática, 1993.]

SAUSSURE, Ferdinand de. *Cours de linguistique générale*. Paris: Payot, 1995. [Ed. bras.: *Curso de linguística geral*. Trad. Antônio Chelini, José Paulo Paes e Izidoro Blikstein. São Paulo: Cultrix, 1977.]

SCUDÉRY, Georges de. "Observations sur le Cid". In: GASTÉ, Armand. *La Querelle du Cid*. Paris: H. Welter, 1898.

SCHERER, Jacques. *La Dramaturgie classique en France*. Paris: Nizet, 1962.

SCHMIDT, Albert-Marie. *L'Amour noir: Poèmes baroques*. Mônaco: Rocher, 1959.

SENANCOUR, Étienne Pivert de. *Oberman, lettres*. Paris: [s.n.], 2003.

SOLLERS, Philippe. "Le Roman et l'expérience des limites". In: *Logiques*. Paris: Seuil, 1968. (Col. Tel Quel).

STAROBINSKI, J. "Stendhal pseudonyme". In: *L'Œil vivant*. Paris: Gallimard, 1961, p. 193-244.

STENDHAL [BEYLE, Henri]. *Mémoires d'un touriste: Voyage en Bretagne et Normandie*. In: *Œuvres complètes*. Nova ed. revista e aumentada. Paris: Calmann-Lévy, 1900.

_____. *Œuvres complètes*. Ed., revisão e prefácios de Henri Martineau. Paris: Le Divan, 1927-1936. [I.] *De l'Amour*, 1927, 2 v.; [II.] *Armance, ou Quelques scènes d'un salon de Paris en 1827*, 1927; [III.] *La Chartreuse de Parme*, 1927, 2 v.; [IV.] *Chroniques italiennes*, 1929, 2 v.: 1. *L'Abbesse de Castro. Vittoria Accoramboni. Les Cenci*; 2. *La Duchesse de Palliano. San Francesco a Ripa. Vanina Vanini. Trop de faveur tue. Suora Scolastica*; [V.] *Correspondance*, 1933-1934, 10 v.; [VI.] *Courrier anglais*, 1935-1936, 5 v.: 1. Lettres à Stritch, "Paris Monthly Review", jan. 1822-maio 1823; 2. "New Monthly Magazine, historical register", nov. 1822-jan. 1826; 3. "New Monthly Magazine, original papers", abr. 1826-ago. 1829; 4. "London Magazine", nov. 1824-mar. 1825. Lettres de Paris, jan.-dez. 1825; 5. "London Magazine", abr.-dez. 1825. Athenaeum. 5 fev. 1828-21 jan. 1829; [VII.] *Écoles italiennes de peinture*, 1934, 3 v.: 1. École de Florence, École romaine, École de Mantoue, École de Crémone; 2. École de Parme, École de Venise, École de Bologne; 3. École de Bologne; [VIII.] *Histoire de la peinture en Italie*, 1929, 2 v.; [IX.] *A. Constantin. Idées italiennes sur quelques tableaux célèbres*. 2ª ed., rev. e comentada por Stendhal, 1931; [X.] *Journal*, 1937, 5 v.; [XI.] *Lamiel*, 1928; [XII.] *Lucien Leuwen*, 1929, 3 v.; [XIII.] *Mélanges d'art. Salon de 1824. Des Beaux-Arts et du caractère français. Les Tombeaux de Corneto. Notes d'un dilettante*, 1932; [XIV.] *Mélanges de littérature*, 1933, 3 v.: 1. Fragments romanesques et poétiques; 2. Essais de psychologie. Les Moeurs et la société. Sur ses propres livres; 3. Mélanges critiques. Le Style et les écrivains; [XV.] *Mélanges de politique et d'histoire*, 1933, 2 v.; [XVI.] *Mélanges intimes et Marginalia*, 1936, 2 v.; [XVII.] *Mémoires d'un touriste*, 1929, 3 v.; [XVIII.] *Molière. Shakespeare. La Comédie et le Rire*, 1930; [XIX.] *Napoléon*, 1930, 2 v.: 1. Vie de Napoléon; 2. Mémoires sur Napoléon; [XX.] *Pages d'Italie. L'Italie en 1818. Moeurs romaines*, 1932; [XXI.] *Pensées. Filosofia nova*, 1931, 2 v.; [XXII.] *Promenades dans Rome*, 1931, 3 v.; [XXIII.] *Racine et Shakespeare*, 1928; [XXIV.] *Romans et nouvelles...*, 1928, 2 v.; 1. Le Rose et le vert. Mina de Vanghel. Souvenirs d'un gentilhomme italien. Le Juif; 2. Le Coffre et le revenant. Le Philtre. Le Chevalier de Saint-Ismier. Philibert Lescale. Feder; [XXV.] *Rome, Naples et Florence*, 1927, 3 v.; [XXVI.] *Le Rouge et le Noir, chronique du XIXe siècle*, 1927, 2 v.; [XXVII.] *Souvenirs d'égotisme...*, 1927; [XXVIII.] *Théâtre*, 1931, 3 v.: 1. Selmours. Les Quiproquo. Le Ménage à la mode. Zélinde et Lindor; 2. Ulysse. Hamlet. Deux Hommes; 3. Letellier. Brutus. Les Médecins. La Maison à deux portes. Il Forestiere in Italia. Philippe II. La Comtesse de Savoie. La Gloire et la bosse. Torquato Tasso; [XXIX.] *Vie de Henri Brulard*, 1927, 2 v.; [XXX.] *Vie de Rossini*, 1929, 2 v.; [XXXI.] *Vies de Haydn, de Mozart et de Métastase*, 1928; [XXXII.] *Voyage dans le midi de la France*., 1930. Paris: Le Divan, 1927-1936. [Eds. bras.: *A abadessa de Castro*. Trad. Pedro Ferraz do Amaral. São Paulo: Livraria Martins, 1942; *Crônicas italianas*. Trad. Sebastião Uchoa Leite; introd. Luiz Costa Lima. 3ª ed. São Paulo: Edusp, 1997; *Do amor*. Trad. Roberto Leal Ferreira. São Paulo: Martins Fontes, 1999.]

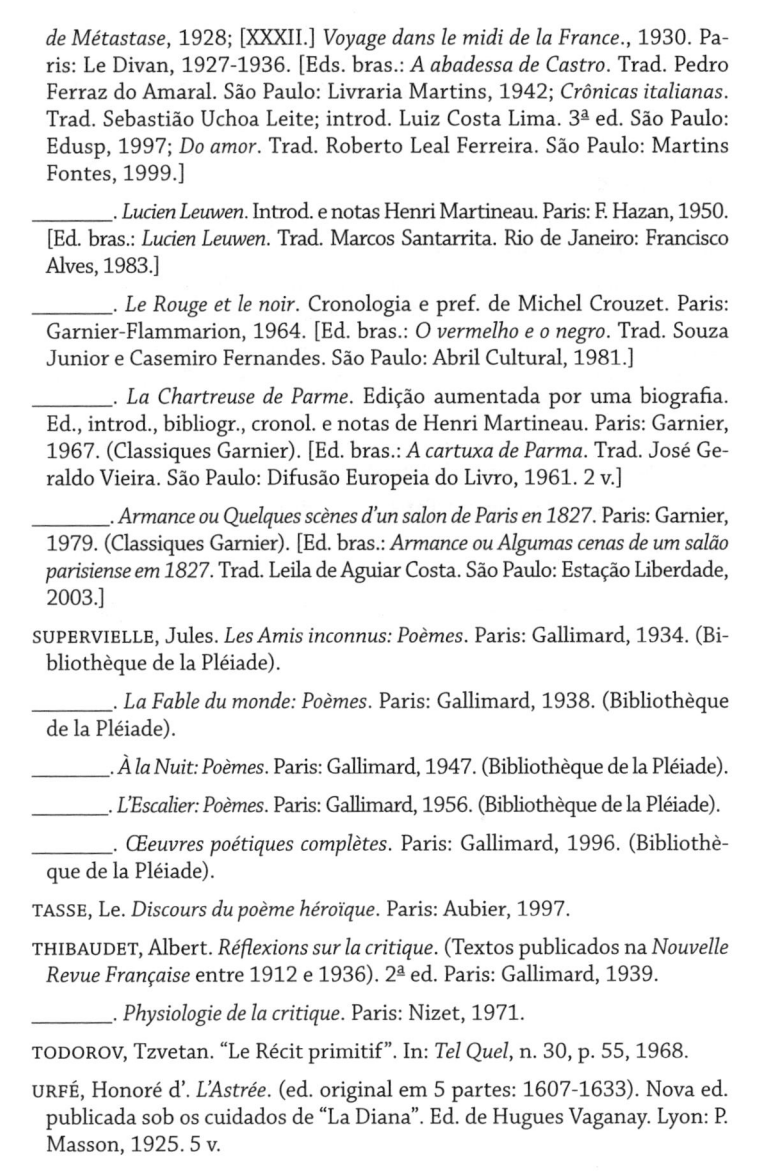

_____. *Lucien Leuwen*. Introd. e notas Henri Martineau. Paris: F. Hazan, 1950. [Ed. bras.: *Lucien Leuwen*. Trad. Marcos Santarrita. Rio de Janeiro: Francisco Alves, 1983.]

_____. *Le Rouge et le noir*. Cronologia e pref. de Michel Crouzet. Paris: Garnier-Flammarion, 1964. [Ed. bras.: *O vermelho e o negro*. Trad. Souza Junior e Casemiro Fernandes. São Paulo: Abril Cultural, 1981.]

_____. *La Chartreuse de Parme*. Edição aumentada por uma biografia. Ed., introd., bibliogr., cronol. e notas de Henri Martineau. Paris: Garnier, 1967. (Classiques Garnier). [Ed. bras.: *A cartuxa de Parma*. Trad. José Geraldo Vieira. São Paulo: Difusão Europeia do Livro, 1961. 2 v.]

_____. *Armance ou Quelques scènes d'un salon de Paris en 1827*. Paris: Garnier, 1979. (Classiques Garnier). [Ed. bras.: *Armance ou Algumas cenas de um salão parisiense em 1827*. Trad. Leila de Aguiar Costa. São Paulo: Estação Liberdade, 2003.]

SUPERVIELLE, Jules. *Les Amis inconnus: Poèmes*. Paris: Gallimard, 1934. (Bibliothèque de la Pléiade).

_____. *La Fable du monde: Poèmes*. Paris: Gallimard, 1938. (Bibliothèque de la Pléiade).

_____. *À la Nuit: Poèmes*. Paris: Gallimard, 1947. (Bibliothèque de la Pléiade).

_____. *L'Escalier: Poèmes*. Paris: Gallimard, 1956. (Bibliothèque de la Pléiade).

_____. *Œuvres poétiques complètes*. Paris: Gallimard, 1996. (Bibliothèque de la Pléiade).

TASSE, Le. *Discours du poème héroïque*. Paris: Aubier, 1997.

THIBAUDET, Albert. *Réflexions sur la critique*. (Textos publicados na *Nouvelle Revue Française* entre 1912 e 1936). 2ª ed. Paris: Gallimard, 1939.

_____. *Physiologie de la critique*. Paris: Nizet, 1971.

TODOROV, Tzvetan. "Le Récit primitif". In: *Tel Quel*, n. 30, p. 55, 1968.

URFÉ, Honoré d'. *L'Astrée*. (ed. original em 5 partes: 1607-1633). Nova ed. publicada sob os cuidados de "La Diana". Ed. de Hugues Vaganay. Lyon: P. Masson, 1925. 5 v.

VALÉRY, Paul. *Œuvres*. Ed. e notas de Jean Hytier; introd. biogr. de Agathe Rouart-Valéry. (*Monsieur Teste; Eupalinos ou l'Architecte; L'Âme et la danse; Dialogue de l'arbre; L'Idée fixe; Mon Faust (ébauches); Histoires brisées; Tel quel; Mauvaises pensées et autres; Regard sur le monde actuel; Degas, danse, dessin; Pièces sur l'art*). Paris: Gallimard, 1957-1960. 2 v. (Bibliothèque de la Pléiade, 148).

_____. *Introduction à la méthode de Léonard de Vinci*. In: *Œuvres*. Paris: Gallimard, 1957-1960. 2 v. (Bibliothèque de la Pléiade). [Ed. bras.: *Introdução ao método de Leonardo da Vinci*. Trad. Geraldo Gérson de Souza. São Paulo: Editora 34, 1998.]

_____. *Monsieur Teste*. In: *Œuvres*. Paris: Gallimard, 1957-1960. 2v. (Bibliothèque de la Pléiade).

_____. *Le Cimetière marin*. Paris: Vialetay, 1965. [Ed. bras.: *O cemitério marinho*. Trad. J. Wanderley. 2ª ed. São Paulo: Max Limonad, 1984.]

_____. *Cahiers*. Ed. apres. e notas de Judith Robinson-Valéry. Paris: Gallimard, 1988-1989. 2 v. (Bibliothèque de la Pléiade).

VALINCOUR, Jean Baptiste Henry du Trousset de. *Lettres à Madame la Marquise *** sur le sujet de la Princesse de Clèves*. [Château-Gailliard, 1678]. Ed. de Albert Cazes. Paris: Brossard, 1925.

VARGA, Áron Kibédi. *Les Constantes du poème: À la Recherche d'une poétique dialectique*. Haia: Van Goor Zonen, 1963.

VERLAINE, Paul. *Fêtes galantes*. Paris: Plon, 1944.

VENDRYÈS, J. "Proust et les noms propres". In: *Mélanges Huguet. Mélanges de philologie et d'histoire littéraire offerts à Edmond Huguet*. Paris: Boivin, 1940.

VIDOCQ, Eugène François. *Les Voleurs*. Paris: Éditions de Paris, [1957].

ESTE LIVRO FOI COMPOSTO EM CHAPARRAL 11 POR 14 E
IMPRESSO SOBRE PAPEL OFF-SET 75 g/m² NAS OFICINAS
DA ASSAHI GRÁFICA, SÃO BERNARDO DO CAMPO - SP,
EM JUNHO DE 2015